OS MENINOS DE NÁPOLES

ROBERTO SAVIANO

Os meninos de Nápoles
Conquistando a cidade — Volume 1

Tradução
Solange Pinheiro

Copyright © 2016 by Roberto Saviano

Todos os direitos reservados.

Grafia atualizada segundo o Acordo Ortográfico da Língua Portuguesa de 1990, que entrou em vigor no Brasil em 2009.

Título original
La paranza dei bambini

Capa
Alex Merto

Foto de capa
Gabriele Stabile

Preparação
Paula Carvalho

Revisão
Thaís Totino Richter e Dan Duplat

Os protagonistas deste livro são personagens fictícios, assim como suas histórias pessoais; portanto, qualquer semelhança com pessoas ou estabelecimentos públicos que existem ou que já existiram na vida real deve ser considerada mera coincidência. Os fatos históricos e jornalísticos citados, bem como os apelidos de pessoas, marcas ou estabelecimentos comerciais, têm o único intuito de conferir veracidade à narrativa, sem nenhuma intenção de denegrir ou de prejudicar seus titulares.

Para o meu romance vale o que está escrito no início do filme Le mani sulla città [As mãos sobre a cidade]: *personagens e fatos aqui narrados são fictícios, ao contrário do meio social que os produz, que é real.*

Dados Internacionais de Catalogação na Publicação (CIP)
(Câmara Brasileira do Livro, SP, Brasil)

Saviano, Roberto
  Os meninos de Nápoles : conquistando a cidade, volume 1 / Roberto Saviano ; tradução : Solange Pinheiro. — 1ª ed. — São Paulo : Companhia das Letras, 2019.
  Título original: La paranza dei bambini.
  ISBN 978-85-359-3199-0.
  1. Ficção italiana I. Título.

18-23166   CDD-853

Índice para catálogo sistemático:
1. Ficção : Literatura italiana 853
Cibele Maria Dias – Bibliotecária – CRB-8/9427

[2019]
Todos os direitos desta edição reservados à
EDITORA SCHWARCZ S.A.
Rua Bandeira Paulista, 702, cj. 32
04532-002 — São Paulo — SP
Telefone: (11) 3707-3500
www.companhiadasletras.com.br
www.blogdacompanhia.com.br
facebook.com/companhiadasletras
instagram.com/companhiadasletras
twitter.com/cialetras

Aos mortos culpados.
À sua inocência.

Onde há crianças, ali é uma idade de ouro.
Novalis

Os meninos

MARAJÁ	Nicolas Fiorillo
BRIATO'	Fabio Capasso
TUCANO	Massimo Rea
DENTINHO	Giuseppe Izzo
DRAGO'	Luigi Striano
LOLLIPOP	Vincenzo Esposito
PEIXE FROUXO	Ciro Somma
EUTAVADIZENDO	Vincenzo Esposito
DRONE	Antonio Starita
BISCOITINHO	Eduardo Cirillo
FOGUINHO	Agostino de Rosa

Sumário

PRIMEIRA PARTE: A PARANZA VEM DO MAR

1. O embosteamento, 17
2. Novo Marajá, 22
3. Maus pensamentos, 42
4. O casamento, 54
5. A pistola chinesa, 68
6. Balõezinhos, 87
7. Assaltos, 93
8. A miniparanza, 102
9. Máquina de solda, 110
10. O Príncipe, 133

SEGUNDA PARTE: SACANEADOS E SACANEADORES

11. Tribunal, 143
12. Escudo humano, 155
13. Tá tudo bem, 166
14. Covil, 178

15. Eu juro pela minha mãe, 183
16. Capodimonte, 191
17. Ritual, 204
18. Zoo, 214
19. A cabeça do turco, 226
20. Treinamento, 244
21. Champanhe, 262

TERCEIRA PARTE: TEMPESTADE

22. Vamos dar as ordens, 291
23. Pontos de venda, 302
24. Nós vai é destruir!, 313
25. Walter White, 327
26. Caminhão-tanque, 334
27. Eu vou ser um bom menino, 353
28. Irmãos, 362
29. A mensagem, 388
30. Mar Vermelho, 393

Nota do autor, 405

PRIMEIRA PARTE
A paranza vem do mar

O nome paranza vem do mar.

Quem nasce no mar não conhece só um mar. É tomado pelo mar, banhado, invadido, dominado pelo mar. Pode passar o resto da vida longe dele, mas continua inundado. Quem nasce no mar sabe que tem o mar da canseira, o mar das chegadas e das partidas, o mar dos canais de esgoto, o mar que te isola. Tem a cloaca, a via de fuga, o mar barreira intransponível. Tem o mar à noite.

À noite, se sai para pescar. Escuro como breu. Blasfêmias e nenhuma reza. Silêncio. Apenas o barulho dos motores.

Dois barcos se afastam, pequenos e avariados, carregados com os faroletes para pesca até quase afundar. Um vai para a esquerda, outro, para a direita, enquanto os faroletes estão na frente para atrair os peixes. Faroletes. Luzes cegantes, eletricidade de água salgada. A luz violenta que rompe a água sem nenhuma graça e chega ao fundo. Dá medo o fundo do mar, é como ver onde tudo se acaba. E o que é isso? É esse monte de seixos e de areia que cobre toda essa imensidão? É só isso?

Paranza é como se chamam os barcos pesqueiros que enga-

nam os peixes com a luz. O novo sol é elétrico, a luz ocupa a água, toma posse dela, e os peixes a procuram, confiam nela. Confiam na vida, se lançam de boca aberta, governados pelo instinto. E, enquanto isso, abre-se a rede que os circunda, veloz; as malhas guarnecem o perímetro do banco, envolvendo-o.

Depois a luz fica parada, parece que ela finalmente vai ser alcançada pelas bocas escancaradas. Até o momento em que os peixes começam a ser espremidos um ao lado do outro, cada um deles mexe as barbatanas, procura espaço. É como se a água se transformasse em uma poça. Todos saltam, quando se afastam mais eles batem, batem em alguma coisa que não é macia como a areia, mas também não é pedra nem é dura. Parece que pode ser rompida, mas não tem como ser superada. Eles se agitam pra cima e pra baixo, pra cima e pra baixo, pra direita, pra esquerda e mais uma vez pra direita e pra esquerda, mas depois sempre menos, sempre menos.

E a luz se apaga. Os peixes são erguidos; o mar, para eles, de repente se eleva, como se o fundo estivesse subindo em direção ao céu. São apenas as redes sendo suspensas. Estrangulados pelo ar, as bocas se fecham em pequenos círculos desesperados, e as brânquias que param de funcionar parecem bexigas abertas. A corrida na direção da luz chegou ao fim.

1. O embosteamento

— Cê tá me olhando?*

— Não, tô cagando pra você.

— E o que cê tá fazendo me olhando?

— Peraí, mano, cê tá achando que sou outro cara! Eu num tô nem pensando em você.

Renatino estava no meio dos outros meninos, fazia tempo que tinham reparado nele no meio da selva de corpos, e quando se deu conta já havia quatro em volta dele. O olhar é território, é pátria; olhar alguém é entrar numa casa sem pedir licença. Encarar alguém é invadir. Não desviar o olhar é manifestação de poder.

Eles ocupavam o centro da praça. Uma pracinha cercada por um mar de edifícios, com só uma rua de acesso, um único bar na esquina e uma palmeira que, sozinha, trazia um ar exótico ao lu-

---

* Boa parte dos diálogos deste livro foi escrita em napolitano, dialeto falado no sul da Itália. Para marcar a diferença de registro, a editora optou por traduzir essas frases, recriando o linguajar próprio dos personagens, distante do italiano padrão, e mantendo algumas marcas características, como o uso dos artigos 'a e 'o'. (N. E.)

gar. Aquela planta fincada em poucos metros quadrados de terra transformava a percepção das fachadas, das janelas e dos portões, como se uma lufada de vento a tivesse trazido da piazza Bellini.

Nenhum deles tinha mais de dezesseis anos. Aproximavam--se sentindo a respiração um do outro. Estavam se desafiando. Nariz contra nariz, a cabeçada no septo nasal estava pronta para sair se não fosse a interferência d'o Briato'. Seu corpo se postou na frente, um muro delimitando uma fronteira.

— Mas cê num cala mesmo a boca! E tá sempre falano! Merda, e nem memo baixa os zoio.

Renatino não baixava os olhos por vergonha, embora não hesitasse em fazer um gesto de submissão para poder escapar daquela situação. Abaixar a cabeça, até mesmo ficar de joelhos. Eram muitos contra um: as regras de honra não valem quando se tem de dar uma surra em alguém. "Surrar" em napolitano não significa o mesmo que "bater". Como acontece com as línguas da carne, "surrar" é um verbo que vai além do seu significado comum. A mãe te dá uma surra, a polícia bate em você; teu pai ou teu avô te dão uma surra, o professor na escola bate em você; a tua namorada te surra se teu olhar se demorar sobre outra mulher.

É com toda a força possível, com ressentimento verdadeiro e sem restrições que se surra alguém. E, além disso, dar uma surra implica certa proximidade ambígua. Só se surra quem a gente conhece, em desconhecidos, bate-se. Dá-se uma surra em quem está perto por causa do território, da cultura, da familiaridade, quem faz parte da tua vida; bate-se em quem não tem nada a ver com você.

— Cê fica curtindo todas as fotos da Letizia. Fica comentando tudo, e quando eu chego aqui na praça cê fica me olhando? — Nicolas o acusou. E, enquanto falava, com os alfinetes negros que tinha no lugar dos olhos, imobilizou Renatino como se fosse um inseto.

— Eu num tô te olhando memo. E se a Letizia posta as foto, eu posso comentar e curtir.

— E então cê acha que eu não devia te dá uma surra?

— Ah, mas cê me enche o saco, Nicolas.

Nicolas começou a empurrar e a puxar Renatino: o corpo do garoto tropeçava nos pés que o rodeavam e ricocheteava contra os corpos na frente de Nicolas como em uma mesa de bilhar. 'O Briato' o empurrou para Dragonbò, que o segurou com uma mão só e o lançou contra 'o Tucano. Este fingiu que ia lhe dar uma cabeçada, mas depois o passou de novo para Nicolas. O plano era outro.

— Mas que merda que cês tão fazendo! O!!!

A voz saía de sua boca como se fosse a de um animal, ou melhor, de um cachorrinho amedrontado. Repetia apenas um som, que saía como uma prece implorando salvação: O!!!

Um som seco. Um "o" gutural, simiesco, desesperado. Pedir socorro é a confirmação da própria covardia, mas aquela única letra, que era também a última letra da palavra socorro, esperava ser compreendida como uma súplica, sem ter de passar pela humilhação máxima de torná-la explícita.

Quem estava por perto não fazia nada; as meninas foram embora como se fosse começar um espetáculo a que elas não queriam nem podiam assistir. Os outros fingiram que não estavam lá, uma plateia que, na verdade, estava muito atenta, mas pronta para jurar, se perguntassem, que estava o tempo todo com a cara enfiada no iPhone e, por isso, não tinha percebido nada.

Nicolas deu uma olhada rápida pela praça, depois fez Renatino cair com um soco. Ele conseguiu se levantar, mas um pontapé de Nicolas bem no peito o jogou de novo por terra. Os quatro o rodearam.

'O Briato' começou a segurá-lo pelas pernas, pelos tornozelos. De vez em quando uma das pernas lhe escapava, como uma enguia que tenta dar um salto, mas ele sempre conseguia evitar o pontapé no rosto que o Renatino, desesperado, tentava lhe dar. Depois ele amarrou as pernas com uma corrente, dessas fininhas que são usadas para prender as bicicletas no poste.

— Tão presa! — disse, depois de ter fechado o cadeado.

'O Tucano prendeu as mãos de Renatino com algemas de metal revestidas de pelúcia vermelha, provavelmente encontradas em algum sex shop, e lhe chutava os rins para subjugá-lo. Dragonbò segurava firme a cabeça dele com aparente delicadeza, como fazem os enfermeiros quando colocam um colar ortopédico num paciente acidentado.

Nicolas baixou a calça, virou as costas para Renatino e se abaixou sobre o rosto dele. Com um gesto rápido, pegou as mãos algemadas para mantê-las imóveis e começou a cagar no rosto dele.

— Que é que cê me diz, 'o Drago', cê acha que um home que é bosta come bosta?

— Acho que sim.

— Olha que tá saindo... bom apetite.

Renatino se contorcia e urrava, mas quando viu a massa marrom sair ficou imóvel e fechou tudo. Cerrou a boca, franziu o nariz, contraiu o rosto, endurecendo-o na esperança de que virasse uma máscara. Drago' manteve a cabeça do garoto firme e a soltou apenas quando viu o primeiro pedaço cair sobre o rosto dele. E só fez isso para não correr o risco de se sujar. A cabeça começou a se mexer de novo, parecia enlouquecida, de um lado para o outro, tentando tirar o pedaço de bosta que tinha caído entre o nariz e o lábio superior. Renatino conseguiu fazer com que ele caísse e tornou a gritar seu desesperado "O!".

— Ô velho, tá saindo o segundo pedaço... segura ele firme.

— Cacete, Nicolas, cê comeu pra caraio...

Drago' voltou a segurar a cabeça, sempre com um jeito de enfermeiro.

— Filhos da puta! O!!! O!!!! Filhos da puta!!!

Urrava impotente, para depois ficar quieto assim que viu o

segundo pedaço sair do ânus de Nicolas. Um olho escuro peludo que, com duas contrações, dividiu a serpente de excremento em dois pedaços arredondados.

— Ua', cê tava m'impressionando, Nico'.

— Drago', cê também quer um poco de tiramisù de bosta?

O segundo pedaço caiu em cima dos olhos de Renatino. Ele percebeu que estava livre das mãos de Drago', então recomeçou a mover a cabeça, histérico, até que sentiu ânsia de vômito. Depois Nicolas pegou uma ponta da camiseta de Renatino e limpou a bunda, com cuidado e sem pressa.

Deixaram ele ali.

— Renati', cê tem que agradecê a minha mãe, sabe por quê? Porque ela faz comida boa pra mim, se eu comia as coisa que aquela besta da tua mãe faz, agora eu cagava mole na tua cabeça e cê tomava um banho de bosta.

Risadas. Risadas que consumiam todo o oxigênio na boca e os sufocavam. Igual aos zurros daquele amigo do Pinóquio que se transformou em asno. Eram as risadas ostensivas mais banais. Risadas de meninos, mal-educadas, insolentes, um pouco mimadas, para ganhar aprovação. Tiraram a corrente dos tornozelos de Renatino, libertaram suas mãos das algemas.

— Fica com elas, te dou de presente.

Renatino se sentou, agarrando aquelas algemas revestidas de pelúcia. Os outros se afastaram, saíram da praça gritando e pulando nas motonetas. Besouros motorizados, aceleraram sem motivo, frearam para evitar bater um no outro. Desapareceram em um segundo. Nicolas, no entanto, manteve seus alfinetes negros fixos até o último instante em Renatino. O ar em movimento despenteava os cabelos louros que, mais dia, menos dia, ele tinha decidido, iria raspar a zero. Depois, a motoneta em que ele ia na garupa foi para longe da praça, e eles se transformaram apenas em silhuetas escuras.

2. Novo Marajá

Forcella é matéria de história. Matéria de carne secular. Matéria viva.

Está ali, nas rugas das vielas que a marcam como a um rosto açoitado pelo vento, o sentido daquele nome. *Forcella*. Uma caminhada e uma bifurcação. Uma incógnita, que te mostra sempre de onde partir, mas nunca o ponto de chegada, se é que se chega a algum lugar. Uma estrada símbolo. De morte e de ressurreição. Que te recebe com o retrato imenso de San Gennaro pintado em um muro, te observa da fachada de uma casa com olhos que tudo compreendem, fazendo você lembrar que nunca é tarde para se reerguer, que a destruição, assim como a lava, pode ser contida.

Forcella é uma história de recomeço. De cidades novas por cima de cidades velhas, e de cidades novas que envelhecem. De cidades barulhentas e alvoroçadas, feitas de rochas ígneas, de tufo e traquito. Pedras que ergueram cada muro, traçaram cada rua, modificaram tudo, inclusive as pessoas que sempre trabalharam com elas. Ou melhor, cultivaram-nas. Porque dizem que o traquito se cultiva, como se fosse uma cerca de videiras para regar. Pedras que estão se esgotando, porque cultivar a pedra significa consumi-la. Em Forcella, até as pedras são vivas, até elas respiram.

Os edifícios estão colados nos edifícios, as varandas se beijam de verdade em Forcella. E com paixão. Até quando uma rua passa no meio delas. E se não são os varais de roupas que as unem, são as vozes que se dão as mãos, que chamam umas às outras para dizer que o que passa por baixo não é asfalto, mas um rio atravessado por pontes invisíveis.

Toda vez que Nicolas passava na frente das ruínas do Cippo, em Forcella, sentia a mesma alegria. Ele se lembrava de quando, dois anos antes, embora parecessem séculos, eles tinham ido roubar a árvore de Natal na galeria Umberto, levando-a até o Cippo na mesma hora, com as suas bolinhas luminosas, que não eram mais luminosas, já que não havia eletricidade para fazê-las funcionar. Foi assim que ele conseguiu ser notado por Letizia, que, saindo de casa na manhã da antevéspera de Natal e virando a esquina, viu a ponta da árvore, como naquelas fábulas nas quais você planta uma semente à noite e, quando o sol aparece, tadá!, cresceu uma planta que encosta no céu. Naquele dia, ela o beijou.

Para pegar a árvore, tinha ido à noite com o grupo todo. Eles saíram de casa assim que os pais foram dormir e, em dez, fazendo das tripas coração, colocaram a árvore nas costas, tentando não fazer barulho, xingando em voz baixa. Depois a amarraram nas motonetas: Nicolas e 'o Briato' com Eutavadizendo e 'o Dentinho na frente, e os outros atrás mantendo o tronco erguido. Tinha caído um aguaceiro, e não foi fácil atravessar com as motonetas os pântanos e os rios de água vomitados pelas tubulações. Eles tinham as motonetas, não a idade para dirigir, mas, como diziam, nasceram sabendo e conseguiam se virar melhor do que os que eram maiores que eles. Contudo, não era fácil se mover em meio àquela película de água. Eles pararam várias vezes para recuperar o fôlego e arrumar as cordas, e no fim conseguiram. Tinham carregado a árvore até o bairro, levado para o meio das casas, das pessoas. Onde ela devia estar. Depois, à tarde, os falcões da polícia foram pegá-la, mas já não fazia diferença. A tarefa tinha sido cumprida.

Nicolas deixou o Cippo para trás com um sorriso e estacionou embaixo da casa de Letizia; queria pegá-la e levá-la à boate. Ela, no entanto, já tinha visto os posts no Facebook: as fotos de Renatino sujo de merda, os tuítes dos amigos alardeando a sua humilhação. Letizia conhecia Renatino e sabia que ele estava atrás dela. O único pecado que tinha cometido era ter curtido algumas fotos dela assim que seu pedido de amizade foi aceito: uma culpa imperdoável aos olhos de Nicolas.

Nicolas apareceu lá embaixo na casa dela, não tinha interfonado. O interfone é um aparelho que só o carteiro, o guarda noturno, o policial, o pessoal da ambulância, o encanador e o desconhecido usam. Quando, pelo contrário, você precisa chamar a namorada, sua mãe, seu pai, um amigo, a vizinha de casa que acha que faz parte da sua vida, você grita: é tudo aberto, escancarado, todos ouvem, e se não der para ouvir é mau sinal, alguma coisa aconteceu. Lá embaixo, Nicolas esgoelava: — Leti'! Letizia! — A janela do quarto de Letizia não dava para a rua, voltava-se para um tipo de pátio sem luz. A janela virada para a rua, para a qual Nicolas olhava, iluminava um grande patamar, espaço comum de diversos apartamentos. As pessoas que passavam pela escada do prédio ouviam os chamados e batiam à porta da casa de Letizia, sem nem esperar que ela abrisse. Batiam e continuavam a subir: era o código. "Estão te chamando." Quando Letizia, ao abrir, não via ninguém, sabia que quem a procurava estava na rua. Mas naquele dia Nicolas gritava com uma voz tão forte que ela o escutava do seu quarto. Acabou aparecendo no patamar e berrou:

— Cê pode é vazar. Eu não vou pra lugar nenhum.

— Que é isso, desce, vai.

— Não, eu num vou descer.

Na cidade é assim. Todo mundo sabe que você está brigando. Têm de saber. Cada insulto, cada palavra, cada grito ressoa entre as pedras das vielas, acostumadas com as brigas entre os enamorados.

— Mas que é que o Renatino te fez?

Nicolas, entre incrédulo e satisfeito, perguntou:

— A notícia já chegou por aqui?

No fundo, para ele bastou saber que sua namorada já sabia. As façanhas de um guerreiro passam de boca em boca, se transformam em notícia e depois viram lenda. Ele olhava Letizia na janela e sabia que sua proeza continuava a repercutir entre o revestimento descascado, os tubos de alumínio, as sarjetas, as varandas, e depois mais para o alto, entre as antenas e parabólicas. E foi enquanto a olhava, apoiada no parapeito, com os cabelos ainda mais encaracolados depois do banho, que recebeu uma mensagem de Agostino. Uma mensagem urgente e cifrada.

A discussão acabou assim. Letizia o viu montar na scooter e partir com os pneus cantando. Um minotauro: metade homem, metade rodas. Guiar, em Nápoles, é ultrapassar por todos os lados, não tem barreiras, contramão, ilha para pedestres. Nicolas estava indo se encontrar com os outros no Novo Marajá, uma boate no bairro de Posillipo. Um local imponente, com uma varanda que se lançava sobre o golfo. Aquela varanda por si só garantia a sobrevivência da estrutura — era alugada para casamentos, comunhões, festas. Desde criança, Nicolas se sentia atraído por aquela construção branca que se erguia no centro de um penhasco de Posillipo. Nicolas gostava do Marajá porque era arrojado. Estava fincado nos rochedos como uma fortaleza inexpugnável; tudo era branco, os acabamentos, as portas, até mesmo as persianas. Ele fitava o mar com a majestade de um templo grego, com suas colunas imaculadas que pareciam sair diretamente da água e que sustentavam a varanda na qual Nicolas imaginava que caminhassem os homens que ele almejava se tornar.

Nicolas tinha crescido passando em frente ao Novo Marajá, observando a imensidão de motos e de carros estacionados do lado de fora, admirando as mulheres, os homens, a elegância e a ostentação, jurando para si mesmo que entraria ali a qualquer custo. Era sua ambição, um sonho que havia contagiado os amigos, os quais, em dado momento, lhe deram aquele apelido — Marajá. Poder entrar lá, não com o uniforme de garçom, nem devido a um favor concedido por alguém, na linha do "dá uma voltinha aí e depois para de me encher o saco": ele e os outros queriam ser clientes e, quem sabe, os mais respeitados. Quantos anos demoraria, Nicolas se perguntava, para poder passar a noite toda ali dentro? O que precisaria fazer para chegar lá?

O tempo ainda é tempo quando você pode imaginar e, quem sabe, imaginar que, juntando dinheiro por dez anos, passando num concurso público, com um pouco de sorte e se esforçando bastante, talvez... Mas o salário do pai de Nicolas era o de um professor de educação física, e a mãe tinha um pequeno negócio, uma lavanderia. Os caminhos percorridos pelas pessoas do seu sangue exigiriam um tempo inadmissível para entrar no Marajá. Não. Nicolas tinha de fazer isso agora mesmo. Aos quinze anos.

E tudo foi simples. Como sempre são mais simples as escolhas importantes das quais não se pode voltar atrás. É o paradoxo de todas as gerações: as escolhas reversíveis são as mais pensadas, ponderadas e avaliadas. As irreversíveis decorrem de uma decisão imediata, são geradas por uma ação instintiva e acatadas sem resistência. Nicolas fazia o que faziam todos os outros da sua idade: as tardes passadas na motoneta na frente da escola, as selfies, a obsessão com os tênis — para ele, eram sempre a prova de ser um homem com os pés no chão, sem aqueles tênis não se sentiria nem mesmo um ser humano. E então aconteceu que um dia, uns meses antes, no fim de setembro, Agostino tinha conversado com Copacabana, um homem importante dos Striano em Forcella.

Copacabana tinha se aproximado de Agostino porque era um parente: o pai de Agostino era seu primo-irmão, ou seja, seu primo de primeiro grau.

Agostino correu até seus amigos assim que as aulas acabaram. Chegou com o rosto todo vermelho, mais ou menos da mesma cor viva dos cabelos. De longe parecia que, do pescoço para cima, estava pegando fogo, e não era à toa que o chamavam de 'o Foguinho. Sem fôlego, contou tudo, palavra por palavra. Eles nunca se esqueceriam daquele momento.

— Mas cês entenderam quem é?

Para falar a verdade, só tinham ouvido o nome.

— Co-pa-ca-ba-na! — ele falou, separando as sílabas. — O chefão da família Striano. Disse que precisa de uma ajuda, precisa de gente nova. E que paga bem.

Nenhum deles tinha se impressionado muito. Nem Nicolas, nem os outros do grupo viam no criminoso o herói que ele tinha sido para os meninos de rua de outro tempo. Não fazia diferença, para nenhum deles, como ganhassem o dinheiro; o importante era ganhar e ostentar, o importante era ter o carro, as roupas, os relógios, ser desejado pelas mulheres e invejado pelos homens.

Só Agostino conhecia mais detalhes da história do Copacabana, um apelido que lhe tinha sido dado por causa de um hotel comprado nas praias do Novo Mundo. Uma esposa brasileira, filhos brasileiros, droga brasileira. Para que ele ficasse ainda mais importante, a impressão e a certeza de que podia hospedar qualquer pessoa em seu hotel: de Maradona a George Clooney; de Lady Gaga a Drake, e postava fotos com eles no Facebook. Ele podia desfrutar da beleza das coisas que eram suas para levar qualquer um para lá. Com isso, tornou-se o membro com maior visibilidade de uma família em grandes dificuldades como a dos Striano. Copacabana não precisava nem olhar para a cara dos garotos para decidir que poderiam trabalhar para ele. Quase três anos depois da prisão de Don Feliciano Striano, 'o Nobre, ele continuava a ser o único dirigente em Forcella.

Copacabana tinha se saído bem no processo contra os Striano. A maior parte das acusações à organização havia sido feita quando ele estava no Brasil, por isso escapara da acusação de associação criminosa, a mais perigosa para ele e para pessoas como ele. Era de primeiro grau. A procuradoria entrou com recurso. Como Copacabana estava com a corda no pescoço, tinha de dividir, encontrar novos meninos para deixar nas mãos deles um pouco do negócio e mostrar que tinha resistido ao golpe. Os seus meninos, a sua paranza, os Capelloni, eram muito bons, mas imprevisíveis. É o que acontece quando você chega ao topo muito depressa, ou pelo menos acha que chegou. 'O White, o chefe deles, mantinha-os na linha, mas trabalhava sem parar. A paranza dos Capelloni só sabia distribuir, não abrir um novo ponto de negócio. Para esse novo início precisava de um material mais maleável. Mas quem? E quanto dinheiro pediriam para ele? E quanto dinheiro precisaria disponibilizar? Uma coisa é o dinheiro para investir; outra é o dinheiro no bolso. Se Copacabana tivesse vendido pelo menos uma parte do hotel que possuía na América do Sul, teria podido pagar cinquenta homens, mas era dinheiro dele. Para investir na atividade se usava o dinheiro do clã, e ele estava em falta. Forcella estava na mira de todos, a procuradoria, os programas de televisão e até a política estavam tomando o bairro. Mau sinal. Copacabana tinha de reconstruir tudo: não havia mais ninguém para levar adiante o negócio em Forcella. A organização tinha implodido.

E então ele procurou Agostino: enfiou um bloco de haxixe debaixo do nariz dele, assim, de repente. Agostino não estava na escola, e Copacabana lhe perguntou:

— Um tijolo desse cê passa em quanto tempo?

Passar fumo era o primeiro passo para ser um traficante, ainda que para receber esse título a estrada fosse longa; passar fumo significava vender para os amigos, os parentes, os conhecidos. A margem de ganho era muito pequena, mas praticamente não havia risco.

Agostino respondeu:

— Hã... um mês.

— Um mês? Isso aqui, em uma semana, cê num tem mais nada.

Agostino tinha idade para andar de motoneta, que era o que interessava para Copacabana.

— Traz todos os amigos que querem trampar um pouco. Todos os amigos de Forcella, aqueles que eu vejo que ficam na frente da boate em Posillipo. Já chega de ficar por ali só coçando o saco... não?

E foi assim que tudo começou. Copacabana marcava encontros com eles em um prédio na entrada de Forcella, mas nunca estava lá. Em seu lugar sempre estava um homem de fala desenvolta, mas lento da cabeça, conhecido como Alvaro, porque se parecia com o ator Alvaro Vitali. Tinha seus cinquenta anos, mas aparentava ter muito mais. Semianalfabeto, somava mais anos na prisão que nas ruas: a prisão, muito jovem, nos tempos de Cutolo e da Família Nova; a prisão na época da guerra entre os cartéis da Sanità e de Forcella, entre os Mocerino e os Striano. Tinha escondido as armas, tinha se ocupado do transporte e da identificação de traidores dentro do grupo. Vivia com a mãe em um porão, nunca tinha feito carreira, só lhe pagavam uns trocados e bancavam umas prostitutas eslavas com quem ele se encontrava, obrigando a mãe a ir para a casa dos vizinhos. No entanto, era uma das pessoas de confiança de Copacabana. Trabalhava bem: acompanhava-o no carro, passava os pacotes de fumo por conta própria para Agostino e os outros meninos.

Alvaro lhes mostrara onde deviam ficar. O apartamento em que guardavam o fumo ficava no último andar. Eles tinham de vender no hall de entrada. Não era como em Scampia, na periferia norte de Nápoles, onde havia grades e barreiras, nada disso. Copacabana queria uma venda mais livre, menos blindada.

A função deles era simples. Chegavam ao ponto um pouco antes de começar o vaivém, para eles próprios cortarem os pedaços de fumo com a faca. Alvaro se juntava a eles para bater um papinho e cortar. Pedaços de dez, de quinze e de cinquenta. Depois guardavam o haxixe no habitual papel de alumínio e deixavam tudo pronto; a erva, por sua vez, era colocada dentro de saquinhos. Os clientes entravam no hall do edifício de motoneta ou a pé, pagavam e iam embora. O procedimento era seguro porque a área contava com os vigias pagos por Copacabana, além de uma porção de pessoas que, estando na rua, podiam identificar policiais, carabinieri e gente da Guarda de Finanças à paisana e de uniforme.

Eles passavam fumo depois da aula, mas às vezes nem iam à escola, já que eram pagos por pedaço vendido. Aqueles cinquenta, cem euros por semana faziam diferença. E tinham um único destino: Foot Locker. Eles assaltavam a loja. Entravam em formação de tartaruga, à moda dos soldados romanos, como se quisessem destruí-la, e depois, passada a soleira da porta, se dispersavam. As camisetas eles pegavam de dez, às vezes quinze por vez. 'O Tucano vestia uma por cima da outra. Just Do It. Adidas.

Nike. Os símbolos desapareciam e eram substituídos em um segundo. Nicolas escolheu três Air Jordan de uma vez só. De cano alto, brancos, pretos, vermelhos, bastava que tivesse o Michael que ele agarrava com uma mão só. Até 'o Briato' se atirava por cima dos tênis de basquete, ele queria verdes com a sola fluorescente, mas foi só pegar um par nas mãos que Lollipop o impediu, soltando um:

— Verde? Que que é isso, cê é viado?

E 'o Briato' os devolveu, se jogando nas jaquetas de basquete. Yankees e Red Sox. Cinco de cada time.

E assim, aos poucos, todos os meninos que ficavam na frente do Novo Marajá começaram a passar fumo. 'O Dentinho tinha tentado ficar de fora, durou só uns meses, depois vendia um pouco de fumo no canteiro de obras onde trabalhava. Lollipop passava o fumo na academia. Até 'o Briato' trampava para o Copacabana — ele fazia qualquer coisa que Nicolas pedisse. O mercado não era gigantesco como tinha sido nas décadas de 80 e 90: o bairro de Secondigliano tinha absorvido todo o comércio, que depois se afastara da cidade de Nápoles, para Melito. Agora, no entanto, estava migrando para o centro histórico.

Toda semana, Alvaro os chamava e lhes pagava: quem vendesse mais ganhava mais dinheiro. Eles sempre conseguiam ganhar um pouco a mais com algum rolo fora do local onde traficavam, vendendo porções menores ou enganando algum amigo rico ou particularmente tonto. Mas não em Forcella. Lá, o preço era aquele, e a quantidade, determinada. Nicolas trabalhava pouco porque vendia em festas e para os alunos de seu pai, e só começou a ganhar bem mesmo durante uma ocupação na escola onde estudava, o Liceo Artistico. Passava fumo para todo mundo. Nas salas sem professores, na quadra, nos corredores, nas escadas, nos banheiros. Em todos os lugares. E os preços aumentavam com o aumento das noitadas na escola. Só que ele também se envolvia nas discussões políticas. Certa vez, entrou numa briga durante uma reunião do coletivo que estava ocupando a escola porque dissera:

— Pra mim, Mussolini era um cara sério, e todas as pessoas que impõem respeito são sérias. Gosto até do Che Guevara.

— Você não pode nem falar o nome do Che Guevara — avançou um menino de cabelos compridos e camisa aberta.

Eles se atacaram, trocaram socos, mas Nicolas não se importava nem um pouco com aquele mané da Via dei Mille, não estudavam nem na mesma escola. E o que ele entendia de respeito e seriedade? Se você é da Via dei Mille, você já é respeitado desde que nasceu. Se você é da parte baixa de Nápoles, tem de conquistar o respeito. O companheiro falava de categorias morais, mas, para Nicolas, que do Mussolini só tinha visto algumas fotos e uns dois vídeos na televisão, não existia nada disso, então deu uma cabeçada no nariz dele, como se dissesse: é assim que eu te explico, seu porra, que a história não existe. Justos e injustos, bons e maus. Todos iguais. No Facebook, Nicolas tinha todos eles alinhados: o *duce* que grita de uma janela, o rei dos gauleses que se inclina perante César, Muhammad Ali que urra contra o seu adversário caído no chão. Fortes e fracos. Eis a verdadeira diferença. E Nicolas sabia de que lado ficar.

Ali, naquele ponto de venda tão seu, conheceu Peixe Frouxo. Enquanto estavam enrolando um baseado, apareceu aquele menino que sabia as palavras mágicas:

— Ah, mas eu te vi na frente do Novo Marajá!

— É, e o que é que cê tem com isso? — Nicolas respondeu.

— Eu também fico por lá. — E depois acrescentou: — Vem cá, ouve essa música. — E assim apresentou a Nicolas, que até aquele momento escutava só música pop italiana, o hip-hop americano mais agressivo, aquele maldoso, que, de um vômito incompreensível de palavras, de tempos em tempos surgia um *fuck* que punha tudo em ordem.

Nicolas gostou demais daquele menino, era bocudo, mas o tratava com respeito. Por isso, depois do fim da ocupação, Peixe Frouxo também começou a passar fumo na própria escola; ainda que não fosse de Forcella, de vez em quando o deixavam trabalhar também no apartamento.

Era inevitável que, cedo ou tarde, fossem apanhados. Bem perto do Natal aconteceu uma batida policial. Era o turno do Agostino. Nicolas chegou naquela hora para substituí-lo e não percebeu nada. O sentinela tinha sido apanhado muito rápido. Os policiais fingiram que estavam estacionando um carro a ser vistoriado, para em seguida partir para cima dos garotos enquanto tentavam desaparecer com o fumo.

Chamaram o pai de Nicolas, que, ao chegar à delegacia de polícia, ficou parado fitando o filho com um olhar vazio que aos poucos se encheu de raiva. Nicolas permaneceu com os olhos baixos por muito tempo. Depois, quando resolveu erguer o olhar, o fez sem humildade, e o pai lhe deu dois tabefes com a força de um velho jogador de tênis, um de cada lado do rosto. Nicolas não soltou um pio, mas de seus olhos saíram duas lágrimas causadas pela dor, não por tristeza.

Só então a mãe entrou furiosamente. Apareceu ocupando todo o vão da porta, os braços abertos, as mãos nos batentes como se tivesse de sustentar a delegacia. O marido se pôs de lado, para deixar a cena para ela. E ela dominou tudo. Aproximou-se de Nicolas devagar, com o passo de uma fera. Quando ela parou bem na frente dele, quase como se fosse abraçá-lo, sussurrou no ouvido do garoto:

— Que vergonha, que desonra. — E continuou: — Com

quem você se meteu, com quem? — O marido ouviu, mas sem entender, e Nicolas foi para trás com um movimento tão forte que o pai já estava por cima dele de novo, pressionando-o contra a parede.

— Olha ele aqui. O traficante. Merda, como isso é possível?

— Traficante uma merda — disse a mãe, empurrando o marido para o lado. — Que vergonha.

— E cês acham — Nicolas disse sem pensar — que o meu armário virou a vitrine da Foot Locker como? Trabalhando de frentista sábado e domingo?

— Belo dum idiota. E inda vai parar na prisão — disse a mãe.

— Mas que prisão?

E ela deu um tabefe nele, mais fraco que o do pai, porém mais preciso, mais sonoro.

— Fica quieto e chega. É agora que não sai mais, só sai vigiado — ela disse, e, depois, para o marido: — O traficante num existe, tá bom? Não existe e não deve existir. Vamos parar por aqui e ir pra casa.

— Diabos dos infernos, diabos — o pai tinha se limitado a resmungar. — E agora tenho que pagar também o advogado!

Nicolas voltou para casa escoltado pelos pais como se fossem dois carabinieri. O pai tinha o olhar fixo à sua frente, voltado para Letizia e Christian, o filho menor, que esperavam por eles. Que vissem o desgraçado, que olhassem bem na cara dele. A mãe, pelo contrário, estava ao lado de Nicolas, com os olhos baixos.

Mal viu o irmão, Christian desligou a televisão e ficou em pé num salto, cobrindo a distância entre o sofá e a porta em três passos, para estender-lhe a mão como tinha visto nos filmes — mão, braço e depois costas contra costas, como dois bróders, como dois irmãos. Mas o pai fulminou-o com o olhar, erguendo o queixo. Nicolas se esforçou para segurar o riso na frente do irmão, de quem era o ídolo, e pensou que, naquela noite, no quarto, teria muito assunto para matar a curiosidade dele. Eles conversariam até tarde da noite, e depois Nicolas passaria a mão pelos cabelos bem curtinhos dele como fazia todas as vezes antes de lhe desejar boa-noite.

Letizia também quis abraçá-lo para perguntar: "Mas o que aconteceu? Mas por quê?". Sabia que Nicolas passava fumo e que aquele colar que ele tinha lhe dado de aniversário tinha custado os olhos da cara, mas não acreditava que a situação tivesse ficado tão grave, ainda que não fosse tão grave assim.

Passou a tarde seguinte esfregando creme Nivea nos lábios e no rosto dele. "Assim desincha tudo", disse. Eram esses gestos delicados que tinham começado a uni-los. Ele queria levá-la para a cama — e dizia para ela: "Eu me sinto como o vampiro do *Crepúsculo!*" —, mas a virgindade de Letizia era muito importante. Achava que ela devia tomar todas as decisões, e então ficavam aos beijos, em carícias evasivas, por horas escutando música com os fones no ouvido.

Todos os que estavam na delegacia foram mandados de volta para casa como suspeitos respondendo em liberdade, até mesmo Agostino, que, apanhado em flagrante durante o turno, corria o risco de levar a pior. Durante dias, tentaram lembrar o que tinham escrito nos grupos de conversa, porque seus celulares tinham sido confiscados. No fim, a escolha foi simples: Alvaro ia levar a culpa. Copacabana planejou uma denúncia, e os carabinieri encontraram toda a droga no porão. Ele assumiu também a responsabilidade de ter dado o fumo para os meninos. Quando Copacabana lhe informou que iria para a prisão, ele respondeu: "Não! 'traveiz? Mas que coisa". Nada além disso. Em troca, receberia um pagamento mensal de mil euros, quase nada. E, antes de ir para a prisão de Poggioreale, uma menina romena. Mas disse que com aquela queria se casar. E Copacabana apenas respondeu:

— Vamo vê se dá.

Nesse meio-tempo, eles arranjaram novos smartphones, bem baratinhos, coisa roubada, só para recomeçar a juntar o bando. Eles tinham decidido não escrever nada do que ocorrera no grupo recém-retomado, especialmente um pensamento que passou pela cabeça de todos, mas que só o Eutavadizendo conseguiu formular:

— Velho, mais dia, menos dia, Nisida tá esperando a gente. E pode ser que nós acabe parando lá.

Todos eles tinham imaginado pelo menos uma vez o trajeto no furgão da polícia rumo à casa de detenção juvenil. Atravessar a pontezinha que liga a ilhota a terra firme. Entrar, e sair um ano depois, transformados. Prontos. Homens.

Para alguns, era uma coisa que já estava certa, tanto que se faziam prender por infrações menores. E tempo, depois que saíssem, não ia faltar.

Naquela situação complicada, no entanto, eles se saíram bem, os meninos, tinham ficado de boca fechada e, ao que parecia, não foi produzida nenhuma prova das conversas nos grupos. E, então, Nicolas e Agostino finalmente conseguiram do Copacabana o convite para entrar no Novo Marajá. Mas Nicolas queria mais: ser apresentado ao chefe da região. Agostino reuniu coragem para fazer esse pedido pessoalmente a Copacabana.

— Mas é claro, quero conhecer meus meninos — respondeu. E Nicolas e Agostino entraram no Novo Marajá na companhia dele: Copacabana.

Era a primeira vez que Nicolas se encontrava com ele. Tinha imaginado um homem velho; ao contrário, era alguém que tinha passado dos quarenta não fazia muito tempo. No carro, indo para o local, Copacabana falou como estava contente com o trabalho deles. Tratou os dois como se fossem seus aviõezinhos, mas com certa gentileza. Nicolas e Agostino não se irritaram com isso, a atenção deles estava tomada pela noitada que os aguardava.

— Como é? Como é lá dentro? — perguntavam.

— É uma boate — ele dizia, mas os dois sabiam exatamente como era. O YouTube lhes tinha ensinado, mostrando eventos e shows. Com esse "Como é?", os dois meninos perguntavam como era estar lá dentro, ter uma sala reservada, como era estar no mundo do Novo Marajá. Como era pertencer àquele mundo.

Copacabana fez com que eles passassem por uma entrada particular e fossem levados à sua sala íntima. Eles haviam se arrumado, tinham contado para os pais e os amigos, como se tivessem sido chamados pela mais importante das cortes. De certo modo, era verdade, a Nápoles dos filhinhos de papai e dos mauricinhos se reunia ali. O local poderia ter sido uma ode ao kitsch, um elogio ao mau gosto. Não era assim. Conseguiu encontrar um equilíbrio elegante entre a melhor tradição costeira de maiólicas de tons pastel e uma inspiração quase brincalhona do Oriente: aquele nome, Marajá, Novo Marajá, se originava de um quadro enorme no centro do local, trazido da Índia, pintado por um inglês que depois veio para Nápoles. Os bigodes, o formato dos olhos, a barba, as sedas, o sofá macio, um escudo com pedras preciosas desenhadas e uma lua voltada para o norte. A vida de Nicolas começou ali, fascinado por aquele enorme desenho do Marajá.

Durante toda a noite, Nicolas e Agostino encheram os olhos com as pessoas ali presentes, tendo como pano de fundo o pipocar dos espumantes sendo abertos um depois do outro. Todos passavam por ali. Era o local onde a indústria, o esporte, o tabelionato, os advogados e os juízes se encontravam e sentavam à mesa, para se conhecer e brindar com os cristais. Um lugar que, num piscar de olhos, fazia você se sentir longe da taverna, do restaurante típico, do local que serve mexilhões à italiana, da pizza em família, do lugar indicado pelo amigo, do boteco aonde se vai com a esposa. Um local onde você podia encontrar qualquer um sem precisar se justificar, porque era como dar de cara com alguém casualmente na praça. Era natural se encontrar com pessoas novas no Marajá.

Enquanto isso, Copacabana falava e falava, e Nicolas criava em sua cabeça uma imagem nítida, que somava as formas da comida e dos fregueses de roupas chiques à musicalidade de uma palavra: Lazarat. O seu apelo exótico.

A erva albanesa havia se transformado na nova força. Copacabana tinha, na verdade, duas atividades: uma legal no Rio de Janeiro e outra ilegal em Tirana.

— Um dia cê tem que me mostrar — Agostino disse para ele, se esticando para pegar a enésima taça de vinho.

— É a maior plantação que tem no mundo, rapaz. Erva pra tudo quanto é canto — respondeu Copacabana, aludindo a Lazarat. O vilarejo tinha se transformado na plataforma para as maiores colheitas de maconha. Copacabana contou como conseguia negociar as mercadorias mais importantes, mas não ficou claro de que modo ele as transportava da Albânia para a Itália, assim, sem dificuldades: as rotas marítimas e aéreas da Albânia não eram seguras. Os carregamentos atravessavam Montenegro, Croácia, Eslovênia e conseguiam entrar em Friuli. Do jeito como ele falava, era tudo muito confuso. Agostino, inebriado pelo mundo deslumbrante que rodopiava ao seu redor, ouvia e não ouvia aquelas histórias; Nicolas, pelo contrário, não deixou de ouvi-las.

Cada carregamento era um rio de dinheiro, e quando este rio transbordava ficava impossível escondê-lo. Umas semanas depois dessa noitada no Novo Marajá, foi aberta a investigação da Antimáfia, e todos os jornais falavam do assunto: tinham flagrado uma das mulas de Copacabana e emitido um mandato de prisão contra ele, que não teve alternativa a não ser fugir. Desapareceu, talvez na Albânia, ou quem sabe tivesse conseguido até mesmo ir para o Brasil. Ninguém o viu durante meses. Não havia mais mercadoria no ponto de venda em Forcella.

Agostino tinha tentado entender; mas, com Copacabana sabe-se lá onde e Alvaro na prisão, era impossível.

— A paranza d'o White ainda tá trampando... E já viu o que acontece se a mercadoria não chega nas mão dele — comentou Lollipop.

Para Nicolas e seus amigos, onde ir buscar o produto, quanto pegar, que tipo de venda fazer e quais turnos manter havia se transformado em um problema. Os pontos de venda da cidade eram divididos entre as famílias. Era como um mapa refeito com nomes novos, e cada nome correspondia a uma conquista.

— Velho, e o que é que nós faz? — Nicolas disse. Eles estavam na saleta, uma terra de ninguém nascida da união entre bar, tabacaria, sala de jogos e balcão de apostas. Todo mundo era bem-vindo. Um cara com ar arrogante xingando um cavalo lento demais; um empoleirado em um banquinho com o nariz enfiado em uma xícara de café, outro jogando fora o salário nas máquinas caça-níqueis. E também estavam lá Nicolas e os seus amigos, e até os Capelloni. 'O White tinha se picado, estava claro que ele tinha usado cocaína, que não aspirava mais pelo nariz, mas injetava cada vez mais na veia. Jogava sinuca sozinho, contra outros dois de seus amigos, Quiquiriqui e 'o Selvagem. Passava de uma jogada a outra, parecia uma aranha. Superfalante, mas prestando atenção em tudo, em cada palavra que, por acaso, pudesse chegar aos seus ouvidos. E o "Velho, e o que é que nós faz?" de Nicolas chamou a sua atenção.

— Cês quer trampar, cara? Eh! — disse, sem parar de dar

tacadas. — Agora cês trampa fazendo os turnos. Eu mando vocês, vão trampar em qualquer outro ponto de venda que precise...

Eles aceitaram, de má vontade, mas não podiam fazer nada. Depois de Copacabana ter saído de cena, o ponto de venda de Forcella havia fechado definitivamente.

Eles começaram a cobrir turnos para quem precisasse. Marroquinos presos, traficantes com febre, molecada de pouca confiança afastada do serviço. Trabalhavam para os Mocerini da Sanità, para os Pesacane do Cavone, às vezes iam até a Torre Annunziata para dar uma mão aos Vitiello. A boca virou nômade. Às vezes era na piazza Bellini; outras vezes na estação. Eles eram chamados em último caso, o celular deles na manga da escória camorrística da zona. Nicolas tinha se cansado, pouco a pouco parou de passar o fumo e ficava mais tempo em casa. Todos os que eram maiores que eles ganhavam dinheiro, ainda que não valessem nada, gente que tinha deixado ser pega em flagrante, gente que entrava e saía do Poggioreale: 'o White oferecia um trabalho de pouca qualidade.

A roda da fortuna, no entanto, começou a girar.

Esse, pelo menos, era o sentido da mensagem que Agostino mandara para Nicolas enquanto ele, embaixo da casa de Letizia, tentava fazer com que ela entendesse que a humilhação de Renatino não era mais que um gesto de amor.

— Velho, Copacabana voltou pra Nápoles — disse Agostino, mal Nicolas estacionara a motoneta ao lado da dele e da d'o Briato'. Eles estavam parados com os motores ligados na última curva da rua que levava ao Novo Marajá. Dava para ver a boate até mesmo dali. Fechada parecia ainda mais imponente.

— E é um idiota porque vão pegar ele com certeza — disse 'o Briato'.

— Não, não, o Copacabana veio pruma coisa muito importante.

— Fazer nós vender o fumo! — disse 'o Briato', e olhou Agostino com um sorriso. O primeiro do dia.

— Táááá! É sério… juro, ele veio pra organizar o casamento do Gatão, que vai se casar com a Viola Striano, velho!

— Mas é verdade memo? — disse Nicolas.

— É — e, pra não restar nenhuma dúvida, acrescentou: — Juro pela alma da minha mãe.

— E o pessoal do San Giovanni tão mandando na casa da gente…

— Mas que é que a gente tem com isso? — respondeu Agostino. — Copacabana tá aqui e quer ver a gente.

— E onde?

— Aqui, eu já te disse, agora… — respondeu, indicando a boate. — E os outro já tão chegando.

O momento para mudar de vida era aquele. Nicolas sabia, sentia que a ocasião tinha chegado. E, agora, aí estava ela. Ele vai atender ao chamado. Precisa ser forte com os fortes. Na verdade, não tinha ideia do que poderia acontecer, mas usava a imaginação.

3. Maus pensamentos

Copacabana estava parado na área descoberta da boate em uma Fiorino lotada de ferramentas para limpeza. Desceu do carro assim que lhe disseram que os meninos tinham chegado. Ele os cumprimentou dando-lhes apertões nas bochechas, como se fossem bonecos, e eles o deixaram agir assim. Aquele homem, mesmo estando muito magro e pálido, com os cabelos compridos e a barba crespa, poderia fazer com que eles voltassem em grande estilo. Tinha os olhos vermelhos por causa dos vasos sanguíneos que cobriam as escleróticas. Fugir da polícia não devia ser moleza.

— Olha só os meus menino... agora, mano, cês vêm atrás de mim, cês tão aqui pra aparecer... o resto faço eu.

Copacabana abraçou Oscar, aquele que mandava no Novo Marajá. O pai do pai dele tinha comprado o lugar cinquenta anos antes. Era um barrigudão que adorava camisas de alfaiataria, com as iniciais bordadas, escolhendo sempre um número menor para usar, por isso dava para ver os botões forçando as suas respectivas casinhas. Oscar correspondeu timidamente, quase mantendo

Copacabana à distância, para que aquele abraço não fosse visto pelas pessoas erradas.

— Vou te dar uma grande honra, meu Oscarino...

— Conta aí...

— Diego Faella e Viola Striano vão celebrar o casamento na tua casa... aqui... — e estendeu os braços para envolver com um abraço a boate, como se fosse sua.

Só de ouvir pronunciar aqueles dois sobrenomes associados, Oscar ficou com o rosto vermelho.

— Copacabana, eu gosto de você, mas...

— Num é essa a resposta que eu esperava...

— Sou amigo de todo mundo, você sabe, mas como sócio majoritário deste local... a nossa política é a de ficar longe das...

— Das?

— Das situações complicadas.

— Mas cês pegam o dinheiro das situações complicadas.

— Nós pegamo dinheiro de todo mundo, mas, dum casamento desses... — Não terminou a frase, não precisava.

— Mas por que é que cê tá abrindo mão da honra de uma festa dessas? — perguntou Copacabana. — Você tem ideia de quantos casamentos cê vai fazer depois desse?

— E depois botam escuta eletrônica na gente.

— Mas que escuta eletrônica? Sem contar que os garçom não são os teus, vai ser a molecada que vai trabalhar...

Agostino, Nicolas, Peixe Frouxo, 'o Briato', Lollipop, 'o Dentinho e os outros não esperavam ter de trabalhar como garçons, não tinham condição, nunca haviam feito isso. Mas, se Copacabana tinha decidido, assim seria.

— Ah, Oscar, não sei se cê entendeu que eles te pagam assim, na hora, duzentos mil euro... por esse casamento, pr'essa festa tão bonita.

— Copacabana... olha, abro mão até de todo esse dinheiro, mas, assim, pra nós...

Copacabana fez um gesto como se fosse para afastar o ar à sua frente com a palma da mão, ali não tinha mais nada pra fazer.

— Aqui tá tudo acabado. — Muito ofendido, saiu da sala. Os meninos atrás dele, como filhotinhos famintos atrás da mãe.

Nicolas e os outros tinham certeza de que era só fingimento, que Copacabana voltaria atrás ainda mais puto da vida que antes, com os olhos ainda mais vermelhos que antes, e quebraria a cara dele, ou então tiraria uma pistola escondida sabe lá onde para detonar o joelho dele. Nada. Tornou a entrar na Fiorino. Da janela, disse:

— Mando chamar vocês. Vamo fazer esse casamento em Sorrento: só trabalha os nosso moleque, nenhum garçom de agência, que esses as finança manda direto pra gente.

Copacabana foi para Sorrento e organizou lá o casamento das duas famílias reais. "Uau, tão fazeno um casamento das estrelas em Costiera, mas o nosso, mozinho, vai ser inda mais bonito!!!", Nicolas escreveu para Letizia, que ainda estava emburrada com ele por causa da história do Renatino e lhe respondeu depois de uma hora com um "e quem é que te disse que vou casar com você?". Nicolas tinha plena certeza. Aquela cerimônia o fazia sonhar e o levava a retomar a série de mensagens com detalhes sempre mais suntuosos, cheios de promessas. Estavam apaixonados, os dois, e nada além disso; e agora ele tinha de conquistar o resto, a começar pela entrada da porta de serviço daquele mundo de que começava a fazer parte, mas que também estava desaparecendo.

Feliciano Striano estava na prisão. O irmão dele estava na prisão. A filha tinha resolvido se casar com Diego Faella, conhecido como 'o Gatão. O poder dos Faella de San Giovanni a Teduccio, região costeira do leste de Nápoles, vinha de extorsões,

44

concreto, votações e distribuição de gêneros alimentícios. O mercado deles era imenso. Os free shops nos aeroportos do Leste Europeu pertenciam a eles. Diego Faella era rigorosíssimo, todos tinham de pagar, até mesmo as bancas de jornal, os vendedores ambulantes, todos depositavam nos caixas do clã de acordo com os próprios ganhos, e isso fazia com que ele se sentisse magnânimo. E até mesmo amável. A filha de Feliciano Striano, Viola, vivera longe de Nápoles por muitos anos, tinha entrado na universidade e se formado em moda. Viola não era seu nome de verdade, ela fazia com que a chamassem assim porque não suportava o nome Addolorata, herdado da avó; e sua versão mais tolerável, Dolores, já era propriedade de um batalhão de primas. Então, sozinha, ela fizera sua escolha. Quando era pouco mais que uma criança, apareceu na frente da mãe e proclamou seu novo nome: Viola. Tinha voltado para a cidade depois da decisão da mãe de se separar do pai. Don Feliciano escolhera uma nova esposa, mas a mãe de Viola não concedera o divórcio — uma vez amante, sempre amante —, e Viola decidira lhe dar apoio no período da separação. Nunca mais deixou a casa da família em Forcella, e Don Feliciano passou a morar do lado. A família é sagrada, mas para Viola era ainda mais; para ela, era o DNA que você carrega dentro do corpo, e não se pode tirar o sangue das veias, ou pode? Você nasce com aquilo, e com aquilo você morre. Mas depois Don Feliciano se arrependeu, ou seja, resolveu colaborar com as autoridades, e então foi ela que se divorciou dele como pai. O nome de Addolorata Striano foi rapidamente inserido no programa de proteção. Os carabinieri foram pegá-la em casa com um carro blindado, à paisana, para conduzi-la o mais longe possível de Forcella. E foi lá que a encenação toda aconteceu: Viola começou a berrar da varanda, cuspia e xingava o pessoal da escolta: "Vão embora! Desgraçados sem Deus. Vendidos! Meu pai está morto, ou melhor, nunca existiu, nunca foi meu pai! Vão embora!". E, assim, recusou o programa de proteção, não abriu a boca e renegou pai e tios. Ficou por muito tempo trancada em casa, desenhando vestidos, bolsas, colares, enquanto na varanda chegava para ela todo tipo de insulto: envelopes cheios de bosta de cachorro, passarinhos mortos, vísceras de pombas. E depois as garrafas de coquetel molotov que punham fogo nas cortinas, os escritos nas paredes do prédio, o interfone queimado. Ninguém acreditava nas palavras dela, e ainda assim ela resistia. Até o dia em que 'o Gatão entrou na vida dela. Casando-se com Viola, Diego Faella a livrava em um só golpe de todas aquelas acusações que a haviam deixado presa em uma jaula. E, acima de tudo, ligando-se ao sangue que se salvara da família, Diego Faella punha as mãos em Forcella.

Diziam que 'o Gatão tinha cortejado Viola por muito tempo. Ela tinha um corpo bonito, a Viola: os olhos do pai, de um azul deslumbrante; um nariz proeminente, que a vida toda ela tinha se perguntado se deveria operar ou manter, convencendo-se por fim a assumi-lo como sua marca registrada. Viola era uma daquelas mulheres que sabem tudo aquilo que acontece ao redor delas, mas para as quais a regra mais importante é fingir que não têm conhecimento de nada. O casamento dos dois significava a fusão de duas famílias fundamentais. Parecia um casamento arranjado, como aqueles dos nobres: no fundo, eles eram a nata da aristocracia camorrista e se portavam como as famílias que apareciam nas revistas. Viola estava se sacrificando, talvez; 'o Gatão parecia apaixonado. Muitos estavam convencidos de que o passo decisivo para se casar com ela fora o de conseguir fazer com que ela fosse estilista de uma loja sob controle do clã Faella que fabricava bolsas de luxo. Mas as fofocas de pouco valem; para Viola, aquele casamento tinha de ser o triunfo do Amor. Se ela tinha escolhido sozinha seu nome, também podia decidir como seria o seu futuro.

* * *

Conforme Copacabana tinha anunciado, poucos dias depois o telefonema foi feito. Nicolas disse para a mãe:

— Vou ser garçom num casamento. Eu vou mesmo.

A mãe examinou o rosto por baixo da suave onda de cabelos loiros despenteados. Procurava naquela frase e no rosto do filho aquilo que ela sabia, o que ela não sabia, o que poderia ser verdade e o que não era. A porta do quartinho de Nicolas estava aberta, e ela chegou com aquele olhar procurando indícios nas paredes, em uma velha mochila abandonada no chão, nas camisetas amontoadas nos pés da cama. Tentava sobrepor a notícia ("Vou ser garçom") às barreiras que o filho, depois que fora levado à delegacia, não tinha parado de construir. Ela sabia que, se daquela vez ele não tinha ido parar em Nisida, com certeza não era porque fosse inocente. Ela ficava sabendo das atividades de Nicolas, e aquelas de que não ficava sabendo imaginava com facilidade; não como o marido, que via futuro naquele filho, um futuro bom, e por isso ficava no pé do menino para que tivesse boas maneiras. A mãe tinha olhos que perfuravam a carne. Empurrou as suspeitas para o fundo do coração e o abraçou com força.

— Muito bem, Nicolas! — Ele se deixou abraçar, e ela recostou a cabeça no ombro dele. Estava se entregando como nunca tinha feito. Fechou os olhos e respirou fundo, para cheirar aquele filho que temia que estivesse perdido, mas que agora voltava com uma notícia com gosto de normalidade. Foi o suficiente para esperar que aquele pudesse ser um recomeço. Nicolas correspondeu ao gesto, como era esperado, mas sem apertar, só colocando as mãos nas costas dela. Tomara que ela não comece a chorar, ele pensou, interpretando erroneamente o afeto como fraqueza.

Eles se separaram, e a mãe não permitiu que Nicolas voltasse a se trancar no quarto. Ficaram se estudando, em silêncio, à espera de um novo movimento. Para Nicolas, aquele abraço era do tipo que as mães dão nos filhos submissos, quando fazem alguma coisa que é sempre melhor do que nada. Para ela, ele tinha apenas feito um agrado, como se por uma estranha forma de generosidade a tivesse premiado com um pouco de normalidade. Mas qual normalidade? Aquele lá tem uns pensamentos na cabeça que me deixam com medo. E acha que eu não vejo esses pensamentos? Um depois do outro, ruins, maus, como se fosse se vingar de algo errado. Mas não tinha nada de errado. Com o marido não dava para falar sobre esses pensamentos. Não, com ele não. Nicolas percebia, na vastidão que sempre se espalha no rosto de uma mãe, aquele ato de inspecionar, aquela perscrutação desordenada, aquele impulso entre a certeza e a suspeita.

— Mãe, cê não acredita em mim? Vou ser garçom. — E fez o gesto de equilibrar um prato entre o punho e o antebraço. Conseguiu arrancar um sorriso dela; no fundo, merecia.

— E como foi que eu te fiz assim loiro? — ela soltou, desviando seus murmúrios interiores. — Como foi que eu te fiz assim bonito?

— Você fez um belo garçom, mãe. — E virou de costas, com a sensação de que o olhar dela se prolongava sobre ele, e de fato se prolongava.

Filomena, Mena, a mãe de Nicolas, tinha aberto uma lavanderia na via Toledo, mais lá pro alto, na direção da piazza Dante, entre a basílica do Espírito Santo e a via Forno Vecchio.

Antes, era uma tinturaria, e os dois velhinhos proprietários tinham deixado a administração nas mãos dela, cobrando-lhe um aluguel bem baixo. Mandara colocar uma nova placa azul com o nome Blue Sky e, embaixo, "Tudo limpo como o céu". Começou o negócio botando para trabalhar duro, em primeiro lugar, duas romenas, depois um casal de peruanos; ele pequeninho, excelente para passar roupa, um homenzinho que nunca abria a boca, e ela grande e sorridente, que a respeito do companheiro e do silêncio dele se limitava a comentar: *"Escucha mucho"*. Mena tinha trabalhado com alfaiataria napolitana na juventude, sabia costurar à mão e à máquina; portanto, entre os serviços oferecidos pela Blue Sky estavam também os pequenos consertos, um trabalho "de indiano", como se dizia, mas não se podia deixar a praça ser toda dominada por indianos, cingaleses e chineses. A lavanderia era um lugarzinho de nada, lotado de máquinas e de prateleiras para colocar peças de vestuário e roupas de baixo, com uma portinha nos fundos que se abria para o pátio escuro do prédio. A portinha estava sempre aberta; no verão, para deixar entrar o vento; no inverno, para respirar um pouco. Às vezes Mena ficava na entrada, com as mãos nos quadris bem marcados, os cabelos negros penteados muito às pressas, e de lá vigiava o tráfego, as pessoas que passavam, reconhecia os clientes ("Dona, o casaco do seu marido ficou um brinco") e se fazia reconhecer. Olha só quantos homens sozinhos, dizia com seus botões, até aqui em Nápoles, assim como no norte, e procuram alguém para lavar, passar, cozinhar. Superdiscretos, eles aparecem, deixam as coisas, retiram, vão embora. Mena estudava o mundo daquela região que não conhecia e na qual, na verdade, era uma estranha, Mena de Forcella, mas os proprietários a tinham apresentado direitinho, porque não há serviço sem ter alguém como garantia. E ela era garantida. Não sabia quanto progrediria daquele modo; entretanto, gostava de poder levar para casa um dinheiro a mais, porque um professor de educação física não consegue mesmo sustentar uma família, e seu marido era um homem cego, por assim dizer, não via essas dificuldades, não via as coisas de que os filhos precisavam, não via. Ela tinha de pensar nisso e proteger aquele homem, a quem continuava a amar muito. Quando estava na lavanderia, com o ferro soltando nuvens de vapor, se perdia olhando as fotos dos filhos que tinha pendurado entre um calendário e um mural de cortiça repleto de alfinetes com recibos. Christian com três anos. Nicolas com oito, e depois uma atual, com a cabeleira loira, quem diria que era seu filho? Era preciso vê-lo ao lado do pai, e aí dava para entender um pouco. Ela ficava um pouco melancólica ao pensar em toda aquela beleza jovem, ficava melancólica porque um pouco intuía, um pouco escutava, um pouco teria gostado de saber, e não obstante fazia o possível para saber, com certeza não por intermédio da escola, que lá não se entendia nada, e nem da Letizia, quanto mais daqueles amiguinhos delinquentes dele, que Nicolas mantinha longe de casa, mas não longe o suficiente para que ela não percebesse alguma coisa, e não era uma coisa muito boa. Ele se dava bem com eles. Ele ficava com aquela cara que não metia medo nela, mas qualquer dia alguém poderia dizer isso, alguém poderia dizer, "aquele lá é um moleque com uma cara bonita e maus pensamentos". É, maus pensamentos. E más companhias. De onde tiravam todo o conhecimento que tinham, que depois que surge é difícil de mandar embora? Vinha à cabeça dela um tipo de provérbio que lhe era familiar desde a infância: "Quem anda do lado de burro não fica sem levar coice". Mas quem era o burro? E via o seu Nicolas ficando ao lado do burro do provérbio, e não precisava de muito para afastá-lo. O burro tem medo. Mas talvez, enquanto se voltava para arrumar um vestido de seda que tinha ficado em cima da mesa, eu é que tenha botado o mau pensamento na cabeça dele. Passava a mão pelos cabelos espessos e rebeldes e olhava o *"Escucha mucho"* que passava a ferro uma camisa branca.

— Presta atenção, que essa camisa é uma Fusaro. — Não precisava, mas disse do mesmo jeito. E recordou um domingo de manhã, de muitos anos atrás. Ela tivera então uma sensação ruim que só agora podia relacionar com os maus pensamentos, com o burro e com o dia na delegacia. Estavam os quatro perto do mar, não longe da Villa Pignatelli. Ela empurrava o carrinho com o Christian dentro. Fazia calor. O sol iluminava as persianas metálicas e aparecia entre as palmeiras e os arbustos, como se devesse matar todas as sombras que haviam sobrado.

Nicolas ia na frente com passos rápidos, e seu pai estava bem atrás dele. Depois, de repente, um silêncio sombrio, um fiapo de silêncio, e os sons que o seguiram. Alguém entra em um ponto comercial, talvez um restaurante. E se ouve um tiro, depois outro. As pessoas nas calçadas ficam imóveis, algumas desaparecem do local. E até mesmo o tráfego à beira-mar parece emudecer. Dá para ouvir mesas sendo viradas. Copos quebrados. Isso dá para ouvir, e Mena deixa o carrinho com o marido e agarra Nicolas pela gola da camiseta. Sente certa dificuldade ao segurá-lo. Ninguém abandona o posto, como naquela brincadeira de estátua, em que se deve ficar plantado sem se mexer quando um amigo te toca. Depois, da porta do ponto comercial sai um tipo muito magro com a gravata afrouxada e os óculos escuros colados à testa. Ele olha ao redor, e o que vê é espaço vazio, e uma rua que logo na frente se dobra em um ângulo reto. Parece não hesitar, vence rapidamente aqueles poucos metros, vira à direita e depois vê um carro estacionado, se deita no chão e com movimentos contidos, mas muito velozes, se enfia debaixo do carro. O homem com a pistola sai à luz do sol, dá um passo e depois ele próprio fica parado, como ainda estão parados todos ali por perto. Depois, no entanto, percebe, na calçada oposta, um homem que o olha e faz um sinal para ele, indicando aquele carro, perto da esquina, não muito distante. Um esboço de gesto, destacado pela imobilidade reinante. Não procura o homem que está estendido debaixo do carro. Até faz uma pausa. Acaricia a arma, se agacha sem dificuldade, abaixa a pistola no nível da rua, paralela ao asfalto, a face apoiada na porta, como um médico que ausculta o paciente. E, nesse momento, atira. Duas, três vezes. E de novo, mudando continuamente a direção do cano da pistola. Mena sente que Nicolas faz força para ir adiante. Quando o homem que atirou desaparece, Nicolas se solta da mão de Mena e corre na direção do sedan estacionado. "Tem sangue, tem sangue", diz em voz alta, indicando um riozinho que sai de lá de baixo, e nesse momento se põe de joelhos e observa o que os outros não veem. Mena corre para afastá-lo, puxando-o pela camiseta listrada. "Não tem sangue nenhum", diz o pai, "é geleia." Nicolas não está ouvindo, quer ver o morto. A mãe o leva embora com dificuldade. Sente que a sua família está, sem querer, se transformando na verdadeira protagonista daquela cena. O sangue, cúmplice do leve declive da rua, corre abundante. Mena só é capaz de empurrar o menininho para longe, aos trancos e tropeções, mas sem conseguir tirar dele aquela curiosidade sem medo, aquela brincadeira.

De vez em quando, aquela tarde vem à cabeça dela, assim como o seu filho, com a idade da fotografia pendurada na lavanderia. Alguma coisa acontece na barriga dela, uma contração, um aperto forte.

Que é que foi que eu fiz? Volta ao ferro de passar com raiva, e sente que aquele utensílio, aquele negócio, aquele trabalho de limpar, arrumar, alisar, também tenha a ver com a sua função de mãe. Nicolas não tem medo, ela diz, e tem medo de dizê-lo. Mas é assim: ela enxerga isso. Aquele rosto todo iluminado pela juventude, tão celestial, lógico que é um *blue sky*, aquele rosto não se deixa ficar à sombra dos maus pensamentos, eles ficam debaixo da pele, e seu rosto continua a emitir luz. Por um tempo pensou em trazê-lo para a lavanderia, depois da escola. Mas que lavanderia, que escola? Tem vontade até mesmo de sorrir. Nicolas assumindo o lugar do peruano e arrumando uma manga de camisa imaculada. Pensa que talvez esteja bem onde está. Mas onde está? E, para não se deixar contagiar pelo arrepio que começa a sentir na pele, se posta de novo na porta da lavanderia, sentindo-se belíssima, os olhos do mundo fixos nela.

4. O casamento

No dia anterior ao do casamento, todos tiveram de se apresentar em um treinamento intensivo para ser garçom. Copacabana escolheu um maître que tinha visto dúzias de casamentos iguais àquele, diziam que ele esteve presente em Asinara quando Cutolo se casou; que tinha sido ele quem cortara o bolo. Besteira, é claro, mas era alguém de confiança. Quando Nicolas e os outros chegaram ao restaurante, um rebanho de motonetas roncando, o maître os esperava na porta de serviço. Tinha uma idade que oscilava entre os cinquenta e os setenta; cadavérico, as maçãs do rosto salientes e amareladas. Estava ali, imóvel, usando um terno Dolce & Gabbana: gravata fininha, calça e paletó negros, sapatos lustrosos, camisa branquíssima. Tudo caindo como uma luva, pelo amor de Deus, mas usado por ele parecia um desperdício.

Apearam das motonetas continuando a fazer aquilo que tinham feito nos selins: gritando e mandando um ao outro ir tomar no rabo. Copacabana disse que o maître os receberia e explicaria tudo: como se movimentar pelo local, quais pratos levar, o tempo que deviam esperar, como tinham que se comportar. Resumindo, seria o comandante daquele bando de garçons improvisados. Bando no qual faltavam Biscoitinho, que era muito pequeno para ter tipo de garçom, e Drago', que, sendo primo da esposa, estava entre os convidados do casamento. O maître havia recebido antecipadamente a lista com os nomes deles e arrumaria os uniformes.

O homem que usava Dolce & Gabbana limpou a garganta — um som agudo, incongruente, que fez com que todos se voltassem para ele —, depois apontou um dedo ossudo para a porta de serviço e desapareceu lá para dentro. 'O Tucano ia dizer alguma coisa, mas Nicolas lhe deu um tabefe no cangote e foi atrás do homem. Em fila indiana, e sem pronunciar uma palavra, os outros também entraram e se encontraram nas cozinhas.

Os noivos queriam elegância e comedimento. Todos tinham de usar ternos D&G — os estilistas favoritos de Viola. O maître, com uma vozinha estridente que não ajudou a definir com mais precisão a sua idade, entregou os ternos ainda nos cabides e mandou que fossem ao depósito para trocar de roupa. Quando voltaram, ele fez com que se alinhassem contra a parede imaculada de aço inoxidável que abrigava os fornos e depois pegou a lista.

— Ciro Somma.

Peixe Frouxo deu um passo. Tinha vestido a calça do terno como teria usado a sua costumeira calça folgada de rapper: baixa na cintura para deixar à mostra o elástico da cueca Gucci. Peixe Frouxo gostava de ficar nadando em suas roupas, até para esconder os quilinhos a mais, porém o maître, gesticulando com o dedo, o fez entender na hora que daquele jeito não estava bom, que puxasse para cima aquela calça larga.

— Vincenzo Esposito.

Lollipop e Eutavadizendo disseram "Presente" e ergueram a mão. Estavam na mesma classe desde o ensino básico, e sempre que eram chamados repetiam essa ceninha.

— Esse com os buracos na cara — disse o maître. Eutavadizendo enrubesceu, deixando ainda mais vermelha a acne que devastava sua face. — Você está bem, mas fique com essas costas retas. Você vai ficar encarregado de tirar os pratos, assim os convidados não vão olhar na sua cara.

Os meninos com certeza não estavam acostumados a ser tratados daquele jeito, mas Nicolas tinha insistido que aquele dia deveria correr tranquilo. A qualquer custo. E, então, era preciso tolerar até aquele porra-louca do maître.

Lollipop ria por trás da barba, que crescia como se ele já fosse homem, apesar de ter catorze anos. Tinha desenhado uma linha fina que começava nas costeletas, passava pelo queixo, depois por cima dos lábios, e terminava do outro lado. A camisa lhe caía à perfeição, graças às horas que passava definindo os abdominais na academia, e a calça escondia as perninhas finas das quais não cuidava com o mesmo afinco que da parte superior do corpo — e isso incluía as sobrancelhas angulosas.

— Você, seu varapau — disse o maître, indicando 'o Briato'. — Você vai se encarregar do bolo, ele vai ter sete andares, e preciso de alguém que tenha a mesma altura. — 'O Briato' não conseguia fazer aquela gravatinha ficar alinhada por cima da curva da barriga, mas os cabelos negros penteados para trás com gel, bom, esses eram incríveis.

— Agostino De Rosa.

'O Foguinho não estava nem um pouco arrumado. Tinha mandado oxigenar os cabelos, que estavam uma bosta — quando Nicolas viu, ficou puto da vida —, e o colarinho da camisa não conseguia cobrir a tatuagem que tinha no peito: um sol vermelho cor de fogo, cujos raios chegavam até o pomo de adão. O maître o agarrou pelo colarinho e deu uns puxões para cima, mas aqueles raios continuavam a aparecer. Se dependesse do maître, o menino teria sido mandado para casa a pontapés, imagina se isso era jeito de se apresentar, mas o Copacabana disse para pegar leve, então ele passou direto para os últimos da lista. Chamou todos juntos, queria ter uma ideia de como eles se movimentavam entre cristais e porcelanas.

— Nicolas Fiorillo, Giuseppe Izzo, Antonio Starita, Massimo Rea.

Do grupo se destacou um pelotão desconjuntado. O maître se aproximou dos dois mais baixos — Dentinho e Drone —, que usavam o terno como se fosse um pijama (tinham enrolado os punhos e as barras das calças para não arrastá-los pelo chão), e deu um prato na mão de cada um. Depois se voltou para 'o Tucano, evitou fazer comentários, porque o tempo estava ficando curto, e lhe entregou uma bandeja de prata. Sobre ela tinha colocado um punhado de taças de champanhe, que tilintavam. Analisou mais detidamente Nicolas, avaliou que aqueles ombros largos, o corpo forte e as pernas bem firmes conseguiriam aguentar pesos diferentes. Fez com que ele esticasse os braços — o terno parecia uma segunda pele — e colocou dois pratos à direita e dois à esquerda, um sobre o antebraço e outro na palma da mão. Depois pediu aos quatro que dessem uma volta em torno da península que dividia a cozinha em duas partes iguais. 'O Dentinho e 'o Drone executaram a ordem quase correndo, e o maître deu uma bronca neles. O movimento tinha de ser fluido, eles não estavam no McDonald's, afinal. 'O Tucano se saiu bem, só no fim uma das taças caiu de lado, mas isso não afetou as outras. Nicolas completou a volta cambaleando, como se caminhasse sobre uma corda. No fim, nem ele causou estragos. O maître levou a mão cadavérica ao queixo, coçando-o, e depois disse, conformado:

— Outra vez.

Nicolas colocou os pratos na península e se postou na frente do maître, que teve de ficar na ponta dos pés para sustentar o olhar.

— Já terminamo, ô velharia?

O maître ficou impassível, e se esticou ainda mais na ponta dos pés. Depois, deixou os calcanhares caírem no chão e disse apenas:

— Vocês estão prontos.

Sendo fugitivo, Copacabana sabia que corria um risco ao participar de um casamento tão visado e cheio de convidados: a notícia de seu retorno se espalharia em pouquíssimo tempo, ainda que em casamentos desse tipo todos fossem convidados a deixar os celulares na mesa da sala de entrada e a utilizá-los só no *phone room*.

Enquanto Nicolas experimentava o uniforme e se afastava para servir os pratos, se aproximou de Copacabana, que estava supervisionando a organização. Ele tinha se arrumado. Os cabelos agora não estavam espetados para os lados, e talvez até os tivesse tingido. O olhar estava mais atento, mas os olhos ainda conservavam aquele fundo avermelhado.

— Ô Copacaba', mas num é perigoso... na frente dessa gente? Se mostrar pra todo mundo.

— É inda mais perigoso não se mostrar, ficar escondido. Sabe o que é que isso significa?

— Juro pelo meu irmão que num sei! Que cê é fugitivo, todo mundo sabe.

— Que que é isso, Nicolino... se você tá num casamento e vê uma cadeira vazia em uma mesa, que é que cê faz?

— Faço alguém sentar.

— Isso mesmo, isso aí. Muito bem! Quer dizer que se a minha cadeira nesse casamento tá vazia, os caras do San Giovanni a Teduccio vão fazer um deles sentar. E então cê me diz, é mais perigoso se mostrar ou se esconder esperando pra ser substituído?

— Cê se mostra pra dizer pros Faella: eu tô aqui. Essa zona é minha. Ainda tô por aqui.

— Muito bom, cê tá aprendendo. Venho com a minha mulher e os meus filho, eles têm que ver.

— Pra mim é perigoso...

— Os zoio dos meus menino tão tudo por aqui... mas acho legal cê se preocupar com o velho Copacabana, quer dizer que te pago bem...

E foi então que começou a grande festa na mansão de Sorrento. Nicolas já via tudo diante de seus olhos, tinham que se transformar em garçons, como se fossem atores, todos estavam desempenhando um papel naquela cena iluminada. Precisava entrar de cabeça. Observar o mundo. Vai, vai rápido, todos em fila. Havia um quê de magia. E uma espera, uma sensação de espera que seus amigos, assim como ele, traziam no rosto.

A festança que se seguiu à cerimônia foi magnífica, Copacabana se orgulhava de não ter esquecido nada na organização. Dizia que se era só "demais" não era suficiente, tinha de ir além do "demais", porque a abundância é irmã gêmea do bem. Pombas? Às dúzias. Cada prato deveria ser saudado por um voo libertador. Entretenimento musical? Os melhores artistas novos da província, e para a noite estava previsto um grupo de sambistas com vinte integrantes. Mobília? O salão tinha de estar lotado. E essa palavra, "lotado", Copacabana tentava pronunciá-la sempre perto de "demais". "Tudo lotado, tudo demais!" Estátuas, lustres, candelabros, plantas, pratos, quadros, mesas. Flores em todos os lugares, até nos banheiros, e todas tinham de ser em tons de violeta, em homenagem à noiva. E balões, para serem jogados do teto depois de cada voo das pombas. E ainda um sem-fim de cassatas, de bolos, cinco primeiros pratos, cinco segundos pratos, uma abundância de comida. E, para terminar, uma tapeçaria de doze metros arrumada sabe-se lá onde, que cobria uma parede com uma cena do *Bom governo*, de Ambrogio Lorenzetti. Copacabana tinha decidido pendurá-la atrás dos noivos como sinal de boa sorte.

Eram muitas mesas, Nicolas ia servindo. Tudo estava sob controle. Tinha a mesa de 'o White, Urso Ted, Quiquiriqui e de todos os rapazes da paranza de Copacabana que administravam os pontos de venda e que estavam aprendendo a administrar o estádio. Eram muitos, e sempre chapados. Tinham pouco mais que a idade de Nicolas e de seus amigos. Tinha a mesa do Drago' e da família dele. Como era primo da noiva, estava sentado, se divertindo com a cena dos seus amigos trabalhando como garçons. Paletó torto, assim como o seu nariz de boxeador, e nó da gravata afrouxado, desaprovava cada prato e o devolvia, apresentando críticas dignas de um chef cinco estrelas.

Houve também o reencontro com Alvaro, que obteve uma permissão especial para participar do casamento. Um convidado marginal, a quem não tinham designado nem um lugar à mesa. Estava lá fora junto com os outros jogando cartas sobre o capô dos carros. Nicolas levava comida para eles, e Alvaro só dizia "Muito bem, muito bem!".

O casamento seguia o seu ritmo. Lento e veloz. E ainda mais veloz e depois lentíssimo, melaço que gruda e segura.

— Agora tá chegando o mestre da sensualidade — sussurrou 'o Briato' para Nicolas, que estava saindo da cozinha com os pratos.

— Cê tá vestido de mulher — sussurrou também Drone, no outro ouvido de Nicolas. 'O Marajá apertou o passo e entrou na sala, porque se ficasse ali teria feito cair no chão o penne com salmão e ovas de peixe.

A noite ia durar muito. Faltava ainda o último cantor antes da entrada das passistas do grupo de samba, e alguns convidados, em pé nas cadeiras, gritavam o título da canção mais conhecida do artista. Por trás das cortinas em tom violeta, em vez de outro cantor apareceu de repente Alvaro, correndo, com os cabelos caindo de lado. Foi até a mesa do Copacabana. "Os polícia! Cai fora, cai fora!", e desapareceu por onde tinha entrado, depois de ter se chocado contra um dos convidados sentado na cadeira, fazendo com que ele caísse no chão. O efeito cômico se desvaneceu rapidamente. Uns vinte policiais vestidos à paisana irromperam de quatro entradas diferentes para cobrir as vias de fuga. Alguma coisa devia ter deixado de funcionar na estrutura de vigilância, talvez uma câmera tivesse escapado ao controle de Copacabana, talvez os carabinieri tivessem recebido uma denúncia e descido do teto passando pelos sentinelas. Alvaro devia tê-los notado entre uma mão e outra do jogo. Enquanto os carabinieri passavam em meio às mesas e o murmúrio dos convidados se sobrepunha ao silêncio que havia se instalado com a entrada deles, Copacabana deslizou na direção do palco e, com o olhar, obrigou o baterista a se afastar para ele assumir o seu lugar. Ele estava com as baquetas nas mãos observando os policiais prenderem um casal que pertencia à família dos Faella. Empurrões, barulho, ameaças. A encenação de sempre, que tinha o final de sempre: as algemas. Os dois tinham um bebê bem pequenininho, que confiaram à esposa de Copacabana: um beijo na cabeça do recém-nascido, e tchau. Colocaram-no nos braços dela sem dizer mais nada. 'O Gatão, que até aquele momento tinha ficado sentado de braços cruzados, se levantou de repente e disse:

— Um aplauso para o inspetor, ele quer aparecer no noticiário, e é por isso que interrompe o meu casamento. — Todos aplaudiram, até o casal que era levado pelos carabinieri tentou se desvencilhar para conseguir bater palmas. Os carabinieri andavam sem hesitar, não pediam nem os documentos. Depois pegaram umas pessoas que tinham saído na condicional para participar do casamento. Enquanto isso, Copacabana começou a se convencer de que eles não tinham aparecido por causa dele, que ali tinha peixe bem maior. Largou as baquetas e se permitiu respirar à vontade.

— Sarnataro Pasquale, você virou baterista agora? — O inspetor abriu caminho entre os convidados e fez um sinal para que dois de seus subordinados se dirigissem ao palco, sem precisar dar outras indicações.

Enquanto ainda estava imobilizado no chão, com o joelho de um carabiniere entre seus ombros, Copacabana se voltou para Diego Faella:

— 'O Gato', num te preocupa. Pro batismo do nenê eu já tô de volta de novo.

Os meninos tinham assistido à cena, petrificados, as bandejas ainda balançando nas mãos por causa do medo.

— Cê viu? Eu tinha dito que era burrice se mostrar — disse Nicolas pro Agostino. A batida policial acabara, mas a festa continuava. O show tinha de continuar, a noiva queria assim. Aquele era o dia dela, e algumas prisões não seriam suficientes para estragar o momento. Desse modo, Nicolas e os outros voltaram a trabalhar, como se nada tivesse acontecido. Finalmente entrou o último cantor, e depois as passistas. À meia-noite tudo acabou. A atmosfera estava estragada, e, de qualquer jeito, os recém-casados precisariam acordar cedo. Um voo direto para o Brasil estava à espera deles: Copacabana tinha pensado até na viagem de núpcias, hospedando-os em seu hotel.

Os jovens garçons foram se trocar na cozinha; era hora de tirar aquela roupa do corpo e de receber o pagamento. Tinham trabalhado duro. Além do mais, Nicolas estava particularmente decepcionado. Pompa, com certeza. Ostentação, claro. Poder. Tanto poder. Mas ele tinha esperado bandejas de prata cobertas de cocaína e, em vez disso, assistiu à ronda dos sacos de cânhamo comprados em algum antiquário onde os convidados podiam oferecer uma doação para as famílias dos encarcerados. Aqueles sacos tilintavam, Nicolas percebeu quando passava perto deles, e sentiu vontade de agarrá-los e sair correndo. Naquela noite, no entanto, não botaram no bolso nem um tostão — nada de salário e nada de gorjeta —, saíram de lá só com a lembrancinha do casamento: um enorme baiacu empalhado cheio de espinhos. O significado daquela escolha era um mistério para todos. Nicolas tinha resolvido levá-lo para casa como prova de ter realizado o trabalho, para acalmar as desconfianças do seu pai, que, ao contrário da mãe, não acreditara naquela história de garçom.

Na verdade, ainda era cedo, e Nicolas, Dentinho e Briato' se encontraram na saleta, já que ela não fechava nunca, nem no Natal. Lá estavam todos os Capelloni, 'o White, Carlitos Way, Quiquiriqui, Urso Ted, 'o Selvagem. Também estava Alvaro, que ninguém mais tinha visto depois da batida policial. Ele queria cumprimentar todo mundo antes de voltar para a prisão.

— Alva', cê voltou pra dar o dinheiro pra gente? — disse Nicolas. Com Copacabana em Poggioreale, as coisas ficavam complicadas para eles, mas aquele dinheiro ele queria. Receberam cem euros cada um por doze horas de trabalho. Se tivessem passado fumo, ganhariam dez vezes esse valor.

— E cês tão trampando duro o dia todo, num emprego honesto? Trabalho de idiota? — disse 'o White. Ainda estava chapado, agarrado ao taco da sinuca.

— É memo — respondeu Dentinho.

— Quem tem emprego é um idiota.

— Ah, porque a gente num trampa de manhã até a noite? — interveio Briato'.

— A gente tá sempre por aí, na rua, nas motoneta. Mas num é trabalho duro — disse Nicolas. — Emprego é coisa de idiota e de escravo. E tem mais, em três horas de trampo a gente ganha o que meu pai ganha em um mês.

— Bom, num é bem assim — disse 'o White.

— Vai ser verdade — prometeu Nicolas. Falava mais para si mesmo, e na realidade ninguém prestou atenção, até porque a atenção dos meninos estava toda em 'o White, que estava alinhando carreiras de coca na borda da mesa de sinuca.

— Cês quer uma carreira, molecada? — disse 'o White.

Nicolas e os seus amigos olhavam encantados aquele pó. Com certeza não era a primeira vez que viam a droga, mas era a primeira vez que ela estava assim ao alcance das mãos. Bastava um passo, abaixar a cabeça e respirar fundo de uma vez só.

— 'Brigado, bróder — disse 'o Briato'. Sabia o que tinha de fazer, e os outros também. Em fila, cada um esperando a sua vez, participaram do banquete.

— Vai, Alva', cê também — disse 'o White.

— Nãonãonãonãonão, que que é essa porcaria? E, além do mais, tenho que voltar.

— Tá bom, vamo que a gente te acompanha; vamo que é tarde.

'O White estacionara fora seu suv preto que parecia recém-saído da concessionária. Nicolas, Dentinho e Briato' foram convidados a ir junto, e aceitaram, alegres. O cansaço havia sumido completamente com aquela primeira carreira de coca, e eles se sentiam eufóricos, prontos para tudo.

'O White estava com um braço nos ombros de Alvaro.

— Gosta do carro?

— Claro! — Alvaro respondeu, e se sentou no banco da frente. Atrás se espremeram os meninos.

O suv velejava com segurança. 'O White dirigia com precisão, de modo impecável, apesar de estar chapado, ou talvez exatamente por causa disso. A estrada que levava a Poggioreale serpenteava entre as luzes que, para Nicolas, lembravam as das estrelas que explodiam e que ele tinha visto uma vez no seu livro de ciências. E depois aconteceu.

O carro se detém repentinamente para entrar em uma rua de terra. Depois outra freada ainda mais firme, e o carro para. Os três que estavam atrás têm de se proteger com os braços para não se chocar contra os bancos da frente. Quando o movimento os joga para trás, eles veem em um lampejo o braço d'o White se estendendo, a mão empunhando uma pistola que surgiu do nada, e o indicador se dobrando duas vezes. Bum bum. A cabeça de Alvaro parece uma bolinha que explode: um pedaço do crânio na janela, outro no para-brisa, e o corpo que se afrouxa como se a alma tivesse fugido.

— Ah, mas por quê? — perguntou Nicolas. Na voz, mais que o espanto, a necessidade de saber. Dentinho e Briato' ainda estavam com as mãos tapando os ouvidos, e os olhos arregalados olhavam fixamente a mesma mancha mole sobre o volante; Nicolas já conseguia reagir. Ele ainda estava com a cabeça no lugar e raciocinava rapidamente. Tinha de saber o motivo da execução de Alvaro, qual delito o levara à morte, e o que significava 'o White tê-los trazido junto, se era mais uma prova, uma honra ou um aviso.

— Eu fiz porque o Copacabana mandou.

As luzes tinham, então, mudado de cor, ganharam uma tonalidade arroxeada, igual àquela do casamento. Para lhe dar uma mãozinha com o corpo, 'o White teria precisado dos Capelloni;

em vez disso, sobrou para eles. Porque eram molecada, menores de idade, zés-ninguém?

— Mas quando ele te disse isso?

— Ele disse: dá minhas lembrança pro Pierino, que foi o que melhor cantou esta noite. Quando ele foi preso ele me disse.

— Mas quando ele te disse? — repetiu Nicolas. Da resposta de 'o White só tinha chegado até ele o som.

— Quando prenderam ele, eu já te disse. Me dá uma mão agora, já tiramo essa porcaria daqui. — O sangue que tinha impregnado o teto do carro gotejava sobre o assento agora vazio. Dentinho e Briato' não abaixaram as mãos nem quando o SUV se pôs em movimento com um salto e entrou novamente na rua pela qual haviam vindo, em direção à saleta. 'O White guiou com segurança como fizera um pouco antes, e os meninos não escutavam as palavras delirantes dele, as garantias de que Alvaro teria um funeral dos mais adequados, eles não o jogariam em qualquer canto, e agora precisavam se reorganizar, já que o Copacabana havia sido pego. Tudo tinha de ser repensado, reajustado, e 'o White falava. Falava, falava, falava. Não parava mais, nem quando freava em um sinal e o corpo de Alvaro, no bagageiro, se chocava com um *tum* que, por uma fração de segundo, se sobrepunha às suas palavras.

Na saleta eles se separaram sem se despedir, cada qual na sua motoneta, cada qual indo para casa. Nicolas guiava sua Beverly em uma velocidade de cruzeiro que lhe permitia se distrair mais que de costume. Mantinha a motoneta no meio da estrada com uma das mãos no guidão, enquanto com a outra fumava um baseado que 'o White tinha lhe oferecido antes de desaparecer no meio da noite. O que aconteceria, então? Eles continuariam a passar fumo? Para quem? O cheiro do mar invadia a estrada, e por um instante Nicolas pensou em desistir de tudo e ir tomar um banho em qualquer lugar. Depois, no entanto, os semáforos amarelos piscando o levaram de volta à sua Beverly e acelerou para passar por um cruzamento deserto. Alvaro não valia nada, tinha tido um fim pavoroso, mas, no fundo, o destino dele estava marcado, até o Copacabana tinha sido preso como um moleque qualquer, sem tentar reagir, escondendo-se atrás de uma bateria. Tantas histórias, tanto falatório. Albânia, Brasil, rios de dinheiro, casamentos de contos de fadas, para depois acabar como o último dos fracassados, como um trapaceiro qualquer. Não, Nicolas não teria esse fim. Melhor morrer tentando. Era o Peixe Frouxo que tinha mandado tatuar aquela frase do 50 Cent no antebraço, *Get Rich or Die Tryin'*?

Nicolas deu mais uma acelerada, e dessa vez a fumaça do escapamento se sobrepôs à névoa do mar. Inspirou profundamente, e então decidiu que, acima de tudo, tinha de arrumar uma arma.

5. A pistola chinesa

Peixe Frouxo se ofereceu sem hesitar para ir ver Copacabana na prisão. Eram muitas perguntas a fazer e outras tantas respostas a obter. O que aconteceria agora? Quem ocuparia o trono vago de Forcella? Nicolas se sentia como quando era pequeno e ia pular das pedras na praia de Mappatella. Sabia que, quando estivesse no ar, não sentiria mais medo, mas as pernas, antes de saltar, sempre tremiam. Bom, agora suas pernas estavam tremendo, mas não por medo. Estava excitado. Ele estava a ponto de se lançar na vida com que sempre tinha sonhado, mas antes de tudo Copacabana tinha de dizer isso para ele.

Quando o Peixe Frouxo voltou da prisão, os meninos estavam todos na saleta. Nicolas logo interrompeu a descrição da sala, do banquinho de madeira e do vidro baixo que mal separava o visitante do encarcerado.

— Até o bafo do Copacabana dava pra sentir. Maior fedor.

Queria ouvir as palavras, as palavras exatas.

— Ô Peixe, mas que é que foi que ele te disse?

— Eu já te expliquei, Marajá. A gente tem que ter paciência. A gente é tudo filho dele. A gente não precisa ficar preocupado.

— E daí, que é que ele te disse? — insistiu Nicolas. Andava pela sala quase vazia. Só estavam lá um velhinho cochilando em cima de uma máquina caça-níqueis e o barman em um canto qualquer da cozinha.

Peixe Frouxo virou o boné para trás, como se fosse a aba que impedisse o Nicolas de entender.

— Marajá, como falo pra você? Ele tava lá sentado e me olhava. Cês não se preocupe, fique tranquilo. Ele dizia que, por tudo que era sagrado, ele ia ver como pagar o funeral do Alvaro, que era um home dos bons. Depois levantou e me disse que as chaves de Forcella tão nas nossas mão, uma idiotice dessa.

Nicolas se deteve, e agora as pernas não tremiam mais.

Nicolas e Tucano foram sozinhos ao funeral de Alvaro. Além dos dois, tinha uma mulher de idade, a mãe dele, e outra de minissaia, com um corpo de mulher de vinte e poucos anos sob um rosto que trazia as marcas de todos os clientes que tivera. Sem dúvida aquela era uma das prostitutas romenas que Alvaro recebia do Copacabana, e, ao que parecia, uma das mais afeiçoadas, já que estava ao lado do caixão com um lenço nas mãos.

— Giovan Battista, Giovan Battista — repetia a mãe, que então se apoiava na outra mulher, que era sim uma prostituta, mas pelo menos tinha sentido qualquer coisa por aquele filho desgraçado.

— Giovan Battista? — disse 'o Tucano. — Caraca, que nome absurdo, e que morte de merda.

— 'O White é um merda — disse Nicolas. E, por um instante tentou juntar a imagem do cérebro despedaçado de Alvaro com a última saudação daquela mulher das pernas torneadas.

Ele sentia por Alvaro, embora não soubesse bem o motivo. Não sabia nem mesmo se o que sentia era pesar. Aquele pobre coitado sempre tinha levado eles a sério, e isso contava. Não esperaram a cerimônia terminar e saíram da igreja com a cabeça já em outro lugar.

— Quanto cê tem no bolso? — perguntou Nicolas.

— Ah, poca coisa. Mas tenho uns trezentos euro em casa.

— Bom, hoje eu arrumei quatrocentos euro. Vamo arrumar uma pistola.

— E onde que a gente arruma essa pistola?

Estavam parados nos degraus da igreja porque aquela questão parecia importante, e eles a discutiam olhos nos olhos. Nicolas não estava pensando em uma pistola específica, já tinha feito umas pesquisas na internet. Para ele servia uma arma para sacar no momento certo.

— Me disseram que tem uns chinês que vende um monte de pistola velha — respondeu.

— Mas, num me leva a mal, os Capelloni tão com arma sobrando, por que que a gente não procura com algum deles?

— Não, num podemo. É gente do Sistema, eles ia falar na hora com o Copacabana na prisão. Em um minuto ele ia saber de tudo, e num dava mais autorização pra gente, porque não é a nossa hora. Já os chinês, eles não fala com o Sistema.

— Mas e pra eles, quem foi que disse que era hora ou não era hora? A hora deles chegou, e a gente tem que conquistar a nossa.

Para Nicolas, aquela pergunta era uma merda. A pergunta que só faz quem nunca vai mandar em ninguém. O tempo, assim como Nicolas o entendia, se apresentava só sob duas formas, e entre elas não havia uma via intermediária. Ele sempre tinha em mente uma velha história contada pelo pessoal do bairro, uma daquelas que chegam aos limites da verdade, mas que jamais são postas em dúvida senão para que sejam acrescentados detalhes que reforcem a sua moral. Tinha esse rapaz, um que tinha os pés muito grandes. Duas pessoas tinham se aproximado dele e lhe perguntado as horas.

— São quatro e meia — ele respondeu.

— Que horas são? — eles o pressionaram, e o rapaz repetiu a resposta anterior.

— É a tua hora de dar as ordem? — eles perguntaram mais uma vez, antes de apagá-lo no meio da rua. Uma história sem sentido, mas não para Nicolas, que tinha aprendido rapidamente a lição. O tempo. O tempo instantâneo da reivindicação do poder e o tempo prolongado atrás das grades para fazer com que ele crescesse. E agora era hora de ele saber escolher como usar o seu tempo, e aquele não era o momento de reivindicar um poder que ainda não tinha construído.

Sem dizer nada, Nicolas se encaminhou para a sua Beverly, e Tucano o seguiu para sentar-se atrás dele, com a consciência de ter falado demais. Passaram em casa para pegar o dinheiro e depois foram rapidamente para Chinatown, em Gianturco. Um bairro fantasma é o que parece ser esse Gianturco, barracões abandonados, umas fabriquinhas ainda ativas e depósitos para mercadoria chinesa colorindo de vermelho uma paisagem que, caso contrário, não teria mais que a cor de cinza e da raiva colada sobre os muros rachados e as grades enferrujadas. Gianturco, que parece ser nome oriental com um som amarelado, de campo de grãos, é apenas o sobrenome de um ministro, Emanuele Gianturco, um ministro da Itália recém-unificada, que trabalhou pelo direito civil social como garantia de justiça. Um jurista já sem nome de batismo que agora se apossa de ruas com barracões abandonados e fedor de produtos químicos de refinarias. Fora um bairro industrial, quando ainda havia indústria. Mas Nicolas sempre o tinha visto desse jeito. Estivera lá algumas vezes, na infância, quando ainda jogava bola no time da Mãe do Salvador. Começara aos seis anos, junto com Briato'; um atacante, o outro no gol. Mas depois aconteceu que, durante uma partida do campeonato entre as paróquias com os times dos menores de doze anos, o árbitro favoreceu o time do Sagrado Coração. Era onde jogavam os filhos de quatro conselheiros municipais. Tinham marcado um pênalti e Briato' conseguiu defendê-lo, mas o árbitro mandou anular tudo porque Nicolas entrou na área antes do apito. Era verdade, mas ser assim rígido em uma partida entre paróquias, quer dizer, talvez desse para fingir não ter visto, no fundo eles eram só crianças, no fundo era só um jogo de bola. Até o segundo pênalti Briato' defendeu, mas Nicolas entrou de novo na área antes do apito, e o árbitro mandou chutar mais uma vez. Na terceira, todos os olhos estavam fixos em Nicolas, que dessa vez não se mexeu. Mas a bola entrou na rede.

O pai de Briato', o topógrafo Giacomo Capasso, a fisionomia impassível, passo lento, entrou em campo. Com calma absoluta, enfiou a mão no bolso, pegou um canivete de mola e esfrangalhou a bola. Com gestos precisos, sem nervosismo aparente, fechou o canivete, recolocou-o no bolso e, de repente, deu de cara com o árbitro, que, com o rosto todo vermelho, xingava. Embora Capasso fosse mais baixo, dominou a situação. Cheio de autoridade, disse para o árbitro:

— Cê é um home de merda, e isso é tudo que dá pra dizer de você. — A bola dilacerada no chão foi o sinal verde para uma invasão de campo, uma invasão como manda o figurino, com um monte de pais e de crianças gritando de raiva. Algumas lágrimas.

O topógrafo pegou Nicolas e Fabio pela mão e os levou para fora. Nicolas se sentiu seguro, agarrado pelos dedos que pouco antes tinham empunhado o canivete. Agarrado àquele homem, ele se sentiu importante.

O pai de Nicolas, contudo, estava tenso, enojado com a cena

no meio das crianças, em um campinho de futebol de paróquia. Mas não foi capaz de dizer nada para o pai de Fabio 'o Briato'. Pegou o filho na borda do campo, e pronto. Voltando para casa, só disse para a esposa:

— Este aqui não joga mais futebol.

Nicolas foi para a cama sem jantar: não por sentir tristeza por deixar o time, como acreditavam os pais, mas pela humilhação de ter nascido com um pai que não sabia se fazer respeitar e, por isso, não servia para nada.

A carreira de jogador de futebol tinha terminado desse jeito para Nicolas e 'o Briato', como no mais clássico dos jogos amistosos, acabando também com qualquer desejo de treinar. Continuaram a jogar bola, sem disciplina e na rua.

Nicolas e Tucano estacionaram a Beverly na frente de um grande depósito chinês abarrotado de mercadorias.

As paredes pareciam a ponto de explodir com os objetos acumulados pressionando-as lá dentro. Prateleiras lotadas, utensílios para fazer chá, artigos para escritório, roupas avulsas, jogos para crianças, fogos de artifício, saquinhos de chá e pacotes de biscoito desbotados pelo sol, além de cafeteiras, fraldas, molduras, aspiradores de pó e até mesmo uma série de motonetas, cujas peças podiam ser compradas separadamente. Impossível encontrar um critério racional naquela justaposição de coisas, a não ser o rigoroso desejo de poupar espaço.

— Esses chinês, que é que eles foram aprontar, tomaram conta de Nápoles inteira, falta pouco, e até propina nós vai pagar! — Enquanto cantava uma música de Pino d'Amato, Tucano tocou o dlin dlon que anunciava o novo cliente.

— Ah, mas é isso mesmo — disse Nicolas —, mais cedo ou

mais tarde a gente vai mesmo pagar aluguel pros chinês pra viver aqui.

— Mas quem foi que te disse que aqui nessa loja tem arma pra vender? — Eles vagavam pelos corredores, entre rapazes chineses que tentavam enfiar mais um cabide entre aqueles que já estavam amontoados, ou se empoleiravam nas escadas balouçantes para empilhar a enésima resma de papel.

— Entrei num chat e me disseram que tem que vim aqui.

— Só isso?

— É, eles vendem um monte de coisa. A gente tem que pedir pra falar com o Han.

— Acho que eles ganha mais dinheiro que a gente — disse Tucano.

— Com certeza. O pessoal compra mais lâmpada que fumo.

— Eu sempre vou comprar pra mim só o fumo, nada de lâmpada.

— Porque cê é um drogado — respondeu Nicolas, rindo, e deu um apertão no ombro dele. Depois se voltou para um vendedor. — Por favor, o Han está?

— Que é que cês quer? — respondeu o outro em um napolitano perfeito. Os dois ficaram encarando o chinês e não perceberam que o formigueiro onde haviam entrado estava paralisado. Até o vendedor equilibrado na escada os observava lá do alto com um pacote de papel na mão.

— Que é que cês quer? — o primeiro chinês insistiu, e Nicolas ia repetir a pergunta quando uma mulher chinesa de meia-idade que eles tinham visto atrás das caixas registradoras na entrada começou a gritar.

— Fora, fora, anda, fora! — Ela nem se levantara do estrado sobre o qual passara o dia inteiro empoleirada, recebendo dinheiro. Daquela distância, Nicolas e Tucano viam somente uma mulher gorda com cabelos pintados de loiro usando uma blusa florida que fazia sinais para eles saírem por onde tinham entrado.

— Eh, dona, mas qual que é? — Nicolas tentou entender, mas ela continuava a gritar "cês cai fora!", e os vendedores, que antes pareciam espalhados pelo imenso depósito, agora se aproximavam.

— Essas porra desses chinês — comentou Tucano, arrastando Nicolas. — Cê vê que cilada pegar informação num chat...

— Esses chinês de merda. Te juro pela minha mãe, quando a gente mandar, nós bota eles pra fora — disse o amigo. — Bota pra fora mesmo. Tem mais chinês que formiga. — E, para se vingar, deu um soco em um gato da sorte que estava sobre uma mesinha falsamente antiga bem no canto da entrada. O gato saiu voando e caiu em cima do leitor de preços de uma das caixas registradoras, estragando-o, mas a mulher enfurecida não se abalou e continuou a berrar sem parar.

Montaram na Beverly, enquanto Tucano repetia:

— Pra mim, parecia mais uma besteira das grande. — E saíram na direção da Galileo Ferraris. Fora de Chinatown. Não tinha dado em nada mesmo.

Poucos metros depois, uma moto colou na traseira da scooter. Aceleraram, com a moto logo atrás. Começaram a correr, queriam chegar naquele trecho da rua que dá na piazza Garibaldi e se misturar ao tráfego. Manobras, costurando entre ônibus e carros, Vespas, pedestres. Tucano se virava continuamente para controlar os movimentos de quem os seguia e adivinhar quais as suas intenções. Era um chinês de idade indefinível, não conseguia reconhecer o rosto dele, que, apesar de tudo, não parecia irritado. Em dado momento, começou a buzinar e a agitar muito os braços, fazendo sinal para que estacionassem. Eles tinham entrado no corso Arnaldo Lucci e parado um instante antes de chegar à Estação Central: aquele era o limite entre Chinatown e a casbá napolitana. Nicolas se deteve, e a moto parou ao lado dele. Os olhos dos dois estavam fixos nas mãos delicadas do chinês, que não passasse pela cabeça dele pegar um canivete, ou pior. Em vez disso, ele estendeu a mão para se apresentar:

— Sou Han.

— Ah, é você? E por que a mãezinha botou a gente pra fora da loja, merda? — disse Tucano, ríspido.

— Não é minha mãe.

— Ah, bom, se não é tua mãe, parece muito.

— O que cês quer? — perguntou Han, erguendo um pouco o queixo.

— Você sabe o que a gente quer...

— Então têm que vim comigo. Cês me seguem ou não?

— Onde cê vai levar a gente?

— Em uma garage.

— Tudo bem. — Fizeram um gesto com a cabeça e o seguiram. Precisavam dar meia-volta, mas em Nápoles as mudanças de pista podem custar horas de tráfego.

O chinês nem pensou em contornar a praça; as motonetas, pelo contrário, aproveitaram o espaço reservado para os pedestres entre um bloco de cimento e outro e foram parar na frente do Hotel Terminus. Dali, mais uma vez Galileo Ferraris e à esquerda de novo pela via Gianturco.

Nicolas e Tucano perceberam que viravam pela enésima vez à esquerda na via Brin. Eles tinham deixado para trás as cores e a movimentação. A via Brin parecia uma rua fantasma. Havia anúncios de depósitos para alugar em todos os cantos e, na frente de um desses lugares, Han estacionou. Fez um gesto com a cabeça para que o seguissem até lá dentro, e era melhor levar as motonetas. Passando a soleira, eles se encontraram em um pátio repleto de depósitos, alguns abandonados e dilapidados, outros superlotados de quinquilharias de todos os tipos. Eles seguiram

Han até uma garagem que parecia igual a todas as outras, só que era arrumadíssima. Lá havia, principalmente, brinquedos, cópias de marcas famosas, falsificações mais ou menos desavergonhadas. Prateleiras e mais prateleiras coloridas, das quais surgia tudo que tem neste mundo. Uns poucos anos atrás, um lugar daqueles os teria feito perder a cabeça.

— A gente descobriu que as rena e o Papai Noel são chinês.

Han deu risada. Era idêntico a todos os outros vendedores, e talvez também estivesse entre aqueles que tinham cercado os dois na loja, e talvez naquela ocasião tivesse rido daqueles meninos que procuravam por ele.

— Quanto vocês pode gastar?

Eles tinham mais, mas arriscaram baixo.

— Duzentos euro.

— Por duzentos euros eu nem subia na moto, num tenho nada desse valor.

— E agora eu acho que nós vai é embora — disse Tucano, pronto para dar a volta e sair.

— Mas se cês botar um pouco mais a mão no bolso, olha só o que posso oferecer...

Colocou de lado metralhadoras de plástico em caixas, bonecas e baldinhos para levar à praia, e pegou duas armas.

— Essa se chama Francotte, é um revólver. — Colocou na mão do Nicolas.

— Mano, pesa pra caraio.

Era uma pistola muito velha, oito milímetros, que de bonita só tinha a empunhadura, de madeira, lisa, bastante gasta, parecia um seixo amaciado pela água. Todo o resto — cano, gatilho, tambor — era de um cinzento sem vida, cheio de manchas que, mesmo limpando, não saíam, e além de tudo aquele ar de sobra de guerra, quer dizer, pior, de pistola usada para filmar os velhos filmes de caubói, daquelas que emperram de dois em dois minutos. Mas para Nicolas não importava. Esfregou a empunhadura e depois passou a apalpar o cano, enquanto Han e Tucano continuavam a brigar.

— Essa funciona, né, me trouxeram ela da Bélgica. É uma arma belga. Essa eu posso te dar por mil euros... — Han estava dizendo.

— Ah, mas de qualquer jeito ela parece um Colt — disse Tucano.

— Ah, é a prima-irmã do Colt.

— Mas essa coisa atira?

— Atira, mas só tem três balas.

— Quero exprimentar, senão num fico com ela. E cê me dá ela por seiscentos.

— Não, mas essa aqui, falando sério, se dou ela prum colecionador, arrumo cinquenta mil euro. Te juro — disse Han.

Tucano tentou ameaçar.

— É, mas o colecionador não é o cara que, se cê num vende ela, te queima o depósito, manda te prender e queima a loja.

Han não se perturbou e, voltando-se para Nicolas, disse:

— Cê trouxe junto o cão de guarda? Vai latir pra mim?

E com isso Tucano se defendeu:

— Continua assim e cê vai ver se a gente late e pronto, cê acredita que a gente não tá junto com o Sistema?

— Então vão te pegar.

— Mas quem vai pegar?!

A cada frase chegavam um pouco mais perto, por isso Nicolas encerrou a discussão, dizendo, seco:

— Ô, Tuca'.

— Quer saber, cês me fizeram ficar de saco cheio, cai fora, ou então essa pistola eu uso é em vocês — disse Han. Agora ele estava com o canivete a postos, mas Nicolas não tinha intenção de continuar com aquilo e ditou suas condições.

— Ô, china, vai devagar. A gente fica com uma só, mas tem que atirar.

— Vai, exprimenta — e a colocou na mão dele. Nicolas não conseguiu nem fazer o tambor sair para carregá-la. Tentou outra vez, e nada. — Porra, mas como é que esse treco funciona? — e a colocou nas mãos de Han, enfatizando a própria decepção.

Han pegou a arma e deu um tiro assim, sem nem ajeitar o braço. Nicolas e Tucano deram um pulo, como quando a gente sente uma explosão inesperada, e não é mais a consciência que responde, somente os nervos. Eles se envergonharam daquela reação involuntária.

O projétil havia decapitado com precisão uma boneca em uma prateleira alta, deixando imóvel o tronco cor-de-rosa. Han esperou que não lhe pedissem para atirar de novo.

— Mas o que é que a gente faz — disse Tucano — com essa arma aí?

— Por enquanto é a melhor coisa que a gente tem. É pegar ou largar.

— Dá pra gente — concluiu Nicolas. — Mas, como é uma velharia, cê dá ela pra gente por quinhentos euro, e ponto.

Nicolas levou a pistola para casa. Ele a colocou na cueca, o cano virado para baixo, fervendo.

Foi caminhando pelo corredor de azulejos brancos e verdes com desenvoltura. O pai estava esperando por ele na sala de jantar.

— Vamos jantar. Sua mãe chega mais tarde.

— Ahã.

— Mas que ahã! Isso é jeito de falar?

— Eu falo assim.

— Você escreve melhor do que fala.

O pai, de camisa xadrez, estava à cabeceira da mesa. Ele olhava o jeito de o filho andar como se fosse o filho de outra pessoa. A sala de jantar não era grande, mas era arrumada, decente, quase de bom gosto: móveis simples, o jogo de copos bons à vista em um armarinho, uma cerâmica de Deruta — achado de uma viagem pela Umbria — que costumava servir para colocar as frutas, toalha de mesa com estampa de peixe e tapetes kilim desbotados no chão. Tinham exagerado só com as luminárias e os lustres, mas essa era uma história antiga: um compromisso entre o passado (os lustres com pingentes) e o presente (as luminárias de mesa). Mena queria muita luz naquela casa; ele teria optado por menos coisas. Os livros estavam no corredor e em uma estante na sala.

— Chama o seu irmão e vem jantar.

Nicolas se limitou a erguer a voz sem se mover de onde estava:

— Christian!

O pai teve um tremor de raiva, o qual Nicolas não levou muito em consideração. Diminuiu, mas pouco, o tom da voz, e chamou de novo o irmão. E o irmão apareceu, de shorts, camiseta branca, um grande sorriso grato que iluminava o rosto, e foi sentar-se na mesma hora, arrastando a cadeira no chão.

— Ei, Christian, você sabe que sua mãe não quer. Levante a cadeira.

Ele levantou a cadeira quando já estava sentado nela, e o fez com os olhos grudados no irmão maior, que estava imóvel como uma estátua.

— Sente-se, senhor Ahã — disse o pai, e destampou a grande panela que tinha trazido à mesa. — Eu fiz macarrão com espinafre pra vocês.

— Espinafre e macarrão? Mas que que é? Nisida?

— E o que é que você sabe a respeito do que se come em Nisida?

— Eu sei.

— Ele sabe — repetiu o irmão caçula.

— E você tem de ficar de boca fechada — disse o pai, servindo a comida para um e dirigindo-se ao outro. — Sente-se, por favor. — Nicolas sentou-se à frente do prato de macarrão com espinafre com a arma do chinês enfiada na cueca. — O que você fez hoje? — perguntou.

— Nada — respondeu Nicolas.

— Com quem você estava?

— Ninguém.

O pai ficou com o garfo com macarrão na metade do caminho para a boca.

— E o que é todo esse nada? E quem é que é esse ninguém? — perguntou olhando para Christian, como se buscasse uma cumplicidade. Mas, enquanto isso, ele se lembrou de que tinha deixado a carne no fogo, levantou e desapareceu na cozinha. E de lá ele continuava falando. — Ninguém. Aquilo lá sai com ninguém. Aquele lá não faz nada, vocês entenderam: nada. E eu trabalho por todo esse nada. — A última frase ele repetiu na sala, com as bistecas na bandeja. — Eu trabalhei por todo esse nada.

Nicolas deu de ombros e ficou fazendo desenhos na toalha com os dentes do garfo.

— Vai, come — disse o pai, porque via que o caçula tinha limpado o prato e o mais velho não tinha nem encostado na comida. — Então, o que você fez? Foi para a escola? Não tinha ninguém na escola? Pediram pra você responder questões de história? — As perguntas se perdiam, e o filho menor estava com aquela cara de quem não entende o que está sendo falado, com uma expressão de indiferença gentil. — Mas come — continuou o pai, e Christian disse:

— Nico' é grande.

— Grande como, como assim grande? Você tem de ficar de boca fechada, e você, pelo contrário, come — disse, voltando-se para Nicolas. — Você entendeu que tem de comer? Vem pra casa, senta à mesa e come.

— Se eu como, depois me dá sono e não consigo mais estudar — disse Nicolas.

O pai, alterado, se controlou.

— Então depois você estuda?

Nicolas sabia onde atacar. Na escola, tinha sido notado por vários professores, principalmente nas redações; quando um tema o empolgava, ninguém era melhor que ele. De Marino, o professor de italiano, disse isso ao pai desde a primeira vez que se apresentou, no começo das aulas:

— Seu filho tem talento, tem um jeito muito particular de ver as coisas e de expressá-las. Como dizer... — abriu um sorriso. — Bem, ele sabe manipular o rumor do mundo e encontrar o tom exato para contá-lo. — Palavras que ele tinha guardado no peito e das quais se alimentava em segredo, como um filhotinho de pássaro, e as repetia para si quando alguma coisa no comportamento de Nicolas o deixava impaciente, o desencorajava. E ficava tranquilo assim que o via lendo, estudando, fazendo pesquisas na internet.

— Não, não estudo. Estudar o quê? — E olhou ao redor como se fosse para apreender novas certezas sobre a inconsistência daquelas paredes, daqueles utensílios domésticos, isso sem falar na foto do pai com uniforme de ginástica ao lado dos meninos que, uns dez anos antes, tinham vencido um campeonato qualquer de vôlei. Vôlei? E o que é isso? Teria de escrever uma redação sobre essa desgraça de campeonato para crianças idiotas, era o que teria de ter feito. Descrever a imundície dos pais, as espinhas dos rostos dos jogadores. Lembrou-se da arma que tinha na calça e se tocou.

— E por que é que você fica se tocando? Por que se toca? — Surgiu na testa do pai a ruga que aparecia quando desempenhava o papel de chefe de família. — Come, você entendeu que tem que comer?

— Não, esta noite não estou com fome — respondeu, e lançou sobre o pai um olhar vazio, sem nenhuma abertura, mais terrível que um insulto rebelde. O que é que eu devo fazer?, lia dentro dos olhos do pai. Você não vale nada, professor, respondia o filho com uma indiferença silenciosa.

— Você precisa estudar, você é bom aluno. Quando for a hora, pago pra você uma escola boa, um mestrado. Você pode ir para a Inglaterra, para os Estados Unidos. Ouço que tanta gente faz isso. Sim, eu sei o que acontece. E quando voltam, todos querem eles. Faço um empréstimo pra isso... — tinha afastado o prato, mas para não parecer patético começou a beliscar a comida, enchia a boca e se colocava aos pés do filho adolescente, para o qual aquele "pagar uma escola boa" teria sido motivo de riso. Não riu, certamente não por respeito, mas porque pela primeira vez se flagrou fazendo umas contas e imaginou que, se quisesse, aquela escola, aquela escola boa, ele mesmo a pagaria, ou melhor, ele mesmo a compraria, como fazem os verdadeiros chefões, e compraria logo, ele é que não ia fazer como todos que somavam os gastos com automóvel, os gastos com a motoneta, os gastos com a televisão. Depois o irmãozinho apareceu em seu campo de visão, e um sorriso finalmente surgiu.

— Pai, tenho que terminar a escola. Essa escola daqui — disse. — Mesmo que não valha nada.

— Nico', chega dessa história de nada, essa história de ninguém. Nós estamos aqui... — queria terminar com um ponto-final, queria fazer aquilo que sabia.

O jantar tinha acabado. O pai levou o que tinha de levar para a cozinha, arrumou tudo sozinho e, para não ficar sozinho dentro daquele teatro doméstico, tentava recomeçar a conversa.

Christian tinha comido em silêncio, os olhos fixos no prato: não via a hora de se trancar no quarto com o irmão. Nicolas havia piscado umas vezes com o sorriso de quem sabia o que fazia; estava claro que tinha alguma coisa importante para contar. Um sorriso que o pai notara e que reacendera a raiva dele:

— Mas você é uma droga, hein, Nicolas? Você só fez trapalhada. Só trouxe decepção para nós. Repetiu um ano. Mas e essa arrogância, de onde vem? Você é um burro dos grandes. O talento foi Deus nosso Pai quem te deu, e você tá desperdiçando como um idiota! — Aproveitava a ausência da mãe para desabafar.

— Já ouvi essa lorota, pai.

— E agora trate de aprender de cor. Assim talvez você seja menos arrogante.

— Vou fazer o quê? — respondeu, e ainda assim o pai parecia quase ter desconfiado de alguma coisa. Por mais que Nicolas pudesse ser habilidoso para dissimular, camuflar e esconder, levava para casa as marcas da mudança. Um acontecimento importante é uma corda que se enrola no corpo e a cada movimento aperta mais, esfrega e lacera, e por fim deixa na pele as marcas que todos conseguem ver. E Nicolas arrastava atrás de si, atada ao flanco, uma corda ainda amarrada à garagem dos chineses em Gianturco. À sua primeira arma.

Não tem lugar mais fácil que a encenação doméstica para fingir que não está acontecendo nada. E Nicolas fingia que não estava acontecendo nada.

Quando o pai terminou de dar o sermão, ele foi de fininho para o quarto, seguido por Christian.

— É claro que cê tava aprontando alguma — disse Christian, sorrindo, com a ansiedade de quem quer saber. Nicolas queria saborear a sensação de prolongar a espera do irmão por mais alguns minutos, e ficou mexendo no celular por um tempinho, até que na porta do quarto apareceu o rosto da mãe, que tinha acabado de voltar. Como se estivessem morrendo de sono, os dois foram depressa para a cama, com a televisão desligada e um brevíssimo "Oi, mãe", a única reação ao tímido gesto dela de iniciar uma conversa. O silêncio após cada pergunta a fez compreender que não escutaria outra resposta.

Assim que a porta foi fechada de novo, Christian pulou na cama do irmão.

— Conta, vai.

— Olha só! — ele respondeu, e apresentou a velha arma belga.

— Daora! — disse Christian, tirando-a da mão dele.

— Olha, presta atenção! Ela atira!

Passaram a arma de mão em mão, diversas vezes, acariciando-a.

— Abre ela um pouquinho! — pediu Christian.

Nicolas abriu o tambor do revólver, e o irmão fez com que ele o girasse. Parecia um menininho com sua primeira pistola de caubói.

— E o que é que a gente faz com ela?

— Com ela, bom, a gente começa a trampar.

— E...??

— A gente faz o que quer...

— Posso ir junto também quando cê for trampar?

— A gente vê. Mas, por favor, cê não pode contar pra ninguém.

— Mas que que é isso, cê tá de zoeira? — Depois o abraçou, como fazia toda vez que pedia um favor. — Esta noite cê pode deixar ela comigo? Eu coloco embaixo do travesseiro.

— Não, esta noite não — disse Nicolas, colocando a arma na cama. — Esta noite eu vou colocar ela embaixo do travesseiro.

— Amanhã eu, então!

— Ah, o.k., amanhã é você!

O jogo da guerra.

6. Balõezinhos

Nicolas só pensava em uma coisa: em como ajeitar a situação com Letizia. Não havia o que fazer, ela não respondia. Nem ao telefone, nem na janela: era a primeira vez que se comportava daquele modo, não escutando enquanto ele a bajulava, pedia perdão, fazia juras de amor. Pelo menos se tivesse gritado com ele, como fazia no começo sempre que brigavam, se pelo menos o tivesse insultado, mas nada, nem isso ela lhe concedia. E para ele, sem ela por perto, os dias pareciam incompletos. Sem as mensagens dela no WhatsApp, sem a sua doçura, ele se sentia vazio. Queria os carinhos de Letizia. Aqueles que merece quem trampa.

Estava na hora de ter uma boa ideia, e, para começar, foi procurar Cecilia, a melhor amiga de Letizia.

— Sai do meu pé — foi a primeira reação quando o viu. — Sai do meu pé, é problema de vocês.

— Não, que é isso, Ceci'. Você só tem que me fazer um favor.

— Não faço favor nenhum.

— Não, de verdade, só um favor. — E a obrigou a escutar

impedindo o acesso ao portão da casa dela. — Cê tem que deixar pra mim a scooter da Letizia fora da tua casa, a motoneta dela, porque tenho quc fazer umas coisa. Em casa, ela guarda a motoneta dentro da garagem, então não posso entrar. — Até podia, mas não era uma boa ideia arrombar a garagem da família de Letizia.

— Não, não, sem chance. Deixa pra lá, Nico'. — E cruzou os braços.

— Me pede qualquer coisa, me pede qualquer coisa e eu te dou, se você me fizer esse favor.

— Não… sério, a Letizia está, quer dizer… você fez uma merda das grandes com o Renatino, você foi um porco mesmo.

— Mas que é que isso tem a ver! Quando a gente gosta de uma pessoa, gosta mesmo, mas muito, muito mesmo, ninguém pode chegar perto dessa pessoa.

— Tá, mas não desse jeito — disse Cecilia.

— Cê me diz o que quer, mas me faz esse favor.

Cecilia parecia estar irredutível, sem botar um preço para a sua recusa. Na verdade, estava só avaliando a proposta.

— Dois ingressos pro show.

— Tudo bem.

— Cê num quer saber de quem?

— De qualquer um, tenho uma porrada de amigo cambista.

— O.k., então quero ir no show do Benji & Fede.

— E que porra é essa?

— Caraca, cê não conhece Benji & Fede?

— Tudo bem, tô pouco me importando, os ingressos são teu. Então, quando é que cê me faz esse favor?

— Amanhã à tardinha vem na minha casa.

— Tudo bem. Me manda um zap; tipo, escreve "tudo certo" e eu entendo.

Passou o dia inteiro procurando alguém que pudesse arrumar para ele os balões mais caros à venda nas lojas, conversava nos chats com todo mundo.

Marajá
Mano, uns balãozinho,
mas não aqueles que a gente encontra
no meio da rua. Bonitos, mano,
que em cada um dos balãozinho
tem que tá escrito I love you.

Dentinho
Nicolas, ma onde
que a gente encontra essa porra?

Marajá
Ah, me dá uma mão.

No dia seguinte, foram até Caivano, porque Drone tinha achado na internet que existia lá uma loja que fornecia equipamentos para festas temáticas, de gente importante, e até para alguns filmes e videoclipes. Comprou duzentos euros de balõezinhos e um tipo de bomba portátil para enchê-los com hélio.

Quando Nicolas recebeu a mensagem de Cecilia, eles já estavam na frente da casa, e começaram a trabalhar duro para encher pacotes e mais pacotes de balõezinhos. E um, dois, três, dez. Ele, Nicolas, Peixe Frouxo, Dentinho e Briato' enchiam, depois os prendiam com uma fita vermelha e os amarravam na motoneta. Quando ficou cheia de balõezinhos que subiam na direção do céu, a motoneta só ficou estacionada por causa do cavalete, as rodas erguidas alguns centímetros acima do chão.

Nicolas mandou uma mensagem pra Cecilia — "Faz ela descer" —, e então eles se esconderam atrás de um furgãozinho de mudanças estacionado do outro lado da rua.

— Preciso sair um pouquinho, Leti' — disse Cecilia, prendendo com um elástico os cabelos compridos que chegavam aos quadris, e se levantando da cadeira.

— E pur quê?

— Preciso sair um pouquinho. Tenho que fazer umas coisa.

— Mas assim? Cê num tinha me dito nada. Ah, vamo ficar em casa — Letizia estava quase deitada na cama da amiga, com um olhar indiferente. Apenas balançava as pernas, primeiro uma e depois a outra, e parecia que naquele movimento cadenciado concentrava toda a sua vitalidade.

Já fazia dias que ela estava assim; por isso, mesmo que Cecilia sentisse um pouco de ciúmes daquela história entre os dois, não aguentava mais a sua amiga naquele estado, e agora esperava que as coisas entre ela e Nicolas se ajeitassem.

— Não, não, eu preciso sair um pouquinho. É uma coisa superurgente. E além do mais, que coisa, vai fazer bem pra você também, vamo dar uma voltinha.

Levou uns minutos, mas no fim a convenceu. Mal saíram pelo portão, Letizia viu a labareda de balões e entendeu na hora. Deu de cara com Nicolas de repente, como se ele tivesse aparecido depois de um passe de mágica, e finalmente falou com ele:

— Caraca, cê é um desgraçado — disse, rindo.

Nicolas se aproximou dela:

— Morzinho, vamo tirar esse cavalete e a gente sai voando.

— Nico', num sei não — disse Letizia. — Cê fez um monte de merda.

— É verdade, morzinho, eu erro tanto, erro sempre. Mas eu erro por você.

— Hum, pra mim é só desculpa, cê é violento.

— Sou violento, sou um bosta. Cê pode me acusar de qualquer coisa. Faço essas coisa purque quando penso em você vem um fogo. Mas, em vez de ele acabar comigo, eu queimo ainda mais e fico mais forte. Num dá pra eu fazer nada. Se alguém te olha, eu quero castigar, é mais forte que eu. É como se acabasse com você.

— Mas num pode ser, cê é ciumento demais — resistia às palavras, mas acariciou o rosto dele com as duas mãos.

— Vô tentar mudar. Te juro. Tudo que eu faço, faço pensando que quero casar com você. Perto de você, quero ser o melhor homem que cê já conheceu, mas o melhor mesmo. — Aproveitou o gesto dela para segurar-lhe as mãos, virar as palmas e beijá-las.

— Mas o melhor não se comporta desse jeito — retrucou ela, fazendo beicinho e tentando soltar as mãos presas.

Nicolas as colocou levemente sobre o coração, depois as soltou com delicadeza.

— Se eu errei, errei purque pensava em te proteger.

Letizia tinha sobre si os olhos de Nicolas, mas também os de Peixe Frouxo, Dentinho, Briato', Cecilia e do pessoal do bairro: parou de resistir e o abraçou em meio a aplausos.

— Legal, fizeram as pazes — disse o Peixe Frouxo. Depois disso, Dentinho soltou na boca o gás hélio dos balões e começou a falar com aquela vozinha ardida, e todos os outros fizeram a mesma coisa. E aquelas vozes tão ridículas pareciam muito mais apropriadas que as vozes impostadas que eles procuravam ter.

E então Nicolas abriu caminho entre os balões na motoneta, carregou Letizia e a colocou quase no colo, tirou o cavalete e disse:

— E voa, vai, voa.

— Num preciso dos balões pra voar — Letizia o abraçava —, só preciso de você.

Nesse momento, Nicolas pegou um canivete e lentamente cortou as fitas dos balões. Amarelos, cor-de-rosa, vermelhos, azuis: um depois do outro, subiam para o céu, enchendo-o de cores, enquanto Letizia os seguia com o olhar finalmente alegre, maravilhado.

— Peraí, peraí! Moço, o senhor dá eles pra gente? — Umas crianças de seis, sete anos tinham se aproximado de Nicolas, atraídos por aqueles balões de uma beleza que nunca tinham visto antes.

Falaram com ele usando "senhor", e ele gostava disso.

— Mas o que é isso, nem precisa pedir.

E começou a cortar as fitas para amarrá-las ao pulso das crianças. Letizia o observava com admiração, e Nicolas acentuava as carícias e procurava com os olhos a maior quantidade possível de crianças às quais dar aquele presente.

7. Assaltos

Nicolas apareceu na frente do Novo Marajá, onde encontrou Agostino.

— Nada, Nico', num deixam a gente entrar, num deixam a gente botar os pé lá drento.

Do lado dele, Dentinho confirmava tristonho; por uns segundos tinha estado nos portões do paraíso, e agora tinham mandado ele a pontapés para a terra. Lollipop, pelo contrário, recém-saído da academia, os cabelos ainda molhados, parecia agitado.

— Que é isso? Mas que filhos da mãe.

— É, dizem que sem o Copacabana eles não têm certeza que a gente paga. E, de qualquer jeito, acabaram com a sala VIP dele.

— Porra, fizeram tudo rápido! Nem foi preso, já substituíram na hora — disse Nicolas. Ele ficava olhando ao redor, como se para encontrar uma porta de serviço, uma passagenzinha pela qual pudesse entrar.

Agostino se aproximou:

— Marajá, que é que nós faz? Tão fodendo a gente. Os outro

tão trabalhando, e a gente não... Sempre na reserva. A gente é sempre o substituto, e os outro sempre os professor.

Era preciso entender como se reorganizar. E cabia a Nicolas entender, o chefe era ele.

— A gente tem que fazer um assalto — disse, conciso.

Não era uma proposta, era uma constatação. O tom era aquele das decisões definitivas. Lollipop arregalou os olhos.

— Um assalto? — disse Agostino.

— É, um assalto.

— E com o quê, com nossos pau na mão? — disse o Dentinho, que foi despertado do torpor pela história do assalto.

— Eu tenho uma arma — disse Nicolas, e mostrou o velho instrumento belga.

Ao vê-la, Agostino caiu na risada:

— E que que é esse ferro-velho!

— Jesus, mas que porra é essa! Um filme de caubói! Agora cê virou caubói! — acrescentou o Dentinho.

— É isso que a gente tem e é com isso que a gente vai trampar. Vamo pegar os capacete das moto e ir.

Nicolas estava com as mãos afundadas nos bolsos. Esperando. Porque aquilo também era um teste. Quem daria para trás?

— E cê tem capacete? Eu não — disse Agostino. Era uma mentira das grandes, ele tinha um capacete, novo ainda por cima, mas era uma desculpa para ganhar tempo, para ver se Nicolas estava falando merda ou não.

— Eu tenho — disse o Dentinho.

— Eu também — confirmou o Lollipop.

— Foguinho, cê põe um lenço, um cachecol da tua mãe... — disse Nicolas.

— A gente precisa de um bastão. Vamo assaltar um supermercado — propôs Dentinho.

— Mas e a gente vai assim? Sem saber nada, sem ter feito

nem um reconhecimento? — perguntou Agostino. Agora, a balança pendia para o lado do assalto.

— Caraca, reconhecimento? Mas que é que cês são? Os *Caçadores de emoção*? Vamo, a gente entra no máximo cinco minuto, pega o dinheiro do caixa e vazamo. Eles já tão quase fechando. Depois a gente passa pras duas tabacaria perto da estação.

Nicolas marcou encontro com os três do lado de fora de sua casa uma hora depois. Motoneta e capacetes, essa era a senha, ele levaria o bastão. Uns anos antes tinha se apaixonado por beisebol e passara a colecionar bonés. Não entendia nada das regras e uma vez tentou ver uma partida na internet, mas se cansou logo. Só que o fascínio por aquele mundo tão norte-americano não havia perdido a força, e, por isso, roubara um taco que não fora etiquetado no Mondo Convenienza. Nunca tinha usado, mas gostava dele, achava que era agressivo, maldoso em sua simplicidade, igual àquele que Al Capone portava em *Os intocáveis*.

Já sabia a quem confiar o taco, e quando Agostino viu que o objeto foi oferecido para ele nem piscou, sabia que seria o responsável por empunhá-lo. Tinha manifestado muitas dúvidas.

Agostino estava na garupa da motoneta de Lollipop, que, para a ocasião, exibia um capacete da Shark que sabe lá onde ele tinha arrumado. Nicolas, por sua vez, levava o Dentinho, e os dois usavam capacetes cuja cor original tinha se apagado fazia tempo, substituída por riscos e amassados.

Aceleraram na direção do supermercado. Tinham escolhido um velho Crai, longe de Forcella, assim, se alguma coisa desse errado, não ficariam muito expostos. O supermercado estava para fechar, e exatamente por causa disso um carro da segurança privada estava estacionado na frente do estabelecimento.

— Cacete, que filhos da mãe! — disse Nicolas. Acariciava a empunhadura desgastada da arma, tinha descoberto que isso o relaxava. Aquilo ele não previra. Um erro que não cometeria de novo.

— Ô, eu te disse que precisa fazer um reconhecimento, seu idiota! Vamos direto lá pra tabacaria, vai — disse Agostino, saboreando uma pequena vingança, e deu uma palmada nas costas de Lollipop, que no mesmo instante acelerou a motoneta e ergueu o braço para avisar que sabia para onde ir. O destino era uma tabacaria igual às que existem aos milhares na Itália. Umas duas vitrines forradas de raspadinhas e de folhas A4 que confirmavam que sim, exatamente ali, na semana anterior alguém tinha ganhado vinte mil euros e mais do dobro no ano anterior, como se a boa sorte tivesse escolhido aquele lugar para dar vazão a todas as suas possibilidades. Na frente, nem ao menos um dos habituais desocupados que tentam a sorte por pouco dinheiro, a calçada estava vazia. Era o momento certo. Estacionaram as motonetas viradas na direção da via de fuga que instintivamente haviam julgado a mais segura: um cruzamento movimentado por baixo de um viaduto. Fariam um zigue-zague em meio às outras motonetas usando os automóveis como proteção.

Nicolas mal esperou que os outros apeassem das motonetas, já entrou com a pistola apontada:

— Filho da mãe, bota o dinheiro aqui dentro.

O dono da tabacaria, um homem baixo que usava uma camiseta suja, estava organizando os cigarros na prateleira atrás do balcão e não ouviu nada além de uma voz abafada pelo capacete. Não tinha entendido nada do que Nicolas dizia, mas bastou o tom para que ele se virasse com as mãos para o alto. Era um homem que já tinha passado da idade de se aposentar, e devia ter vivido essa cena outras vezes. Nicolas se inclinou sobre o balcão e apontou a pistola para a testa dele.

— Anda, bota o dinheiro, bota o dinheiro — disse Nicolas, e jogou na direção dele um saquinho plástico que tinha roubado da mãe depois de ter tirado de dentro dele as receitas do médico que estavam guardadas ali dentro.

— Calma, calma, calma — disse o homem —, calma, tá tudo certo. — Sabia que a conduta certa a adotar tinha de ser uma linha intermediária entre a colaboração e a resolução. Passividade em excesso faria com que pensassem que estava se divertindo à custa deles. Agressividade em excesso, e eles teriam decidido que aquele seria o último dia da vida dele. E nos dois casos o resultado seria o mesmo: uma bala na cabeça.

Nicolas se inclinou ainda mais, até apoiar o cano da pistola na testa do homem, que abaixou os braços e segurou o saquinho. Naquele instante entrou Agostino com o taco de beisebol, segurando-o atrás das costas, juntando energia para um swing de fora do campo.

— De quem que eu tenho que rachar as cabeça?!

Entrou também Dentinho. Trazia às costas a mochila da escola e, diligente, ia pegando borrachas, balas, canetas; ia passando a mão em tudo que encontrava, enquanto Nicolas seguia com os olhos o dono da tabacaria, que enchia o saquinho com um bolo de notas de dez e de vinte.

— Mano, vão rápido aê! — berrou Lollipop lá de fora. Era o menor dos quatro, e cabia a ele o papel de sentinela. Nicolas girou a pistola como se fosse para dizer para o dono da tabacaria que ele precisava andar depressa e, de fato, o homem retirou o resto do dinheiro da caixa registradora e depois voltou a erguer as mãos.

— Cê esqueceu das raspadinha — disse Nicolas.

O homem abaixou os braços de novo, mas, em vez de seguir as ordens de Nicolas, usou as mãos para indicar o saquinho e fazer com que ele entendesse que talvez aquilo que estava lá dentro fosse suficiente. Agora eles podiam ir embora.

— Me dá todas as raspadinha, viado, me dá todas as raspadinha! — berrou Nicolas. Agostino e Dentinho o olhavam em silêncio. O grito de Lollipop os levou até a saída, e não entendiam por que Nicolas perdia tempo com as raspadinhas. Aquela quantia de dinheiro parecia bastante até para eles. Mas não para Nicolas. Para ele, o comportamento do dono da tabacaria era um ultraje, então arrancou o saquinho da mão do homem e, com a coronha da pistola, o fez cair por terra. Depois se voltou para os outros dois e disse:

— Fora.

— Cacete, mas cê tá louco, Nico'! — Agostino gritou para ele, enquanto corriam no meio do tráfego.

— E agora, mano, vamo fazer igual num bar — Nicolas respondeu.

O bar parecia uma cópia da tabacaria. Duas vitrines ensebadas, mas cobertas de propagandas de croissants que tinham estado na moda uma década antes: um lugar anônimo, frequentado sempre pelas mesmas pessoas. Prestes a fechar, a porta de aço estava meio abaixada. Nicolas de novo foi o primeiro a entrar. O dinheiro do assalto na tabacaria estava debaixo do assento da motoneta, e ele tinha surrupiado um saco plástico de uma lixeira vazia. O dono do bar e dois garçons estavam colocando as cadeiras de pernas para cima sobre as mesas, e quase não perceberam quando Nicolas e Dentinho, que convencera Agostino a lhe dar o taco, haviam entrado.

— Passa pra nós tudo o dinhero, passa pra nós tudo o dinhero, bota tudo o dinhero aqui drento — berrou Nicolas, e jogou o saco de lixo nos pés dos garçons. Dessa vez, não tinha sacado a pistola, porque a adrenalina que corria pelas suas veias e a derradeira imagem do dono da tabacaria caído confirmavam para ele que nada poderia dar errado. Mas o mais jovem dos garçons, um mocinho com o rosto marcado pela acne e que talvez fosse uns dois anos mais velho que Nicolas, deu um pontapé no saco plástico, fazendo-o parar embaixo de uma mesa. Nicolas colocou a mão nas costas — se queriam acabar cheios de chumbo, para ele não tinha o menor problema —, e o taco queimava nas mãos de Dentinho. Começou com as xícaras de café alinhadas, prontas para o café da manhã do dia seguinte. Ele as estraçalhou com um só golpe, fazendo voar cacos por todos os lados, até sobre Nicolas, que, instintivamente, tirou a mão das costas e a levou ao rosto, mesmo usando o capacete. Depois foi a vez das bebidas destiladas. Um esguicho cor de âmbar jorrou de uma garrafa de Jägermeister e foi parar no rosto do jovem garçom que tinha chutado o saco plástico.

— Primero arrebento com a caixa, mas juro que depois é uma cabeça — disse o Dentinho. Virava o bastão em turnos sobre os garçons, como se fosse decidir de qual crânio arrancaria a pele em primeiro lugar. Nicolas pensou que mais tarde acertaria as contas com o Dentinho. Mas não era a hora e, para aumentar a pressão, finalmente conseguiu sacar a pistola.

O garçom com o rosto cheio de acne caiu de joelhos e recuperou o saco plástico, enquanto seu colega foi rapidamente até a caixa registradora e apertou o botão para abri-la. O dia devia ter sido bom, porque Nicolas viu uma porção de notas de cinquenta. Enquanto isso, Agostino, atraído por toda aquela confusão, tinha entrado discretamente no bar e, em outra mochila, começou a enfiar garrafas de uísque e de vodca poupadas da fúria de Dentinho.

— Mano, cês tão aqui faz um minuto e meio, otra vez. Mas que bando de bunda-mole! — O grito de Lollipop fez com que os três meninos se apressassem; em um segundo estavam todos fora. De novo sobre a motoneta, de novo no meio do tráfego. Cada um perdido em seus pensamentos. Tudo tinha sido tão fácil, tão rápido, como um golpe dos bons. Só Nicolas tinha outros pensamentos na cabeça e, enquanto com a mão direita manobrava o guidão para se esquivar de um Punto que tinha resolvido frear sabe-se lá por qual motivo, com a esquerda escrevia uma mensagem para Letizia: "Boa noite, minha Panterinha".

Quando acordou, com os olhos ainda pesados de sono e o barulho do dia anterior nos ouvidos, a primeira coisa que Nicolas fez foi verificar o celular. Letizia tinha respondido para ele, como era de se esperar, e até mandou uma sequência de coraçõezinhos.

Chegou à escola lá pelas dez horas e, já que estava atrasado, pensou que meia hora a mais ou a menos não faria diferença, então se refugiou no banheiro para fumar maconha. No terceiro horário, lembrava bem, teria aula com De Marino. Ele era o único que suportava. Ou que, pelo menos, não lhe era indiferente. Pouco se importava com o que o professor falava, mas reconhecia a tenacidade dele. Não se resignava a não ser escutado e procurava atingir os meninos que tinha à sua frente. Nicolas o respeitava por isso, mesmo sabendo que Valerio De Marino não salvaria ninguém.

Tocou o sinal. Rumor de portas se escancarando e de passos nos corredores. O banheiro onde havia se refugiado seria tomado de assalto em pouco tempo, então Nicolas jogou o resto do baseado na privada e foi se sentar em sua carteira. De Marino entrou olhando para os alunos, não como faziam os outros professores, que viam a docência como uma parte da linha de montagem. Quanto mais cedo termina o turno, mais cedo se volta para casa.

Esperou que todos chegassem e depois pegou um livro, que segurava como se fosse uma coisa qualquer. Estava sentado na cadeira e tamborilava com o livro em um dos joelhos.

Nicolas o olhava fixamente, sem se preocupar com o fato de que De Marino também o encarava.

— Fiorillo, é perda de tempo fazer perguntas, né?

— Inútil, professor. Tô com uma dor de cabeça que é um inferno.

— Mas você pelo menos sabe o que estamos estudando?

— Como não?

— Mmmm. Olha que isto não é uma pergunta: agora me diga o que estamos estudando. Vou fazer uma pergunta mais bonita para você, porque a uma pergunta bonita se responde, de uma pergunta severa a gente foge. Ou não?

— Como o senhor quiser — disse Nicolas, e deu de ombros.

— Das coisas de que estamos falando, do que você mais gosta?

Nicolas sabia exatamente do que estavam falando.

— Gosto do Maquiavel.

— E por quê?

— Pruque te ensina a mandar.

8. A miniparanza

Nicolas tinha de encontrar um jeito de ganhar dinheiro agora que, com a prisão de Copacabana, os pontos de venda estavam fechados. Ele prestava atenção ao que acontecia, tentava entender por onde recomeçar. Copacabana sabia que precisava fazer a grana circular, que não tinha tempo. Don Feliciano tinha decidido abrir o bico para a justiça, falava sem parar. A escolha de um substituto como chefe da zona estava nas mãos, depois de se casar com Viola Striano, do Gatão, ele mesmo, que devia ter falado do assunto com Copacabana. Mas ele não estava fazendo isso.

Na prisão, as notícias não chegavam a Copacabana; os chefões ficavam de boca fechada e de boca fechada também ficavam suas esposas. O que estava acontecendo? Ele não queria as extorsões. Existem dois caminhos: ou cês pratica extorsão, ou faz os ponto de venda de fumo e de cocaína. Ou as lojas não pagam e você mantém os pontos, ou então as lojas pagam para não ter concorrência. Essa era a convicção dele.

Nicolas, Agostino e Briato' estavam pensando, depois dos assaltos, em fazer sua primeira extorsão com a arma velha.

— A gente vamo fazer! — disse o Briato'. — Nicolas, juro que vamo fazer!

Estavam na saleta, jogavam no videopôquer os trocados dos assaltos e, enquanto isso, faziam planos. Dentinho e Biscoitinho preferiam escutar, por enquanto.

— Os ambulante... Tudo os ambulante que tão na rua tem que pagar pra gente — continuou o Briato'. — A gente bota a arma na boca dessas porra de marroquino e de preto e fazemo eles dar dez, quinze euro por dia.

— E que porra nós faz com isso? — perguntou Agostino.

— E aí também lá no estádio com certeza tem gente que pagava pro Copacabana.

— Não, acho que o Copacabana num cobrava nada no estádio.

— E aí a gente assalta os dono de carro depois da partida.

— Sim, mas, velho, se nós num junta uma grana, se num faz as coisa junto, vamo ser sempre os dependente desocupado de alguém! Saca ou não?

— Pra mim tá bom assim. Por enquanto a gente trampa, depois a gente vê — disse Agostino, e colocou dois euros no videopôquer; depois, apertando o botão para iniciar, acrescentou: — Copacabana disse isso.

— Que é que cê disse? Ele falou com você? — perguntou Nicolas, brusco.

— Não, num é que ele conversou comigo... Mas a mulher, a brasileira, disse que até o Gatão num resolver as coisa junto com ele, num dá pra fazer nada; então a gente tem que se virar, e aí ele num pode dizer nada, a gente tá arrumando dinheiro.

— Ah, é, agora é o Gatão — disse Dentinho. — Pergunta pra ele... Ele nunca tirou a bunda do lugar, o Gatão resolve e pronto! Se Don Feliciano ainda mandava, num acontecia isso. Como é que em Nápoles ninguém sabe quem manda? — Deu um pontapé na máquina, que, em poucos minutos, entre uma conversa e outra, tinha engolido trinta euros deles, e foi se sentar em uma cadeira de plástico ali do lado.

— Aquele merda do Don Feliciano — disse Nicolas — deixou a gente na mão. Quanto menos a gente fala nele, melhor.

— Ele não foi sempre um merda — interveio o Dentinho.

— Deixa pra lá — disse Agostino, que se apoiou com os cotovelos na mesa para enrolar um baseado em silêncio e, em silêncio, o passou para os outros. O cheiro da maconha era sempre o melhor, fazia com que eles na hora se sentissem muito bem. Dentinho soltava a fumaça pelo buraco dos dentes incisivos quebrados, fumava sempre assim, e com aquele truque às vezes até pegava umas minas. Quando chegou a vez do Biscoitinho, ele puxou com força e, ao passar para Agostino, deu sua opinião:

— Eu acho que o Marajá tem razão. A gente tem que ficar junto... Isso de cada um cuidando dos seus poblema num dá certo.

O tormento de Agostino era que ficar junto significava também escolher um lado para ser a favor ou contra. Ao contrário disso, trabalhar todo dia por conta própria signficava, no máximo, deixar alguém com raiva e depois ter de pedir desculpas, dando uma parte do dinheiro ganho, ou no máximo levar umas pauladas. Passar a ficar junto, a se organizar, significava, além do mais, ter um chefe, e Agostino sabia que não seria ele. Sabia também que, nesse caso, teria de decidir com o primo-irmão do seu pai os próximos passos, então seu destino seria necessariamente se tornar um pau-mandado ou um vira-casaca, e nenhuma das duas alternativas lhe agradava.

Quase para reforçar sua afirmação, Biscoitinho tirou do bolso um punhado de notas, enroladas como se fossem papéis de bala amarrotados.

— Caralho, mas como é que cê tem esse dinheiro todo? — perguntou Dentinho, com olhos arregalados.

Biscoitinho respondeu, duro:

— Os menino corajoso não anda com carteira. Cê lembra do Lefty?

— Mano, para com isso. O Biscoitinho fez cê ficar com cara de bundão — disse Nicolas, dando um tabefe na nuca de Dentinho.

— Mas o dinheiro do Lefty fica tudo arrumado e preso com um clipe. Assim é uma nojera, tudo amontoado.

— Ô mano — disse o Nicolas —, quem é que lembra como o Lefty chama o dólar?

— Alface — disse o Agostino apagando a ponta do baseado embaixo da mesa.

— É isso mesmo — confirmou Nicolas, e chegou ao ponto. — E como é que cê arrumou essa alface, Biscoitinho?

— Com os meus amigo, Oreste e Rinuccio.

— Quem são esses bosta? — perguntou, atento, porque cada nome desconhecido era um possível inimigo.

— Oreste! — ele repetiu, erguendo um pouquinho a voz, como se estivesse na frente de um centenário meio surdo.

— Num é o Oreste Teletabbi?

— É!

— Mas ele tem oito ano! Cê quer dizer que você, Teletabbi e…?

— E o Rinuccio!

— Mas o Rinuccio, o irmão do Carlitos Way dos Capelloni?! O Rinuccio Mijãozinho?

— Isso, ele mesmo! — exclamou, como se fosse dizer "Ah, até que enfim cê entendeu!".

— E daí? Como é que cês arrumou o dinheiro? — Nicolas o olhava com aqueles olhos negros que atiçavam o fogo, entre incrédulo e interessado. Como é que eles tinham conseguido, aqueles ranhentos, juntar todo esse dinheiro? De qualquer jeito, Biscoitinho juntou, e de algum lugar o dinheiro tinha de ter saído.

— Ah, ah — disse o Dentinho — eles fizero a guerra dos pivete.

— A gente faz tudo nos brinquedo onde tão as criança.

Disse muito sério, com o queixo erguido de orgulho. Os outros caíram na gargalhada.

— Brinquedo de criança? Mas que porra é essa? É nos carrossel?

— Não, nos jardinzinho e nos parquinho dos centro comercial!

— E aí, que porra cês faz?

— Quer vim ver? Hoje a gente vai trampar na piazza Cavour.

Nicolas assentiu, era o único que o tinha levado a sério:

— Vamo, eu vô atrás de você.

Briato' foi na garupa da scooter de Nicolas, enquanto os outros, na rua, com as mãos em concha na boca, berravam:

— Conta pra gente depois desse assalto no banco, e o que que o Mijãozinho faz pra ajudar!

Biscoitinho montou na sua bicicleta Rockrider e, percebendo que eles ainda estavam rindo, se virou pra mostrar a língua.

Pedalou até a piazza Cavour, parando apenas na frente da fonte dos patinhos, onde o Tritão ainda conservava manchas azuis, resultado da comemoração do primeiro Campeonato Italiano vencido pelo Napoli. Seu pai, naquela época, era mais novo do que ele agora, e já contou diversas vezes que, com aquela vitória, a cidade enlouqueceu por dias e noites seguidos, e ele viu com os próprios olhos pintarem a estátua de bronze. Biscoitinho gostava de notar que alguns dos vestígios daquela festa ainda sobreviviam na sua época, e toda vez que passava pela piazza Cavour experimentava certa tristeza, porque ali se sentia mais ligado ao seu pai do que quando ia ao túmulo dele com a mãe aos domingos.

Ele se ergueu sobre os pedais para ficar mais alto do que seu metro e trinta e cinco e olhou à direita e à esquerda, como um melro que procura a fêmea. Viu onde Nicolas e Briato' tinham parado, na entrada dos jardinzinhos, e depois viu Mijãozinho e Oreste Teletabbi chegando. Eram mais novos que ele uns dois anos, talvez só um ano. Tinham a fisionomia das crianças que já conheciam tudo, falavam de sexo e de armas: nenhum adulto, desde que eles tinham nascido, acreditava que houvesse verdades, fatos e comportamentos que não pudessem ouvir. Em Nápoles não existem fases de crescimento: já se nasce na realidade, dentro dela, você não a descobre aos poucos.

Não estavam sozinhos, Mijãozinho e Teletabbi. Cada um trazia dois meninos na bicicleta, em pé, e atrás deles vinha uma nuvem de menininhos. Ciganos, claro. Nicolas e Briato' desceram da motoneta e observaram toda a cena, entretidos, os braços cruzados. A miniparanza se aproximava do carrossel com muito estardalhaço: tiravam os menorezinhos do balanço e espantavam as outras crianças, que caíam de bruços no chão, assustando-as e fazendo-as chorar. As mamães e as babás gritavam com eles:

— Mas que é que vocês vieram fazer? Fora... — e — Ah, mãe de Deus, mas que é que cês tão aprontando? — enquanto corriam para consolar os pequenos, pegando-os nos braços para ir embora.

Em poucos minutos, o parquinho inteiro se transformou em uma poeirada confusa e barulhenta, uma bagunça em que não se entendia mais nada. Depois Biscoitinho, adotando uma expressão respeitosa que lhe caía muito mal, interferiu para restabelecer a calma:

— Dona, dona, cês não se preocupe, mando eles embora

daqui, eu mando eles embora daqui! — e começou a gritar para os outros ciganos. — Cai fora, cai fora! Ciganos de merda! Some daqui!

Ele e Teletabbi começaram a expulsá-los. Os ciganos se afastavam um pouco e voltavam em seguida. Foi então que Biscoitinho disse:

— Dona, se as sinhora me dão cinco euro, eu fico atrás deles o dia inteiro, e eles num volta mais!

Aquele era o pedágio a ser pago para que as crianças pudessem aproveitar o carrossel com tranquilidade, as mulheres compreenderam rapidamente; e assim havia as que davam cinco euros para ele, as que davam três... Cada uma pagava conforme podia... e para eles estava bom assim.

Dinheiro arrecadado, a miniparanza se despediu e o parquinho voltou ao ritmo que seguia antes da chegada deles.

Biscoitinho foi na direção de Nicolas e Briato' e apresentou para eles Mijãozinho e Teletabbi. Mijãozinho disse para Nicolas:

— Eu te conheço, te vi com me' irmão!

— Meus cumprimento pra ele. Como é que tá o Carlitos Way?

— Tá todo elétrico.

— Que bom, quer dizer que tá feliz.

— Mas ele é o melhor — disse Biscoitinho, se referindo ao amigo. — Junto a gente faz um esquema dos bom.

— E qual é? — perguntou Briato'. Depois do que tinham visto, não se espantavam mais com as coisas que aqueles ranhentinhos podiam inventar.

— É que ele, quando os cigano vai s'embora, chega e rouba umas duas ou três bolsa. Tá veno as vovozinha que larga elas nos banco... Eu vou atrás dele e recupero as bolsa. As sinhora agradece a gente com dez euro, às vezes vinte. Tá sempre cheio de vovozinha.

Nicolas se inclinou para olhar direto nos olhos dele e, colocando uma das mãos nas costas de Biscoitinho e a outra nas costas de Mijãozinho, apertando um pouco, disse:

— Quanto cês pagam pra esses ciganinho?

— Pagar, mas que que é isso... dou pra eles um croquete, uma pizza frita. Agora, por exemplo, tão trampando de graça porque dei pra eles a bicicleta da minha irmã, que ela já não quer mais.

Até aquelas criancinhas selvagens tinham encontrado um jeito de arrumar o dinheiro delas valendo-se da extorsão, fazendo uma aliança com os ciganos. Ele também precisava encontrar alguém com uma posição boa para fazer um acordo, era indispensável para formar uma paranza. Mas quem? Don Feliciano Striano estava fora, Copacabana se mantinha firme, contudo estava em Poggioreale, e 'o Gatão era o estrangeiro que estava abocanhando o coração de Nápoles.

9. Máquina de solda

Estavam na saleta, como de costume, quando Tucano, com o celular na mão, disse:

— Mano, olha aqui. Dá uma olhada nesse tuíte.

Ninguém ergueu os olhos, só o Lollipop comentou:

— Essas besta que fica falando de futebol na internet.

— Mas que futebol? Assaltaram o Novo Marajá. Limparam ele todinho. Tá aqui na notícia.

Nicolas disse na hora:

— Me passa o link.

Com os olhos pulava de uma página para outra, e com o polegar rolava fotos, declarações. Tinham roubado, à noite, tudo que era possível roubar. Levaram tudo. Louças, computadores, candelabros, cadeiras. Encheram um caminhão com as coisas no dia em que o local não funcionava. Os alarmes haviam sido desativados.

— Orra — disse o Nicolas. — Eu quero mesmo é saber quem foi. E aquele cuzão do Oscar, mano, que que ele vai fazer agora, ficar coçando o saco?

Telefonou na hora para o Oscar, que não respondeu. Então mandou uma mensagem: "É o Nicolas, responde". Nada. Mandou outra: "É o Nicolas, responde, urgente mesmo". Nada. Ligou para o Eutavadizendo:

— Cê viu o que aconteceu no Novo Marajá?

— Não, o que aconteceu?

— Roubaram tudo!

— Que é que cê tá dizendo?

— É isso, num deixaram nada! Nós tem que saber quem é que foi.

— E por que, cê virou detetive?

— Eutavadizendo, se a gente descobre quem foi, ninguém tira a saleta da gente.

— Mas, se roubaram tudo, talvez feche mesmo.

— Impossível. Com aquele terraço dando pra Posillipo ninguém pode fechar. Vem aqui em casa!

Eutavadizendo chegou depois de uma hora.

— Mas que merda cê tava fazendo? — foi como Nicolas o recebeu. Durante aquela hora, tinha pensado em tudo, até em sacar a Francotte e fazê-la dançar um pouco na frente dos olhos dele, para ver em quanto tempo ele borraria as calças. Mas logo Eutavadizendo o fez mudar de ideia:

— Fui falar com meu pai.

O pai do Eutavadizendo tinha sido receptador por muitos anos, e agora, depois de ter saído da cadeia, era garçom em um restaurante em Borgo Marinari.

— Meu pai me disse que a gente tem que ir… — e enquanto se sentava na cama fez uma pausa dramática.

— Aonde?!

— Ah, eu tava dizendo, falar c'os cigano.

— C'os cigano?

— É, eu tava dizendo isso mesmo! Tem que ir falar c'os cigano.

— E daí?

— Meu pai disse que ele acha que ou são os cigano ou é qualquer um outro que quer ganhar dinheiro com o seguro. E então fizeram o serviço sozinho.

— Eu acho estranho — reagiu Nicolas —, eles tão cheio de grana.

Eutavadizendo tinha cruzado os braços atrás da cabeça e fechado os olhos. Quando tornou a abri-los, Nicolas estava apontando a pistola em sua direção, mas ele nem piscou. A segurança que lhe faltava para falar e o uso obsessivo de certas palavras responsáveis pelo seu apelido eram compensados pela frieza que mantinha perante as situações mais perigosas.

— Ah, cê trouxe também a arma — disse, com voz rouca.

— Isso mesmo — respondeu Nicolas, e colocou a pistola nas costas. — Vamo fazer uma visita pros cigano.

Saíram com a Beverly de Nicolas e se dirigiram para além de Gianturco. Foram direto para o acampamento nômade. Uma favela que, antes de chegar aos olhos, chegava ao nariz, com aquele fedor de roupas nunca lavadas, de chapas de metal quentes por causa do sol, de crianças sujas que chafurdavam na lama. Para recebê-los, na frente dos trailers, somente mulheres e crianças. Ao redor delas, um bando de pivetes correndo, gritando, brincando com uma bola meio murcha. Mal apeou da motoneta, Nicolas ficou agressivo e começou a gritar na cara de todo mundo:

— Quem é que manda aqui? Cês tem uma porra de um chefe? — Entre as muitas estratégias possíveis de serem adotadas, a do cachorro que morde em vez de ladrar lhe parecia a mais eficaz.

— O que vocês querem, com quem querem falar? — respondeu uma mulher grandalhona, levantando-se da cadeira de plástico e dando uns passos cambaleantes na direção dele.

— Com um chefe de vocês, com o marido de vocês, quem manda nessa porra aqui? Quem é que rouba? Quem é que limpa as villa? Quem é que limpou o Marajá? Eu quero saber.

— Cai fora! — um menino chegou e o empurrou. De onde ele tinha surgido? Como resposta, Nicolas deu uma joelhada na barriga dele que o fez cair no chão, na frente das mulheres que vinham correndo, desajeitadas com suas saias longas. A que parecia mais jovem, com os cabelos de um loiro acinzentado presos em um lenço, se voltou para Eutavadizendo:

— O que vocês vieram fazer? O que querem? — na voz, nem um pingo de medo, só aborrecimento e espanto.

Enquanto isso, as outras davam trancos em Nicolas, o puxavam de todos os lados, segurando-o pela camiseta; ele mais parecia estar sendo disputado que atacado. Quando conseguia se firmar para recuperar o equilíbrio, em seguida vinha outra mulher que o puxava para o lado dela. Se Nicolas não tivesse sacado a pistola, apontando-a aleatoriamente contra aquele bando enlouquecido, aquela dança poderia durar uma eternidade. E não foi mais que um instante: sentiu um bíceps ao redor do pescoço o apertar por trás. Não conseguia respirar, e a sensação era de que seu pomo de adão tinha ido parar na boca. Enquanto sua vista se turvava, viu Eutavadizendo correr na direção da motoneta.

Os ciganos nem se deram conta, ou, mais provavelmente, não se preocuparam, pois já tinham capturado quem lhes interessava: arrastaram Nicolas para uma barraca e o amarraram a uma cadeira de madeira com pernas de metal, que deviam ter roubado de uma escola ou de uma enfermaria, e então começaram a lhe dar bofetadas e socos, perguntando, de modo obsessivo, o que ele estava procurando e o que tinha ido fazer lá.

— Agora a gente te mata.

— Você queria atirar nas nossas crianças?

Nicolas estava contaminado pelo medo e sentia nojo da situação, porque não, os ciganos não deveriam deixá-lo com medo. Continuava a repetir: "Vocês roubaram, vocês roubaram!". Parecia completamente atordoado. E quanto mais repetia, mais tabefes levava.

Eutavadizendo, nesse meio-tempo, foi chamar o único que tinha condição de lhe dar uma mão, o único que tinha sangue azul: Drago'. Ele era um Striano, e os ciganos não podiam estar na ativa sem o consentimento das famílias. Mas ninguém atendia o celular; na terceira chamada sem resposta, Eutavadizendo se lançou na direção de Forcella.

Ele o encontrou na saleta jogando bilhar. Eutavadizendo entrou sem cumprimentar ninguém e se jogou por cima do Drago', que estava curvado sobre a mesa.

— Drago', nós tem que ir depressa, vem, vem, vem!

— Que tá acontecendo? — perguntou Drago', que percebera que a coisa estava feia e colocara o taco de lado.

— Nicolas, os ciganos pegaram ele!

— Ah, tá, tudo bem, eles raptaram ele — disse, rindo.

— Pegaram ele mesmo, anda, vai!

Drago' não fez mais perguntas, deixou a partida pela metade e foi atrás dele. Na motoneta, Eutavadizendo contou aos berros como eles foram parar lá.

— Mas ele fez mesmo essa merda?

— Ele disse que foi os cigano, mas, eu tava dizendo, não sei mesmo quem é essa gente.

Nesse ínterim, na barraca onde Nicolas era mantido prisioneiro, entrou aquele que devia ser o chefe. Ele andava como se tudo ali dentro fosse propriedade sua. Não eram seres humanos, nem animais. Só coisas. E, é claro, coisas suas. Usava uma roupa esportiva da Adidas que parecia recém-comprada. Como era alguns números maior, o cigano tinha dobrado as mangas algumas vezes, e a calça arrastava pelo chão. Estava visivelmente preocupado com aquela invasão e mastigava com avidez um palito de dentes. Falava um italiano básico, devia ter chegado havia pouco tempo.

— E quem é você, porra?

— Nicolas, da via dei Tribunali.

— E você pertence a quem?

— A mim.

— A você mesmo? Me disseram que você colocou a pistola na cara das crianças. Aqui você morre, sabia?

— Cê num pode me matar.

— E por quê? Você acha que tenho medo da tua mãe, que vai vir pegar os teus pedaço aqui? — O cigano evitava encarar Nicolas e olhava fixamente a ponta dos sapatos. Adidas. Brilhantes. — Aqui você morre — repetiu.

— Não, e cê ganha tua vida — disse Nicolas, e virou a cabeça para incluir todos na conversa. Depois continuou, voltado para o chefe. — Cê ganha tua vida porque quando eu virar um chefão não venho aqui matar você e os teus cigano um por um. Então, cê não pode me fazer mal, porque se me fizer mal, cês tudo vão morrer. — A bofetada que lhe atingiu o lado direito do rosto deixou sua vista embaçada, e depois de piscar algumas vezes apareceu de novo na sua frente o homem com roupa de ginástica.

— Ah, então você vai virar chefe...

Outra bofetada, dessa vez dada sem muita convicção. O rosto já estava vermelho, os vasos capilares dilacerados, mas o sangue ainda não corria, só uma sombra sobre os dentes, por causa dos lábios que tremiam. Estavam curiosos para saber quem tinha mandado o garoto, e era isso o que os preocupava. Um murmúrio de vozes dos meninos lá fora se fez ouvir, e um homem colocou a cabeça dentro da barraca:

— O amigo voltou.

E, então, a voz do Eutavadizendo:

— Nicolas, Nicolas, onde cê tá?

— Ah, olha só, a amiguinha veio — disse o chefe, e deu-lhe um novo soco. Enquanto isso, Drago' e Eutavadizendo foram rodeados pelo habitual grupo de mulheres e de meninos. Entrar naquele acampamento era como pisar em um formigueiro: as pessoas se aproximavam às dezenas, como as formigas que sobem no pé, no tornozelo, na panturrilha, para defender o ninho.

— Eu sou o Luigi Striano — berrou Drago'. — Vocês conhecem o meu pai.

Houve um silêncio na barraca, e até o círculo que estava se fechando ao redor dos dois meninos parou de avançar.

— O meu pai é Nunzio Striano, o Vice-Rei, irmão do Feliciano Striano, 'o Nobre; o meu avô é Luigi Striano, 'o Soberano, eu tenho o nome dele.

Com a palavra "vice-rei", o chefe dos ciganos se deteve, dobrou as mangas da roupa esportiva como para ficar apresentável e saiu da barraca. À sua passagem, se formou um corredor entre as pessoas que tinham cercado Drago' e Eutavadizendo, semelhante ao movimento das espigas de trigo se dobrando a cada passo.

— Você é filho do Vice-Rei?

— É, ele é o meu pai.

— Sou o Mojo — disse, estendendo-lhe a mão. — Mas que porra esses aí estão fazendo? Que porra estão fazendo aqui? Não chegou notícia do Vice-Rei, o que está acontecendo?

— Me deixa falar com o Nicolas.

E o encontraram sorrindo, arrogante. Agora as coisas tinham mudado, e ele podia se dar ao luxo de fabricar um pouco de saliva e de sangue para emporcalhar aquela porra daquela roupa de ginástica bonita do cigano. A cusparada caiu exatamente nas três folhas negras do logo, e Mojo deu um pulo para a frente. Drago' o deteve com um tapa e fez com que ele se lembrasse de onde ele vinha, e para onde ele, Mojo, voltaria.

— Solta ele, e rápido — disse o Drago'.

Mojo fez um gesto com a cabeça e soltaram Nicolas. Drago' quis perguntar para Nicolas que porra ele estava fazendo ali, mas com isso Mojo entenderia que eles não estavam ali a mando do Vice-Rei, então continuou com a encenação:

— Nicolas, explica pro Mojo por que cês vieram aqui.

— Porque vocês roubaram, roubaram o Novo Marajá.

— A gente não roubou nada.

— Mas é claro que foram vocês, e agora têm que devolver.

Mojo colocou a mão no pescoço dele:

— Mas nós não roubamos porra nenhuma.

— Calma, calma. — Eutavadizendo separou os dois.

Nicolas olhou para ele:

— Então, limparam o Novo Marajá em Posillipo; só vocês podia fazer isso, usaram o caminhão.

— A gente não fez porra nenhuma.

Drago' inventou:

— Meu pai pensa que sim, todas as famílias do Sistema pensam que sim.

Mojo ergueu o braço em um gesto como de rendição e depois pediu que os meninos o seguissem:

— Vem ver, vem ver os caminhão! — Os caminhões eram três Fiorino brancas e sem identificação, idênticas e bem cuidadas. Acima de qualquer suspeita. Prontas para partir.

Mojo abriu as portas traseiras e, enquanto com o dorso da mão tentava limpar a roupa, disse:

— Olha só, olha só o que é que tem. — Na penumbra, puderam ver caixas de máquinas de lavar roupa, geladeiras, televisões, até mesmo um conjunto completo de eletrodomésticos.

Havia cortadores de grama, aparadores de sebes, serras elétricas, uma parafernália reluzente para o jardineiro perfeito, como se aquela fosse uma cidade adequada para quem tem mão boa para plantas. Nada daquilo tinha relação com o Novo Marajá.

— Ô, num se faz de idiota — disse Nicolas —, as coisa do Novo Marajá cês despacharam logo, talvez já teja tudo na Ciganolândia.

— Nós não roubamos porra nenhuma, e se tivesse roubado eu punha um preço para você. De graça não te dava.

— Meu pai fazia você dar de graça — disse Drago'.

— Até teu pai tem que entrar em acordo com o Mojo.

Mojo tinha provado que não fizera besteira, e agora podia se vingar um pouco daqueles três meninos.

— Como cê se chama... Mocio Vileda, meu pai vinha aqui, botava fogo no campo todo e revendia o que quisesse, cê entendeu ou não?

— Por que o Vice-Rei ia querer botar fogo? — Mojo demonstrava preocupação, e a coisa agradava aos meninos.

— Não, tô dizendo que se cê roubava sem autorização... cê fez isso outras vezes...

— Mojo não é autorizado, Mojo rouba, e se as famílias do Sistema querem alguma coisa, podem vir aqui pegar.

Mojo era respeitoso, isso os meninos tinham conseguido entender também, e o negócio dele era outro. Aqueles caminhõezinhos estavam lotados de coisas que seriam vendidas nos mercadinhos de periferia; aqueles ciganos não eram nem mesmo ladrões de apartamentos. O sustento vinha de roubos à mão armada, e acima de tudo com incêndios criminosos: administravam toda a eliminação clandestina de farrapos, pneus, cobre. Estar por trás dessa linha de produção era difícil, não teriam tempo para limpar um lugar como o Novo Marajá.

— Tudo bem, vou dizer pro meu pai que não foram vocês. E com certeza cês não iam enrolar meu pai, né?

— Não, não, Mojo não diz mentira — disse Mojo. Fez um gesto para um de seus homens, que se aproximou com a Francotte de Nicolas. Mojo jogou-a para ele, fazendo com que ela caísse na lama na frente da roda traseira da Beverly.

— Cai fora.

— Mas por que é que cê enfiou na cabeça essa ideia de descobrir quem limpou o Novo Marajá? — perguntou Drago'. Tinham parado em uma kebaberia, aquela história toda tinha dado fome, e Nicolas pediu um pouco de gelo para colocar no lábio. Esperava que Letizia não percebesse nada.

— É o único jeito de ter uma sala VIP pra sempre — disse. Mastigava de um lado só, o menos machucado, e, ainda que doesse, não queria renunciar ao seu kebab.

— Primeiro eu tava dizendo que o meu pai disse que talvez eles mesmo fizeram tudo, um roubo pra receber o seguro... — disse Eutavadizendo.

— Se for assim, a gente não pode fazer nada — disse Drago'. Tinha pedido um cachorro-quente gordurosíssimo, grudento. Tinha birra de comida árabe, a mãe dizia pra ele que naqueles pratos colocam carne estragada. — Mas, pra mim — continuou —, tô pouco me importando com quem fez o serviço, a gente ganha um VIP e fim da história? E que porra a gente vai fazer lá?

— Fim da história é o caralho — respondeu Nicolas. — Um VIP pra sempre, não só uma noite. Ficar lá na boate e conhecer todo mundo. Vamo ser visto.

— E pra isso nós vai fazer esse favor pro Oscar, a gente tem que encontrar tudo pra ele? Deve ser um milhão de euro, e a gente dá esse presentinho? Eles roubaram tudo, cê viu nos jornal? As porta e as maçaneta, até as moldura das janela.

— Mas cê tá ficando louco, Drago'; se a gente tem o VIP ninguém pode dizer se a gente pode entrar ou não; a gente não precisa mais achar desculpa ou alguém pra deixar a gente entrar; a gente entra e pronto, sem ter que ser garçom. Nápoles inteira vai ver que a gente tá lá, todo mundo. Assessor, jogador de futebol, cantor e todos os chefe do Sistema. A gente senta lá também, dá pra cê entender ou não?

— Mas tô cagando e andando pra ficar lá toda noite...

— Mas não é toda noite, é quando a gente quiser.

— Tá, tudo bem, mas não vale a pena...

— Ficar no palácio real do lado de quem dá as ordem vale a pena sempre, eu quero ficar do lado dos rei, tô de saco cheio de ficar do lado de quem não vale porra nenhuma.

Os dias seguintes foram dias vazios. Ninguém mais tinha falado da história do cigano, mas todos esperavam um incidente qualquer para desenterrá-la. E foi exatamente o Vice-Rei que botou lenha na fogueira.

A mãe do Drago' tinha chamado o filho porque precisava ir encontrar o pai, na prisão de Aquila. Agora fazia um ano que falava com ele através de um vidro blindado e de um interfone. Nunzio, o Vice-Rei, estava sob a rígida norma do 41 bis.

O 41 bis é um sarcófago. Tudo é controlado, observado, monitorado. Uma câmera fica virada para a pessoa, sempre, de manhã, de tarde e de noite. Não dá para escolher um programa para ver na televisão, nem receber um jornal ou um livro. Tudo passa pela censura. Tudo é filtrado. Ou, pelo menos, teria de ser assim. Pode-se ver os familiares apenas uma vez por mês, por trás de uma divisória de vidro à prova de balas. Por baixo dessa divisória, cimento armado. Por cima dessa divisória, cimento armado. Há um interfone que permite a conversa. Nada mais.

A viagem de Drago' foi silenciosa, interrompida apenas pelas mensagens que recebia constantemente. Era Nicolas, que queria saber se ele já tinha chegado, se tinha falado com o pai, se tudo aquilo tinha a ver com a história deles. Intuía que eles estavam perto de uma reviravolta, mas não sabia de que tipo.

Drago' encontrou o pai com a cara muito fechada, e entendeu.

— E aí, Gigino, como é que você está? — Apesar da raiva, a voz demonstrava afeição, e ele colocou uma mão no vidro à prova de balas que os separava.

Drago' apoiou a mão contra a do pai. Do outro lado do vidro não chegou nenhum calor até ele.

— Tudo bem, pai — respondeu.

— Mas o que é essa história que cê vai pra Romênia, não diz nada pra sua mãe e pro seu pai, cê decide tudo sozinho?

— Não, pai, não é que eu quero ir lá pra Romênia assim na maior folga.

Mesmo não tendo ninguém para lhe ensinar, sabia como falar em código, e quando não entendia era capaz de encontrar um jeito de pedir a informação. Prosseguiu, aproximando-se mais do interfone, como se desse jeito a frase se tornasse mais compreensível.

— Não é na maior folga, é que o Nicolas quer porque quer ir até lá, diz que é uma experiência nova.

— Mas assim cê se mete a ir lá pra Romênia, deixando tua mãe sozinha, e me deixando apreensivo. — E com os olhos queria poder quebrar aquele vidro e encher o filho de porrada.

— Essa história de ir juntos lá pra Romênia ele me falou enquanto a gente tava em Posillipo, a gente foi pra uma boate que tava vazia, não tinha mais ninguém, e Nicolas falou que todo mundo vai pra Romênia porque se diverte mais e é por isso que as boates tão vazias aqui. E agora ele me falou pra eu ir também, porque na Romênia, sozinho, dá medo. Diz que prendem ele. — E nesse ponto fez uma pausa. O pai retomou na hora.

— Se a boate tá vazia, não tem nada a ver com a Romênia, nada mesmo. E, além do mais, que é que cê tem a ver se as boate tão vazia? E que é que cê tem com isso do Nicolas ir pra Romênia? Hã? Que é que cê tem com isso?

Drago' quis responder que não se importava tanto assim, que aquilo era mais coisa do Nicolas, que o manteve por perto sem se importar que tivesse sangue de um cagueta, um arrependido. Ele entendia os motivos, claro, e também entendia muito bem que, para um aspirante a chefe, a aprovação era uma etapa fundamental. Mas Drago' se sentia um soldado, ainda que fosse de sangue nobre, e aquilo de ficar batalhando por um lugar fixo em uma sala vip lhe parecia uma perda de tempo. Estava procurando no vocabulário as palavras em código para transmitir esse raciocínio ao pai quando o Vice-Rei decidiu interromper a conversa.

— Diz pro teu amigo que ele não entende nada de turismo e de cliente; que não é verdade que abandonaram a boate porque querem ir fazer festa na Romênia; eles abandonaram a boate porque ficar por lá não é mais divertido. O preço aumentou.

— Não é mais divertido? O preço aumentou? — perguntou Drago'. Mas o Vice-Rei, em vez de dar uma resposta, bateu os nós dos dedos no vidro, como se fosse para lhe dar uns tabefes. E Drago' queria levar aquele tabefe. Mas não teve tempo nem para se despedir, e o pai já estava lhe dando as costas.

— Mas então o Vice-Rei tá fechado dentro do túmulo? — perguntou Eutavadizendo assim que Drago' voltou da prisão de Aquila.

— Tá.

— E num pode nem ver ninguém?

— Só a família, uma vez por mês.

— E, eu tava dizendo, sair pra tomar ar?

— Ah, uma hora por dia. Sai com uma pessoa, com outra. São três ou quatro pessoas no máximo.

— E conversam?

— Conversam, sim, mas tão tudo morto de medo porque eles bota escuta eletrônica. Então, o pai virou um quebra-cabeça ambulante. Não dá mais pra entender o que ele quer dizer — e relatou o que o pai tinha dito.

— Não é mais divertido? O preço aumentou? — repetiu Nicolas.

E, em seguida, também Eutavadizendo:

— Não é mais divertido? O preço aumentou?

Eutavadizendo se sentia culpado. Tinha sido o pai quem dera uma indicação errada, e agora cabia ao filho destrinchar o problema. Ele se ofereceu para levar o pai de motoneta até Borgo Marinari e, enquanto iam em alta velocidade pela via Caracciolo, disse:

— Caraca, pai, cê me fez fazer papel de burro.

— Por quê? — berrou o pai, para se fazer ouvir acima do barulho.

— Não são os cigano, o Vice-Rei disse isso.

— Merda, cês botaram até o Vice-Rei no meio. E ele, que é que ele sabe disso? Tá na prisão.

— Ele disse pro Drago' que os cigano não tem nada a ver, e aí disse uma coisa parecida com "o turismo não tem nada a ver".

— O turismo?

— Eu tava dizendo… O Vice-Rei disse que não tem nada a ver, que os turista não tão na boate não é porque eles tudo vão pra Romênia, mas porque não é mais divertido ficar lá, que tá caro. E isso o Drago' não entendeu bem... O Novo Marajá nunca pagou a propina.

O pai caiu na risada, e por pouco não fez o filho perder o equilíbrio.

— Pai, eu tava dizendo, que tem a ver?

— E tem muito a ver... Cês não sabe que a propina de verdade é a proteção da segurança particular?

— A segurança particular?

— Dá pra ver que eles pediram um aumento e não deram, essa é a segurança que não tem mais.

Eutavadizendo acelerou, ultrapassando dois carros de uma vez, depois cortou a frente de um furgãozinho, que freou de repente, e se enfiou em uma viela. Deixou o pai na frente do restaurante e foi embora acelerando. Uns metros depois, freou erguendo uma nuvem de fumaça e empesteando com o cheiro dos pneus uns turistas sentados à mesa. Ele se virou para o pai:

— Valeu — disse —, mas agora tenho que ir. — E acelerou de novo.

Eutavadizendo contou a interpretação do pai para Nicolas, e discutiram o assunto na hora com Drago'. Não tiveram dúvidas, a mensagem do Vice-Rei tinha ficado clara. Era preciso conversar com Oscar, mas ele continuava não respondendo, então Nicolas resolveu ficar plantado do lado de fora da casa dele. Era quase meia-noite. Oscar morava em um prédio a poucos metros do Novo Marajá, porque, como dizia, toda a sua vida estava lá. Do segundo andar, o de Oscar, uma luz atravessava as persianas fechadas. Nicolas grudou no interfone, com intenção de não arredar pé até que abrissem para ele. Nada. Nenhuma resposta. Nem um "vai se foder, cai fora". Então levou as mãos em concha à boca e começou a berrar:

— Não foi o Copacabana, não foi os cigano, foi a Agenzia Puma, a firma de segurança, a Agenzia Puma... — As persianas se escancararam de repente e apareceu uma mulher de penhoar que gritou para ele calar a boca, e depois desapareceu de novo no meio do clarão da luz. Nicolas resolveu conceder dez segundos — um, dois, três... — e depois recomeçaria. Tinha chegado ao nove quando o portão emitiu um som metálico.

Oscar, de pijama, estava sentado em uma poltrona, atordoado. Uma garrafa de espumante, que provavelmente tinha trazido do Novo Marajá, estava na horizontal sobre o tapete na frente dele. Nicolas tentou fazer Oscar raciocinar, mas ele estava com uma ideia fixa, continuava a murmurar que tinha sido o Copacabana que limpara o local por ele ter se recusado a fazer o casamento.

— Não foi ele, ele tá cagando e andando pra isso, tá mesmo — Nicolas disse, falando devagar, com calma, como quem conversa com uma criança. — Ele tem tanto amigo que se quisesse pedia para eles botarem fogo no teu negócio, não só roubarem tuas coisa.

Nicolas viu em cima do móvel da televisão outra garrafa idêntica àquela que o dono da casa tinha consumido. Estava quente, sabe lá há quanto tempo estava ali, mas, de qualquer modo, Nicolas a pegou e a abriu, enchendo o copo que Oscar ainda segurava. E disse o que queria desde a primeira vez que telefonara para Oscar:

— Se eu recuperar tudo pra você, cê tem que me dar três coisa: o VIP à minha disposição, quando eu quiser; cinquenta por cento de desconto em tudo o que eu consumir lá dentro, pra mim e pros meus amigos; terceiro, manda a Agenzia Puma ir se foder e eu te protejo.

— Você? — Por uns segundos, Oscar pareceu voltar a si, bebeu o espumante e tentou se levantar, mas desabou de novo na poltrona. Jogou o copo em Nicolas, mas errou a mira e acertou a tela de quarenta polegadas na parede. — Eu num quero ter nada a ver com a Camorra; eu nunca paguei propina, imagina se pago pra vocês, seus ranhento. E agora faz o favor de sumir daqui!

A esposa reapareceu, ela tinha se vestido e até se penteado, como se estivesse esperando uma visita, e começou a gritar também, que aquela era uma casa de gente de bem e que ia chamar os carabinieri. Só merda, pensou Nicolas, mas não era o momento de forçar a barra, e, além disso, a conversa com Oscar não ia dar em nada. Finalmente ele tinha conseguido se levantar da poltrona e agora estava olhando as rachaduras na tela da televisão, choramingando.

Nicolas não custou muito para descobrir o que era essa Puma, todo mundo parecia conhecer: era uma velha agência de segurança particular surgida perto da década de 90, com o dinheiro da Nuova Famiglia. Depois que morreu o velho fundador, amigo de Lorenzo Nuvoletta, um dos chefões mais poderosos da Camorra nos anos 90, tudo tinha ido para as mãos do filho, que gozava da proteção, vejam só, do próprio Copacabana.

— 'O White, cê viu toda a merda lá no Novo Marajá? — perguntou Nicolas pro chefão dos Capelloni.

Ele estava descansando depois de uma partida de bilhar. Girava uma xícara cheia de ópio, mais para mostrar sua paixão pelas drogas que poucos podiam se dar ao luxo de usar. Sentia nojo de se drogar com o mesmo que os outros.

— Ah, sim, uma bela de uma merda.

— Sabe quem dizem que foi?

— Quem?

— Copacabana.

— Besteira — disse 'o White com uma careta. Foi sacudido por um arrepio que por pouco não o levou a derrubar a xícara.

Depois levou o ópio aos lábios e o tremor passou na hora. — Se o Copacabana quisesse fazer alguma coisa, botava uma bomba lá dentro, ele tá se lixando pra Posillipo. Ou melhor, ele até gostava de lá... E o que cê tem a ver com isso? Se te contrataram pra saber alguma coisa, então eu quero saber, porque 'o Gatão também tem que saber.

— Não, num me contrataram pra nada. Mas eu fico puto da vida que eles bota a culpa na gente quando a gente num fez nada... — improvisou Nicolas. Tinha adquirido o gosto pelo blefe, por encurralar os outros.

— Falou o justiceiro — disse o Quiquiriqui. Tinha assumido o posto de 'o White na partida e falava com o Nicolas dando-lhe as costas enquanto preparava uma tacada. — A gente? Quem é a gente? Eu num ando com você e cê num anda comigo.

— A gente lá de Forcella num tem nada a ver com isso.

— Não, isso é coisa dos cigano... — 'o White tentou fazer pouco-caso. E agora ele próprio estava blefando, porque um roubo assim tão importante podia até ser atribuído aos Capelloni.

— Num é coisa dos cigano, pode acreditar nimim — disse Nicolas.

'O White o examinou da cabeça aos pés e bebericou umas vezes o ópio. Pegou um iPhone e durante uns instantes digitou alguma coisa que, por trás da capa de proteção que trazia o desenho de uma bandeira de pirata, Nicolas só podia imaginar. E se ele tivesse ido longe demais? Talvez 'o White estivesse chamando seus outros homens, ou talvez estivesse conversando com a namorada e gostasse de mantê-lo ali em pé sem fazer nada. Quando terminou de digitar, 'o White tornou a encarar Nicolas, dessa vez nos olhos, e só abaixou a vista depois de o iPhone ter indicado que alguém havia respondido. Os seus homens? Não, impossível, por que convocar outros se, atrás de Nicolas, Quiquiriqui e os demais já estavam prontos para pular sobre ele assim que o chefão mandasse? A namorada? Mas ele tinha uma namorada? 'O White leu rapidamente, colocou a xícara na mesa e disse:

— Vamos fazer o seguinte. Cê quer garantir o teu lugar no Novo Marajá. Tudo bem.

— Não, espe…

— Bico fechado. Se cê conseguir o que eu tô pensando, eu é que vou proteger o Novo Marajá. Cê pode no máximo receber um pagamento, um percentual.

Nicolas sabia que não poderia fazer nada além de dizer:

— Eu não quero ser pago por ninguém.

Atrás dele, a partida de bilhar foi interrompida. Mau sinal. 'O White se levantou de um salto e agarrou o taco que Quiquiriqui lhe ofereceu. Não era hora de demonstrar fraqueza.

— Eu não quero ser pago por ninguém — repetiu Nicolas.

— Ô bostinha — disse 'o White —, já chega. — Nicolas contraiu o abdome se preparando para receber o taco em cheio no estômago. Doeria um pouco, mas com sorte não ia se esborrachar no chão sem fôlego e teria um ou dois segundos para dar um soco em alguém, talvez no próprio 'o White. Na sua cabeça, ele já estava debaixo de uma montanha humana de pontapés e de golpes de taco, com os braços que, por sua vez, tentavam conter os danos na cabeça e nas bolas. 'O White, no entanto, jogou o taco no chão e tornou a se acomodar na cadeira. Teve outro tremor, que afastou rangendo os dentes. E então começou a contar. No dia do roubo, o turno em Posillipo tinha sido feito por dois policiais que forneciam a cocaína para um dos pontos de venda que eles protegiam. Quem confirmou isso foi o Pinuccio, 'o Selvagem, que abastecia exatamente aquele ponto, acrescentando que os dois Rambos com as ridículas camisas cor de mostarda eram seus clientes habituais. 'O White, então, se informou depressa sobre o que acontecera no Novo Marajá. Mas, ao contrário de Nicolas, não contou para ninguém o que descobriu.

Por dois dias, Nicolas não saiu do seu quartinho e não falou com o irmão. Respondia as chamadas de Letizia com mensagens simples e breves: "Desculpa, morzinho, mas eu num tô bem. Falo logo com você". Só aceitava a comida que a mãe deixava na soleira da porta. Ela tentava bater, chamar a atenção dele, estava preocupada, dizia, mas Nicolas a mandava embora dizendo, pra ela também, que não se sentia bem, não era nada grave, logo tudo ia passar, que ela não ficasse com medo e, além do mais, tinha de parar de bater à porta, porque aquele barulho rachava a cabeça dele. A mãe o deixou em paz, pensava que seu filhinho tinha aprontado mais uma, com a esperança de que não fosse uma merda muito grande, ainda que não usasse essa palavra, mas depois achou estranho que não suportasse suas batidas na porta, já que ele ficava o tempo todo ouvindo aquela música que parecia saída do covil do diabo.

"We got guns, we got guns. Motherfuckers better, better, better run."

Nicolas tinha levado um segundo para encontrar a música, colocá-la entre seus favoritos no YouTube e tocá-la sem parar. 'O White cantarolava só esse verso, sem parar, às vezes se exibindo com uma voz de barítono que pouco se adequava à sua figura de viciado em ópio; outras vezes sussurrando no ouvido do primeiro que aparecesse na sua frente. Ele a cantava quando tornou a ver Nicolas do lado de fora da casa de Pinuccio, 'o Selvagem. Tinha marcado um encontro para acabar com aquela história do Novo Marajá. Também estava ali o Quiquiriqui e, quatro andares mais para cima, em um apartamento com cozinha espaçosa de um prédio próximo a Posillipo, que provavelmente fora pintado pela última vez na década de 70, o Pinuccio esperava por ele. Atraíra os dois agentes da segurança com a desculpa de que tinha mercadoria nova, Mariposa, boliviana, a melhor do mundo. Nicolas sabia que tinha de esperar trancado no banheiro com 'o White e Quiquiriqui e que, ao sinal de Pinuccio — "essa mercadoria aqui é mais boa que mulher, que uma trepada" —, teria de sair rapidamente, agarrar a corda já com o laço que 'o White lhe dera no elevador, passar em volta do pescoço do cara e apertar. Apertar o suficiente para turvar a vista dele e depois afrouxá-la quando 'o White fizesse as perguntas. Esperando respostas.

E assim aconteceu. Só que aqueles dois seguranças não queriam admitir que tinham feito o serviço, e na verdade faziam ameaças, diziam que tinham sido da Guarda de Finanças e que iam fazê-los pagar. Então 'o White, cansado daquilo, puto da vida, não parara de cantarolar aquele verso.

"*We got guns, we got guns. Motherfuckers better, better, better run.*"

Disse que só precisava de cinco minutos, tinha de sair para a rua, ir a uma loja de ferramentas na esquina. Precisava buscar uma coisa. Voltou exatamente cinco minutos depois, como havia prometido. Tinha comprado uma máquina de solda e óleo para a motoneta. Nicolas e Quiquiriqui pareciam dois donos de cachorro no parque, seguravam na coleira os dois agentes como se fossem buldogues, e quando 'o White pediu que escolhessem um, o amarrassem, baixassem a calça e enfiassem na boca dele uma toalha de mão embolada, os dois seguiram as ordens sem piscar. 'O White abriu a tampa do óleo, derramou o líquido no ânus do escolhido e depois enfiou lá a máquina de solda.

"*We got guns, we got guns. Motherfuckers better, better, better run.*"

'O White se sentou em uma poltrona, cruzou as pernas e, por uns instantes, ficou pensando se fumava a Mariposa.

Deitado na cama em seu quartinho, Nicolas ainda sentia o fedor de carne queimada. De ânus queimado. Merda, sangue e frango assado. O colega que assistiu à cena desmoronou na hora, confessou, sim, tinham sido eles, auxiliados por mão de obra albanesa. Com o Copacabana na prisão, haviam pensado em aumentar o custo do serviço de proteção na boate e nos outros negócios que protegiam. Quem não pagasse o aumento sofreria uma limpa, e o Novo Marajá não pagara.

"We got guns, we got guns. Motherfuckers better, better, better run."

'O White disse:

— A verdade que não sai pela boca sai sempre pelo cu — e depois mandou que o agente o acompanhasse ao depósito onde a mercadoria tinha sido escondida. Aquele com o ânus queimado foi deixado lá para resfriar um pouco.

Nicolas queria aquela sala vip. Ou melhor, achava que era sua por direito. Com o smartphone, filmou tudo. Cadeiras, candelabros, tapetes, computadores. Até o quadro enorme com o indiano, o Marajá. Até um cofre, que tinham arrancado com picaretas. Depois mandou o vídeo para Oscar, que, Nicolas imaginava, o assistiria ainda sentado na poltrona onde ele o tinha deixado. Ele cedera, aceitando todas as condições. Foi correndo aos carabinieri: "Recebi um telefonema anônimo. Os bens roubados estão aqui. Foi o pessoal da Puma, porque eu não paguei propina para eles". Ele se transformaria em um herói antimáfia que tivera a coragem de denunciar e, nesse meio-tempo, pagaria a proteção a 'o White: mil euros por evento e mil euros por fim de semana. No fundo, poderia ter sido pior para ele.

Nicolas? Nicolas não quis nenhuma porcentagem do pagamento imposto por 'o White a Oscar. Melhor não levar nada do que ser pago por alguém. Tinha conseguido acesso total para ele e seus amigos. O Novo Marajá era seu.

Quando decidiu sair do quartinho, foi para contar toda a história ao Christian. Ele o levou para a rua, as únicas testemunhas foram os muros descascados. Queria ser um modelo para ele, educá-lo sobre todas aquelas coisas que tinha sido forçado a entender sozinho.

— Caraca, agora a gente tem mesmo acesso ao Novo Marajá? — disse Christian.

— Isso mesmo. Quando a gente quiser.

— Caraca, Nico', não dá pra acreditar. Esta noite, posso ficar com ela debaixo do travesseiro?

— Tá bom — concordou o irmão mais velho, passando a mão nos seus cabelos à escovinha.

10. O Príncipe

No Liceo Artistico, no único laboratório, era oferecido um curso optativo no âmbito das disciplinas multimídias dedicado às técnicas audiovisuais. Era muito procurado. "Vamo fazê um videoclipe, prô!" — o pedido estava na ordem do dia. Um grupo de meninos tocava, já havia até se apresentado em alguns lugares, tinham umas doze faixas prontas para gravar e estavam procurando um produtor. Na via Tasso era possível alugar estúdios para ensaio e também para gravação. Eles haviam levado um pendrive com duas músicas, e o professor, que na verdade não tinha uma formação específica, mas frequentara o Centro de Cinematografia em Roma e agora oferecia serviços aos produtores locais e ao instituto de arte, estava mais preocupado com o equipamento, que era seu, do que com a qualidade das músicas dos alunos. Zoio Vivo era como eles tinham batizado Ettore Jannaccone, que, entre seus pontos fortes, tinha um que superava os demais: o de fazer parte da equipe técnica da novela *Um Lugar ao Sol*... Dava aulas teóricas e apenas de vez em quando deixava que os alunos se aproximassem de suas "sensíveis digitais" — era assim que chamava as câmeras de vídeo que trazia de casa e levava de volta, convidando o diretor a fazer um investimento nessa área. "Nós estamos em Nápoles, todos têm uma veia criativa", ele dizia. E De Marino tinha tido uma ideia. Gravar seus alunos enquanto liam trechos de obras literárias. Jannaccone marcou alguns horários pela manhã, escolheu o set e estabeleceu a sequência das leituras. Quinze estudantes, quinze trechos, não mais que dez minutos cada um.

— Fiorillo, você vai fazer o quê? — perguntou De Marino a Nicolas, pegando-o de surpresa enquanto guardava o celular no bolso e esperava para entrar na sala.

— Eh, prô, faço o quê?

— O que você vai ler na frente das câmeras?

Nicolas se aproximou de uma carteira, agarrou a antologia de uma colega, procurou o índice, abriu e colocou o dedo em uma página.

— O capítulo dezessete do *Príncipe*.

— Muito bem, Fiorillo. Leia com muita atenção, e depois na frente da câmera conte o que leu.

Com o Fiorillo, queria arriscar. Todos os outros se limitavam a ler. Queria ver como ele reagia. Fiorillo aparecia e desaparecia. As meninas o olhavam babando. Os seus colegas o evitavam, ou melhor, ele se fazia evitar. Do que era feito esse moleque?

Nicolas deu uma olhada no livro, outra no professor, outra na colega que mexia nos cabelos com o dedo.

— Que cê acha? Eu é que num tenho medo. Faço, sim.

De Marino o viu sumir com o livro no fundo do grande pátio onde Jannaccone estava rodeado de meninos e meninas curiosos.

— E aí, prô — um aluno lhe perguntou em voz alta —, depois você faz a gente fazer um capítulo de *Um Lugar ao Sol*?

E outro fingiu abaixar a calça:

— Um rabo ao sol? — E todos riram.

Nicolas se refugiou em um canto, a cabeça loira inclinada sobre as páginas. Finalmente, disse que estava pronto. Zoio Vivo apontou a objetiva para o rosto dele, e, pela primeira vez, teve a sensação de ter à sua frente alguém que se saía bem na frente das câmeras. Guardou a sensação para si mesmo, mas trabalhou no enquadramento com maior precisão. Nicolas estava completamente imóvel, não brincava com os colegas e, acima de tudo, não tinha o livro nas mãos. Jannaccone não se perguntou se o moleque sabia o texto de cor, só estava satisfeito por poder concentrar a visão naquele rosto, de não repetir a todo instante para não rir ou manter o livro para baixo, fora do enquadramento. Quando julgou conveniente, disse:

— Pode começar.

No fim da manhã, De Marino assistiu às gravações. Fez com que as entregassem para ele e se trancou sozinho no laboratório de artes plásticas onde havia equipamento de audiovisual. Apareceu na tela o rosto de Nicolas. Os olhos fixos diretamente na câmera, e, na verdade, visto assim, dentro do espaço do enquadramento, Fiorillo era só olhos. Esse sim tem os olhos vivos, pensou. Esse menino sabe ver. Nicolas aceitara o desafio e agora contava o início do capítulo dezessete do *Príncipe*, como ele queria:

— Quem deve ser o príncipe não se preocupa se o povo o teme e diz que ele mete medo. Quem deve ser o príncipe tá pouco se preocupando em ser amado, porque se você é amado, os que te amam só amam enquanto está tudo bem; mas, assim que as coisas ficam difíceis, eles ferram com você na hora. É melhor ter a fama de ser um mestre da crueldade do que de piedade. — Pareceu se concentrar naquele momento; procurou com os olhos um tipo de consenso ao seu redor, ou não, talvez tivesse se esquecido do que queria dizer. Passou um dedo no queixo, lentamente. De Marino quis rever na mesma hora aquele gesto entre a timidez e a arrogância. — Num tem que fazer profissão de piedade. — E onde ele tinha descoberto aquela expressão, "profissão de piedade"?

Ele continuou, articulando as palavras de modo intenso:

— O amor é um vínculo que se rompe, mas o temor não te abandona jamais.

Nicolas fez outra pausa e se virou, oferecendo a Zoio Vivo uma visão do seu perfil. De lado, a arrogância perdia a força, ele tinha traços delicados, até mesmo de um menininho.

— Se o Príncipe tem um exército, esse exército tem que lembrar pra todo mundo que ele é um homem terrível, terrível, porque senão um exército não se mantém unido, se você não sabe ser temido. E os grandes feitos nascem do medo que você causa, de como você comunica ele, porque é a aparência que faz o Príncipe, e a aparência todo mundo vê e reconhece, e a sua fama chega longe.

Em "longe" ele abaixou pela primeira vez os olhos e ficou um pouco nessa posição, como para dizer que tinha acabado.

— Ficou bom, prô? Agora a gente bota ele no YouTube? — A voz pegou De Marino de surpresa. Fiorillo tinha ficado, teve vontade de ver.

— Muito bem, Fiorillo, você me deu medo.

— Aprendi com Maquiavel, prô. A gente faz melhor a política com o medo.

— Fica calmo, Fiorillo. Não se agita.

Nicolas estava nos fundos do laboratório, um ombro apoiado na parede. Tirou do bolso de trás da calça jeans umas folhas mal dobradas.

— Prô, Maquiavel é Maquiavel, isto é Fiorillo. Quer dar uma lida?

De Marino não se levantou da mesa de edição, se limitou a estender o braço, como se dissesse "Traga aqui".

— Leio. É o seu trabalho de conclusão?

— É o que é.

Nicolas entregou e deu meia-volta. Cumprimentou o professor erguendo o braço direito, sem tornar a se virar.

De Marino voltou à tela, retrocedeu a gravação alguns segundos e reviu Fiorillo dizendo: "E a aparência todo mundo vê e reconhece, e a sua fama chega longe". Sorriu, desligou a câmera e começou a ler a redação. Era aquilo que Fiorillo tinha escrito, ou alguma coisa muito parecida.

SEGUNDA PARTE

Sacaneados e sacaneadores

Existem os sacaneadores e os sacaneados, nada mais. Existem em todos os lugares, e sempre existiram. Os sacaneadores procuram ter vantagem em qualquer situação, seja para ir a um jantar sem pagar, receber uma passagem gratuita, roubar a mulher de outro homem, vencer uma partida. Os sacaneados, em qualquer situação, levarão a pior.

Os sacaneados nem sempre parecem ser assim, muitas vezes fingem ser sacaneadores, e é natural que exista também o contrário, ou seja, que muitos daqueles que parecem sacaneados sejam, na verdade, sacaneadores muito violentos: eles se disfarçam de sacaneados para serem elevados ao grau de sacaneadores com maior imprevisibilidade. Dar a impressão de serem derrotados ou se valer de lágrimas e lamentos é a típica estratégia dos sacaneadores.

Que fique claro que não existe nenhuma discriminação quanto ao sexo: não importa como você nasça nesta terra, homem ou mulher, você se encontra em uma dessas duas categorias. E nem a sociedade dividida em classes está ligada a isso. Besteira. As categorias das quais estou falando são as do espírito. Se nasce sacanea-

dor, se nasce sacaneado. E o sacaneado pode nascer em qualquer condição social, na mansão ou na favela, e encontrará quem vai lhe tirar aquilo que possui, vai encontrar o obstáculo que o impedirá de dar continuidade ao seu trabalho e crescer na carreira, não vai saber encontrar dentro de si mesmo os recursos para concretizar os próprios sonhos. Só receberá migalhas. O sacaneador pode nascer no quartel ou em uma cabana na montanha, na periferia ou na capital, mas em todos os lugares vai encontrar recursos e ventos favoráveis, malícia e ambiguidade para obter o que almeja. O sacaneador alcança aquilo que deseja; o sacaneado deixa passar, perde o que quer, tiram isso das mãos dele. O sacaneador pode até não ter tanto poder quanto o sacaneado, talvez este tenha herdado fábricas e ações, mas vai continuar sendo um sacaneado se não souber ir além daquela disparidade que a sorte e as leis que lhe são favoráveis lhe proporcionaram. O sacaneador sabe superar os infortúnios, e pode saber usar, ou comprar, ou até mesmo ignorar as leis.

"Desde o momento em que nascem, os homens estão determinados uns para a sujeição, outros para o comando. Existem muitas espécies de comandantes e comandados." Isso quem disse foi o velho Aristóteles. Quer dizer, resumindo, a gente nasce sacaneado ou sacaneador. Estes sabem enganar; e os outros se deixam enganar.

Olhem para dentro de vocês. Olhem profundamente, mas, se não sentirem vergonha, não estarão olhando de verdade.

E depois se perguntem se são sacaneados ou sacaneadores.

11. Tribunal

Um dos homens do Gatão tinha sido levado a julgamento; a acusação era a de ter matado o filho de Don Vittorio Grimaldi, Gabriele. Verdade, Don Vittorio, conhecido como o Arcanjo, tinha visto o filho morrer na sua frente.

Tudo tinha acontecido tão rápido naquela terra, Montenegro, para onde pai e filho tinham decidido levar os seus negócios. E foram levá-los juntos. Havia uma velha roda-d'água, de ferro, enferrujada, única sobrevivente de um moinho decrépito. A água ainda a mantinha na ativa, e o Arcanjo viu bem aquele homem, viu o rosto dele, viu aqueles olhos, viu as mãos empurrarem Gabriele contra as palhetas que a correnteza havia quebrado, deixando-as pontudas. Don Vittorio viu a cena da janela da villa deles, que não ficava muito distante, e correu para lá, desesperado. Tentou sozinho deter a roda do moinho, mas não conseguiu. Viu o corpo do filho bater na água muitas e muitas vezes antes de receber ajuda dos empregados. Levaram muito tempo para tirar o corpo de Gabriele das palhetas. Mesmo assim, Don Vittorio, durante todo o processo, defendeu o matador do Gatão. Não apresentou provas, não forneceu nenhuma informação. Quem tinha matado Gabriele Grimaldi era 'o Tigrão, o braço direito de Diego Faella, 'o Gatão. E assim Gatão queria conquistar Montenegro e, acima de tudo, se apoderar de San Giovanni a Teduccio e de lá ter o caminho livre para Nápoles. No julgamento estava lá, o promotor lhe perguntou se o reconhecia, Don Vittorio disse que não. O promotor implorava, para encerrar o processo:

— Você tem certeza? — Falava com ele usando o "você", evitando "o senhor", para aproximar as partes. E Don Vittorio disse não. — Reconhece Francesco Onorato, 'o Tigrão?

— Nunca vi, nem sei quem é. — Don Vittorio sabia que aquelas mãos estavam sujas do sangue de seu filho e de muitos de seus afilhados. Nada. O agradecimento de Diego Faella não foi excepcional. Contra o Estado, se deve ser um homem honrado. O silêncio de Don Vittorio Grimaldi foi visto como comportamento normal de um homem honrado. A concessão que Gatão deu foi a vida, ou melhor, a sobrevivência. Acabou a luta com os Grimaldi, deu permissão a eles para vender e restringiu Don Vittorio a uma área de Ponticelli. Um punhado de ruas, o único lugar em que poderia vender e existir. Os recursos infinitos de que os Grimaldi dispunham, heroína, cocaína, concreto, lixo, lojas e supermercados, tinham se reduzido a poucos quilômetros quadrados, a poucos lucros. 'O Tigrão foi absolvido, e Don Vittorio, reconduzido à prisão domiciliar.

Foi um grande sucesso, os advogados se abraçavam, alguns nas primeiras filas aplaudiam. Nicolas, Peixe Frouxo, Drago', Briato', Tucano e Agostino assistiram a todo aquele processo, tinham praticamente crescido junto com ele. Começaram a assistir ao julgamento quando os pelos no rosto ainda eram ralos, e agora alguns deles tinham uma barba de soldado do Estado Islâmico. E ainda apresentavam os mesmos documentos de identidade falsos que tinham mostrado dois anos antes, quando o processo estava em sua primeira fase. Porque dava para entrar lá, claro, mas só se fosse maior de idade. Arrumar os documentos tinha sido uma brincadeira. A cidade se especializara na produção de documentos de identidade falsos para jihadistas, imagine então para uns moleques que queriam entrar no tribunal. Briato' tinha se encarregado disso. Ele mesmo tirou as fotos e procurou o falsificador. Cem euros cada, e eis que eles ficaram três ou quatro anos mais velhos. Eutavadizendo e Biscoitinho protestaram por terem sido excluídos, mas, no fim, tiveram de admitir: não teriam enganado ninguém com aquelas carinhas de criança.

A primeira vez que se encontraram lá fora, olhando lá de baixo aquelas três torres de vidro, ficaram surpresos por sentirem uma espécie de atração. Parecia que estavam dentro de um seriado de televisão norte-americano, contudo estavam na frente do tribunal penal, o mesmo que os chefões que agora eles iriam ver cara a cara tinham mandado incendiar sistematicamente enquanto ainda estava em construção. Aquele fascínio de vidro e metal e altura e poder perdia a empáfia quando se passava pela entrada. Tudo era de plástico, carpetes, vozes ressoando. Subiram as escadas, competindo para ver quem chegava primeiro, se agarrando pelas camisetas e fazendo confusão, e ao entrarem na sala foram recebidos por aquela declaração escrita sobre a lei, que Nicolas, ao vê-la, precisou conter o riso. Como se soubessem qual era a verdade, pro diabo que os carregue, que o mundo se divide apenas entre sacaneados e sacaneadores. Essa é a única lei. E todas as vezes que iam lá, sempre, ao entrar, abriam um sorriso oblíquo.

Dentro daquela sala tinham passado horas sentados, bem--comportados, como nunca haviam feito na sua curta existência. Na escola, em casa, até mesmo nos lugares públicos, sempre tinha muita coisa para ver e experimentar para perder tempo com a imobilidade. As pernas se impacientavam e obrigavam o corpo a sempre ir para outro lugar, e depois dali para outro. Mas o processo era a vida inteira que se desenrolava na frente deles, revelando seus segredos. Só precisavam aprender. Cada gesto, cada palavra, cada breve olhar era uma lição, um ensinamento. Impossível afastar o olhar, impossível se deixar distrair. Pareciam menininhos bem-comportados na missa de domingo, com as mãos entrelaçadas e apoiadas nas pernas, os olhos arregalados, atentos, a cabeça pronta para se virar na direção das palavras importantes, nada de ficar se mexendo, nada de movimentos nervosos, até os cigarros podiam esperar.

A sala era dividida em duas metades. Na frente os atores, atrás os espectadores. E, no meio, uma grade com dois metros de altura. As vozes chegavam um pouco distorcidas por causa do eco, mas o sentido das frases nunca se perdia. Os meninos tinham arrumado um espaço só para eles, na penúltima fila, perto da parede. Não era a melhor posição; no teatro teriam sido lugares que custavam poucos euros, mas podiam ver tudo de qualquer maneira, o olhar sereno de Don Vittorio sob a cabeleira prateada que, com aquela iluminação, parecia um espelho; as costas do acusado — mais largo que alto, com um par de olhos amarelados de felino que causavam medo —, as dos advogados e as de quem tinha conseguido sentar-se nas primeiras filas. Eram sombras chinesas; no começo, somente manchas disformes, mas depois a luz muda de intensidade e os olhos de quem observa ficam mais penetrantes, e eis que tudo faz sentido, até nos detalhes. E não longe deles, talvez só duas filas na frente, os membros de algumas paranzas, que podiam ser reconhecidos por um pedaço de frase tatuada que aparecia sob o colarinho da camisa ou de uma cicatriz ostentada pelos cabelos cortados rentes.

Na primeira fila, a dois passos da grade, estava a paranza dos Capelloni. Eles nunca tinham tido problemas por causa da idade, e muitas vezes se apresentavam em formação completa. Ao contrário de Nicolas e dos outros, os Capelloni não pareciam sedentos por cada palavra, cada silêncio, e dava para vê-los andando ao longo da fila de cadeiras, parando e apoiando as mãos na grade, ignorando os protestos de quem estava atrás deles e depois voltando a sentar. 'O White era o único que nunca se levantava, talvez para evitar que seus passos de caubói bêbado atraíssem muito a atenção dos carabinieri. Dava até para ver os Barbudos da Sanità. Eles se acomodaram onde encontraram lugar. Ficavam ali confabulando, acariciando as barbas à la Bin Laden, e de vez em quando saíam para fumar um cigarro. Mas não havia tensão, nenhum deles se examinava detidamente. Todos admiravam o palco.

— Cacete — disse Marajá com voz muito baixa. Tinha inclinado a cabeça o mínimo necessário e falava com o canto da boca, não podia se dar ao luxo de afastar o olhar. — Se a gente tivesse a metade dos colhão do Don Vittorio, nem o poder de Deus segurava a gente.

— Aquele lá tá protegendo quem apagou o filho...

— Principalmente por isso — retrucou Marajá —, puta que pariu, que esse homem tem colhão. Pra manter a fidelidade ele tá deixando nas rua quem fez o serviço no filho dele.

— Eu num ia ter essa fidelidade de jeito nenhum. Cê tá ligado, ou eu te mato ou se tô na prisão eu te denuncio e te faço cumprir a perpétua, home de merda — disse o Peixe Frouxo.

— E isso é coisa de desonrado — respondeu Marajá —, isso é coisa de desonrado. É fácil manter a honra quando cê tem que defender teu dinheiro, as tuas coisa, o teu sangue. Na hora que é mais fácil acabar com alguém e denunciar todo mundo e cê fica de boca fechada, isso significa que cê é o *number one*, que é o melhor. Que cê quebrou a cara de todo mundo. Que as pessoa só tem que puxar teu saco porque cê tem valor, porque cê sabe defender o Sistema. Até quando matam o teu filho. Cê entendeu, Peixinho?

— Aquele lá tá vendo na frente dele o cara que acabou com o filho e num diz nada — prosseguiu o Peixe Frouxo.

— Peixe, mano' — explicou o Dentinho —, cê já tava denunciando se cê tava lá... cê tem fama de num ter honra.

— Não, seu bosta, eu já tinha estripado ele.

— Cê entendeu o Jack, o Estripador — concluiu o Tucano.

Conversavam como os jogadores de Texas Hold'em, sem nunca olhar nos olhos um do outro. Jogavam frases sobre o tecido verde, mostrando o que tinham em mente e depois de certo tempo um deles, como tinha feito Tucano, limpava a mesa, e eles se preparavam para outra mão.

Ninguém podia imaginar, contudo, o que Nicolas pensava no seu íntimo. Marajá gostava de Don Vittorio, mas era Gatão que, tendo se casado com Viola, a filha do Don Feliciano, tinha nas mãos o sangue do bairro. Sangue estragado, mas sempre sangue de rei. O sangue do bairro era hereditário como ditam as regras de propriedade. Don Feliciano sempre dizia para os seus homens: "O bairro tem que estar nas mãos de quem nasce e vive nele". E Copacabana, que tinha sido fiel aos Striani, se lançou sobre Forcella logo depois da prisão do chefe da família. Tinha sido exatamente a prisão do chefão, quase três anos antes, que iniciara o processo.

O bairro todo fora cercado. Eles o seguiram por dias, os próprios policiais estavam incrédulos: Don Feliciano voltara para Nápoles e estava na rua, com roupa esportiva, ao contrário da habitual elegância com que se mostrava. Não tinha se escondido, ele se recolheu no seu bairro mesmo, como todo mundo, mas sem ficar enfurnado em porões, buracos, esconderijos. Tinham saído da viela, chamando-o: "Feliciano Striano, levante as mãos, por favor". Ele se detivera, e aquele "levante as mãos, por favor" o deixara calmo. Era uma prisão, não uma emboscada. Com os olhos, imobilizou um de seus guarda-costas, um folgado que queria interferir atirando para em seguida sair correndo para escapar da captura. Ele se deixara algemar. "Andem, andem", ele disse. E, enquanto prendiam os pulsos dele com o metal, sem se dar conta, os carabinieri foram cercados por um bando de meninos e mulheres. Feliciano sorria. "Não se preocupem, não se preocupem" — abaixava o tom de voz das pessoas que, das janelas e das portas, começaram a aparecer e a gritar: "Ai, minha Nossa Senhora!". Os meninos se agarravam às pernas dos carabinieri, mordiscando as coxas. As mães berravam: "Deixa em paz, deixa ele em paz...". Uma multidão saiu na rua, os edifícios pareciam garrafas caídas que derramavam nas vielas gente, e mais gente, e mais gente.

E ria, o Don Feliciano: os chefões de outras zonas deviam estar escondidos no fundo das cavernas, em quartinhos atrás de paredes falsas, em labirintos subterrâneos. Ele, que era o verdadeiro rei de Nápoles, foi preso na rua diante dos olhos de todos. Só lhe desagradava, a Don Feliciano, não estar vestido com elegância, ou os carabinieri que eram seus aliados o haviam traído, ou não tinham conseguido saber da prisão. Teria bastado meia hora: não para tentar fugir, mas para escolher o melhor terno Eddy Monetti, a camisa, a gravata Marinella. Sempre estivera impecável em todas as prisões pelas quais passara. E se vestia impecavelmente porque, como repetia em todas as ocasiões, sempre pode acontecer alguém atirar em você ou prendê-lo do nada, e não se pode estar malvestido, todos ficariam desiludidos e diriam, Don Feliciano Striano, e quem era ele? E se o vissem daquele jeito, talvez dissessem: "E isso é tudo, mesmo?". Era essa a sua única preocupação, o resto ele já sabia, e o que não sabia, podia imaginar. A multidão se compactou gritando ao redor das viaturas dos carabinieri. As sirenes não intimidavam ninguém. E nem mesmo as armas. Mesmo se a polícia quisesse, não poderia, em nenhum caso, abrir fogo. "Nesses prédios tem mais armas do que garfos", era a única coisa que o comandante deles tinha dito, sugerindo que mantivessem a calma. A força era desproporcional e tendia claramente a favor dos moradores dos prédios. Chegaram as câmeras dos jornais televisivos. Lá no alto, dois helicópteros estavam rondando a região. As pessoas na rua esperavam um gesto, um gesto qualquer para distrair os carabinieri, que não estavam prontos para enfrentar uma insurreição. A voz de prisão havia sido dada em um momento de silêncio, de solidão, era noite escura. Aquelas crianças, de onde surgiram? Aquelas pessoas tinham sido arrancadas do sono e jogadas no meio da rua? Entre todos os rostos que o olhavam com uma veneração preocupada, como se olha um pai que é levado embora sem razão, Copacabana se adiantou. Feliciano Striano sorriu para ele, e Copacabana o beijou na boca, símbolo extremo da fidelidade. Boca fechada. Ninguém fala. Sigilo.

— Chega de confusão — foi a frase dita por Don Feliciano. Copacabana a espalhou, e ela se propagou como uma peça de dominó que cai e ocasiona a queda de todas as outras. Em um instante todos se afastaram, pararam de gritar. Foram fazer companhia para a esposa e a filha de Don Feliciano, como para consolá-las. Tinha decidido assim, 'o Nobre. Era o último ato de força de um clã dizimado pela guerra com a Sanità, contra o clã Mocerino, com os quais os Striano tinham tentado em um primeiro momento se unir, e depois acabaram se matando reciprocamente. A última estratégia vencedora de Don Feliciano, 'o Nobre, era se fazer ver, mostrar para os seus e o seu bairro que não tinha sido obrigado a desaparecer — o que também significava se transformar em alvo fácil, morrer. Um fim era inevitável depois do longo reinado herdado de seu pai, Luigi Striano, 'o Soberano, ele sabia muito bem disso. Nos dias que tinha ao seu dispor, no entanto, se mostrar desse jeito significava dar aos demais Striano a imagem de que eles não tinham medo, eram livres, estavam em casa. E isso contava.

E aí aquele beijo dado em Copacabana foi violado exatamente por Don Feliciano. No espaço de poucos meses aconteceu o Apocalipse, inesperado, violento, inimaginável. Don Feliciano tinha decidido falar e, mais que um terremoto, seu arrependimento fez com que muitos edifícios ruíssem. Não é uma metáfora, foi exatamente o que aconteceu. Redesenhou todo o mapa do Sistema. Edifícios inteiros se esvaziaram com as prisões ou com os programas de proteção que levavam para zonas seguras os familiares de Don Feliciano. Foi uma coisa mais assustadora que uma disputa entre rivais. A vergonha caiu sobre cada homem e cada mulher do clã, a mesma vergonha de quando se está ciente de que todos sabem da traição do próprio marido ou da própria esposa. E a gente se sente então, observada, desdenhada. Todos sentiam os olhos azuis e cerrados de Don Feliciano os observando desde sempre. Aqueles olhos eram ameaça e proteção. Ninguém podia entrar em Forcella e fazer o que quisesse: ninguém podia desobedecer a uma regra do Sistema. E as regras do Sistema eram ditadas e conservadas pelos Striano. Aqueles olhos eram segurança e temor. Aqueles olhos, Don Feliciano tinha resolvido fechar.

Assim como com a prisão, era noite quando o pessoal do bairro se deu conta de que ele havia decidido colaborar com a justiça. Foi uma blitz de helicópteros, e houve até mesmo um ônibus blindado repleto de centenas de prisioneiros. Don Feliciano denunciou os matadores, os afiliados, os extorsionários, os pontos do tráfico. Denunciou a própria família, e toda a família, em reação, falou. Começaram a se trair, a dar informações, a falar de propinas, contratos, contas-correntes. Assessores, vice-ministros, diretores de bancos e empreendedores: todos começaram a ser denunciados. Don Feliciano falou, falou, e falou ainda mais, enquanto todos do bairro faziam uma única pergunta: "Por quê?".

Esse advérbio interrogativo significou, por meses, uma coisa só: "Por que Don Feliciano se arrependeu?". Não era necessário completar a frase, era suficiente pronunciar "Por quê?" e todo mundo entendia. Nos bares, à mesa na hora do almoço aos domingos, no estádio. "Por quê?" significava tão somente: "Por que Don Feliciano fez isso?". Especulava-se sobre as razões para isso, mas a verdade era simples, até mesmo banal: Don Feliciano tinha se arrependido porque preferia que Forcella morresse a ter de transferi-la para qualquer outro clã. Como não tinha tido a força de passar a corda no próprio pescoço, agora queria colocá-la em todo mundo. Fazia com que pensassem que tinha se arrependido, mas como é que você se livra da culpa de centenas de mortos? Besteira. Não tinha se arrependido coisa nenhuma. Falava para continuar matando. Antes fazia isso com as armas, agora, com as palavras.

O pai de Drago', Nunzio Striano, 'o Vice-Rei, estava pagando por todas as condenações: Feliciano o havia denunciado por todo o tráfico, por todos os crimes, por todos os delitos que cometera, mas 'o Vice-Rei não abria a boca. Todos os outros irmãos tinham se arrependido, mas 'o Vice-Rei, nada. Continuava a cumprir a pena e, com aquele silêncio, protegia umas propriedades e o filho. Não queria que Luigi tivesse o fim da filha de Don Feliciano, que enquanto não tinha se casado com 'o Gatão era desprezada por todos. "Arrependida", era como eles a chamavam.

Por trás do Tigrão no banco dos réus ninguém era tão inocente a ponto de não ver, quase como se estivesse presente na sala em carne e osso, a sombra incômoda do Gatão. Don Vittorio, enquanto isso, continuava a manter o silêncio em contraposição à insistência do promotor:

— O seu filho, nós conseguimos provar, foi apontado por diversos colaboradores da justiça como inimigo dos Faella, com os quais o senhor não apenas compartilha o bairro, mas também um passado de alianças. Os Faella, então, tanto quanto o senhor saiba, podem ter desejado a morte de seu filho?

— Meu filho, como era bom e educado com todas as pessoas, não creio que ele pudesse suscitar em ninguém a vontade de matá-lo. Impossível. Sobretudo em alguém que é do nosso bairro e que, portanto, sabe o quanto ele gostava de Ponticelli, de suas crianças, de toda gente que sempre o amou e que estava toda lá no funeral dele.

Eram perguntas polêmicas e respostas em um italiano formalmente correto, que procurava manter à distância as palavras em dialeto que tentavam vir à superfície, mas que teriam comprometido a calmaria do momento.

Enquanto isso, a arrogância d'o Tigrão não parecia deixar Don Vittorio nervoso, que não se incomodava em ter de olhá-lo nos olhos. Tigrão tentava acabar com tudo com um tipo de expressão de desgosto.

— Eu conhecia o Gabriele Grimaldi, mas de vista. A Ponticelli, sei que não ia nunca, e de qualquer modo eu não tinha negócios no Conocal. Nunca ganhei meu pão no meio da rua. — 'O Tigrão usava as palavras para se referir às do Gatão. Queria colocar em destaque uma origem diferente, um sangue diferente, um interesse diferente, um nascimento na villa e não no meio da rua. No silencioso jogo de alusões as palavras diziam: Gatão não é um traficante de drogas, não vive dessas coisas, ele vive de concreto e de política, de comércio e longe do único caminho possível. Don Vittorio não podia senão deixá-lo falar essas coisas. Mostrar-se submisso.

Nicolas compreendia o jogo, em todas as suas sutilezas. Compreendia que por trás de tudo havia sempre essa questão do sangue, do pertencimento, do sujo e do limpo. Não havia nenhuma teoria que unisse esses conceitos, velhos como a própria humanidade. Sujo e limpo. Quem decide o que é sujo? Quem decide o que é limpo? O sangue, sempre o sangue. Ele é limpo e não pode nunca entrar em contato com o sangue sujo, o dos outros. Nicolas tinha crescido em meio a essas coisas, todos os seus amigos tinham crescido, mas ele queria ter a coragem de afirmar que aquele sistema era velho. E tinha sido superado. O inimigo do teu inimigo é teu aliado, independente do sangue e dos relacionamentos. Se, para se transformar naquilo que queria se transformar era preciso amar aquilo que tinham ensinado você a odiar, bom, ele faria isso. E que se foda o sangue. Camorra 2.0.

12. Escudo humano

Os nomes das ruas do Conocal eram leitura obrigatória para os rapazes de Don Vittorio Grimaldi todos os dias, porque dali, daquele canto de Ponticelli, não podiam se afastar. Sair significava correr o risco de levar um tiro dos homens do Gatão; todos os Faella os mantinham sob vigilância. Então ficavam lá dentro, entre aquelas ruas que formam um retângulo do qual foi arrancada uma extremidade, mais para o alto, à direita. Quando liam nos jornais as histórias que escreviam sobre eles, ficavam furiosos, porque se falava com seriedade sobre a degradação, os prédios todos iguais, a falta de perspectiva. E, no entanto, aquelas tocas, uma ao lado da outra, existiam, e como organizadas com uma geometria hipócrita que, em vez de formar um espaço de convivência, confina. Como uma cela. Mas aqueles rapazes não queriam ter o mesmo fim de Scampia e se transformar em um símbolo. Não eram cegos, eles viam que qualquer coisa, lá entre eles, parecia ser de terceira, quarta categoria. Barracas dilaceradas e desgastadas pelo sol, a sujeira carbonizada, paredes que cuspiam ameaças. Mas aquele era o bairro deles, o mundo deles, então era melhor se forçar a gostar daquilo até mesmo se fosse para se iludir. Era uma questão de pertencimento. O pertencimento é um patamar. O pertencimento é uma rua, e as ruas se transformam no único espaço possível para se viver. Só um bar, só dois minimercados, lojinhas de mercadorias velhas que começam a vender de tudo. Lojas de artigos usados transformadas em depósitos de papel higiênico e detergentes porque não tem supermercado, distante demais para que os velhos, ou as motonetas, ou quem não pode sair do próprio bairro consigam ir até lá. Ali, entretanto, podiam continuar a vender. Os clientes que chegavam ao Conocal esperavam comprar fumo, cocaína e pedras de crack a um preço muito baixo. Mas Don Vittorio não quis que abaixassem demais o preço. Teria sido um péssimo sinal, um sinal de morte. Então, os clientes não iam lá, nem eles podiam procurar os clientes.

Nem todos, entretanto, seguiam as ordens. Passarim era hábil ao correr com a sua scooter, ou melhor, ao voar, mais veloz que os projéteis que poderiam tê-lo atingido, mais rápido que os olhos que o teriam identificado e marcado, com suas vendas escondidas e furtivas. Visível para o comprador, invisível para os sentinelas. Passarim, então, não tinha medo de sair do Conocal. No entanto, ainda que criasse coragem e acabasse com suas preocupações sugando confiança das tatuagens dos X-Men que cobriam seu corpo, ele já estava condenado a morrer jovem. Da cela, Copacabana não permitia de modo algum que alguém de fora, e muito menos dos Grimaldi, fosse vender coisas na sua zona. Ele teria tolerado qualquer outra família em troca de uma porcentagem, mas eles não. Tinham ficado contra Forcella, tinham feito guerra: levavam heroína, cocaína e erva do Oeste, enquanto os Grimaldi as traziam do Leste.

Copacabana queria tirar o Leste dos Grimaldi, e estava sendo bem-sucedido. E assim três ruas de Nápoles eram uma troca justa pela capital montenegrina, um pedaço dos Bálcãs, uma plantação albanesa inteira. Passarim intuía isso, mas não sabia. E continuava a voar em sua scooter, com aquelas pernas secas que desapareciam na moto, e, ao chegar, parecia que o tórax e todo o resto brotavam diretamente do selim. Guiava sempre em posição aerodinâmica, mesmo que não precisasse, até quando pilotava uma Vespa velhíssima montada com as partes de uma que pertencera ao seu pai: se inclinava com o rosto para a frente até tocar o hodômetro e mantinha para fora os cotovelos, que mais de uma vez haviam abatido alguns retrovisores. Ele tinha também o nariz de um passarinho, um bico pontudo e virado para baixo, como o de um falcão.

Os homens d'o White, Carlitos Way, Quiquiriqui e 'o Selvagem, partiram atrás dele assim que viram de longe aqueles dois cotovelos pontudos. Passarim os percebeu de rabo de olho, acelerou e lá se foi com a Vespa no tráfego infinito que lhe servia de muralha. "Da próxima vez, a gente acaba com você", berraram às costas dele, mas o Passarim já havia desaparecido, e mesmo se tivesse ouvido não teria se importado nem um pouco, e teria voltado do mesmo jeito. Em Forcella até se metia a desafiá-los, passava na frente da saleta.

— Os passarinho, quanto mais eles tem fome, menos tem medo de quando alguém bate os pé, ou as mão. Cê já viu, 'o White, quando cê bate as mão e esses rato do céu num vão mais embora? Por quê? Porque eles tão com fome. E tão pouco se importando de fugir se cê quer matar eles, já que de qualquer jeito eles vão morrer. De fome, ou porque cê dá um tiro neles. A gente não dá tiro nelas, e as pomba cagam em nós. E assim é com os Grimaldi — comentou Copacabana quando, na cadeia, contaram a história para ele.

Passarim trazia bandos de meninos. Fazia com que eles trampassem uma, duas horas. De vez em quando admitia os velhos que não conseguiam mais ganhar um dinheiro fixo. Como Alfredo Scala 40, que tinha apagado muita gente, foi por um tempo o chefe de zona. Ganhara, na época da lira, cem milhões por semana. Entre advogados e desperdício, agora ficava perto dos pontos de venda para assaltar os clientes, rebaixado a passar droga ou a ser sentinela. No Sistema se começava cedo. E se não se morria cedo, da mesma forma, tudo caía por terra.

Era demais. Aquele câncer do Passarim já estava criando metástase; assim, os Capelloni partiram em missão para liquidá--lo: 'o White decidiu cuidar dele pessoalmente. Passarim estava, como sempre, montado na Vespa, tinha ousado se posicionar na piazza Calenda, com as costas apoiadas em um andaime. Antes dos disparos, ouviu-se o som metálico dos tubos que receberam os projéteis d'o White, que segurava a pistola como havia visto fazerem nos filmes de gangsta rap, na horizontal. Bum. Bum. Bum. Três vezes, aleatoriamente, porque ultimamente se enchia de morfina, do mesmo tipo que estava vendendo tão bem por intermédio dos traficantes que estavam sob as ordens dele, e, portanto, de Copacabana. Com o dinheiro, tinha comprado um apartamento para 'a Koala, sua irmã. Mas morfina e precisão não andam de mãos dadas, e assim o Passarim salvou suas penas mais uma vez.

Se Nicolas, naquele dia, não tivesse passado por ali — ele e Dentinho estavam mortos de fome e então percorriam a via Annunziata decidindo o que fazer —, se não tivesse reconhecido aquele bang metálico, se não tivesse feito uma curva fechada, derrapando e botando um pé no chão para não cair, corrigindo a trajetória que o teria levado à piazzetta Forcella, ou seja, no outro lado, quer dizer, se não tivesse feito tudo isso, não teria assistido à cena e talvez não lhe tivesse passado pela cabeça uma ideia, que colocou em prática na mesma hora, enquanto Dentinho fazia no próprio rosto o sinal da cruz.

Um escudo humano. Nicolas se interpôs entre o Passarim e 'o White, que então tinha endireitado a pistola e fechado um olho para mirar bem. Ele se colocou no meio. 'O White ficou imóvel. Passarim ficou imóvel. Dentinho o puxava pela camiseta e gritava para ele:

— Marajá, mas que merda cê tá fazendo?!

Nicolas se voltou para 'o White, que ainda estava com a pistola apontada e o olho fechado, como se esperasse que Nicolas saísse do meio para ele poder retomar os disparos.

— White — disse Nicolas, se postando na frente dele com a motoneta enquanto o Passarim finalmente saía voando —, a gente acaba com mais alguém e os polícia e os bloqueio policial vai continuar no nosso pé. Cê num tá batendo bem da cabeça. Talvez cê mata até um velho, uma velha, uma criança. O Passarim saiu voando, a gente bota a mão nele de novo. Me deixa cuidar disso. — Falou tudo de um só fôlego. 'O White baixou a pistola, mas não disse nada. As possibilidades eram duas, avaliou Nicolas. Ou ele levanta de novo a pistola e acaba tudo aqui. Ou então… 'O White fechou a boca e abriu em um sorriso de dentes quebrados e amarelados pelo fumo, depois enfiou a pistola na calça e foi embora. Nicolas soltou um suspiro de alívio, sentido também pelo Dentinho, que estava apoiado nas costas dele.

Passarim desapareceu, mas sabiam que ele não podia ficar sumido para sempre.

— Mas por que cê fez isso? — Briato' perguntou para ele. — O Passarim tá contra o Gatão, tá contra o Copacabana, e, então, tá contra a gente.

Estavam na saleta, e estavam sozinhos. Os Capelloni, pensou Nicolas, devem estar na prisão contando tudo pro Copacabana. Melhor assim.

— Cês não se preocupe, a gente não tá com o Gatão, a gente não tá com o Copacabana. A gente tá com a gente — respondeu Nicolas.

— Eu ainda não entendo o que é esse "a gente" — disse o Dentinho —, porque eu tô com quem me dá grana.

— Tá bom — disse o Marajá —, mas se a grana que cê deu pra um, pra outro, e pra mais outro ainda, nós juntasse tudo? E se a grana quem ganha é um grupo, cê não ia gostar?

— Mas a gente já é um grupo!

— É, um grupo de idiota.

— Cê não tira isso da cabeça, quer criar uma paranza a qualquer custo — disse o Dentinho.

Nicolas coçou o saco de modo bem visível, como para dizer que os sonhos não devem ser revelados. E aquela palavra, "paranza", procurava pronunciá-la o menos possível.

— Eu quero dar um jeito no Passarim — disse o Marajá —, então, se cês vê ele, ninguém encosta.

Já fazia uma boa hora que eles discutiam o que Nicolas tinha feito. Eles diziam que ele tinha sido louco, que estava fora da casinha. E se 'o White tivesse começado a disparar? E se, como o próprio Nicolas dizia, velhos e crianças tivessem mesmo sido envolvidos na história? Loucura. 'O Marajá escutava. Porque o que ele escutava era como os outros o viam. O que Briato' e o resto do grupo chamavam de loucura, 'o Marajá chamava de instinto, e 'o Marajá comandava instintivamente, como um tipo de talento natural, como saber jogar bem uma bola sem jamais ter treinado em um campo, ou fazer contas direitinho quando se é criança sem que nenhum professor tenha ensinado. Ele se sentia possuído por um tipo de espírito de comando, e gostava quando os outros reconheciam isso.

Passarim era um moleque insignificante, mas era a porta de entrada para o Conocal, e, uma vez lá dentro, podia chegar perto de Don Vittorio, e dali… Nicolas botou a mão no saco mais uma vez.

— Mas, mano — disse Briato' —, mesmo que cê tenha salvado a vida dele, ele num é tão burro assim a ponto de deixar a gente encontrar ele.

— E como não — disse Marajá —, quando a semente acabar, tem que vim procurar.

— Mas aqui vão atirar nele — disse Briato'.

— É, mas é difícil. Aqui ele faz Sanità, Forcella, estação, 'o Rettifilo, San Domenico. Vai andando, e se a coisa fica feia, foge.

— Mas cê acha que ele tá protegido? — perguntou o Dentinho.

— Falando sério? Acho que não. E mesmo se tá protegido, tá protegido como a gente, ou seja, com uma arma velha quebrada e os punhal.

Nos dias seguintes, Nicolas mapeou o território andando para cima e para baixo, para cima e para baixo. Agora essa era uma ideia fixa. Até Letizia tinha percebido que ele passava o tempo todo pensando em outra coisa, mas Nicolas sempre tinha alguma ideia na cabeça, e ela não se preocupou muito. No fim, Passarim reapareceu. Saiu lá de longe, não diretamente da zona dos homens de Copacabana. Agora estava vendendo pros negros e pros meninos, e a um preço tão baixo que talvez até mesmo os comparsas dele o tivessem matado. Vendeu na Ponte della Maddalena, um pouco na estação. E lá o Nicolas se aproximou dele, bem na piazza Garibaldi, debaixo de uma chuva torrencial, daquelas que embaçam a vista, mas não tinha dúvidas, era ele mesmo. Ele não tirava nunca aquele casaco de moletom preto com a imagem de Tupac Shakur, nem quando fazia trinta graus. Tinha vestido o capuz e estava falando rápida e ininterruptamente com uma pessoa que Nicolas nunca tinha visto. 'O Marajá desligou a motoneta e se aproximou silencioso, empurrando-a com os pés. Não tinha uma estratégia bem definida, só pensava em pegá-lo de surpresa e depois improvisar, mas um trovão ensurdecedor fez com que todos erguessem a cabeça, até Passarim, que viu Nicolas encharcado, os jeans colados nas coxas.

Agarrou a Vespa que havia apoiado no parapeito e se arrancou dali. Começou a correr e fazia as curvas "grudado no asfalto", andava velozmente como se a chuva não tivesse dificultado o tráfego. Entrou no corso Umberto. Os automóveis eram uma massa compacta e imóvel, as buzinas brigavam entre si, os limpadores de para-brisa funcionavam no ritmo mais acelerado e jogavam água para a direita e para a esquerda. Essa é uma tempestade tropical, pensou Nicolas, é a chuva da Batalha do Abismo de Helm, e ele se sentia um Uruk-hai, a jaqueta como uma armadura impenetrável. As pessoas nas calçadas andavam rente às paredes, na esperança de que as marquises as protegessem. Passarim levantava ondas em cada poça d'água, e quando percebia um espaço entre dois automóveis ele se enfiava lá, passava a mão no rosto como se fosse uma toalha, e acelerava sempre um pouco mais. Nicolas tinha dificuldades para andar na cola dele, e gritava "Num quero te fazer nada, só quero conversar", mas Passarim continuava a acelerar; os cotovelos sempre mais para fora tocando os retrovisores e, de qualquer modo, com aquela confusão que parecia uma guerra, ele não teria escutado. E seguiu em frente assim por um bom trecho, Passarim mudava de direção do nada, ia em um único sentido, fazia curvas perfeitas sem nunca frear. Guiava a Vespa como se estivesse enfrentando um campo minado, mas em vez de evitar as minas passava por cima delas de propósito.

Em uma viela que Nicolas não reconheceu, porque estava então guiando às cegas e só procurava manter os olhos fixos na lanterna traseira do fugitivo, Passarim passou por uma poça que tinha pelo menos uns cinquenta centímetros. As rodas desapareceram, quase afundadas, e Nicolas pensou que ele tinha feito merda e pararia ali, mas ele acelerou de novo e a Vespa respondeu, lançando para o ar um monte de água parada. Nicolas prosseguia aos trancos, diminuía a velocidade quando sentia que o pneu traseiro estava perdendo aderência e, mais de uma vez, acabou batendo nos para-choques dos carros à frente. Xingava, ameaçava as pessoas que queriam que ele parasse e mostrasse os documentos. Circunavegava os abismos que, a cada temporal, se abriam na cidade, e agora não sentia mais as mãos, que haviam se fundido com o guidão da Beverly. Não podia perder a força no acelerador, e não podia perder o contato visual com a Vespa que seguia naquilo que parecia ser o seu elemento natural. Fugia até pelas calçadas vazias, porque, agora, a tempestade tropical, se é que era possível, havia aumentado de intensidade e tinha até começado a cair granizo. As pedrinhas de gelo caíam no capuz do Passarim, que continuava a pilotar; Nicolas continuava a xingar, mas não podia desistir, e porra, quando é que ia botar a mão nele?

O granizo parou de repente, como se lá no céu alguém tivesse colocado uma rolha, mas a rua era um trecho branco, parecia neve. A Vespa deixava sulcos pelos quais Nicolas seguia com precisão para não acabar caindo, depois a paisagem mudou de novo, porque a chuva diminuiu e as pessoas estavam saindo de novo na rua. Passarim ia sempre em frente e, podendo se aproveitar do líquido negro no qual a chuva parada no chão havia se transformado, fazia confusão. Assim, Nicolas tinha de ir ziguezagueando entre pessoas emputecidas que não conseguiam brigar com aquele diabo que fugia, e agora tentavam brigar com o diabo que o seguia.

Mas o cheiro forte dos freios e o escapamento fervente começavam a emitir sinais que precisavam ser escutados. O odor de queimado chegou até o Marajá quando finalmente uma nesga de céu se abriu em meio às nuvens, mas ele não se deu conta porque tinha decidido parar aquela perseguição. Até o Passarim devia estar cansado, porque não percebeu que Nicolas desaparecera dos seus espelhos retrovisores. O traficante de Conocal espremia a sua Vespa passando na frente da Universidade Frederico II quando se deu conta de que Nicolas fizera a curva do outro lado e surgia do vico Sant'Aniello a Caponapoli. Passarim lamentou por um instante o fato de não estar armado e depois se deteve. Quando viu que Nicolas continuava a manter as duas mãos no guidão da scooter, esperou: sabia que, se tivesse uma pistola, já teria atirado.

O Marajá não chegara até ali para fazer um discurso cheio de insinuações e de assuntos dissimulados. Foi direto ao ponto:

— Passari', tenho que falar com o Don Vittorio, o Arcanjo.

Passarim se sentiu embaraçado por ouvir pronunciado esse nome no meio da rua, e na frente dele. Ficou com o rosto vermelho de vergonha, não de raiva.

— Tenho que falar com o Arcanjo — continuou Nicolas. Ao redor deles, os turistas estrangeiros, munidos de guarda-chuvas e de capas impermeáveis, se dirigiam ao Museu Arqueológico e estavam pouco se importando com aqueles dois discutindo no meio da rua. — Cê tem que dizer claramente para ele que: primeiro, se cê tá vivo, é por minha causa; segundo, agora cês tão tudo se acabando nas mão do Gatão, eles tão humilhando vocês. Que seus home não presta pra porra nenhuma, eles tão com os PlayStation na mão o dia inteiro. Ninguém mais tá no trampo.

— Mas eu não vejo nunca o Don Vittorio.

— É, mas cê é quem coloca as flor no túmulo do filho; e se ele te escolheu pra fazer isso, quer dizer que não te quer mal, que sabe quem cê é.

— Mas eu nunca vejo ele — disse Passarim —, eu num chego nunca perto dele, eu tô na rua.

— E trata de ver ele. Eu, aqui, ah, podia muito bem te arrancar as tripa, te dar um tiro na cara. Mandava uma mensagem pra alguém pra vir te derrubar no chão. Cê tá vivo porque eu deixei.

— Mas eu tenho que dizer o que pra ele? — conseguiu dizer Passarim. O rubor tinha sumido, mas mantinha os olhos baixos. Humilhado.

— Não se preocupa. Diz que tem um moleque d'o Sistema de Forcella que quer falar com ele. Já dá e sobra.

— Como assim dá e sobra?

— Se vira. Passari', se cê não me arruma esse encontro, onde quer que cê esteja: eu vou te pegar. E se cê me arruma, eu te faço ficar por aqui, digo pr'o White que cê dá uma porcentagem pra gente. Cê dá a metade daquilo que vende, ou então num precisa me dar nada. Cê escolhe. Ou faz o que eu te digo, fica vivo e come, ou faz o que cê tá dizendo e morre primeiro de fome, porque aqui eu num te deixo mais dar as suas bicada, e depois cê tem um fim de merda. Decide, e me avisa.

Passarim virou a Vespa no sentido contrário e saiu correndo sem nem se despedir, sem dizer que sim, sem dar para Nicolas o número do telefone. Voltou a Ponticelli, voltou ao pedaço de alcatrão e de concreto ao qual ele e os seus comparsas estavam condenados. Uma cela a céu aberto, alguns diziam. 'O Guantánamo, diziam outros. E o detento número um estava tranquilo no isolamento, porque quem barrava a rua para todos que não fossem bem recebidos era 'o Cegonhão, cozinheiro, assistente e dama de companhia de Don Vittorio, 'o Arcanjo.

13. Tá tudo bem

Todo mundo sabia onde estava 'o Arcanjo, mas ninguém sabia como chegar até ele. 'O Cegonhão classificava os pedidos, preparava o prato preferido de Don Vittorio — um simples macarrão ao sugo, com uma pitada de pimenta e manjericão — e contava para ele os rumores e as notícias em tempo real. Aquele apelido o próprio Don Vittorio lhe havia dado uns vinte anos antes, quando 'o Cegonhão era um adolescente que não conseguia controlar aquele corpo que se desenvolvera rápido demais, mas só para o alto. Ele batia nos lustres e se chocava contra os móveis, parecia uma cegonha na gaiola. Um animal, uma ave, pensava Don Vittorio, que tinha esquecido a liberdade toda dentro daquele corpo fora de proporção.

'O Cegonhão estava escorrendo o macarrão para Don Vittorio quando recebeu uma mensagem do Passarim. "Cegonho, a gente tem que se ver logo, é urgente!!!!!!!" Era a quinta mensagem daquela manhã, e a cada vez o mala do Passarim acrescentava um ponto de exclamação. Colocou o macarrão no prato fundo e despejou por cima o tomate escaldado, sem misturar.

Depois levou o prato perfumado para Don Vittorio, que agradeceu franzindo os lábios. Era o sinal de que 'o Cegonhão podia se retirar. Só então respondeu com um sms para Passarim. Ele o veria ali embaixo, lhe concederia esse privilégio — escreveu desse jeito mesmo —, se depois ele parasse de pentelhar.

Passarim chegou pontualmente e foi esperto o bastante para não estacionar bem ali, debaixo do apartamento de Don Vittorio. Teria sido o suficiente para se fazer notar e destruir qualquer possibilidade de encontrar 'o Cegonhão.

— Cegonho, cê sabe, né, aquilo que aconteceu na piazza Calenda? — perguntou, sem apear da Vespa. Mantinha os olhos baixos, porque aquele homem alto e seco sempre lhe metera medo. Ele fazia Passarim pensar nos coveiros dos filmes, aqueles que tiram as medidas para o teu caixão quando você ainda não morreu.

— Hã, que os Capelloni tavam querendo arrancar o teu couro — respondeu 'o Cegonhão. Todo mundo sabia, e 'o Cegonhão soube antes que os outros.

— É, e te juro pela minha mãe, quem salvou a minha vida foi o Nicolas, o moleque de Forcella.

— Eu sei, mas se a gente tem que dar um dinheiro pr'ele, tem que caçar, que aqui tá todo mundo duro.

— Não, não, ele me pediu uma coisa.

— O quê?

— Ele me pediu pra falar com o Don Vittorio.

— Ah, tá, ele quer falar com o Don Vittorio? Não dá, e pronto. Tá ligado, Don Vittorio não fala com que tá caçando ele em tudo quanto canto, e vai falar com esse bostinha? Passari', mas cê ficou louco? Porra, cê me diz que é urgente por causa dessa merda?

Por pouco não cuspia na cara ele, quer dizer, teria cuspido todos os sete pontos de exclamação que ele, Passarim, tinha usado na última mensagem. E, em vez disso, deixou ele ali plantado, deu meia-volta — exatamente como um coveiro — e, abaixando a cabeça, entrou no saguão do edifício.

Passarim precisava inventar qualquer coisa. Mas ele sempre tinha sido um homem de ação, como o Wolverine — mandara tatuar as garras dele no antebraço, com as lâminas do Wolverine terminando em cada nó dos dedos das duas mãos —, um cara que evita as balas: nunca tinha dado muito crédito pra própria inteligência. Andava por aí montado na Vespa, percorrendo as ruas de Ponticelli, a cabeça vazia, não obstante se esforçasse para enchê-la com planos cada vez mais mirabolantes. Depois tornou a pensar no que Nicolas fizera no dia anterior: tinha se metido no meio, bagunçando tudo, resumindo, tinha feito um pouco de confusão para se aproveitar das reações dos outros. Passarim resolveu fazer o mesmo.

O primeiro passo foi a floricultura. Pediu a opinião do proprietário e saiu da loja com ramos de orquídeas brancas e vermelhas, mas não resistiu e comprou também um anjinho para colocar nelas. Depois foi voando com a moto ao cemitério de Poggioreale — "Em Poggioreale você morre em vida, em Poggioreale você morre matado", dizia 'o Arcanjo —, segurando as flores entre as pernas, mas sem apertar demais, pra não estragar, e se inclinou sobre o túmulo de Gabriele Grimaldi. E lá se livrou do maço de crisântemos que alguém havia levado recentemente e tentou arrumar as suas orquídeas. Tirou umas fotos de diversos ângulos com o smartphone, depois subiu de novo na Vespa e voltou para casa. Colocou a foto do túmulo do Gabriele em um fórum de torcedores do Nápoles. E esperou.

Os comentários pipocavam, e ele respondia: "Honra pra um grande torcedor". E continuava a esperar. Até que chegou exatamente aquilo que ele esperava. "Honra pra quem? Pra um cretino dum desgraçado que nunca fez nada de bom pra ninguém do bairro! Que tinha negócio com os ciganos do Leste. Que tava com a bunda em Montenegro. Nenhuma honra. Honra pra quem tirou ele do caminho." Cá estava. Suicinho85.

Suicinho85 só podia ser uma pessoa. Um torcedor de San Giovanni, nascido na Suíça, cuja família tinha voltado para Nápoles. E, de fato, pequenino o Suicinho era mesmo, sobretudo quando saía para passear, ainda que torcesse para o Napoli, com a camisa que o jogador Kubilay Türkyilmaz, segundo ele, tinha lhe dado pessoalmente. Todo mundo enchia o saco dele, mas Suicinho a usava com orgulho, mesmo que ela batesse quase nos seus joelhos. Passarim fez o printscreen da página e a mandou para 'o Cegonhão com uma mensagem: "Essa é a merda que jogam em cima do Gabriele. Eu dou um jeito nisso". 'O Cegonhão não sabia se mostrava ou não para Don Vittorio, mas resolveu esperar: queria ver o que o merdinha era capaz de fazer.

E, assim, o Passarim foi ao estádio no domingo. Todo mundo estaria lá, como de costume, e ele com certeza não precisava entrar nas arquibancadas para saber. Agora já quase não pensava mais no próximo movimento, confiara completamente nas forças do caos — como talvez tivesse dito um dos super-heróis que tanto amava, enquanto ele dizia simplesmente "confusão". Tinha levado dois dos seus amigos ao estádio, Manuele Bust"e latte e Alfredo Scala 40, e lhes dera instruções com frases curtas e secas. Tinha de brigar com o Suicinho, mas não podia bater de frente, muito arriscado: e se os guardas chegassem? O banheiro era o lugar ideal, e ali precisavam esperar o fim do primeiro tempo, quando todos iriam dar uma mijadinha rápida. Nesse ponto, Bust"e latte e Scala 40 teriam de bloquear a entrada para os banheiros, botar uns esfregões cruzados na frente da porta. Em manutenção. Tudo fechado. Ninguém mija. A revolta seria automática e, na confusão que se seguiria, Passarim esperava localizar a cara cheia de sardas do Suicinho. Bust"e latte e Scala 40 eram perfeitos para esse serviço. O primeiro era um briguento de primeira categoria que não tinha medo de nada, nem ao menos de uma multidão enfurecida e com a bexiga cheia; o segundo, com seus vinte e três anos de prisão, era alguém respeitável. Ele tinha sido condenado por um homicídio, mas todo mundo sabia que tinha cometido mais de dez. Os rumores, daí, soltavam números como na Loto: trinta homicídios, cinquenta homicídios... Para a lei, ele só matou um. E com relação aos outros assassinatos, de que tinha sido acusado por arrependidos e informantes, saíra incólume. Era o mistério dos boatos que lhe dava essa aura, mesmo que não tivesse mais dinheiro e estivesse a um passo do desespero.

Passarim estava sentado na privada de um banheiro colocando moedas de dois euros em cima de cada nó dos dedos, depois enfaixava apertado a mão com as mesmas faixas que os pugilistas usam. E, por fim, três voltas de fita isolante por cima. À distância, ouvia Bust"e latte e Scala 40, que se esforçavam para bloquear os acessos e, ainda mais longe, um tanto abafado mas distinguível, cantando a plenos pulmões, o coro. "É por você, é por você, que eu canto por você." "Na minha mente um ideal e no meu coração o Napoli." "A gente ainda tá aqui, nunca vai parar." Ele cantava baixinho, o Passarim, e enquanto isso apertava os nós dos dedos para a fita isolante grudar bem. Cantou por quarenta e cinco minutos, mais os acréscimos, e depois o apito duplo do árbitro levou todo mundo para os banheiros. Ouviu distintamente os dois apitos. Tinha sonhado com eles? Ergueu a cabeça pela primeira vez desde que tinha entrado ali e ouviu a multidão que pisava os degraus com força. Estavam chegando. Começava a confusão. E foi uma confusão das grandes. Palavrões, empurrões, brigas apartadas em um instante. Passarim olhava aquela multidão que primeiro fluía como um rio, depois se transformava em uma multidão compacta fervilhante. E ele, de cabeça baixa, acompanhado por seus comparsas, entrou no meio dela. Era como andar às cegas, e levava empurrões e pancadas, mas seguia em frente, até que o azul e o vermelho da camisa do Suicinho ficaram a poucos metros dele. Deu um impulso como um touro, o Passarim. Xingava e dizia:

— Merda, como que cê teve essa ideia, como é que cê teve coragem de sujar o nome do Gabriele!

Suicinho levou os dois primeiros socos sem nem piscar. Era pequeno, mas também muito resistente, só na terceira rodada de socos entendeu que era por causa daquele post no fórum e reagiu com uma cabeçada que abriu o supercílio do Passarim.

Passarim continuava a dar socos com entusiasmo, mas sem tática, de modo meio aleatório, e se não fosse pelos dois companheiros provavelmente teria levado a pior. Foi a intervenção do Scala 40 que fez a diferença. Ele esbofeteou três torcedores e, quando se deparou com o Suicinho, que tinha o nariz completamente virado para o lado esquerdo, berrou na cara dele com tamanha fúria que o deixou paralisado. E, como acontece nas brigas que duram tempo demais, quando até aqueles que não têm nada a ver com o assunto entram na história e a violência vira um pega pra capar, aí é sinal de que tudo logo vai se acabar. Alguns metros de concreto armado acima dali, o árbitro apitou para o segundo tempo, e a multidão virou um rio, invertendo o sentido da correnteza. No espaço então vazio na frente dos banheiros ficaram Passarim, seus dois companheiros e um vendedor de olhos arregalados com sua cesta enorme pendurada no pescoço, cheia de batatinha frita e de bebidas. O único pensamento que o Passarim conseguiu formular foi: "Já passaram quinze minutos?".

Passarim e Bust"e latte foram levados para fora, colocados em um carro e levados na mesma hora para o Conocal por Scala

40, que depois desapareceu. Pareciam dois menininhos que tinham brigado na escola e levado puxão de orelha na frente dos pais. Bust"e latte tinha levado um pontapé na cara que lhe cortou o lábio, e Passarim sentia o rosto latejando, fazia força para abrir o olho direito, que permanecia fechado. Ele tinha feito merda das grandes, um erro. Agira sem autorização e agora seria punido. Seu plano tinha funcionado. Ele chegaria aonde queria chegar, e agora tinha que jogar direito as suas últimas cartas.

'O Cegonhão, advertido por Scala 40, estava esperando por eles no mesmo lugar em que tinha falado com Passarim. Não tinha uma expressão enraivecida, nem o cinto na mão como um pai ou um irmão mais velho irritado por causa da briga. Ele estava mesmo segurando uma pistola, e bateu no rosto dele com ela.

— Mas que porra cê tá aprontando? Que é que cê tá fazendo? Tá fazendo coisa que não foi autorizado. — Passarim balançava na frente do cano do revólver. Essa era a parte mais delicada. — Mas que porra cê tá aprontando? — repetia 'o Cegonhão, e a cada pergunta repetida aumentava o tom da voz. Aquele passarinho tinha mesmo enchido o saco dele. E perguntava, 'o Cegonhão, e apontava a pistola do Passarim para o Bust"e latte, e não ouviu o barulho metálico que vinha alguns metros acima dele. Don Vittorio tinha saído na varanda e batia forte no balaústre com a aliança de casamento. 'O Cegonhão continuava, "Que é que cê tá fazendo?", mas os dois agora, em vez de olharem pra ele ou pro cano da pistola, conservavam o olhar virado para o céu. Don Vittorio teve de acrescentar um "Oh! Oh!" para 'o Cegonhão entender. Ao reconhecer o tom de voz do Arcanjo, guardou a pistola e tornou a entrar na casa, grunhindo para os meninos um "E vocês num se mexe". Mas eles nem pensavam nisso, e estavam com o nariz para o alto igual aos pastorezinhos em Fátima.

Pouco depois, foi Don Vittorio pessoalmente que desceu. Não deveria: se violasse a condicional, seria jogado na cadeia em um instante. Principalmente levando-se em consideração a dificuldade com que ele tinha conseguido a prisão domiciliar. Mas ele queria descer e desceu, esperou apenas que Cegonhão desse um aviso para os sentinelas para ter a certeza de que não estava sendo feita uma inspeção.

— A Cegonha e o Passarim — disse 'o Arcanjo. — Tem mais asa por aqui que no aeroporto de Capodichino.

Passarim não estava com vontade de rir, mas deixou escapar um sorriso do mesmo jeito.

— Soube que você defendeu Gabriele, soube que tinham insultado ele na internet. — Segurou-o pelo ombro e o levou para o vão debaixo das escadas do edifício. Havia uma porta metálica, baixa, que 'o Arcanjo abriu com as chaves que carregava no bolso. Acoplou um cano a uma torneira, pegou as mãos do Passarim e as colocou debaixo d'água, tirando o sangue delas. Tinha a mão direita do Passarim presa na sua, enquanto com a mão esquerda segurava o cano e limpava a palma, usando só o polegar, com delicadeza. Primeiro a mão direita, depois a esquerda, ainda que a esquerda não estivesse tão bem enfaixada e, por isso, os nós dos dedos estavam mais inchados, porém menos machucados. — Você não tinha a soqueira? — Passarim não sabia ao que ele se referia. Mas tudo aquilo que se parecesse com um "não" o deixava constrangido, assim como estava constrangido com aquela cena. Ele e 'o Arcanjo quase na escuridão, naquele espaço tão apertado que dava para sentir o perfume da loção pós--barba dele. 'O Arcanjo repetiu. — Você não tinha a soqueira? A soqueira, como é que vocês dizem? O soco-inglês. O punho de ferro.

Passarim balançou a cabeça e disse:

— Não, eu coloquei os euro nos nó dos dedo e depois passei a faixa.

— Ah, claro, porque agora revistam. Com a soqueira, quando eu tinha a tua idade, acabei com uns rostos. — Fez uma pausa e fechou a torneira. Enxugou o dorso da mão na calça e continuou. — Eu te agradeço por ter defendido Gabriele. Os insultos daquela gente de merda, eu sempre fico pensando, não deixam ele descansar. Mas você tinha que ter me pedido primeiro. Assim eu te dizia como é que você poderia acabar com ele de vez. Se você deixa ele vivo, dá pra ele a possibilidade de te fazer mal. Um que você deixa ir é alguém pra quem você tá dando uma segunda chance. Talvez você goste dele.

— Não, exatamente o oposto.

— E então por que você não matou ele? Por que não veio falar comigo?

— Porque 'o Cegonhão não deixa ninguém falar com o senhor.

— Neste bairro vocês tudo são meus filhos.

Era esse o momento. Tinha feito aquela confusão toda para chegar exatamente ali, na frente do Don Vittorio. Agora ou nunca mais.

— Ahn, Don Vittorio, preciso pedir um favor pro senhor.

O chefão ficou em silêncio, convidando-o a falar.

— Posso pedir?

— Estou esperando.

— Nicolas, um menino do Sistema de Forcella, o moleque que praticamente me salvou quando a paranza dos Capelloni tavam atirando nimim, pediu pra falar com o senhor por causa de uma coisa urgente, mas não me disse que coisa é.

— Faça ele vir até aqui — disse 'o Arcanjo —, diz pra ele que mando uma cara nova pra ele, um contato que vai explicar pra ele o que é que ele tem que fazer. Em uns dias, na piazza Bellini, eu mando uma cara nova pra ele.

Incrédulo, Passarim agradeceu ao Arcanjo.

— 'Brigado, Don Vittorio — e abaixou a cabeça, esboçando

um tipo de reverência. Don Vittorio segurou o rosto dele com os dedos, como teria feito um avô, e voltaram para o local iluminado. 'O Cegonhão esperava os dois com as mãos atrás das costas, mas dava para ver que ele estava furioso. Bust"e latte, pelo contrário, olhava ao redor, embasbacado. Como é que vim parar aqui?, se perguntava.

— Se cuida, rapaz — disse 'o Arcanjo, e se dirigiu para a entrada, mas depois de alguns passos deu meia-volta. — Passari', cinquenta por cento.

— O quê? Don Vitto', num entendi o que o senhor disse... — Passarim já estava com um pé no estacionamento, e pensava que, assim que acabasse aquela história, se enfiaria em casa pra assistir os X-Men por uma semana.

— Cinquenta por cento.

— Don Vitto', me desculpe, continuo num entendendo o senhor...

— O que é que eu te disse antes? Aqui, vocês são tudo filho meu, e um filho meu fode com a própria vida. Não é porque alguém foi burro o suficiente pra salvar a vida dele que ele dá o que a pessoa quer.

Passarim forçava o olho que não estava machucado como se quisesse ver nas palavras do Arcanjo o que ele queria dizer.

— Com certeza ele te deu permissão pra vender na zona dele. Com certeza você pode vender mercadoria nossa lá. Cinquenta por cento do que você ganhar, você bota aqui — e bateu duas vezes no bolso da calça —; trinta por cento, você dá pro chefe do ponto de venda. O que sobrar, fica com você. Era tão importante aquilo que ele te prometeu, tão importante mesmo, que até provocou o insulto ao Gabriele. Vingar e vir me contar, é assim que se faz, Passari'.

Toda essa confusão — e Passarim tinha ficado de mãos abanando. Antes desse novo acordo, o que ele vendia fora das ruas autorizadas era somente dele, bastava que desse os trinta por cento para o chefe do ponto do Conocal. Agora, em vez disso, tinha de pagar uma taxa diretamente para Don Vittorio. Passarim baixou a cabeça, abatido, e tornou a erguê-la somente quando viu aparecer na frente dele a sombra comprida d'o Cegonhão:

— Cê dá pra mim, a cada dois meses, e se eu descubro que cê tá me passando a perna, fico puto da vida. Conto por aí todas as bucha. Se cê me passa a perna, eu te corto as bolas.

— A essa altura, era melhor deixar 'o White me matar — sussurrou Passarim, montando na Vespa.

'O Cegonhão o olhou como se olha alguém que, mesmo na companhia dos melhores professores, não vai conseguir aprender nada.

— Olha que o Don Vittorio te salvou, seu tranqueira. — Uma vez mais, Passarim não entendia. — Ô sua besta, se cê começava a ganhar com autorização do pessoal de Forcella, começava a aumentar o ganho, e então podia acontecer duas coisa: os rapaz aqui do Conocal ou te matavam pra eles ir vender no centro, ou então começavam a procurar lugar pra vender no centro e sair das rua daqui. Assim, ninguém mais vendia nesta zona, e aí eu é que tinha que te matar. — E o deixou no estacionamento, com o olho inchado que, no rosto pálido, parecia ainda mais lívido.

Era o fim de um dia difícil. Antes de montar na motoneta, Passarim pegou o celular. Viu chamadas da mãe, que não falava com ele fazia muito tempo, e outras tantas chamadas do seu chefe do ponto de venda, Totore, que ficara sabendo da ida ao estádio e à casa do Arcanjo, e perguntava se ele tinha feito alguma besteira e, acima de tudo, se ele próprio não ia precisar arcar com as consequências.

"Tá tudo bem", escreveu para a mãe.

"Tá tudo bem", escreveu para o Totore.

"Tá tudo bem", escreveu para o Marajá.

Tá tudo bem: a expressão universal. A imagem de tudo que segue a ordem estabelecida. Tá tudo bem para a mãe, que queria saber a troco de que, depois da partida, ele não tinha dado sinal de vida. Tá tudo bem para o chefe do ponto: não teria de pagar nada, ou melhor, ia ganhar mais. Tá tudo bem para o aspirante a chefão de paranza, que queria encontrar a proteção de um velho chefão que agora estava fora da jogada.

"Tá tudo bem." Como devem seguir as coisas.

14. Covil

Drago' os levou à casa da via dei Carbonari. Era o terceiro andar de um prédio que não estava em boas condições, onde viviam as mesmas famílias fazia séculos. Quitandeiro o antepassado, quitandeiro o proprietário atual. Contrabandistas os antepassados, assaltantes os descendentes. Não tinha novos inquilinos, com exceção de alguns traficantes africanos a quem permitiam que morassem com a família.

Ali, Drago' tinha à disposição um apartamento:

— Este, velho, os polícias não botaram a mão. Ainda faz parte da família Striano, a parte boa. Meu avô, 'o Soberano, era dono dele; de vez em quando dava esse lugar aqui pras pessoas que trampavam com ele.

De fato, no apartamento eram bem visíveis os remanescentes das velhas famílias: estava mobiliado como uma casa dos anos 80, e dessa época em diante tinha ficado vazio. Esquecido. Ou melhor, conservado. Como se quase quarenta anos antes alguém tivesse estendido um tecido para proteger a mobília do tempo e só o tivesse tirado agora.

Tudo era mais baixo naquela casa. As mesinhas, os sofás, a televisão. Parecia a casa de um povo que, só umas décadas antes, não passava de um metro e sessenta e cinco de altura. Para os meninos, tudo era minúsculo, e aquela espécie de armário de cristal para guardar comida, colocado bem na frente do sofá de couro marrom, na mesma hora foi transformado por eles em apoio para os pés. Um abajur imenso com uma estampa de flores servia de elo entre duas poltronas, também elas marrons. E prateleiras, prateleiras em grandes quantidades, cheias de coisas que eles nunca tinham visto. Tinha até mesmo umas fitas VHS com a etiqueta branca na qual alguém tinha anotado às pressas uma partida da seleção de futebol e o ano. Mas o objeto mais engraçado era a televisão. Ela estava sobre outra mesinha encostada a uma parede coberta por listras brancas e azuis. Parecia um cubo, e devia pesar pelo menos uns cinquenta quilos. A tela era convexa e refletia as imagens desbotadas da sala. Dentinho se aproximou como se se aproximasse de um animal perigoso e, mantendo a devida distância, apertou aquilo que deveria ser o botão para ligar, que fez o barulho de uma mola que finalmente se vê livre depois de um século de inatividade.

— Num acontece nada — disse Nicolas. Mas em seguida uma fraca luzinha vermelha apareceu para desmenti-lo.

— Na época, alguém da família se escondia aqui — continuou o Drago' —, e de vez em quando o Feliciano 'o Nobre vinha aqui transar com uma mulher. Essa casa não é de ninguém.

— Bom — disse o Nicolas —, eu gosto dessa "casa de ninguém". É ela que vai virar o nosso covil.

Essa palavra suscitou sorrisos.

— Covil? — disse o Agostino. — Que que é um covil?

— O covil, onde a gente se esconde, onde a gente se encontra, onde a gente se diverte, onde a gente divide tudo.

— Bom, agora a primeira coisa que tá faltando é um Xbox — disse o Agostino.

Nicolas continuou:

— Aqui tem que ser casa de todo mundo, então tem que ter regra: a primeira é que aqui ninguém traz mulher.

— Caraca — a desilusão do Eutavadizendo se manifestou na hora —, isso eu num esperava, Marajá.

— Se a gente traz mulher, vira confusão, uma nojera. Só a gente, e ninguém mais. Nem os parça. Só a gente, e chega. E além do mais — acrescentou —, bico fechado. Esse lugar aqui existe só pra gente, e pronto.

— A principal regra do Clube da Luta é que o Clube da Luta num existe — disse o Briato'.

— Aí! — disse o Lollipop.

— É, mas todo mundo vai ver a gente entrando do mesmo jeito, Marajá — disse o Drago'.

— Uma coisa é o povo ficar olhando pra gente; e outra é o que a gente diz pra eles.

Ela se chamava via dei Carbonari. Ainda se chama via dei Carbonari: sempre esteve ali, em Forcella. O nome era adequado a esse grupo de garotos que não sabiam nada dos Carbonários, que até se pareciam com eles, não pelas intenções nobres, mas só por ter o mesmo desejo de sacrifício, de abnegação cega que os levava a ignorar o mundo e os seus sinais, a escutar apenas e tão somente a própria vontade como demonstração objetiva da justiça dos próprios atos.

— Esse é o covil, mano. A gente tem que vim aqui, aqui a gente fuma, aqui a gente se diverte, aqui a gente tem que ficar. O Drago' tá de acordo. O Copacabana num sabe de nada. É coisa da gente.

Nicolas sabia que tudo tinha de começar em um apartamento, um lugar onde fosse possível se encontrarem para conversar com tranquilidade. Era um jeito de ficarem unidos. Disse assim mesmo:

— Tem que começar aqui.

Biscoitinho era o único que não tinha falado ainda, estava olhando a ponta dos seus Adidas brancos novinhos em folha. Parecia que ele queria a todo custo encontrar uma mancha neles.

— Biscoiti', cê num tá contente? — perguntou Marajá.

Biscoitinho finalmente levantou a cabeça.

— Dá pra eu conversar um minuto com você, Nico'?

"Nico", não "Marajá", e a cabeça se voltou de novo pros Adidas.

Os outros nem perceberam, porque tinham ido até o quarto de dormir, estavam ocupados demais explorando aquela máquina do tempo.

Biscoitinho falou de repente:

— Nico', cê tem certeza que é legal começar no apartamento de um arrependido? — 'O Marajá chegou pertinho dele e colocou seus sapatos em cima dos de Biscoitinho.

— É sem honra quem é sem honra, e não quem tem sangue de gente sem honra. Cê entendeu? E, além do mais, o pai do Drago' não falou nada. E num se fala mais nisso. Num aconteceu nada. — Liberou os Adidas do Biscoitinho e depois repetiu. — Nós começa aqui.

As chaves somente ele e Drago' tinham. E quando os outros os procuravam, mandavam uma mensagem: "Cês tão na casa?". O covil era o início de tudo, de acordo com Nicolas, uma casa só pra eles, o sonho de qualquer menino. Um lugar para onde levar o dinheiro da mesada de cada um, escondê-lo nos cantos, nos envelopes, no meio dos jornais velhos. Poder ter o dinheiro ali, contá-lo ali e, acima de tudo, acumulá-lo. 'O Marajá sabia exatamente isso: que tudo começaria de verdade quando todo o dinheiro fosse colocado junto, quando eles estivessem mesmo reunidos, quando o lugar de onde eles saíssem para fazer as suas coisas tivesse realmente virado um lugar de todos. Assim se cria a família. Assim se tornava real o seu sonho: a paranza.

15. Eu juro pela minha mãe

— Nós tem que construir uma paranza só nossa. Nós num vai pertencer a ninguém, só a nós mesmo. Nós num tem que obedecer ordem de ninguém.

Todos olhavam Nicolas em silêncio. Esperavam entender como poderiam se emancipar sem condições, sem porra nenhuma. Não tinham nenhum poder, e os traços juvenis deles pareciam confirmar isso, sem sombra de dúvida.

Eram chamados de meninos, e meninos eles eram de verdade. E como quem ainda não começou a viver, não tinham medo de nada, achavam que os velhos já estavam mortos, já estavam enterrados, já estavam acabados. A única arma que tinham era a selvageria que os filhotes de ser humano ainda conservam. Animaizinhos que agem instintivamente. Mostram os dentes e rosnam, é o suficiente para fazer quem está no caminho deles borrar as calças.

Precisavam ficar ferozes, só assim quem ainda incutia temor e respeito os levaria em consideração. Meninos, sim, mas com colhões. Criar confusão e reinar sobre aquilo tudo: desordem e caos por um reino sem coordenadas.

— Eles acha que nós é criança, mas nós tem esta… e tem também estes.

E com a mão direita Nicolas pegou a pistola que trazia na calça. Passou o dedo indicador pelo gatilho e começou a fazer a arma girar como se não pesasse nada, enquanto com a mão esquerda mostrava o pau, a pica, o saco. A gente tem armas e colhões, esse era o conceito.

— Nicolas… — Agostino o interrompeu, alguém tinha de fazer isso, Nicolas já esperava. Esperava como o beijo que tinha identificado Cristo para os soldados. Precisava que alguém assumisse a dúvida e a culpa de pensar: um bode expiatório, para que fosse claro que não havia escolha, que não era possível decidir se ficava dentro ou fora. A paranza tinha de respirar em uníssono, e a respiração pela qual todos tinham de calibrar a própria necessidade de oxigênio era a dele.

— … Nico', mas ninguém nunca viu alguém criar uma paranza assim do nada. Caralho, Nico', a gente tem que pedir permissão. Ainda mais agora que as pessoa pensa que num tem ninguém mais aqui em Forcella, se a gente sabe se entender com os Capelloni, a gente trabalha pra eles. Cada um de nós ganha um dinheiro e pode ser, com um pouco de tempo, que nós arrume até um ponto de venda.

— Foguim', é gente como você que num quero, os cara igual a você tem que cair fora e logo…

— Nico', acho que não me expliquei direito, eu só tava dizendo que…

— Eu entendi muito bem, Foguim', cê tá falando merda.

Nicolas se aproximou, ergueu o rosto e cuspiu na cara dele. Agostino não era um cagão e tentou reagir, mas enquanto jogava a cabeça na direção do septo nasal, Nicolas previu a reação e se esquivou. Ficaram se olhando nos olhos. E depois chega, acabou o teatro. Nesse momento, Nicolas continuou.

— Agosti', num quero gente com medo, o medo num é pra vim nem na cabeça. Se cê tá com dúvida, então pra mim cê num serve mais.

Agostino sabia que tinha dito o que todos tinham medo de dizer, não era o único a pensar que era preciso procurar um interlocutor entre os velhos chefões, e aquela cuspida na cara, mais que uma humilhação, fora uma advertência. Uma advertência para todos.

— Agora cê tem que ir embora; na paranza cê não pode ficar mais.

— Cês são só um bando de merdinhas — disse Agostino, alterado.

Dentinho se intrometeu e tentou acalmá-lo.

— Gusti', vai s'imbora, que cê vai arrumar problema...

Agostino nunca tinha traído; não obstante, como todos os Judas, foi um instrumento útil para acelerar o cumprimento de um destino: antes de sair da sala, apresentou, sem saber, para Nicolas, aquilo de que precisava para consolidar a paranza.

— E cês quer fazer a paranza com três faca e duas espingardinha de chumbo?

— Com essas três faca a gente te retalha fácil, fácil! — explodiu Nicolas.

Agostino ergueu o dedo indicador e o girou na cara daqueles que, um momento antes, considerava sangue do seu sangue. Nicolas não gostava de deixá-lo ir embora: não se expulsa assim uma pessoa que você conheceu a vida toda, todos os primos e os tios. Agostino ia sempre com ele ao estádio San Paolo e também aos jogos fora de casa. Um bróder tem que ser mantido por perto, mas as coisas tinham corrido desse jeito, e botá-lo para fora era útil. Precisava de uma esponja que absorvesse todo o medo do grupo. Mal Agostino bateu a porta, Nicolas continuou:

— Mano, o cagão tá certo... Nós não pode fazer a paranza com três faquinha de cozinha e duas espingardinha de chumbo.

E aqueles que uns segundos antes estavam prontos para combater com as poucas facas e as armas velhas que tinham, porque Nicolas tinha dado a bênção, depois da autorização para duvidar, todos confirmaram, desiludidos: sonhavam com depósitos de munições e tinham que se contentar em lidar com brinquedinhos que escondiam no quartinho.

— A solução eu tenho — disse Nicolas —, ou me matam ou eu volto pra casa com um arsenal. E se isso acontecer, tem que mudar todo o esquema: com as armas vem também as regra, porque eu juro pela minha mãe, sem regra nós é só lambarizinho e trapo.

— A gente já tem as regra, Nico', a gente é tudo irmão.

— Irmão sem juramento num é nada. E a gente jura pelas coisa que é importante. Cês viram *O professor do crime*, não viram? Quando 'o Professor faz o juramento na prisão. É daora, tá no YouTube: a gente tem que ser assim, uma coisa só. A gente tem que se batizar com as arma e com as corrente. Nós tem que ser os sentinela do código de honra. É bonito demais, mano, é daora. O pão, que se alguém trai vira chumbo, e o vinho que vira veneno. E então tem que sair o sangue da gente, nós tem que misturar os sangue da gente e num precisamo de ter medo de nada.

Enquanto falava de valores e de juramentos, Nicolas tinha em mente só uma coisa, uma coisa que o deixava nervoso e com frio na barriga.

Na tarde seguinte fazia calor e tinha jogo, a Itália jogava. Letizia tinha pedido para eles assistirem à partida juntos, mas

Nicolas se recusara, porque torcia contra, muito pouco jogador do Napoli, muitos da Juventus; por isso, Nicolas e os seus companheiros não se importavam nem um pouco com o jogo da Seleção. Tinham uma coisa para fazer, e ainda por cima urgente. Eram seis em três scooters. A dele quem guiava era o Dentinho, as outras duas iam velozes alguns metros à frente. Partindo de Moiariello, a rua era uma descida só. Ruelas bem estreitinhas mesmo. "O presépio", dizem as pessoas que vivem lá.

Indo por ali, primeiro está a piazza Bellini, depois calçada, calçada, evita tráfego e mão única. Leva um segundo.

Na piazza Bellini estava o contato do Arcanjo, e Nicolas tinha de se apressar. É verdade, ele se sentia um todo-poderoso, mas aquele contato era útil para ele. E esse não é do tipo de gente que espera. Dez minutos, e ele tinha de estar lá.

O último trecho da via Foria, antes de chegar ao Museu, as três scooters percorreram sobre calçadas largas e iluminadas, ziguezagueando com as buzinas a mil por hora. Dessa vez podiam até ter ido pela rua, porque não tinha uma alma viva por ali, e os poucos que não tinham se organizado para ver a partida estavam grudados na frente dos telões que, em Nápoles, estavam por todos os cantos. De tempos em tempos, quando se ouviam os gritos de júbilo, paravam as scooters e perguntavam o resultado. A Itália estava com vantagem. Nicolas xingou.

Na via Costantinopoli, eles entraram pela contramão. Subiram nas calçadas, que dessa vez eram estreitas e escuras, e ali tinha mais gente. Meninos, na maior parte universitários, e alguns turistas. Estavam indo também, mas com mais calma, para a piazza Bellini, Port'Alba, piazza Dante, onde havia lugares com televisão na rua. Guiavam rápido demais, e não viram dois carrinhos de bebê parados na calçada, ao lado dos adultos sentados à mesinha de um bar.

A primeira scooter nem ao menos tentou frear, a alça do

carrinho que estava mais para o lado de fora se enroscou no retrovisor da motoneta e o carrinho começou a se mover velozmente até se desenganchar, cair de lado, como se deslizasse no gelo. Ele só parou quando bateu em um muro: o impacto fez um barulho surdo. Um barulho de sangue, de carne branca e de fraldas. De cabelos que mal tinham crescido, desordenados. Um barulho de cantigas de ninar e de noites insones. Depois de um instante, deu para ouvir o bebê chorar e a mãe gritar. Não tinha acontecido nada, só o susto. O pai, pelo contrário, estava paralisado, imóvel. Em pé, olhava os meninos que, nesse meio-tempo, tinham estacionado as scooters e estavam indo embora calmamente. Não se detiveram. Nem mesmo fugiram tomados pelo pânico. Não. Tinham estacionado e se afastado a pé, como se tudo aquilo que acontecera fizesse parte da vida normal daquele território, que pertencia a eles e a ninguém mais. Pisotear, derrubar, correr. Velozes, arrogantes, mal-educados, violentos. É assim e não tem outro modo de ser. Nicolas, entretanto, sentia seu coração bombear o sangue com violência. Não era maldade sua, mas planejamento: aquele incidente não devia alterar o percurso deles. Tinha dois carros da polícia — de um lado e de outro da via Costantinopoli — parados bem onde os meninos tinham estacionado. Os policiais, quatro no total, estavam ouvindo a partida pelo rádio e não tinham se dado conta de nada. Estavam a poucos metros do acidente, mas aqueles gritos não os fizeram sair de seus carros. Que coisa teriam pensado? Em Nápoles se grita sempre, em Nápoles qualquer um grita. Ou então: é melhor ficar longe, somos poucos e aqui não temos autoridade nenhuma.

Nicolas não dizia nada, e enquanto procurava com o olhar o seu contato, pensava que tinham se arriscado a se machucar, que naquele carrinho de bebê eles tinham de ter dado um pontapé, e não arrastá-lo por dez metros. Em Nápoles, tudo pertencia a eles, e as calçadas eram necessárias, o povo precisava compreender isso.

E lá estava o seu contato com Don Vittorio Grimaldi, chapéu na cabeça e baseado na boca. Se aproximava lentamente, não tirou o chapéu e não cuspiu o baseado: tratou Nicolas como o menino que ele era, e não como o chefão que ele fantasiava ser.

— 'O Arcanjo decidiu que cê pode ir lá rezar pra ele. Mas, pra entrar na capela, precisa seguir bem as indicações.

Indicações em código que Nicolas soube decifrar. O chefão o receberia em sua casa, mas que não passasse pela cabeça de Nicolas ir pela entrada principal, porque ele, Don Vittorio, estava em prisão domiciliar e não podia se encontrar com ninguém. Não dava para ver as câmeras dos carabinieri, mas elas existiam, presas no concreto, em algum lugar. Mas não era isso que Nicolas tinha de temer; muito piores eram os olhos dos Faella. O contato da piazza Bellini tinha feito ele entender que 'o Arcanjo queria que Nicolas fosse avisado. Se os Faella o vissem, ele se transformaria em um Grimaldi. E levaria um monte de porrada. Ponto-final.

A verdade era outra: Nicolas e o seu grupo eram uns pés no saco, e os Grimaldi não queriam que, por culpa deles, as suspeitas de investigadores e de rivais se concentrassem no Arcanjo, que já tinha problemas demais.

Nicolas chegou ao apartamento de Don Vittorio na scooter e, por não ser tão conhecido como gostaria, ainda mais no Conocal, longe da sua casa, nenhum dos rapazes do Sistema sabia quem ele era. Talvez de nome, mas seu rosto podia passar sem ser percebido. Quem o visse pensaria que estava lá para comprar fumo, e, de fato, parou com a motoneta perto de uns meninos e na hora ficou satisfeito:

— Quanto cê tem?

— Cem euro.

— Cacete, bom. Me dá o dinheiro.

Uns minutos depois, o fumo estava debaixo de sua bunda, no selim. Deu uma volta e depois estacionou. Colocou um cadeado vistoso e foi a passos lentos na direção da casa do Arcanjo. Seus movimentos eram nítidos e decididos. Nada de mão no bolso, a testa coçava, estava suando, mas ignorou. Nunca se viu um chefão se coçando em um momento solene. Chamou pelo interfone o apartamento debaixo do de Don Vittorio, como havia sido indicado. Responderam. Pronunciou seu nome, articulando cada sílaba.

— Profe', sou o Nicolas Fiorillo, abre?

— Aberto?

— Não!

Estava aberto, mas precisava ganhar tempo.

— Empurra forte que abre.

— É. Agora sim, abriu.

16. Capodimonte

Rita Cicatello era uma velha professora aposentada que dava aulas particulares a um preço que qualquer pessoa classificaria como simbólico. Iam à casa dela todos os alunos dos seus amigos professores. Se eles tinham aulas com ela e o marido, passavam de ano, ou então choviam as reprovações e aí tinham de ir até ela do mesmo jeito, mas durante o verão.

Nicolas foi até o apartamento da professora. Entrou com toda a calma, como um aluno que não tem vontade de se submeter ao enésimo suplício; na verdade, queria ter certeza de que a câmera de vigilância colocada ali pelos carabinieri filmasse tudo. Ele a considerava capaz de piscar como um olho humano, e por isso cada gesto seu tinha de ser lento, para ficar registrado. A câmera dos carabinieri, que serviria também para os Faella, tinha de ver isso: Nicolas Fiorillo entrando na casa da professora Cicatello. E pronto.

A mulher abriu a porta. Tinha um xale que a protegia dos pingos de molho e de óleo. Na pequena residência estavam muitos adolescentes, meninos e meninas, uns dez, sentados à mesa de jantar redonda, com os livros de estudo abertos, mas com os olhos no iPhone. Eles gostavam da professora Cicatello porque não era como todas as outras, que, antes de começar a aula, confiscavam os celulares, obrigando os alunos a inventar desculpas esfarrapadas — o vovô está na sala de operações; se não respondo depois de dez minutos, minha mãe chama a polícia — para ver se tinha chegado uma mensagem no WhatsApp ou alguma "curtida" no Facebook. A professora deixava os celulares nas mãos deles, nem ao menos dava a aula, ela os mantinha na frente de um tablet — presente do filho no último Natal — ligado a um pequeno amplificador, do qual saía a voz dela falando de Manzoni, do Renascimento, de Dante. Tudo dependia do que os alunos tinham de estudar; a professora Cicatello, nos intervalos, gravava a aula com antecedência e depois se limitava a berrar de tempos em tempos, "Chega de mexer nesse celular e ouçam a aula". Nesse ínterim, cozinhava, arrumava a casa, fazia longas ligações de um velho telefone fixo. Voltava para corrigir as lições de italiano e de geografia, enquanto seu marido corrigia as de matemática.

Nicolas entrou, murmurou um cumprimento geral, os alunos nem ao menos levantaram o olhar. Abriu uma porta de vidro e passou por ela. Os alunos viam sempre gente entrando e saindo, para, depois de um cumprimento rápido, desaparecer por trás da porta da cozinha. A vida além daquela porta não era conhecida por eles e, como o banheiro ficava do lado oposto ao da cozinha, da casa da professora só conheciam a sala do tablet e o banheiro. Não faziam perguntas a respeito do resto, não era o caso de ser curioso.

Na sala do tablet ficava também o marido, sempre na frente de uma televisão e com uma coberta sobre os joelhos. Até no verão. Os alunos se aproximavam da poltrona para levar as lições de matemática. Ele, com a caneta vermelha que guardava no bolso da camisa, as corrigia, punindo a ignorância deles. Grunhiu na direção de Nicolas qualquer coisa que deveria se parecer com um "Bom dia".

Nos fundos da cozinha tinha uma escadinha. A professora, sem dizer nada, apontou para o alto. Um pequeno trabalho de alvenaria tinha aberto uma passagem que ligava o andar de baixo ao andar de cima. Assim, simplesmente, quem não podia se aproximar de Don Vittorio pela porta principal ia à casa da professora. Chegando ao último degrau, Nicolas bateu com o punho algumas vezes no alçapão. Foi o próprio Don Vittorio que, quando ouviu os golpes, se inclinou, deixando que de sua boca saísse um gorgolejar de cansaço que vinha direto da espinha dorsal. Nicolas estava emocionado, só tinha visto Don Vittorio no tribunal. De perto, porém, não lhe causou o efeito que tinha esperado. Era mais velho, parecia mais fraco. Don Vittorio deixou que ele entrasse e, com o mesmo gorgolejar, tornou a fechar o alçapão. Não apertou a mão dele, mas abriu caminho.

— Por aqui, por aqui... — disse, apenas, entrando na sala de jantar, onde havia uma grande mesa de ébano que, em uma geometria absurda, conseguia perder toda a sua elegância sombria para se transformar em um monólito vistoso e de mau gosto. Don Vittorio se sentou à direita da cabeceira da mesa. A casa estava cheia de pequenas cristaleiras exibindo cerâmicas de todos os tipos. As porcelanas de Capodimonte deviam ser a paixão da esposa de Don Vittorio, da qual, entretanto, não havia sinal na casa. A dama com o cachorro, o caçador, o tocador de gaita de foles: os clássicos de sempre. Os olhos de Nicolas iam de uma parede a outra, queria memorizar tudo; queria ver como 'o Arcanjo vivia, mas o que estava vendo não lhe agradava. Não sabia dizer exatamente por que sentia desconforto, mas com certeza não lhe parecia a casa de um chefão. Alguma coisa não estava certa: não podia ser, a sua missão naquela pequena fortaleza, uma coisa tão banal, previsível, fácil. Uma televisão de tela plana rodeada por uma moldura cor de madeira e duas pessoas que usavam bermudas do Napoli: na casa só parecia haver isso. Os dois não cumprimentaram Nicolas, esperando um aceno de Don Vittorio, que, tendo assumido a posição, dedo indicador e médio unidos como para espantar moscas, fez para eles um sinal inequívoco de "cai fora". Os dois foram para a cozinha, e não demorou muito para que se ouvisse de lá a voz rouca de um ator cômico — devia haver outra televisão — e depois risadas.

— Tira a roupa.

Agora reconhecia a voz de um homem acostumado a dar ordens.

— Tirar a roupa? Como assim?

Nicolas acompanhou a pergunta com uma expressão de incredulidade. Não esperava essa ordem. Tinha imaginado umas cem vezes como esse encontro aconteceria, e em nenhuma das cem vezes jamais levara em consideração a hipótese de precisar tirar a roupa.

— Tira a roupa, moleque, mas que merda cê tá pensando? Quem é que me diz que cê não tem filmadora, escuta e grampo...

— Don Vitto', que um raio caia na cabeça da minha mãe, mas como é que o senhor se permite pensar...

Usou o verbo errado. Don Vittorio elevou o tom de voz para se fazer ouvir na cozinha, para se sobrepor à voz do comediante e às risadas. Um chefão é chefão quando não existem limites para aquilo que se pode permitir.

— Acabamos por aqui.

Os dois com as bermudas do Napoli não tinham nem tido tempo de voltar para a sala, e o Nicolas já tinha começado a tirar os sapatos.

— Não, não, tudo bem, eu tiro. Eu tiro.

Tirou os sapatos, depois a calça, depois a camiseta, e ficou de cueca.

— Tudo, moleque, porque microfone cê pode colocar até no rabo.

Nicolas sabia que a questão não era o microfone, na frente do Arcanjo ele tinha de ser só um verme pelado, era o preço a pagar por aquele encontro. Fez uma pirueta, quase divertido, mostrou que não tinha microfones e microcâmeras, mas que tinha autoironia, espírito que os chefões perdoam, por necessidade. Don Vittorio fez o gesto para que ele se sentasse e, sem respirar, Nicolas apontou para si mesmo, como se pedisse confirmação de que podia se sentar daquele jeito, pelado, nas cadeiras brancas e imaculadas. O chefão concordou.

— Assim a gente vê se cê sabe limpar a bunda. Se cê deixar traço de merda significa que cê é pequeno demais, não sabe se limpar e a mamãe ainda tem que fazer o trabalho sujo.

Estavam um na frente do outro. Don Vittorio não tinha se sentado à cabeceira da mesa de propósito, para evitar simbologias: se o tivesse feito se sentar à sua direita, o menininho teria pensado sabe-se lá o quê. Melhor um na frente do outro, como nos interrogatórios. Nem ao menos quis oferecer alguma coisa para ele: não se compartilha comida com um desconhecido, nem podia fazer um café para um convidado que ia ser avaliado.

— Então, cê é 'o Marajá?

— Nicolas Fiorillo…

— Isso mesmo, 'o Marajá… é importante como as pessoas te chamam. É mais importante o apelido que o nome, sabia? Conhece a história do Bardellino?

— Não.

— Bardellino, bandido de verdade. Foi ele que fez, de um bando de gente que cuidava de vaca, uma organização séria em Casal di Principe.

Nicolas escutava como um devoto escuta a missa.

— Bardellino tinha um apelido que ganhou quando era pequeno, e que ele usava até mesmo quando era grande. Chamavam ele de Periquita.

Nicolas começou a rir, Don Vittorio fez um gesto com a cabeça, arregalando os olhos, como para confirmar que estava contando um fato histórico, não uma lenda. Qualquer coisa que pertencesse àquela parte da vida que é importante.

— Bardellino, pra não ficar sempre com o cheiro dos estábulos e da terra, pra não ficar com as unhas sempre sujas, quando vinha pra cidade se lavava, se perfumava, se vestia de modo elegante. Todo dia, como se fosse domingo. Brilhantina na cabeça... os cabelo úmido.

— E como é que surgiu esse nome?

— Na época, tava cheio de gente que trabalhava com a enxada pela cidade. Vendo um molequinho sempre assim, todo emperiquitado, foi algo natural: Periquita, como a periquita de uma mulher bonita. Lavado e perfumado, como a perseguida.

— Tô entendendo, um playboyzinho.

— O que acontece é que esse nome num era nome de quem pode mandar. Pra mandar, cê tem que ter um nome forte. Pode ser feio, pode não significar nada, mas não pode ser idiota.

— Mas os apelido não é a gente que decide.

— Isso mesmo. E, de fato, quando se transformou em chefão, Bardellino queria que chamassem ele só de Don Antonio, quem chamava ele de Periquita arranjava poblema. Na frente dele, ninguém podia chamar ele desse nome; mas ele ficou Periquita pro resto da vida.

— Mas ele foi um chefão dos bom, não? E então, que um raio caia na cabeça da minha mãe, dá pra ver que o nome não é assim tão importante.

— Cê tá errado, ele passou uma vida toda pra se livrar do apelido.

— Mas e o que aconteceu então com o Don Periquita? — perguntou sorrindo, e Don Vittorio não gostou.

— Desapareceu, tem quem diga que mudou de vida, fez plástica no rosto, que fingiu estar morto e riu na cara de quem queria ele morto ou na prisão. Eu só vi ele uma vez, quando era menino, ele foi o único homem do Sistema que parecia um rei. Ninguém era igual a ele.

— Mandou bem o Periquita — disse Nicolas, como se falasse de um companheiro seu.

— Cê que se saiu bem, acertaram o teu apelido.

— Me chamam assim porque tô sempre no Novo Marajá, a boate lá em Posillipo. É a minha central, e fazem os melhores drinques de Nápoles.

— A tua central? Ah, muito bem — Don Vittorio conteve um sorriso —, e é um nome bom, cê sabe o que quer dizer?

— Procurei na internet, quer dizer "rei" em indiano.

— É um nome de rei, mas presta atenção, que pode ser o fim da musiquinha.

— Que musiquinha?

Com um sorriso aberto, Don Vittorio começou a cantarolar liberando a sua voz empostada. Em falsete:

— "Pasqualino Marajá/ não trabalha e é indolente:/ entre os mistérios do Oriente/ é nababo entre os indianos./ Ulla! Ulla! Ulla! La! Pasqualino Marajá/ ensinou a fazer a pizza,/ a Índia toda adora isso."

Parou de cantar, ria às gargalhadas, de modo grosseiro. Uma risada que acabou em tosse. Nicolas estava irritado. Percebeu que aquela exibição era como uma caçoada para testar os seus nervos.

— Não faz essa cara, é uma música bonita. Eu cantava sempre quando era moleque. E então, eu tô te vendo com o turbante fazendo as pizza lá em Posillipo.

Nicolas estava com as sobrancelhas erguidas, a autoironia de alguns minutos atrás tinha cedido lugar à raiva, que não dava para esconder.

— Don Vitto', tenho que ficar com o pau de fora? — perguntou simplesmente.

Don Vittorio, sentado na mesma cadeira, na mesma posição, fingiu não ter escutado.

— Deixando essas besteiras de lado, parecer um bundão é a primeira coisa que quem quer ser um chefão precisa temer.

— Até agora, que um raio caia na cabeça da minha mãe, ninguém me fez ficar com cara de bundão.

— A primeira coisa que te deixa com cara de bundão é criar uma paranza e não ter armas.

— Até agora, com tudo o que eu tinha, eu fiz mais que o que os seus rapaz tão fazendo, e tô falando com respeito, Don Vitto', eu num sou nada perto do senhor.

— E é bom que cê fale com respeito, porque os meu rapaz, se quisessem, bom, agora mesmo fazia com você e com essa sua paranza o que os pescador faz quando limpa os peixe.

— Don Vitto', deixa eu repetir, os seus rapaz não tão à altura do senhor. Eles tão acabado e não podem fazer nada. Os Faella fizeram vocês prisioneiro, que um raio caia na cabeça da minha mãe, até pra respirar tem que pedir permissão pra eles. Com o senhor em prisão domiciliar, e a confusão que tá lá fora, é a gente que dá as ordem, com arma ou sem arma. Pensa um pouco: Jesus Cristo, 'a Nossa Senhora e San Gennaro deixaram 'o Arcanjo sozinho de tudo.

Aquele menininho só estava descrevendo a realidade, e Don Vittorio o deixou falar; não gostava que ele colocasse no meio os santos, e gostava menos ainda daquela expressão, achava horrível, que um raio caia na cabeça da minha mãe... te juro pela morte da minha mãe. Juramento, garantia, por qualquer coisa. Um preço pela mentira dita? Que um raio caia na cabeça da minha mãe. Ele repetia isso a cada frase. Don Vittorio queria dizer para ele parar com isso, mas depois baixou o olhar, porque aquele corpo de menino nu o fez sorrir, quase o enterneceu, e pensou que ele repetia a frase para esconjurar aquilo que um passarinho que ainda não saiu do ninho mais teme. Nicolas, do seu canto, viu os olhos do chefão fitando a mesa, pela primeira vez baixava o olhar, pensou, e acreditou em uma inversão de papéis e se sentiu dominador e forte em sua nudez. Era jovem e vigoroso, e à sua frente tinha carne velha e encurvada.

— 'O Arcanjo, é assim que chamam o senhor por aí, na prisão, no tribunal, e até na internet. É um bom nome, é um nome que pode dar ordens. Quem que deu ele pro senhor?

— Meu pai, que Deus o tenha, se chamava Gabriele, como o arcanjo. Eu era Vittorio, pertencia a Gabriele, então me chamaram assim.

— E esse Arcanjo — Nicolas continuava a derrubar as paredes entre ele e o chefão —, com as asas presas, tá trancado em um bairro que ele antes comandava, e agora não é mais dele, com os seus home que só sabe jogar PlayStation. As asas desse Arcanjo tinham que estar aberta e, em vez disso, tão fechada como as de um passarinho na gaiola.

— E assim é: tem um tempo pra voar, e um tempo pra ficar fechado em uma gaiola. De resto, melhor uma gaiola igual a esta do que uma gaiola no 41 bis.

Nicolas se levantou e começou a andar ao redor dele. Andava devagar. 'O Arcanjo não se mexia, nunca se mexia quando queria dar a impressão de que tinha olhos até atrás da cabeça. Se alguém está atrás de você e os olhos começam a segui-lo, isso quer dizer que você está com medo. E quer você o siga ou não, se a punhalada tiver de acontecer, acontece do mesmo jeito. Se você não olha, se você não se vira, não demonstra medo, transforma seu assassino em um desonrado que o atinge pelas costas.

— Don Vittorio, 'o Arcanjo, o senhor não tem mais homens, mas tem as armas. Todas as balas que o senhor tem nos depósitos servem pra quê? Eu tenho os homens, mas o depósito de armas que o senhor tem, eu só sonho com ele. O senhor, se quisesse, podia arrumar uma guerra de verdade.

O Arcanjo não esperava esse pedido, não acreditava que o menino que tinha deixado entrar na sua casa chegasse a esse ponto. Tinha previsto alguma autorização para poder agir no seu território. No entanto, se era falta de respeito, o Arcanjo não se irritou com isso. Até gostava daquele modo de agir. Tinha botado medo nele. E não sentia medo fazia muito, muito tempo. Para comandar, para ser um chefão, você tem que ter medo, cada dia da sua vida, a cada momento. Para vencê-lo, para saber se você é capaz. Se o medo vai deixar você viver ou, pelo contrário, se vai envenenar tudo. Se você não sente medo, quer dizer que você não vale porra nenhuma, que ninguém tem mais interesse em te matar, em chegar perto de você, em pegar aquilo que é seu e que você, por sua vez, pegou de outra pessoa.

— Eu e você não dividimos nada. Você não me pertence, não tá no meu Sistema, não me fez nenhum favor. Só pelo pedido sem respeito que cê me fez, eu tinha de acabar com você e deixar teu sangue no chão da professora aqui de baixo.

— Eu não tenho medo do senhor, Don Vitto'. Se eu fosse lá direto pegar suas arma, era diferente, e o senhor ia ter razão.

'O Arcanjo continuava sentado e Nicolas, em pé, agora estava na frente dele, as mãos cerradas e os nós dos dedos apoiados na mesa.

— Sou velho, não é? — disse 'o Arcanjo com um sorriso sutil.

— Não sei o que devo responder pro senhor.

— Responde, Marajá, sou velho?

— Já que você perguntou... Sim, tenho que dizer que sim.

— Sou velho ou não?

— Sim, é velho.

— E sou feio?

— E que é que isso tem a ver?

— Eu devo ser velho e feio, e cê deve estar com muito medo de mim. Se não fosse assim, cê não ia estar escondendo essas tuas perna pelada debaixo da mesa, pra eu não ver elas. Cê tá tremendo, rapaz. Mas me diz uma coisa: se eu te dou as arma, que é que eu ganho?

Nicolas estava preparado para essa pergunta e quase se emocionou ao repetir a frase que ensaiara enquanto chegava com a motoneta. Não esperava ter de pronunciá-la pelado e com as pernas trêmulas, mas disse assim mesmo.

— O senhor ganha porque ainda existe. Ganha porque a paranza mais forte de Nápoles é amiga sua.

— Senta — ordenou o Arcanjo. E depois continuou, com a sua expressão mais séria. — Não posso. É como botar uma periquita nas mão das criança. Cês não sabem atirar, não sabem limpar, vão se machucar. Cês não sabem nem recarregar uma metralhadora.

O coração de Nicolas sugeria, batendo com força, que ele reagisse, mas ele se manteve calmo.

— Dá elas pra gente, e a gente mostra pro senhor o que é que a gente sabe fazer. A gente acaba com a vergonha que tá na sua cara, a vergonha que cê passou nas mãos de quem acha que o senhor perdeu a força. O melhor amigo que o senhor pode ter é o inimigo do seu inimigo. E os Faella, a gente quer botar eles pra fora do centro de Nápoles. A nossa casa é a nossa casa. E, se a gente botar eles pra fora do centro de Nápoles, o senhor pode até botar eles pra fora de San Giovanni e recuperar toda Ponticelli, e os bar, e onde o senhor mandava antes.

'O Arcanjo não gostava mais da ordem atual: uma nova ordem devia ser criada e, se não podia mais dar as ordens, pelo menos desse jeito ele agitaria a situação. Ele daria as armas para os meninos, elas estavam guardadas havia anos. Eram uma força, mas uma força que não se exercita enfraquece os músculos. 'O Arcanjo resolveu entrar em acordo com essa paranza de peixinhos. Se não podia mais dar ordens, podia, no entanto, obrigar quem mandava na sua zona a vir e negociar a paz. Estava cansado de ter de agradecer pelas sobras, e aquele exército de meninos era o único modo de poder voltar a ver a luz antes da escuridão eterna.

— Eu te dou aquilo que vocês querem, mas vocês não tão me representando. Todas as merdas que vocês fizerem com as minhas armas não podem trazer a minha marca. As suas dívidas vocês pagam sozinhos, o sangue de vocês, vocês lambem. Mas o que eu pedir pra vocês, quando eu pedir, cês têm que fazer sem discutir.

— O senhor é velho, feio e também inteligente, Don Vitto'.

— Bom, Marajá, assim como você veio, vai embora. Um dos meus vai te dizer onde você pode ir pegar.

Don Vittorio lhe estendeu a mão; Nicolas a apertou e tentou beijá-la, mas o Arcanjo a puxou, enojado:

— Mas que merda cê tá fazendo?

— Eu ia beijar por respeito…

— Moleque, cê perdeu a cabeça, você e todos esses filmes que cê assiste.

'O Arcanjo se levantou apoiando-se na mesa: os ossos pareciam pesavados, e as prisões domiciliares tinham feito com que ele engordasse.

— Agora cê pode botar as tuas roupa, e vai logo, que daqui a pouco tem uma inspeção dos carabinieri.

Nicolas vestiu a cueca, a calça jeans e os sapatos o mais rápido possível.

— Ah, Don Vitto', uma coisa...

Don Vittorio se voltou, cansado.

— No lugar onde eu tenho que ir pegar as... não?

Não havia câmeras ali, e aquela palavra Nicolas já tinha pronunciado, mas agora que estava quase lá sentia um pouco de medo.

— E...? — disse 'o Arcanjo.

— O senhor podia fazer o favor de colocar uns guarda que eu posso dar um jeito.

— A gente coloca dois ciganos com as arma na mão, mas vocês atirem pro alto, porque os ciganos são úteis pra mim.

— E aí eles atiram na gente.

— Os ciganos, se você atira pro alto, fogem sempre... merda, tenho que te ensinar tudo mesmo.

— E se eles fogem, o que eles vão fazer?

— Eles avisam pra gente que tem problema e a gente aparece.

— Que um raio caia na cabeça da minha mãe, Don Vitto', o senhor não precisa se preocupar, eu vou fazer do jeito que falei.

Os rapazes acompanharam Nicolas até o alçapão, mas ele já tinha colocado os pés no primeiro degrau quando ouviu Don Vittorio:

— Oh! — Isso fez com que o menino se detivesse. — Leva uma estatueta pra professora, pelo incômodo. Ela é louca por porcelana de Capodimonte.

— Don Vitto', é sério?

— Tá aqui, pega o tocador de gaita de foles, é um clássico, e sempre causa uma boa impressão.

17. Ritual

Nicolas tinha ido ao chaveiro com o molho de chaves, mas na verdade era só uma que lhe interessava. Uma chave de palheta dupla, a clássica longa e pesada que abre as portas blindadas. Servia para abrir uma fechadura velha, mas bem resistente, capaz de não ceder durante anos aos ataques de ladrõezinhos improvisados. Ele tinha ido ao chaveiro para pedir cópias:

— Mas tem que fazer umas dez, ou doze; melhor, faz quinze.

— Mesmo? — tinha dito o chaveiro. — E o que cê vai fazer com esse batalhão de chave?

— Se perder...

— Cê tem mesmo a doença do esquecimento, se perder todo esse monte.

— Melhor prevenir, não?

— Bom, é como cê diz. Então, são...

— Não, faz as chaves e depois eu pago... ou num tem confiança?

Essa frase final tinha sido pronunciada com tal ameaça que

o chaveiro tinha deixado pra lá; a alternativa seria fazer as chaves e dar de presente.

'O Marajá entrou no WhatsApp e escreveu para cada um dos seus marcando o encontro.

Marajá
Mano, encontro confirmado no covil.

Covil. Não casa. Não apartamento. Não outra palavra que qualquer um teria usado para disfarçar, caso estivessem vigiando as conversas deles. Nicolas a escrevia e repetia com aquele seu eco antigo, "covil", quase como se quisesse aumentar a conotação de conspiração, de mistério, de crime, e assim exorcizar o risco de que aquele local se transformasse em um lugar para fumar baseado e jogar video game. Ele sempre quis usar um vocabulário de criminoso, mesmo quando estava sozinho se impusera isso. Uma lição que havia aprendido por conta própria, um tipo de versão do "Viva agora a vida que você gostaria de viver" tirada de todos os manuaizinhos norte-americanos, que Nicolas tinha aprendido sem tê-la lido em lugar nenhum. E se alguém interceptasse aquela conversa… Assim ele esperava: seria mais valioso que o membro mais baixo de qualquer organização camorrista moribunda. Ao seu redor, Nicolas via somente territórios para conquistar, possibilidades para superar. Compreendera isso logo, e não queria esperar para crescer, estava pouco se importando com o respeito às etapas, às hierarquias. Tinha passado dez dias revendo *O professor do crime*: estava pronto.

E, finalmente, a manhã tinha chegado. Nicolas foi ao chaveiro, pegou as chaves e uma vela, e pagou o que devia, acalmando a ânsia do negociante. Ele se deliciava na frente das pessoas atemorizadas quando entrava em uma loja, sempre com medo de serem assaltadas ou de sofrer algum tipo de agressão. Passou na mercearia e comprou pão e vinho. Depois foi ao covil e começou a se preparar: apagou todas as luzes, pegou uma vela, acendeu-a e deixou-a sobre a mesa, firmando-a com sua própria parafina derretida em um castiçal. Tirou o pão do pacote e o partiu em vários pedaços com as mãos. Vestiu um agasalho de moletom e colocou o capuz.

Aos poucos chegaram dois, três, quatro meninos. Nicolas abriu a porta para cada um deles: Peixe Frouxo, Dentinho, Drago', que entrou direto — ele tinha as chaves do covil —, e depois Drone, Eutavadizendo, Tucano, Biscoitinho, Briato' e Lollipop.

— Mas pruque tá tão escuro? — perguntou o Eutavadizendo.

— Vamo fazer um pouco de silêncio — Nicolas tentou criar uma atmosfera.

— Cê parece o Arno do *Assassin's Creed* — o Drone falou pra ele. Nicolas não perdeu tempo confirmando que tinha se inspirado exatamente nessa personagem; postou-se atrás da mesa e abaixou a cabeça.

— Caraca, vai logo com isso — disse o Biscoitinho.

Nicolas o ignorou:

— Eu batizo este local como ele foi batizado pelos nossos três velhos. Se eles batizaram com ferro e correntes, eu batizo com ferro e correntes. — Depois fez uma pausa e ergueu os olhos para o teto. — Eu olho para o céu e vejo a estrela polar. — E ergueu o queixo, mostrando o rosto. Tinha começado a deixar crescer a barba, a primeira barba espessa que sua idade lhe permitia. — E está batizado o local! Com as palavras do código de honra a sociedade é formada.

Pediu ao primeiro que desse um passo à frente. Ninguém se mexeu. Um olhava a ponta dos sapatos, outro escondia um sorriso de constrangimento diante daquela encenação vista e revista no YouTube, outro se balançava na ponta dos pés. Finalmente um se destacou do grupo: Dentinho.

Nicolas perguntou para ele:

— O que é que você está procurando?

E ele disse:

— A minha qualificação como jovem honrado.

— Quanto pesa um moleque?

— Tanto quanto uma pluma levada pelo vento! — respondeu Dentinho. As falas ele sabia de cor, e elas eram proferidas com o ritmo preciso, com a entonação precisa.

— E o que representa um moleque?

— Um sentinela do código de honra que gira e gira de novo, e o que vê, ouve e ganha, ele leva de volta para a sociedade.

Então Nicolas pegou um pedaço de pão e lhe deu:

— Se você trair, este pão vira chumbo. — Dentinho o colocou na boca, mastigando devagar, umedecendo-o com a saliva. Nicolas colocou vinho em um copo de plástico, deu-o para Dentinho e disse. — E este vinho vira veneno. Se antes eu conhecia você como um jovem honrado, de agora em diante reconheço você como um moleque que pertence a esta sociedade.

Na sua frente estava aberta também a Bíblia, tirada da gaveta da mãe. Então, pegou o canivete de mola — aquela lâmina com o cabo preto de osso tinha sido, até aquele momento, a sua arma favorita. Tirou a trava e fez a lâmina saltar. Dentinho disse:

— Não! Não, não, o corte não!

— Vamos usar sangue — disse Nicolas, segurando a mão dele —, me dá o braço. — Fez um cortezinho bem na junção com o pulso, um cortezinho muito menos curto e menos profundo em relação àquele realizado por Ben Gazzara em *O professor do crime*. Saiu uma lágrima de sangue, era suficiente. Em seguida, no mesmo lugar, Nicolas fez um corte em si mesmo. — O sangue nosso que se mistura, não aquele que vem da mesma mãe. — Eles tocaram os antebraços um do outro para misturar o sangue.

Dentinho se voltou para o grupo, e Briato' deu um passo à frente. Quase tinha lágrimas nos olhos. Era a verdadeira comunhão, crisma e casamento ao mesmo tempo.

Ele se apresentou na frente de Nicolas, que fez a mesma pergunta:

— Diz pra mim, menino, o que é que você está procurando?

Briato' estava com a boca aberta, mas não saía nada, e então Nicolas foi ajudá-lo, como um professor que quer salvar seu aluno:

— A... a minha...

— Vida de jovem honrado!

— Não, porra! A minha qualificação como jovem honrado.

— A minha qualificação como jovem honrado!

— Quanto pesa um moleque? — perguntou Nicolas.

— Tanto quanto o vento... — alguém lá atrás lhe sugeriu em voz baixa:

— Tanto quanto uma pluma levada pelo vento.

— E o que representa um moleque?

— Um soldado do código de honra...

Outro lá do fundo da sala o corrigiu:

— Sentinela!

Briato' fez de conta que não tinha ouvido e prosseguiu:

— Que traz o dinheiro para a sociedade.

Nicolas repetiu a frase para ele:

— Não, cê tem que dizer que o que ele vê, ouve e ganha, leva de volta para a sociedade.

E com isso o Briato' deixou escapar:

— Cacete, se cê tivesse me falado, eu via o filme ontem. Porra, quem é que vai lembrar com todas as palavra?

— Cê tá ligado — comentou o Eutavadizendo —, eu te juro pela minha mãe, eu sei de cor.

Nicolas tentou fazer voltar o clima de seriedade. Ele deu o pão para Briato':

— Se você trair, este pão vira chumbo. E este vinho vira veneno.

Um batismo depois do outro, e o corte ficava cada vez mais superficial, porque Nicolas estava começando a sentir dor no pulso. Por último foi a vez do Tucano, que disse:

— Nico', mas a gente tem que misturar o sangue. Daqui num sai nada, cê me fez só um arranhão.

Então, Nicolas pegou de novo o braço dele e cortou. Tucano queria carregar aquele corte, vê-lo e revê-lo durante dias:

— Se antes eu conhecia você como um jovem honrado, de agora em diante reconheço você como um moleque que pertence a esta sociedade. — Tucano não resistiu e, depois de trocarem o sangue e de esfregarem os antebraços, puxou Nicolas para junto de si e lhe deu um beijo na boca. — Florzinha! — disse Nicolas, e com essa palavra o riso correu solto.

E, então, naquela casa todos os meninos tinham virado irmãos de sangue. Não se pode voltar atrás ao se tornar o irmão de sangue de alguém. Os destinos ficam unidos às regras. A pessoa morre ou vive de acordo com a capacidade de permanecer dentro daquelas regras. A 'Ndrangheta sempre contrapôs os irmãos de sangue aos irmãos de pecado, ou seja, o irmão que a sua mãe dá pecando com o seu pai em relação ao irmão que você escolhe, aquele que não tem nada a ver com a biologia, que não está ligado a você por um útero, um espermatozoide. Aquele que nasce do sangue.

— Espero que cês num tenham aids, porque a gente se misturou tudo — disse Nicolas. Agora que tudo tinha acabado, até ele estava no meio dos outros, como uma família.

— Ah, mas é o Ciro que dá a bunda pros doente! — disse o Biscoitinho.

— Ah, mas vai tomar no rabo — respondeu, em voz bem alta, Peixe Frouxo.

— No máximo — disse Dentinho — ele dá pros gordão, mas só com o peixe frouxo!

Dentinho estava contando de novo uma velha história: a história que tinha transformado para sempre Ciro Somma em Peixe Frouxo. Ela datava dos tempos da ocupação do Liceo Artistico, quando a foto de uma namorada dele, nua, e que era muito gorda, tinha passado por todos os smartphones da escola. Ele gostava demais daquela menina, mas se deixara levar pelos insultos idiotas de seus colegas de escola, e então se defendeu dizendo que sim, que era verdade, ele tinha levado ela pra cama. Mas não pra valer, o pinto tinha ficado meio mole, como um peixe frouxo.

— É incrível — falou o Eutavadizendo, que apalpava o corpo como se tivesse saído de uma fonte milagrosa —, eu me sinto uma outra pessoa, é sério.

Tucano o imitou:

— É mesmo, eu também.

— Que bom que cês são uma outra pessoa — disse o Dentinho —, porque o que cês era antes era uma merda só... talvez cês tenha melhorado!

Fazia décadas que esses rituais não eram celebrados em Forcella. Na verdade, Forcella sempre tinha resistido aos ritos de afiliação, porque era inimiga de Raffaele Cutolo, que na década de 80 havia introduzido essas cerimônias em Nápoles. Tinham proposto uma vez para Don Feliciano, 'o Nobre, entrar para a Cosa Nostra — muitos napolitanos se aliavam aos sicilianos e passavam pelo ritual da puntura, ou seja, furar com uma agulha a ponta do dedo indicador, deixar cair o sangue sobre a imagem de alguma Nossa Senhora e depois queimar o santinho de papel na mão. Os palermitanos explicaram o ritual para ele, disseram que precisava ser "picado", e eles ainda se lembravam da resposta dele:

— Eu vou é picar o rabo pra vocês. Não preciso dessas porcaria de pastor siciliano e calabrês. À sombra do Vesúvio, basta a palavra.

No entanto, a paranza se sentiu paranza depois do ritual: unida, um só corpo. Nicolas tinha razão.

— Agora a gente é uma paranza, uma paranza de verdade: cês perceberam?

— E grandeee! — Drago' começou a aplaudir. Todos gritavam para Nicolas:

— Cê é 'o rás, cê é 'o rás! — Todos eles repetiram, mas não em coro, quase que de um em um, como se quisessem homenageá-lo individualmente, porque se tivessem se confundido teriam perdido a força. 'O rás... tinha se transformado no cumprimento mais importante em Forcella ao Quartieri Spagnoli. Vai saber de qual recôndito da memória um título honorário etíope, inferior apenas ao do Negus, tinha se transformado em um epíteto para os meninos que nem ao menos sabiam que a Etiópia existia. 'O rás vinha do aramaico, mas se transformara em napolitano. Títulos e apelidos que nessa cidade conservam estratificados os sedimentos das piratarias otomanas, que deixaram na língua e na fisionomia os traços da sua herança.

Nicolas restabeleceu o silêncio com um golpe seco das mãos. Os novos afiliados se calaram e só então perceberam que Nicolas tinha um pacote entre as pernas. Ele o pegou e colocou sobre a mesa. O impacto produziu um rumor de metal e, por um instante, toda a paranza ficou sonhando que ele contivesse armas e projéteis. E bem que podiam ter sido armas, foi o que pensaram quando perceberam que eram apenas chaves.

— Essas são as chave do covil. Cada um de nós pode entrar e sair quando quiser. Quem é da paranza tem que ter as chave: as chave da paranza. Da paranza, eu juro pela minha mãe, só pode sair com os pé pra frente, só dentro do caixão.

— É isso aí. Te juro pela minha mãe — disse o Peixe Frouxo. — Mas se eu quiser trampar no hotel do Copacabana, posso ir? Mesmo se eu tô na paranza?

— Cê pode fazer a merda que cê quiser, mas sempre vai fazer parte da paranza. Da paranza a gente não sai mais, cê trampa no Brasil, trampa na Alemanha, mas até mesmo lá cê pode ser útil pra alguma coisa da paranza.

— Legal, assim eu gosto! — falou o Eutavadizendo.

— O dinheiro todo nós traz pra cá. E divide tudo igual. Nada por baixo dos pano. Nada de passar a perna nos outros. Tudo: os roubo, as coisa que a gente vende, cada um de nós tem que ter uma mesada fixa, e aí o dinheiro pra cada missão!

— Missão! Missão! Missão!

— E agora que a gente é uma paranza, cês sabe o que é que tá faltando?

— Falta as arma que nós num tem, 'o Marajá — disse o Dentinho.

— Isso mesmo. Eu prometi elas pr'ocês, e nós vai pegar elas.

— Peraí, mas a gente tem que ter a benção da Nossa Senhora — disse o Tucano. — Que é que cês tem no bolso?

Quando ouviram falar na Nossa Senhora, um tirou cinco euros, outro dez, Nicolas vinte. Tucano pegou tudo.

— Vamo comprar uma vela. Uma vela das grande. E acendemo ela pra Nossa Senhora.

— Tá bom — disse o Dentinho.

Nicolas permaneceu indiferente. Foram todos juntos, saindo do covil, na direção da loja que vendia as velas.

— A gente tá mesmo aqui? Em loja de padre?

Entraram os dez juntos. O negociante ficou inquieto quando viu a loja ser ocupada assim do nada. E se espantou com o fato de eles se voltarem para as velas maiores. Pegaram uma enorme, que tinha mais de um metro. Colocaram o dinheiro no balcão, amarrotado. O negociante levou alguns minutos para contar as notas, mas eles já tinham ido embora. Sem esperar o recibo nem o troquinho que eles tinham de receber.

Entraram na igreja de Santa Maria Egipcíaca em Forcella. Quase todos tinham sido batizados ali, ou no Duomo. Fizeram o sinal da cruz. Os pés ficaram mais leves entrando na nave, não usavam sapatos de couro que pudessem fazer barulho, mas tênis Air Jordan. Na frente do imenso quadro de Santa Maria Egipcíaca, fizeram mais uma vez o sinal da cruz. Faltava espaço para colocar aquela vela enorme, então com um isqueiro Peixe Frouxo fez a base amolecer.

— Que é que cê tá fazendo? — perguntou o Dentinho.

— Nada; a gente bota ela no chão. Não dá pra colocar em outro lugar. — E assim fez.

Enquanto estava lidando com a vela, Tucano abriu o canivete e começou a gravar ao longo dela, como se talhasse na madeira, o nome.

Escreveu PARANZA com letras maiúsculas.

— Parece que tá escrito PaPanza — disse o Biscoitinho.

— O caralho que parece — respondeu o Tucano, levando em seguida um tapa do Dentinho.

— Cê diz isso na frente da Nossa Senhora?

Tucano olhou a pintura da Nossa Senhora e disse "Desculpa", e então, com o canivete, fez melhor a perninha do erre. E em voz alta, disse: "Paranza". E a palavra Paranza ressoou por toda a nave.

Uma paranza que do mar se transforma em paranza de terra. Que dos bairros que dão vista para o Golfo desce em formação enchendo as ruas.

Agora era hora de eles irem pescar.

18. Zoo

'O Marajá estava felicíssimo. Tinha conseguido exatamente o que queria: Don Vittorio em pessoa reconhecera que ele tinha o estofo de um chefão de paranza, mas, acima de tudo, lhe daria o acesso ao depósito de armas. Saltava na motoneta como se uma energia vinda de dentro o impulsionasse, corria veloz para voltar ao centro e, com um sorriso estampado no rosto, mandou uma mensagem para o grupo no WhatsApp:

> **Marajá**
> Mano, deu certo: a gente tem as asa!

> **Lollipop**
> Caralho!

> **Drago'**
> Cê destruiu!

> **Biscoitinho**
> Grande

Tucano

Cê é melhor que Redibul!

Estava tão eletrizado e ansioso que não conseguiria ir à casa da Letizia ou ao covil, quanto mais voltar para casa; por isso, pensou em encerrar aquele dia fazendo outra tatuagem. Já tinha uma no antebraço direito com a sua inicial e a de Letizia entrelaçadas em uma rosa com espinhos, enquanto no peito se destacava em letras cursivas, entre floreios, filetes e uma granada de mão, "Marajá". Agora já sabia exatamente qual desenho mandaria tatuar, e onde.

Parou no estúdio do Totò Ronaldinho e entrou prepotente como sempre, enquanto ele estava atendendo outro cliente:

— E aí, Totò! Cê tem que me fazer umas asa!

— O quê?

— Cê tem que me fazer umas asa, umas asa aqui atrás — e mostrou as costas todas, indicando para Totò que o desenho deveria cobri-las por completo.

— Que tipo de asa?

— Asa de arcanjo.

— De anjo?

— Não, não de anjo: asa de arcanjo.

Nicolas sabia bem a diferença, porque o livro de história da arte estava lotado de Anunciações e de retábulos com arcanjos com grandes asas flamejantes, e, durante a excursão da classe a Florença, alguns meses antes, tinha visto mesmo pessoalmente aquelas asas alegres que, no entanto, metiam medo até nos dragões.

Nicolas escreveu no WhatsApp: "Mano tô fazendo umas asa nas costa. Vem pra cá". Então mostrou para o Totò no celular a imagem de uma pintura do Trecento que retratava um São Miguel com asas negras e escarlate, e disse que ele tinha de fazer "igualzinho".

— Mas isso eu levo três dias pra fazer — objetou o Totò, que estava acostumado a trabalhar com os desenhos do seu catálogo.

— Vai levar um só. A gente começa a fazer hoje, e depois cê tem que fazer também pra uns amigo meu. Mas faz preço bom pra gente.

— Claro, Marajá, era o que faltava.

Os dias seguintes eles passaram entrando e saindo do estúdio do tatuador, que perfurava a carne deles nas costas, desenhando com uma mão leve e precisa. E como Totò era um tanto apaixonado por esse trabalho que exigia um mínimo de criatividade, surgiu a curiosidade de saber.

— Que é que significam essas asas pra vocês? — perguntou, enquanto fazia penetrar a tinta na pele fina em cima das escápulas. — Por que é que todos os seus amigos tão fazendo?

A pergunta não incomodava Nicolas, os símbolos eram fundamentais, porém era igualmente importante que pudessem ser decifrados por todos, eles tinham de ser claros assim como os afrescos nas paredes das igrejas, que quando você via um santo com as chaves na mão sabia que era São Pedro. Igualmente clara aquela tatuagem tinha de ser para eles da paranza e para todos os de fora.

— É como pegar o poder de alguém: é como se a gente tivesse capturado um arcanjo, que é tipo o chefe dos anjo, tivesse matado ele e pegado as asa. Não é uma coisa que surge assim, é uma coisa que a gente lutou, que a gente conquistou, e agora é como se a gente fosse o Angelo dos X-Men, cê entendeu? É tipo... um resultado que a gente teve, cê entendeu?

— Ah, como um escalpo — disse Totò.

— E que que é um escalpo? — perguntou Dentinho.

— Aquilo que os índios fazem... com a faca eles cortam o couro cabeludo do inimigo.

— É — confirmou Nicolas —, é isso mesmo.

— E de quem que cês tiraram as asas?

— Ah ah aha — Nicolas ria. — Ronaldi', cê tá fazendo muita pergunta.

— Ora, e eu vou saber?

— Quer dizer, é tipo... cê aprende com uma pessoa a jogar bem futebol, a nadar rápido, né? É como ter aula particular de língua estrangeira, né? Cê aprende. Então, do mesmo jeito, alguém ensinou a gente a ter asa. E a gente quer, e ninguém segura mais a gente.

Fazia três dias que toda a paranza tinha as asas flamejantes nas costas, mas ainda não tinha alçado um só voo: a espera do sinal da parte de Don Vittorio Grimaldi, 'o Arcanjo, estava demorando, e eles não tinham ideia de como e onde pudessem entrar em contato com ele. 'O Marajá se comportava como se tudo tivesse de acontecer exatamente como estava acontecendo, mas lá dentro começava a ficar com raiva, e para criar coragem tornava a pensar naquele encontro na casa do chefão: ele tinha dado a sua palavra, Nicolas não podia duvidar.

No fim, foi mais simples do que eles pensavam. Passarim falou diretamente com Nicolas, se aproximou dele com a motoneta, nada de telefonema nem de visita ao covil.

— Mano, o presente do Arcanjo tá no zoo.

— No zoo?

— No zoo. É. Lado Sul. Pode entrar, tá na zona dos pinguim.

— Espera — disse Nicolas; estavam conversando enquanto guiavam. — Para um instante.

— Não, cê tá parando pra quê? Continua a andar. — O Passarim estava se borrando de medo dos homens do Gatão porque estava em uma zona proibida, agora território dos Faella. — Pega na internet o mapa do zoo. De qualquer jeito, a zona dos pinguim tá vazia. Embaixo do alçapão tão as bolsa. Todas as arma tão lá.

— Os cigano tão lá?

— Tão.

— E eles num vão atirar na gente?

— Não, num vão atirar na nuca de vocês. Dá uns tiro pro alto, e eles foge.

— Tá bem.

— Fica tranquilo. — Depois de já tê-lo ultrapassado, se voltou para gritar pra ele. — Quando cês fizer, posta no Facebook, assim eu fico sabendo.

Nicolas acelerou e se juntou aos companheiros na casa da via dei Carbonari, para organizar o grupo que ia pegar as armas. A pistola era uma, a de Nicolas, e também tinham umas facas. Dentinho propôs:

— Posso ver se me vendem a pistola lá na Duchesca, ou então direto na loja de caça e pesca, a gente vai lá assaltar...

— É, um assalto na loja de arma, assim enchem a gente de chumbo.

— Tá, esquece.

— E a gente pega mais uma arma dos chinês lá onde o Nicolas pegou a dele.

— Hmm. Mais uma merda de pistola? Isso não dá certo. A gente tem que ir essa noite pegar as arma. 'O Arcanjo dá toda as arma dele pra gente. É coisa séria, não é besteira não.

— Então a gente faz assim. A gente tem que ir pro zoo.

— No zoo? — perguntou o Dentinho.

Nicolas assentiu.

— Tá resolvido. A gente vai em cinco: eu, Briato', Dentinho, Eutavadizendo e o Peixe Frouxo. Do lado de fora fica o Tucano e o Lollipop. Eutavadizendo vai na frente pra ver, pra saber se tem movimento que não é bom pra gente, e chama o Peixe Frouxo, que tá de olho no celular. Drago' espera no covil, porque as arma a gente tem que esconder...

Chegaram ao zoológico. Nenhum deles tinha ido lá depois dos quatro anos de idade, e o máximo de que se lembravam daquele lugar era o fato de terem dado amendoim para os macacos. Havia um muro comprido rodeando o local, e eles viram que a entrada principal consistia em uma grade não muito ameaçadora. Tinham achado que precisariam entrar por qualquer entrada lateral; pelo contrário, foi fácil demais pular o muro ali. Primeiro Eutavadizendo, depois do sinal dele, os quatro. Por causa da pressa de chegar ao butim, passaram pelas placas com as indicações dos diversos animais sem vê-las. As armas estavam a um passo, eles quase conseguiam sentir o cheiro delas em vez do guano de todos aqueles pássaros que agitavam as penas quando eles passavam. Pareciam ruídos de fantasma. Mas eles estavam excitados, sem nenhum medo. E também sem a menor ideia de para onde deveriam se dirigir.

Foram obrigados a parar na metade do laguinho que se estendia à direita deles.
— Mas onde é que tão essas porra desses pinguim?
Pegaram os iPhone e procuraram o mapa no site do zoo.
— E ainda bem que eu disse pra vocês aprender o caminho — explodiu Nicolas, que, assim como os outros, não conseguia se localizar.

— Porra, aqui tá muito escuro. — Briato' tinha levado uma lanterna, os outros o seguiam e iluminavam o caminho com o celular. No fim do lago, eles se encontraram na frente da jaula do leão. Ele parecia adormecido e devia já ser de idade, mas sempre era o rei dos animais, e por uns instantes eles pararam para observá-lo.

— Caraca, mas ele é grande, eu achava que era como um cão dinamarquês — disse o Dentinho. Os outros concordaram.

— Parece um chefão na prisão: mas dá ordens de lá mesmo. — Distraindo-se como crianças, viraram para o lado errado, a zona das zebras e dos camelos.

— Aqui a gente errou, que é que camelo tem a ver com pinguim? Deixa eu ver o mapa — falou Eutavadizendo.

— Mas cê num vê que é um dromedário? Cê tá sempre com aquele maço de cigarro na mão, e nem lembra como é que é um camelo! — Briato' estava gozando da cara dele.

— Hã, eu tava dizendo, um dromedário, porra.

— Ô velho, a gente num tá na excursão da escola. — Nicolas estava ficando impaciente. — Vamo rápido.

Viraram à direita, deixando à esquerda o grande recinto das aves, e seguiram reto, passando também pelo serpentário sem soltar nem um pio.

— É aqui que tá o urso-polar? Então nós tá perto… — Finalmente encontraram a área. — Caraca, que cheiro de merda. Mas como é que esses pinguim fede tanto? Eles não tão sempre na água? Tinham que ser limpo.

— E o que é que tem? — disse Nicolas. — Eles fede porque têm gordura.

— E como é que cê sabe? Virou veterinário? — caçoou Briato'.

— Não, mas antes de vim aqui eu vi tudo num documentário sobre os pinguim no YouTube. Queria saber se eles podiam atacar a gente, ou sei lá o quê. Mas onde é que está o alçapão? — Não conseguiam vê-lo.

Eles estavam na frente da parede de vidro que separa a parte onde os animais vivem durante o dia daquela que eles ocupam à noite, escondida do público. Atrás do vidro, havia um diorama que reconstruía a Terra do Fogo, o lugar de onde vinham aqueles pinguins. Eles viram que o alçapão estava exatamente embaixo dos animais, atrás da base do diorama onde eles estavam amontoados no meio da bosta e de um pouco de comida. Colocaram a lanterna em uma abertura e viram duas concavidades, claramente dois alçapões.

— Merda, 'o Arcanjo não me disse nada. Cacete. Ele só disse que é lá onde tão os pinguim, não exatamente embaixo dos pinguim.

— Porra, e como é que a gente entra aí dentro?

— Mas os ciganos num tinha que estar aqui? — observou o Briato'.

— Aqui num tem ninguém. Num sei porra nenhuma.

Começaram a dar pontapés na portinha de acesso; o barulho dos golpes no metal assustou os pinguins, que na hora se agitaram com aquele jeito de bêbado deles, e eles nem tinham bebido dez shots em sequência.

— Marajá, atira na fechadura, assim a gente entra mais rápido!

— Mas cê tá louco? Eu tenho três balas nessa pistola. Chuta! — concluiu, dando um pontapé violento como demonstração. E com um pontapé depois do outro, no décimo caiu não apenas a porta de metal, mas também um pedaço do murinho que limitava o espaço dos pinguins. Os pinguins estavam então aterrorizados, soltavam aqueles gritos que faziam a gente entender que, apesar de tudo, eles eram aves, e mesmo que não voassem, tinham uns bicos dos bons.

A lanterna estava apontada na direção dos animais, eles quase tinham medo de entrar.

— Mas eles são agressivo? — perguntou o Dentinho. — Sei lá, não vão bicar a gente e comer o pau?

— Não, num se preocupa, Denti', eles sabem que em você não vão achar nada pra comer.

— Isso, vai brincando, Marajá, mas esses bicho são violento.

Nicolas resolveu entrar; os pinguins, cada vez mais assustados, continuavam a andar desordenados, batendo as asas atrofiadas. Um deles botava a cabecinha na direção do buraco do muro, talvez em busca da liberdade.

— A gente deixa eles escapar, assim eles não enchem o saco.

Eutavadizendo e o Dentinho começaram a incitá-los para que eles saíssem, como se faz com os frangos quando se quer pegar um. Foi então que eles viram os ciganos chegando com pizza e cerveja nas mãos, eles tinham ido pegar alguma coisa pra comer.

— Que porra que cês tão fazendo? Quem que vocês são? — eles berraram, deixando os animais ainda mais agitados, enquanto uma foca não muito longe dali começou a soltar uns ridículos honk honk.

Nicolas fez conforme 'o Arcanjo tinha dito. Empunhou a pistola e disparou seu primeiro tiro para o alto.

Os ciganos, pelo contrário, começaram a atirar na direção dele e de toda a paranza.

— Orra, meu, mas eles tão mandando bala na gente! — Enquanto escapavam procurando um abrigo, Nicolas descarregou contra os ciganos os últimos dois tiros que sobraram na pistola: no segundo, os ciganos foram embora, silenciosos como gatos.

— Eles foram mesmo? — Ficaram um minuto esperando, silenciosos; Nicolas com a Francotte apontada inutilmente na escuridão, quase como se a pistola sem mais balas pudesse ser recarregada com um clique, como nos video games.

Quando ficou claro que os ciganos não iam mais dar sinal de vida, os meninos voltaram a respirar. Peixe Frouxo pegou a pizza que os ciganos tinham derrubado e jogou para os pinguins.

— Esses coitado desses bicho come pizza?

— Porra, Marajá! Cê num tinha dito pra gente que cê atirava pro alto e os cigano fugia?

E acabaram conseguindo abrir os alçapões. Briato' se ofereceu para entrar, enquanto os celulares enlouqueciam porque Tucano e Lollipop, do lado de fora, continuavam a perguntar o que estava acontecendo, se precisava que eles entrassem. Dentinho respondeu: "Mas cês acha que se tão atirando na gente a gente tem tempo pra responder no WhatsApp se cês tem que entrar ou não?". Nicolas deu um tabefe nas costas dele:

— Em vez de perder tempo escrevendo no celular, entra aqui dentro!

— Caraca, velho. Que porra é essa que tá aqui! — A voz de Briato' chegou até eles: e lá dentro estava a maior coleção de armas que os olhos deles já tinham visto.

Na verdade, eles só intuíam, viam as formas de canos de fuzil emergindo dos sacos de lixo. Briato' e Nicolas, que tinham apanhado as sacolas, começaram a enchê-las com tudo o que estava lá.

— Vamo logo. Traz essa porra dessa sacola.

— Cacete, mas essa porra pesa! — disse Peixe Frouxo para Eutavadizendo, segurando-a por baixo.

Saíram da área dos pinguins, deixando-os passeando pelo zoo, e passaram de novo pela jaula dos felinos com as pesadas sacolas com armas a tiracolo.

— Caraca! — exclamou o Lollipop, que acabara de se juntar a eles, deixando do lado de fora só o Tucano para vigiar. Teve uma ideia. — Nós atira no leão. Depois a gente pega ele e manda embalsamar, e coloca lá no covil.

— Sério? — disse o Dentinho. — E quem é que vai embalsamar?

— Sei lá. A gente procura na internet.

— Aí, Marajá. Deixa eu atirar.

— Atirar no quê, vai tomar no cu.

Lollipop abriu a sacola, pegou a primeira coisa que, pelo tato, lhe parecia uma pistola, e se encaminhou para a jaula dos leões. Ou melhor, para a parte de trás da jaula dos leões. Enfiou a cara na abertura para ver quantos animais havia lá: o velho leão que eles já tinham admirado, e talvez lá no fundo uma leoa. Apontou, apertou o gatilho mirando o leão, mas o gatilho não saiu do lugar. Devia haver uma trava em algum lugar; ergueu todas as travas possíveis, apertou armando o cão da pistola — e nada.

— Tá sem bala, mané! — disse o Marajá. Dentinho interveio, puxando-o pelo braço.

— Vamo, vamo, cê faz o zoo safári uma outra vez.

Saíram pela entrada principal com incrível desenvoltura, só foi preciso esperar que passasse a ronda da segurança particular, depois a viatura da polícia. Com uma mensagem, o Tucano, lá de fora, avisou que estava tudo tranquilo.

Colocaram as sacolas cheias de armas no covil da via dei Carbonari, onde o Drago', que tinha autorização da mãe para dormir fora, estava esperando por eles. Ele tinha mentido para ela, dizendo que ia dormir na casa de um colega de escola. Drago' queria perguntar como tudo tinha corrido, mas eles estavam cansados demais para contar. Eles se cumprimentaram apenas com uns tapas satisfeitos nas costas. Todos passaram uma noite muito agitada e excitada. Adormeceram nas respectivas camas, nos quartinhos ao lado do dos pais. Adormeceram assim como adormecem as crianças no dia 24 de dezembro, sabendo que, quando acordassem, iriam encontrar os presentes debaixo da árvore. E com a vontade de abrir tudo na hora, aquele pacote maravilhoso que continha as armas, a vida nova deles, a possibilidade de ser alguém, de crescer. Adormeceram com o agradável mal-estar de quem sabe que um novo grande dia está para chegar.

19. A cabeça do turco

Eles carregavam o armamento em malas esportivas. Elas eram de um verde intenso, com a inscrição "Polisportiva della Madonna del Salvatore".

Marajá e Briato' as tinham encontrado dentro dos armários no meio de mochilas e de camisetas. Estavam ali desde o tempo em que tinham parado de jogar no time da igreja. Eram as mais espaçosas que eles haviam encontrado; e aquelas malas onde antes enfiavam pequenos uniformes e chuteiras agora eles mantinham cheias de metralhadoras e de revólveres semiautomáticos.

Treinar no interior, longe da cidade, significava alertar as famílias locais, deixar saber que eles estavam armados, que estavam se organizando, que tinham recebido a artilharia de verdade. Era melhor evitar esse tipo de confusão, em um instante todo mundo iria perguntar de onde vinham as armas e o que pretendiam fazer com elas. Melhor não dar chance. Porque, ainda por cima, atirar eles não sabiam; tinham visto centenas de tutoriais no YouTube e tinham matado centenas de personagens, mas com PlayStation. Assassinos de video game.

Andar pelos bosques e mirar em árvores e em garrafas vazias era fácil, mas significava perder tempo e desperdiçar munição que na verdade teria de servir para deixar cicatrizes. O treinamento deles teria de deixar uma marca, não havia tempo a perder. Teriam de encontrar alvos no mundo deles, na selva repleta de troncos metálicos e de emaranhados de cabos. Os tetos cheios de alvos: as antenas, os panos estendidos para enxugar. Servia um edifício bem localizado e tranquilo. Mas não bastava. O barulho dos disparos forçaria alguma viatura dos carabinieri a dar uma passadinha. Ou apareceria algum carro da polícia para fazer uma inspeção rápida.

'O Marajá, no entanto, tinha uma ideia:

— Uma festa, com fogos, rojão, serpente voadora, foguete, qualquer coisa que faça um barulhão. Aí não dá pra perceber a diferença entre os nossos tiros e os deles.

— Uma festa, assim, do nada? Sem motivo? — disse o Dentinho.

Andaram por toda Forcella, Duchesca e Foria, e a pergunta era:

— Quem é que vai fazer aniversário, casar, fazer primeira comunhão?

Farejando como cachorros, perguntavam para todo mundo, de porta em porta, de porão em porão, de bar em bar. Para mães, irmãs, tias. Qualquer um que soubesse de uma festa tinha de contar, que eles tinham um belo presente para oferecer. Sim, um belo presente. Para todo mundo!

— Nós achou, Marajá: uma mulher, bem na viela onde a gente pode treinar…

O edifício indicado por Briato' ficava na via Foria. Tinha um terraço perfeito, amplo e rodeado por todos os lados de antenas eretas como sentinelas.

Ele tinha pronunciado a palavra "treinar" tão bem que parecia ainda lamber a boca para sentir o sabor daquelas sílabas duras, quase profissionais. Trei-nar.

— É a dona Natalia — continuou Briato'.

Um aniversário de noventa anos. Festa grande, mil euros de fogos para cada pessoa. Mas não bastava.

— Precisa de mais confusão, Briato'. A gente tem que encontrar outra festa por perto, e tem que ter música também, precisa de banda. Quatro idiota com tambor, duas trombeta, um teclado.

Briato' percorreu os três restaurantes que ficavam ali na vizinhança e encontrou uma primeira comunhão, mas tudo ainda precisava ser organizado. A família não tinha dinheiro suficiente e tentava fazer um acordo sobre o preço. As comunhões são o ensaio geral do matrimônio. Do vestido ao almoço, centenas de convidados e empréstimos de acordo com a regra: eu vou pagar, agiota. Ninguém pensa em despesa.

— Queria falar com o dono — disse o Briato' para o primeiro garçom com que se deparou.

— Fala comigo.

— Eu tenho que falar com o dono.

— Mas por que cê não pode falar comigo?

Briato', antes de sair procurando, tinha aberto a mala e pegara uma pistola qualquer, para agir rapidamente. Queria ter a certeza de não perder tempo, queria uma garantia de que seria escutado. Muito jovem; poucos pelos; nenhuma marca no rosto, nem uma cicatriz que ele adquirira por engano, era obrigado a erguer a voz, sempre. Apontou a pistola para ele, descarregada, e talvez até mesmo com a trava.

— Então, mano, cê fala merda e cê morre, tô te dizendo

com educação: cê me faz conversar com o dono, ou eu tenho que furar a porra dessa sua cabeça?

O dono estava escutando e desceu do mezanino.

— Ô molequinho, coloca essa pistola de lado, a gente tá protegido aqui... e cê pode se machucar.

— Tô me cagando pra quem tá protegendo vocês; quero falar com o dono. Não me parece uma coisa difícil, ou é?

— Sou eu.

— Quem é que tá fazendo a comunhão aqui?

— Um menino da viela.

— O pai tem o dinheiro?

— Mas que dinheiro? O almoço ele vai me pagar à prestação.

— Bom, então cês tem que dar essa mensagem pra ele, cês tem que dizer que a gente paga os fogos da festa, na viela, por três horas, é a gente que organiza.

— Não entendi, mas quais fogos?

— Os fogos, ô mané, os fogos, os rojão, os petardo. Como é que cês chamam? Os fogos pro menino que vai fazer a comunhão, a gente dá pra ele, ou tenho que te dizer pela terceira vez? Na quarta, fico de saco cheio, tô te dizendo.

— Entendi. E precisava fazer todo esse barulho pra dar essa mensagem?

O proprietário deu a notícia. A paranza garantiu mestre fogueteiro e fogos de artifício. Mil euros pra cada pessoa, a homenagem que fizeram. Briato' tinha tomado conta de tudo.

E escreveu no WhatsApp no grupo deles:

Briato'
A festa em Foria
tá preparada velho. Se prepara cês também
pros fogos de artifício.

As respostas foram todas idênticas.

Dentinho
Porra meu.

Biscoitinho
Cê é foda, mano! Caraca.

Lollipop
Orra!

Peixe Frouxo
Orra! Já tô por lá!

Marajá
Grande! Sábado todo mundo
Na comunhão.

Chegou o momento. Estacionaram as scooters na entrada do edifício. Ninguém perguntou nada para eles. Subiram para o terraço, estavam todos ali. Dentinho estava todo bem vestido, Briato' usava roupa de academia, mas estava com uns fones de ouvido estranhos, daqueles usados pelos operários quando operam o martelo pneumático. Era uma procissão silenciosa, os rostos concentrados, penitentes, prontos para o sacrifício. Como pano de fundo, acima dos tetos, batia um sol avermelhado.

Abriram as malas, e sob o zíper despontou o metal negro e prateado das armas, insetos lustrosos e cheios de vida. Uma mala continha também as munições, em cada estojo havia uma fita adesiva amarela em que estava escrito a lápis a qual arma elas pertenciam. Nomes que os meninos conheciam bem, que tinham desejado com mais intensidade do que jamais haviam desejado uma mulher. Todos se juntaram, empurrando e estendendo as mãos sobre as metralhadoras, sobre os revólveres, como se fosse mercadoria com desconto nas bancas do mercado. Biscoitinho procurava furiosamente, "Quero atirá! Quero atirá!". Pequeno como era, parecia desaparecer no meio daquele arsenal.

— Calma, mano, calma... — disse Marajá. — Agora, o primeiro é o Biscoitinho, porque é o menor. E os pequeno e as mulher sempre começa. Biscoiti', cê é o menor ou uma mulher?

— Vá tomar no cu — respondeu Biscoitinho. A insistência dele era por capricho, e os outros estavam felizes por não serem os primeiros a fazer merda.

Pegou uma pistola, era uma Beretta. Parecia ter sido usada, e muito. O cano estava riscado, e o punho, desgastado. Biscoitinho aprendera tudo sobre pistolas, tudo que era possível aprender no YouTube sem jamais ter dado um tiro. Porque o YouTube é o professor, sempre. O que sabe, o que responde.

— Então, o carregador é aqui. — Deslizou apertando a empunhadura; viu que estava vazio. — A trava é aqui — e a soltou. — Pra colocar as bala no cano, tenho que fazer assim. — E tentou desaferrolhar, mas não conseguia.

Até aquele instante, parecia ser muito hábil, não era a primeira vez que manejava uma arma, mas nunca tinha apertado o gatilho. E essa ele não conseguia carregar. Compulsivamente, tentou armar, atirar, mas as mãos escorregavam. Sentia sobre ele os olhos de toda a paranza. Peixe Frouxo arrancou a pistola da mão dele, puxou o ferrolho e uma bala surgiu.

— Tá vendo? Já tinha uma bala. — E, assim dizendo, devolveu a Beretta para ele sem humilhá-lo.

Biscoitinho apontou para a parabólica e esperou os primeiros fogos de artifício.

Partiu o primeiro silvo que terminou com uma chuva de estrelas vermelhas acima das cabeças deles, mas nenhum levantou o olhar. Os fogos, aqueles que fazem os cachorros uivarem e os bebês acordarem, podem ser vistos das varandas na cidade toda noite, e os que servem para avisar e para festejar são sempre e unicamente brancos, vermelhos e verdes.

Todos olhavam o braço do Biscoitinho, ele semicerrou os olhos e deu o primeiro tiro. Controlou bem o coice, que foi todo para o alto.

— Caraca, num acertou... nada, eu vou tentar... — disse o Lollipop.

— Não, peraí: um carregador pra cada, foi assim que a gente disse.

— Disse mesmo? Mas quem é que decidiu?

— É verdade, a gente decidiu assim — disse o Dentinho.

Segundo tiro, nada. Terceiro, nada. Ao redor espocavam petardos, rojões, fogos; naquele barulhão parecia que o Biscoitinho atirava com silenciador. Esticou o braço, segurou o punho da pistola com as duas mãos.

— Fecha um olho e mira. Biscoitinho, vai, capricha — disse 'o Marajá.

Nada ainda. Mas, no tiro seguinte, o quinto, momentos antes do estampido de um petardo, deu para ouvir um ruído metálico surdo. Tinha acertado a parabólica. A paranza toda se entusiasmou. Pareciam um time de futebol infantil no primeiro gol. Eles se levantaram, se abraçaram.

— Agora é minha vez. — Começou a remexer em uma das malas, pegou uma Uzi. — Mano, essa metralhadora mete medo. Vai, bota no YouTube!

Pegaram os celulares e, espalhados pelo terraço, os braços para o alto, começaram a procurar o sinal.

— Não pega porra nenhuma aqui...

Drone interveio. Esses eram os momentos dele, quando as horas passadas fuçando tudo no silêncio de seu quartinho não eram mais motivos de piada. Tirou o celular da mochila e, se conectando a uma rede wi-fi aberta, colocou-o sobre o parapeito. A tela iluminava os rostos deles enquanto o céu escurecia. Drone tirou os óculos e começou a pesquisar. Acessou o YouTube e digitou o nome das armas.

Dentinho imitou o gesto do protagonista do vídeo. Gestos lentos, conscientes, sagrados. Palavras em excesso, entretanto, e muitas explicações para uma arma que parecia de brinquedo, uma arma que até as mulheres conseguiam manejar. Tinha um monte de vídeos de meninas loiras e com roupas muito decotadas.

— E aí, mano, e entre a metralhadora e essa mulher, que que é melhor? Cê olha a metralhadora ou a mulher? — perguntou o Tucano.

— Tô cagando e andando pra mulher quando tô com a metralhadora na mão — disse o Dentinho.

Uns queriam apreciar o vídeo de estrelas pornô armadas, outro começava a zoar o Dentinho por ter escolhido, entre todas aquelas armas, uma de mulher. Mas para ele não interessava: não faria papel de palhaço, com aquela metralhadora era impossível errar o alvo.

— Mas que porra que esse aí tá falando?

O homem do vídeo falava mexicano com um sotaque muito forte, mas o que ele dizia não tinha importância, porque os tutoriais não têm língua. Braços, corpo e arma: é o que basta para um mexicano, um norte-americano, um russo ou um italiano ensinar a atirar.

Dentinho colocou a metralhadora na altura do nariz, como mostrava o vídeo, e disparou uma saraivada de tiros que quase cortou a parabólica ao meio. Os tiros da Uzi ressoavam, secos, e, mesmo com os fogos de artifício, deixaram um eco.

Foi uma vitória fácil. Toda a paranza aplaudiu. E naquele momento se acenderam as luzes dos postes e as do terraço. Já era noite.

Peixe Frouxo enfiou a cabeça nas malas e procurou, deixando de lado as Berettas e as metralhadoras, até encontrar o que esperava. Um revólver de tambor.

— Olha só isso, mano. É um canhão, Smith & Wesson 686, aparece no *Breaking Bad*, bonito mesmo.

Acertou uma das lâmpadas do terraço no primeiro tiro, deixando-os um pouco na escuridão. Rostos de garotinhos no terraço iluminados pelo espocar intermitente dos fogos de artifício.

— Essa era fácil. Tenta mirar na antena, aquela que tá do lado das parabólica.

O tiro ignorou por completo a antena, mas foi se cravar na parede, deixando um buraco.

— Cacete, cê não viu mesmo! — disse o Biscoitinho.

Atirou mais quatro vezes; tinha dificuldades para controlar o coice, como se precisasse se agarrar às rédeas de um cavalo montado em pelo, sem sela. O revólver não apenas dava o coice, mas se mexia desajeitado na mão.

— Puta que pariu, Dentinho, olha só esse buraco!

Dentinho se aproximou, Lollipop passou o dedo dentro do buraco, fazendo com que o reboco esfarelado caísse.

— Cê reconhece esse buraco? É como a xoxota da tua mãe.

— Cala a boca, desgraçado... ladrãozinho de merda.

Dentinho deu um tabefe sonoro no rosto de Lollipop, que na hora ergueu os punhos como se fosse se preparar para o confronto. Lançou um golpe de direita, mas Dentinho o segurou pelo pulso e os dois acabaram no chão. Cacete, cacete, gritavam todos. Precisavam parar, e rápido. Tinham feito aquela confusão toda para conseguir duas festas e uma banda; gastaram uma fortuna em fogos de artifício e agora estavam perdendo tempo separando dois idiotas. Um jorro muito alto de luz branca se elevou. Uma explosão espetacular que iluminou o terraço e toda a paranza.

Os dois no chão ficaram perdidos por uns instantes, olhando os rostos iluminados pela luz como os mortos iluminados pelas velas. Depois de novo a escuridão. A ordem havia sido restabelecida. Voltaram às malas e finalmente chegou o momento dos AK-47. Pegaram os Kalashnikov, passaram-nos entre eles como objetos sagrados, acariciando-os.

— Mano, apresento pra vocês sua majestade, o Kalash — disse Nicolas, abraçando-o.

Todos queriam tocá-lo, todos queriam experimentá-lo, mas eram apenas três: Nicolas pegou um, Dentinho pegou outro, e o terceiro, Briato'.

— Velho, mas isso aqui é igual o *Call of Duty* — disse o Briato', protegendo os ouvidos com seus fones absurdos.

Carregaram as armas enquanto Drone segurava o computador no alto como se levasse uma pizza na bandeja, para fazer com que se conectasse melhor à internet e exibisse para todos o vídeo de *O Senhor das Armas* que ele havia escolhido. Viram Nicolas Cage disparar, e depois o Rambo.

Estavam prontos: um, dois, e no três eles dispararam. Nicolas e Dentinho produziram a saraivada de tiros; Briato' tinha um único tiro, então fez somente uma série de disparos secos. Os alvos que até aquele momento eles tinham tido dificuldades para acertar foram todos atingidos em um instante. Podaram lateralmente as antenas que estavam sobre o teto, e as parabólicas foram arrancadas como orelhas que ficam presas ao corpo por um pedaço de cartilagem. "Caralho, o Kalash", gritava Dentinho. E ao redor caíam os galhos podados, tanto que muitas vezes os meninos tinham de se afastar, se proteger.

Eles soltavam risadinhas. Ficaram de costas para o teto, em um movimento de parada militar que, na sua casualidade, conseguiu uma sincronia perfeita. E ergueram os olhos dos seus brinquedos no mesmo instante, para mirar um gato gordo se esfregando em um lençol que ninguém se dera ao trabalho de retirar. Três saraivadas ao mesmo tempo. O gato explodiu, como se tivesse sido detonado internamente. A pele se soltou de modo perfeito, esfolada, e se grudou no lençol, que milagrosamente havia permanecido preso no varal. O crânio, pelo contrário, desapareceu. Pulverizado, ou talvez tivesse sido salpicado ao redor e caído no meio da rua. Todo o resto, uma massa rosada compacta e fumegante, ocupava um canto do terraço. Lixo.

Estavam extasiados, e não perceberam que alguém os chamava lá da viela.

— 'O Marajáááááá... 'o Dentiiiiii...

Eram o Dumbo, um amigo do Dentinho, e o irmão de Nicolas, Christian. Embora entre os dois houvesse uma significativa diferença de idade, eles passavam bastante tempo juntos. E juntos faziam aulas de judô. Christian havia passado para a faixa laranja, enquanto o Dumbo ainda estava empacado na amarela, porque não passara no exame. Dumbo gostava de levar Christian na garupa da scooter, pagar uma bebida ou um sorvete para ele. Mas, acima de tudo, gostava de conversar com ele, porque não precisava se concentrar muito: era um tipo um tanto devagar, o Dumbo, não muito esperto.

— 'O Marajá... 'o Dentiiiiii... — chamaram de novo.

Depois, sem resposta nem consentimento, subiram.

— Mano, a gente trouxe os pau de selfie...

Nicolas estava irritado. Não queria que seu irmão participasse da vida da paranza.

— Dumbo, mas agora cê num larga do meu irmão?

— Que que é isso, ele tava andando por aí feito louco pra te procurar. Eu encontrei ele e disse que sabia que cê tava aqui no alto do prédio, mas por quê?

— Nada, pra saber.

Nicolas estava construindo a paranza, ainda não era uma

coisa pronta. Ainda não era respeitado, eles ainda não sabiam atirar, não era o momento para Christian ficar perto dele. Estava com medo de que ele saísse falando, para se vangloriar. E por enquanto ninguém podia saber de nada. O que Christian podia saber e contar, Nicolas tinha de dizer para ele. E até agora tinha funcionado.

Dentinho não escondia nada do Dumbo. Nunca. Então, ele sabia que os meninos estavam atirando. Mas Nicolas não gostava disso. Só a paranza deveria saber coisas da paranza. Quando faziam alguma coisa, eram eles e tinha de ser eles. Quem tinha de estar naquele terraço, estava; quem não tinha de estar, não estava. Ponto. Essas eram as regras.

Pensava nisso enquanto propunham que Dumbo disparasse, e ele recusou:

— Não, essas coisa não tem a ver comigo.

Mas Christian começou a remexer em uma das duas malas e pegou um fuzil. Em um piscar de olhos, Nicolas estava em cima dele. Foi tirado dali e colocado nas mãos do Dumbo, que, como o tinha levado até lá, agora precisava levar embora, ele e os paus de selfie. Christian conhecia bem o irmão, quando estava com aquela cara não tinha como contrariá-lo. Por isso, sem insistir ou choramingar, seguiu rapidamente o Dumbo e se voltou para a porta da escada, arrastando atrás de si os paus de selfie.

O fuzil que Christian tinha achado era um velho Mauser, um Kar 98k; Nicolas o reconheceu na hora:

— Porra... um Karabiner. Meu irmão sabe das coisa.

Sabe-se lá de qual guerra provinha aquele imbatível fuzil alemão: na década de 40, era a melhor arma de precisão, agora parecia apenas uma coisa velha. Devia vir do Leste, tinha um adesivo sérvio no punho.

— Mas que que é isso? — disse o Biscoitinho. — O bastão de São José?

'O Marajá, por sua vez, gostava demais daquele fuzil. Ele o observava como se estivesse fascinado, e com o dedo cutucava o mecanismo.

— Mas que porra cê entende de arma, esse fuzil é bonito demais. Até essas arma a gente tem que saber usar — disse, voltando-se para a paranza com um tom de adestrador mal-intencionado.

Levou o dedo ao nariz para sentir o cheiro bom e forte de óleo; depois olhou ao redor, os fogos de artifício na viela estavam terminando, não tinha muito tempo. Sem a proteção dos estampidos, não poderiam mais disparar, mesmo que, no fim das contas, com os barulhos noturnos, os tiros deles não espantassem ninguém. Talvez alguém se assustasse, mas, pensa bem, ninguém jamais faria telefonemas anônimos para que a polícia ou os carabinieri interviessem. Peixe Frouxo, no entanto, que estava de olho na hora no celular, teve o cuidado de dizer:

— Marajá, a gente tem que ir. Tão acabando os fogos.

— Não se preocupa — foi a resposta de Nicolas, enquanto, com o nariz para o alto, continuava a procurar um alvo e um lugar onde se posicionar com o fuzil. O terraço em que eles estavam ficava pertinho do terraço do edifício contíguo. Esses edifícios, que tremem quando os portões batem, continuavam ali, como velhos gigantes: sobreviventes dos terremotos, dos bombardeios. Edifícios do vice-reino mofados por causa da decadência, atravessados sempre pela mesma vida, nos quais os menininhos entram e saem com rostos idênticos há séculos. Entre milhares de *lazzari*, de burgueses e de nobres, que, antes deles, tinham subido e descido aquelas escadas e lotado aqueles saguões.

Em dado momento, Nicolas viu uma coisa boa: um vaso à mostra no prédio em frente. Não no terraço, mas em uma varanda do quarto andar. Um vaso típico da Costa Amalfitana, a cabeça de um turco bigodudo, que continha uma planta grande e vistosa. O alvo ideal. O alvo para um franco-atirador.

Era preciso encontrar um local para se posicionar, e Nicolas percebeu um quartinho construído de forma irregular, originalmente um lavabo, transformado com um pouco de cimento e de compensado em um quartinho no terraço. Ele subiu só com uma das mãos, a outra ocupada mantendo equilibrado o pesadíssimo Mauser alemão. Todos o olhavam em silêncio, e ninguém ousou ajudá-lo. Ele se posicionou sobre o pequeno teto, depois apontou o fuzil mirando a cabeça na varanda: o primeiro tiro passou longe. A explosão foi surda e o coice muito forte, mas Nicolas conseguiu controlar direito, se portava como se fosse um verdadeiro franco-atirador.

— Caraca, mano — disse Nicolas. — Chris Kyle, sou o Chris Kyle!

A resposta unânime foi:

— E aí, fala sério, Marajá, cê é mesmo o *Sniper Americano*.

Carregar um Mauser tão mal posicionado não era fácil, mas Nicolas gostou de fazer isso, e a paranza gostou de olhar a sua sequência de gestos precisos. O ferrolho giratório eles tinham visto em todos os filmes em que havia um franco-atirador, e então estavam lá, escutando aquele barulho de metal e de madeira. Track... track... Disparou um segundo tiro. Nada. O terceiro tiro ele queria acertar a qualquer custo. Aquela cabeça de cerâmica lhe parecia uma dádiva do destino, colocada ali de propósito para que ele pudesse demonstrar como era capaz de atirar na cabeça de alguém, como um verdadeiro guerreiro. Fechou com ainda mais força o olho esquerdo, o click do metal e uma explosão de vidros e de ossos. Tudo junto. Um barulhão.

Dessa vez o Marajá não soube controlar o coice. Ele estava completamente encurvado sobre o punho; como todos os principiantes, achava que bastava controlá-lo para dominar a arma toda, e todos os seus músculos e a sua concentração estavam ali. No entanto, aquele fuzil, como um animal, saltou para a frente: o cano bateu contra o rosto dele, o nariz começou a sangrar e a bochecha se abriu, cortado pelo ferrolho. E como o tiro disparado o estava fazendo cair, para não perder o equilíbrio firmou as pernas com toda a força no teto, que se afundou de repente. O Marajá caiu, devorado pelo quartinho, aterrissando em cima de vassouras, detergentes, montes de antenas enferrujadas, caixas de aparelhagem, equipamentos e grades para espantar pombas. A queda fez com que todos rissem, como o instinto manda, mas não durou mais que uns segundos. O último projétil havia quicado na grade da varanda e acertado a janela de vidro, pulverizando-a. Um velho saiu, muito assustado, e logo atrás dele a esposa, que percebeu as cabeças dos meninos no teto do edifício em frente.

— Mas que bobagem que vocês estão fazendo? Quem são vocês?

Com reflexo rápido, Briato' pegou o Biscoitinho pelas axilas, como as pessoas seguram as crianças para colocá-las sobre os ombros. Ele o ergueu, o colocou sobre a cornija do edifício e disse:

— Desculpa, senhor. Foi o menino, ele jogou um rojão, a gente já passa aí, limpa e paga.

— Mas que história é essa de passar e pagar? A gente vai chamar a polícia. Mas de onde vocês são? Mas que merda vocês são? Filhos da mãe.

Briato' tentava manter os dois velhos na varanda pelo maior tempo possível, enquanto Nicolas e os outros guardavam nas malas as armas e as caixas de munição. Eles se moviam de modo caótico, como ratos quando um pé humano entra em um cômodo onde a luz acabou de ser acesa. Se alguém os visse, não seriam considerados soldados de uma paranza, eles mais pareciam menininhos com vontade de sair correndo de cabeça baixa para que não fossem reconhecidos pela amiga da mãe, depois de terem quebrado o vidro com uma bolada. No entanto, durante a tarde eles tinham treinado com armas de guerra, com toda a curiosidade e a ingenuidade das crianças. As armas são sempre vistas como instrumentos para adultos, contudo, quanto mais jovem é a mão que maneja o cão, o carregador, o cano, mais eficiente é o fuzil, a metralhadora, a pistola, e até mesmo a granada. A arma é eficiente quando se transforma em uma extensão do corpo humano. Não um instrumento de defesa, mas um dedo, um braço, os colhões, uma orelha. As armas são feitas para os jovens, para as crianças. É uma verdade que vale em qualquer latitude do mundo.

Briato' tentava a qualquer custo manter os velhos ocupados. Inventava:

— Mas que é isso, a gente tá aqui, a gente é da família da mulher que tá no primeiro andar.

— E como se chama?

— A dona Natalia, que festejou os noventa anos. A gente fez a festa pra ela.

— E que é que eu tenho a ver com isso? Vou chamar os pais de vocês, agora mesmo. Vocês destruíram toda a minha janela.

Tentava contê-los, mantê-los ali, sem na verdade ter a mínima intenção de reembolsar a janela. A paranza já gastara dinheiro demais para pagar os fogos de artifício. Eles até tinham dinheiro, e muito, para gente tão jovem, mas qualquer centavo gasto com qualquer outra pessoa que não eles era dinheiro desperdiçado.

Enquanto Briato' mantinha os velhos na varanda, a paranza recolhia as cápsulas dispersas pelo terraço, com medo de que alguém chegasse e confiscasse as armas, e na cabeça do Marajá só havia um pensamento: recuperar a dignidade depois de ter se ferido com o coice do fuzil. Ele poderia ter orgulho disso se a ferida tivesse sido provocada durante um tiroteio ou pelo tiro do fuzil, de alguma coisa que não dependesse dele. Em vez disso, se ferira porque não soube controlar a arma. Como um novato.

O velho mal tinha colocado os óculos para digitar os três números do 113 no celular, e Briato' disse:

— Não, num chama os guarda, a gente já vem e traz o dinheiro pro senhor. — E, ao dizer isso, desceram as escadas correndo.

Foram voando para as motonetas que tinham escondido no saguão. Na rua, encontraram todos os montes de cartuchos queimados dos fogos de artifício, e a festa continuava. Estavam também todos os convidados para a comunhão, e todos os filhos e netos da senhora Natalia. Briato' foi reconhecido:

— Filhinho, filhinho, dá uma paradinha. Nós queremos agradecer.

Ficaram sabendo que ele pagara e oferecera esse grande espetáculo. Queriam agradecer, mesmo sabendo o motivo — não o motivo militar, esse eles não imaginavam —, mas tinham entendido que se tratava de um grupo do Sistema que queria conquistar as boas graças deles. Agradeciam.

A princípio, Briato' tentou se esquivar, mas depois chegou à conclusão de que não podia agir de outro modo: pessoas de idade insistiam com ele, e então ele se deixou abraçar e beijar. Tentava ficar ali do modo mais discreto possível, e só repetia:

— Não foi nada, eu não fiz nada, pelo contrário, foi um prazer.

As pessoas achavam que era um gesto de benevolência da parte de um novo grupo que estava surgindo e queriam dar sua benção. Mas Briato' estava duplamente amedrontado. Um medo devorava o outro. Receber muita atenção, se sobressair em uma viela pela qual não era responsável era um medo que diminuía perante a provável fúria de Nicolas, porque a ideia de oferecer o espetáculo de fogos de artifício tinha sido sua. Mas, apesar de tudo, sentia prazer, prazer por ser reconhecido por alguma coisa. Assim, tentava ligar a motoneta fingindo que a ignição estava com problema, mas a verdade era que não apertava o start com o polegar como devia.

E aí um gesto da paranza o obrigou a se apressar.

— Vam'bora já, Briato'...

Todos seguiam Nicolas, mas não sabiam bem para onde, tentavam se aproximar colocando as scooters ao lado da dele e lhe diziam para limpar a ferida que ensanguentava o rosto. Acima de tudo, temiam que a decisão de sair por aí com aquelas armas nas malas não fosse segura. E não era uma decisão segura; entretanto, fazia com que eles se sentissem prontos para uma guerra. Uma guerra qualquer.

20. Treinamento

O asfalto estava avariado, buracos em todos os cantos: eles pipocavam às dezenas depois de cada chuva, como cogumelos. Assim que passaram a estação Garibaldi e entraram na via Ferraris, a paranza foi obrigada a ir mais devagar.

Nicolas estava indo à casa de uma moça da Eritreia que morava em Gianturco. Era a irmã da pessoa que trabalhava para a mãe dele em casa e se chamava Aza, tinha pouco mais de trinta anos, mas aparentava cinquenta. Vivia na casa de uma mulher que sofria do mal de Alzheimer. Ela era a acompanhante. Ali, nem as ucranianas chegavam mais.

Nicolas intuía que aquele poderia ser o esconderijo perfeito para as armas da paranza. Não disse nada para os outros. Não era o momento. Todos seguiam a Beverly dele. Um deles tinha tentado perguntar na rua o que eles iam fazer lá, mas, como os primeiros questionamentos foram ignorados, entenderam que não era a hora, que tinham de segui-lo e pronto. Chegando à frente do edifício, Nicolas estacionou e, quando os outros o rodearam acelerando e freando, não sabendo se deveriam parar ou prosseguir, ele disse:

— Esse é o nosso esconderijo pras arma — e indicou o portão.

— Mas quem é? — perguntou o Peixe Frouxo. Nicolas o encarou com tanta raiva que Peixe Frouxo pressentiu que seria arriscado enfrentar aquele olhar. Porém, Dentinho apeou da motoneta atrás dele e, se colocando entre os dois, encerrou o assunto:

— Não me importa saber quem é. Basta saber que pro Marajá é casa de confiança: se é de confiança pra ele, é de confiança pra gente também.

Peixe Frouxo concordou, e o gesto valeu para todos.

O prédio era um daqueles anônimos, construído na década de 60, que se confundia com a paisagem. A rua estava cheia de motonetas, tanto que mal dava para notar as cinco da paranza. Eis por que o Marajá tinha a certeza de esconder as armas ali, poderiam ir lá a qualquer hora do dia ou da noite, sem nunca serem notados; e, além disso, prometera a Aza que, com eles por perto, os ciganos ficariam longe. Não era verdade, os moradores do acampamento cigano nem ao menos sabiam quem eram aqueles rapazinhos tão arrogantes que prometiam proteção a um bairro que já tinha um chefe.

Nicolas e Dentinho tocaram o interfone e subiram até o quinto andar.

Aza os esperava já na porta. Ao ver Nicolas, se assustou:

— Caramba, o que foi que cê fez no rosto?

— Não é nada.

Entraram em um apartamento totalmente escuro, onde predominava um cheiro misto de pimenta e naftalina.

— Licença? — disse Nicolas.

— Fala mais baixo, que a mulher tá dormindo…

Não encontrou naquela casa o cheiro que esperava, o cheiro

das casas dos velhos, e também tinha pressa demais para examinar os detalhes para poder entender melhor a situação. Aquele cheiro de comida eritreia lhe sugeria um pensamento pouco tranquilizante: agora, Aza administrava a casa da mulher como se fosse sua, a velha talvez estivesse a ponto de morrer, e então aquele lugar em pouco tempo ficaria cheio de familiares, seria ocupado pelo serviço fúnebre.

— A mulher, como é que ela tá?

— Graças a Deus, ainda tá bem.

— Tá, mas e o médico, que é que ele diz? Vai viver mais um pouco, né?

— Tá nas mãos de Deus pai.

— Tirando Deus, que é que o médico disse?

— Disse que de corpo vai bem, é a cabeça que não funciona mais.

— Assim é bom. A mulher vai durar até uns cem ano.

Aza, que já tinha sido instruída por Nicolas, indicou um armário alto. Desde que a doença acabara com o cérebro da velha, décadas atrás, ela não punha mais as mãos lá. Eles pegaram uma escadinha e empurraram as malas para o fundo do armário, cobriram-nas com os pastores de presépio enrolados em tecidos grossos, as bolas de Natal e as caixas de fotos.

— Não quebra nada — disse Aza.

— Mas mesmo que quebra, acho que a mulher não vai mais usar essas coisa…

— De qualquer jeito, não quebra nada.

Antes de descer, pegou três pistolas de uma das malas e uma caixinha de projéteis da outra.

— Essas coisa cê não faz na minha frente, não quero saber de nada… — murmurou Aza olhando para o chão.

— E cê num sabe de nada, Aza. Agora, quando a gente tiver que vim, a gente diz no telefone que tamo trazendo as compra

pra mulher e cê diz a hora. A gente vem, pega e vai embora. Se qualquer um dos mano que eu te mandar criar problema pra você, cê tem o meu celular e cê me escreve que foi que eles te fizeram. Tudo bem?

Aza prendeu os cachos desfeitos com um elástico e foi para a cozinha sem dizer nada. Nicolas repetiu, "Tudo bem?!", desta vez com um tom mais autoritário. Ela molhou uma toalha na torneira e, sempre sem responder, se aproximou e passou-a no rosto dele. Nicolas se afastou, irritado, tinha se esquecido da ferida, da bochecha cortada e do nariz sangrando. Aza continuou a encará-lo com o pano sujo na mão. Ele tocou o próprio nariz, olhou os dedos e deixou que Aza o limpasse.

— Sempre que a gente vier, cê ganha um presente — prometeu, mas ela parecia não prestar atenção nele, abriu a portinha debaixo da pia da cozinha e pegou o álcool.

— Eu vou botar álcool. Tem que desinfetar isso. — Tinha muita familiaridade com os ferimentos, uma habilidade aprendida no seu país e da qual se aproveitava ao tratar das feridas dos velhos. Nicolas não esperava isso, não esperava nem o comentário:

— Teu nariz não tá quebrado, tá só um pouco amassado.

Agradeceu com um aceno, mas lhe pareceu pouco. E, então, acrescentou um "Muito obrigado mesmo". Aza arriscou um sorriso que iluminou seu rosto cansado.

Duas pistolas Nicolas colocou nas costas, e uma ele deu para Dentinho. Depois cumprimentou Aza, mas só depois de lhe dar cem euros, que ela fez desaparecer dentro de um bolso da calça jeans antes de voltar ao tanque para limpar a toalha avermelhada.

Enquanto desciam as escadas de três em três degraus, Dentinho disse:

— E o que é que nós vai fazer agora?

Aquelas pistolas estavam ali para serem usadas logo. Naquela prontidão, Dentinho identificou uma ordem.

— Denti', a gente num aprende a atirar olhando pras antena e pras parede.

Dentinho não tinha se enganado:

— Marajá, cê diz e a gente faz.

No pé das escadas, Nicolas obstruiu o caminho de Briato' e Dentinho e repetiu o que havia acabado de dizer. Pronunciou devagar, palavra por palavra, encarando-os como se tivessem cometido um erro:

— A gente num ganha respeito atirando nas parede e nos muro, né?

Os meninos sabiam o significado daquilo. Nicolas queria atirar. E atirar em seres vivos. Mas eles não ousavam chegar sozinhos a essa conclusão. Queriam que ele colocasse as palavras na ordem. Deixasse tudo mais claro.

Nicolas continuou:

— Tem que acabar com um ou dois, e a gente tem que fazer agora.

— Tudo bem. Te juro pela minha mãe, tô nessa — disse o Dentinho.

Briato', instintivamente, tentou raciocinar:

— Vamo aprender a usar melhor as arma. Quanto mais a gente sabe, melhor pra meter as bala no lugar certo.

— Briato', se cê queria ser treinado, tinha que ter ido ser policial. Se quer ficar na paranza, tem de nascer sabendo.

Briato' ficou calado, com medo de ter o fim de Agostino.

— Te juro pela minha mãe, eu também tô nessa. Vamo acabar com um ou dois.

Nicolas se afastou e disse:

— A gente se vê na praça em umas duas hora. — Marcou o

encontro onde se encontravam sempre, na piazza Bellini. — A gente se vê lá.

As motonetas partiram. A paranza estava excitada, queria saber o que Dentinho, Briato' e o Marajá tinham conversado, no entanto resolveram acelerar e ir para a praça.

Nicolas, que tinha ignorado o celular até aquele momento, descobriu que ele estava cheio de mensagens de Letizia.

Leti
Mô onde vc tá?
Mô vc não lê as mensagens?
Porra Nicolas onde vc tá?
Nicolas tô ficando preocupada.
Nicolas!!!????

> **Nicolas**
> Tô aqui mô
> tava com os bróder.

Leti
Com os bróder? Por seis horas?
E vc não olha nunca o celular?
Não me conta mais nada
vc tem só que se foder.

Letizia estava sentada na Kymco People 50 de Cecilia. A amiga enchera a motoneta de adesivos, porque tinha vergonha dela. Por sua vez, Letizia não sentia vergonha, porque do lado de Nicolas sempre se sentia uma rainha. Podia mandá-lo ir se foder quando quisesse, pois não significava nada, era como um jogo entre dois namorados. O que contava era a luz refletida que muitos confundiam com poder.

A Kymco de Letizia estava estacionada ali, embaixo da estátua de Vincenzo Bellini, rodeada por dezenas de outras motonetas em meio à multidão de adolescentes que conversavam, bebiam cerveja e destilados, fumavam maconha e cigarros. Nicolas não levou sua Beverly até lá, estacionou antes, na via Costantinopoli, e então chegou a pé na praça. Não era um veículo com o qual se apresentar em público.

Fez um aceno com a cabeça para Letizia, significava: "Desce e vem aqui".

Ela fingiu não ter visto o gesto, a ordem, então Nicolas teve de se aproximar.

Chegou muito perto dela. Seu nariz dolorido tocava o nariz de Letizia, e ela não teve nem tempo de dizer para ele, "Mô, mas que é que aconteceu?", porque Nicolas a beijou com força, longamente. Depois, segurando o queixo dela com dois dedos, a afastou com raiva.

— Leti', puta que o pariu; cê num me manda ir se foder. Cê tá entendendo? — E foi embora sem dizer mais nada.

Então, era a vez de ela ir atrás dele. Ele esperava por isso, ela sabia, e todos os que estavam por ali também. E foi assim. As passadas rápidas dele, a perseguição dela. E depois vice-versa, ela que lhe dava as costas, emburrada, e ele atrás, adulando-a, em uma troca contínua de caras fechadas e de vozes altas, de dedos apontados, mãos que se enlaçavam, beijos roubados. Tudo isso desgastando o basalto do centro histórico e se perdendo entre as vielas, e "cê fica calada" ou "nem tenta" entremeados por comentários, "mô, me olha nos olho, alguma vez eu menti pra você?".

A paranza, enquanto isso, estava reunida na piazza Bellini.

Enquanto Nicolas fazia as pazes com Letizia, Dentinho e Briato' tentavam controlar a ansiedade com tragos nos baseados que a paranza estava passando. Quem seria o primeiro alvo deles? Como iria acontecer? Quem ficaria com cara de bundão em primeiro lugar? Biscoitinho acabou com a tensão:

— E 'o Marajá, que foi que ele fez?

E o Lollipop continuou:

— Denti', Briato', mas que porra? Que foi que aconteceu, que é que o Nicolas fez, ele deu de presente pra alguém as nossas arma?

Lollipop nem tinha acabado de falar, e o Briato' já lhe tinha dado um tabefe que nem a mãe dele tinha ousado dar. Contando com o do terraço, era o segundo que levava naquele dia.

— Sua besta, não fala essa palavra no meio da praça.

Lollipop mexeu nos bolsos. Uma menção de pegar o canivete. E na hora o Briato' levou um tranco do Dentinho, que o segurou pela camiseta, quase a arrancando:

— Que merda que cê tá fazendo, cara? — sussurrou, veemente, no ouvido dele.

Lollipop, que já tinha sacado o canivete e feito a lâmina saltar, se deparou com Peixe Frouxo, que estava no caminho dele:

— Ô, mas que que é? Agora os irmão se pega de faca?

Por outro lado, Dentinho disse, autoritário, para Briato':

— Vai pedir disculpa. Essa história tem que acabar agora memo.

Briato', nesse momento, apresentou um sorriso:

— Ah, Lollipo', desculpa. Me dá tua mão, vamo. Mas te cuida: as coisa da paranza são só da paranza. Não pra discutir na praça. Controla essa boca, ô, bróder.

Lollipop apertou a mão dele com um pouco de força:

— Tá bom, Briato'. Mas cê num rela mais a mão na minha cara. Nunca mais. E de qualquer jeito cê tem razão, melhor eu calar a boca.

Incêndio iniciado em um instante, e em um instante apagado. Mas a tensão permanecia, soprava sobre a paranza e agitava as emoções de todos.

Dentinho e Briato' não sabiam mais como aplacá-la. Dentinho sentia o cano da pistola, ele a tinha colocado na virilha e ela lhe esfregava o escroto. Ele gostava disso. Parecia que estava usando uma armadura, como se fosse algo maior que ele próprio. Havia um grupinho perto deles que, em troca dos baseados que iam passando de mão em mão, oferecia copinhos de rum com pera. Dentinho e Briato' estavam cheios de álcool e de fumo. A praça começava a se esvaziar. Alguém da paranza falava ao telefone, respondendo com mentiras às perguntas dos pais:

— Não se preocupa, mãe. Não, num tô no meio da rua, tô na casa do Nicolas, volto mais tarde.

Os universitários que conheciam o Peixe Frouxo porque compravam dele em Forcella se aproximaram pedindo fumo. Ele tinha pouco ou quase nada, só uns dez pacotes, que entregou por quinze euros cada, em vez de dez.

— Que merda não sair com a cueca cheia — e, voltando-se para Lollipop, disse: — Eu devia ter sempre um quilo de fumo, porque com essa minha cara, vendo tudo em meia hora.

— Presta atenção pros carabinieri num reconhecer também essa sua cara. E daí essa sua cara vai parar em Poggioreale.

— Eu? Lollipo', minha cara eles conhece até em Poggi Poggi.

A praça estava então vazia.

— Velho, tô indo embora — disse Peixe Frouxo, que não conseguia mais conter os telefonemas do pai, e assim, devagar, todos os membros da paranza voltaram para casa.

Eram três e meia da madrugada e, da parte de Nicolas, nenhum sinal. E então Dentinho e Briato' o seguiram até o covil. O bairro ainda estava movimentado. Mal entraram, começaram a procurar. Por fim, encontraram um papelote.

— Daqui sai duas carreira, certeza.

Duas doses de cocaína amarela, a "mijo de gato". Enrolaram

o recibo da conta do bar, fizeram o canudo. A mijo de gato estava entre as melhores, mas sua cor causava desconfiança, sempre. O nariz, como uma bomba, aspirou todo o pó.

— Estranho, né, cheirar mijo de gato — disse o Dentinho. — E, por incrível que pareça, é das boa, muito boa. Mas por que é que ela tem essa cor amarela?

— É praticamente só pasta base.

— Pasta base?

— É, num tem todos os processo que vem depois.

— Quais processo?

— Tá, tá bom. Tem que chamar o Heisenberg pra te dar umas aula.

Ainda estavam rindo quando ouviram alguém mexendo na fechadura. Nicolas apareceu com um sorriso que lhe rachava a cara:

— Cês tão acabando com toda a mijo de gato, né, seus filho da puta?

— Isso mesmo. Mas e você, que porra que cê andou fazendo até agora? — foi a acolhida de Briato'.

— Cês deixaram um pouco pra mim?

— Claro, bróder.

— Vamo pegar uns leso.

— Mas é quatro da manhã, quem que cê quer pegar?

— Vamo esperar.

— Nós espera, melhor.

— Às cinco da manhã a gente sai e pega uns leso.

— Mas quem é que a gente pega?

— Os pó de café.

— Os pó de café?

— É, sim, mano, os pó de café... os preto. A gente acaba com uns preto enquanto eles espera pra pegar o ônibus pra ir trampar. A gente vai lá e acaba com eles.

— Orra, legal — disse Dentinho.

— Assim? — disse o Briato'. — Quer dizer, sem nem saber quem são, assim, do nada, nós vai lá e dá uns tiro nuns pó de café que a gente escolhe na hora?

— É, assim a gente sabe que não é de ninguém. Tá todo mundo cagando e andando pra eles. Quem faz investigação pra saber quem matou um preto?

— Mas nós três vai fazer, ou a gente chama a paranza toda?

— Não, não. A paranza toda tem que estar lá. Mas as arma só nós três tem.

— Mas eles, eles deve tá em casa, dormindo.

— E eu tô cagando e andando, a gente chama eles, eles levanta.

— Mas a gente faz… tá bom assim.

— Não, eles tem que ver. Tem que aprender.

Briato' sorriu:

— Mas cê num tinha dito que na paranza nós tudo já tinha aprendido?

— Liga o PlayStation, agora — ordenou Nicolas, sem responder. Enquanto Briato' ligava o PlayStation, ele acrescentou. — Coloca o *Call of Duty*. Vamo fazer a Mission One. Aquela que a gente tá na África. Assim eu me empolgo pra atirar nuns preto.

Dentinho mandou pelo WhatsApp mensagens para toda a paranza. "Mano, amanhã de manhã", ele escreveu, "acordar cedinho pra partida que nós vai jogar." Ninguém respondeu.

E lá estava a tela do jogo. *The future is black*, escrevem. Porém o *future* pertence a quem se lembra de recarregar o Kalashnikov antes dos outros. Se você chega perto demais dos caras que estão de camiseta, você descobre que está com a barriga rasgada por um golpe de machete, e se na bandeira desses pretos tiver um, isso quer dizer alguma coisa. Segunda regra: fique protegido.

Uma rocha, um carro de combate. Na realidade, basta o capô de um carro estacionado em fila dupla. E, na realidade, não tem nem suporte aéreo para chamar se as coisas forem por água abaixo. Terceira regra, a mais importante. Corra. Sempre.

Começaram a jogar. A metralhadora disparava até não poder mais. O jogo parecia ambientado em Angola. O protagonista combatia com o Exército oficial, usava a roupa de camuflagem e o boné vermelho, o objetivo era disparar contra tropas irregulares usando camisetas horríveis e metralhadoras a tiracolo. Nicolas disparava de modo frenético. Levava tiros e seguia em frente. Corria. Sempre.

Às cinco e meia da manhã se dirigiram às casas dos outros membros da paranza. Chamaram Lollipop pelo interfone, quem respondeu foi o pai:

— Eh, quem é?

— Desculpa, senhor Esposito, é o Nicolas. O Lollipop está?

— Mas a troco de que cês aparecem a esta hora? O Vincenzo tá drumindo, e depois tem que ir pra escola.

— É que hoje de manhã tem a excursão.

— Vincenzo — o pai do Lollipop urrou, despertando-o, e o garoto pensou na hora que alguém estivesse ali para levá-lo à delegacia.

— Pai, que é que aconteceu?

— O Nicolas tá aqui, disse que cês tem que fazer a excursão, mas sua mãe num me disse nada.

— Cara, eu tinha esquecido. — Lollipop pegou o interfone enquanto a mãe, descalça, corria na direção dele agitando as mãos.

— Excursão, mas pra onde?

— Tô descendo, Nicolas, tô descendo. — Da varanda o pai

do Lollipop forçava a vista para enxergar na escuridão, mas só via cabeças se mexendo. Os meninos lá embaixo estavam se contorcendo de tanto rir.

— Cês tem certeza que tem que ir nesse passeio? Tere' — disse para a esposa —, telefona pra escola.

Lollipop já estava no banheiro, pronto para descer, certo de que demorariam algumas horas até descobrir que não tinha excursão nenhuma, até encontrar alguém na escola que atendesse ao telefone.

Fizeram a mesma coisa na casa do Drago', do Peixe Frouxo, do Drone e dos outros. Foram buscá-los, um por um. E aos poucos a paranza virava paranza, uma fila de scooters e de meninos bocejando. O único que não teve permissão para descer foi o Biscoitinho.

Ele vivia em um porão na frente do Loreto Mare, o hospital. A paranza se apresentou na casa dele, completa, com seu monte de scooters. Bateram à porta, a mãe abriu, nervosíssima, já tinha percebido que eles queriam o Eduardo.

— Não, o Eduardo não vai a lugar nenhum, e ainda por cima não com gente como vocês: cês são gente que num presta.

Nicolas, como se a mulher não tivesse falado e não estivesse na frente dele, se aproveitando da porta aberta, disse:

— Biscoitinho, sai pra fora, agora memo.

A mãe se postou na frente dele com todo o seu corpanzil, os cabelos caindo no rosto, os olhos arregalados:

— Ô fedelhinho, em primeiro lugar, meu filho se chama Eduardo Cirillo. E em segundo lugar, cê nem pensa, quando eu tiver aqui, em dizer pro meu filho o que ele tem que fazer, ou cê acha que faz as minha perna tremer por baixo da roupa? — e balançou com violência a barra da camisola que estava usando.

Biscoitinho não desceu, provavelmente nem se levantou da

cama. A mãe lhe metia mais medo que Nicolas e a fidelidade que ele devia à paranza. Mas Nicolas não se deu por vencido:

— Se seu marido tivesse aqui, eu falava com ele, mas a senhora não pode se meter, o Eduardo tem que vim com a gente, tem um compromisso.

— Compromisso, e o que seria esse compromisso? — disse a mãe. — Vou é falar com o seu pai, aí a gente vai ver. Não fala no meu marido, que cê não sabe nem de quem cê tá falando.

O pai de Biscoitinho tinha sido morto durante um assalto na Sardenha. Na verdade, ele apenas dirigia o carro, não tinha assaltado, era apenas o motorista de um dos dois carros do grupo. E tinha deixado mulher e três filhos. Ele trabalhava em uma empresa que fazia a limpeza do hospital Loreto Mare, e fora ali que encontrara esses colegas, um grupo que assaltava carros-fortes na Sardenha. Foi morto na primeira saída. O assalto tinha corrido bem, no entanto; dos quatro assaltantes, dois se salvaram, e eles deram para a mulher um envelope com cinquenta mil euros de um assalto de um milhão. E isso era tudo. Biscoitinho sabia, e essa história fazia o estômago dele se revirar, sempre. Os amigos do pai eram fugitivos, e toda vez que chegavam notícias desses sobreviventes, sentia vontade de ir atrás deles. A mãe de Biscoitinho tinha jurado, como sempre acontece com as viúvas, que iria oferecer um destino diferente para os próprios filhos, que não os deixaria seguir os passos do pai.

Para Nicolas, pelo contrário, o pai do Biscoitinho, morto pelos policiais, vitimado durante um assalto, era um mártir e tinha entrado para o seu panteão pessoal de heróis que vão atrás do dinheiro — como ele dizia —, não esperando recebê-lo de alguém.

— Edu', quando a mãezinha te tirar da cama, cê chama a gente, que a gente vem te pegar — e assim acabou a conversa, e todos os integrantes da paranza foram para onde deveriam ir.

No amanhecer amarelado, pelas ruas semidesertas, sob as janelas adormecidas e as roupas penduradas no ar noturno, as scooters, uma atrás da outra, grunhiam em falsete, como se fossem coroinhas em fila para ir à missa, cuspiam frases de motores pueris. Quem os visse do alto acharia que estavam alegres, enquanto entravam na contramão de tudo quanto era rua entre o corso Novara e a piazza Garibaldi.

Chegaram à parada de ônibus atrás da estação central, um zigue-zague entre ucranianos que procuravam o ônibus para Kíev, e turcos e marroquinos procurando o que ia para Stuttgart. No fundo, entre as áreas de estacionamento e os pontos de ônibus, estavam quatro imigrantes; dois eram miúdos, pareciam indianos, um era magro, o outro, mais gordinho. O terceiro tinha a pele cor de ébano, o quarto talvez fosse marroquino. Eles usavam roupas de trabalho. Os dois indianos estavam, com certeza, indo para o campo, tinham os sapatos sujos de lama seca; os outros dois para os canteiros de obra, usavam camisetas e calças manchadas de cal e de verniz.

A paranza se aproximou com o bando de motonetas, mas nenhum dos homens pensou que corria algum risco, pois não tinham nada nos bolsos. Nicolas deu a ordem:

— Vai, Denti', vai, atinge ele nas perna. — Dentinho pegou a nove milímetros enfiada nas costas, ele a mantinha firme no cóccix presa pelo elástico da cueca, soltou rapidamente a trava da pistola e disparou três tiros. Só um passou perto e arranhou o pé de um dos indianos, que gritou depois de ter sentido a ferida. Não entendiam por que os meninos estavam atrás deles, mas começaram a correr. Nicolas seguiu com a scooter o moço cor de ébano, disparou. Ele também deu três tiros, dois perdidos e um que se alojou no ombro esquerdo. O moço caiu no chão. O outro indiano correu rumo à estação.

— Cacete, só cuma mão eu peguei ele — dizia o Nicolas, e

ia guiando a scooter com a mão esquerda. Briato' acelerou e foi atrás do moço indiano ferido que procurava escapar.

Disparou três tiros. Quatro tiros. Cinco tiros. Nada.

Nesse momento, Nicolas berrou:

— Cê num é bom mesmo. — O moço indiano desviou e conseguiu se enfiar em um canto qualquer. Nicolas atirou duas vezes na direção do marroquino que corria e o acertou no rosto, arrancando um pedaço do nariz, atingido enquanto ele se voltava para ver quem o estava seguindo.

— Três pó de café, já acabamo.

— Mas que que já acabamo? Eu tô achando que num pegamo nenhum — disse, nervoso, Peixe Frouxo. Não ter estado entre os escolhidos lhe queimava as vísceras.

Peixe Frouxo tinha vontade de atirar e, por sua vez, Nicolas só queria apagar o papel de trouxa que ele achava que tinha feito lá no terraço.

— Eles tão machucado, ainda tão tentando fugir.

O marroquino com o nariz ferido tinha desaparecido, enquanto o africano com o ombro lacerado estava caído no chão.

— Vai — apontou para ele a pistola, prestando atenção para não queimar a mão com o cano ainda quente. — Vai — mostrou-lhe o punho da arma —, mata um, acaba com ele, dispara na cabeça.

— Qual é o poblema? — disse o Peixe Frouxo, que colocou a scooter no cavalete, foi na direção do moço que repetia um grito simples e inútil:

— *Help, help me. I didn't do anything.*

— Que cê tá dizendo?

— Ele disse que num fez nada — disse Nicolas, sem hesitar.

— E ele num fez nada, coitado do pó de café — disse o Lollipop. — Mas nós precisa de um alvo, né? — Acelerou a motoneta e se aproximou, dizendo no ouvido dele: — Cê num tem culpa de nada, pó de café, cê é só um alvo.

Peixe Frouxo se aproximou, mas não tanto a ponto de ter certeza de acertar o tiro, e carregou a arma. De alguns metros de distância disparou dois tiros. Tinha certeza de que o acertara, mas, na verdade, a pistola havia tremido na mão dele, atingindo-o só de lado: o projétil entrou e saiu do lado do pescoço. O moço caído no chão chorava e gritava. As portas de metal do prédio da frente começavam a se erguer.

— Que que foi, mano? Cê num conseguiu acabar com ele?

Enquanto isso, as balas tinham acabado.

— Eu num queria acabar como o John Travolta, ficar uma merda com o sangue dele nimim.

O indiano com o pé arranhado pela bala tinha conseguido escapar mancando, bem como o moço marroquino com o nariz cortado ao meio. O moço africano, com o ombro ferido e o pescoço rasgado, agonizava no chão. Na ampla área descoberta apareceu uma viatura, vinda dos portões automáticos da área descoberta. Os faróis da Seat Leon se acenderam com uma luz amarela em um instante, bem como as luzes da sirene. Vinha lentamente, como uma lagarta. Alguém já havia chamado, ou, mais provavelmente, ela passava para checar a partida dos imigrantes, entre os primeiros bares abertos de Galileo Ferraris e as luzes já fracas provenientes das casas, e tinha se dirigido para a área deserta.

— Puta que o pariu — berrou Nicolas —, mas que bosta, vamo dá um tiro nessa merda.

Não teriam conseguido, arriscavam ser presos quando o Drone, que até então tinha ficado parado olhando, conseguiu deter o carro da polícia sacando de modo inesperado uma pistola e descarregando-a completamente sobre a viatura.

Ninguém sabia onde ele a conseguira. Deu tiros que atingiram o capô e o para-brisa do carro.

E a ele se juntou o Briato', que ainda tinha uns tiros na pistola. Um acertou até mesmo uma das duas sirenes do carro, na qual, apesar de tudo, não tinha mirado. Conseguiram escapar porque o carro da polícia freou e não os seguiu: não só por ver a fumaça saindo do motor, mas porque os meninos eram muitos, preferindo pedir reforços. Nesse ponto, eles resolveram se dividir.

— Vamo se separar, mano, nós se fala depois.

Pegaram ruas diferentes, montados nas scooters com placas falsas. Eles já tinham substituído todas antes mesmo de se envolverem em uma perseguição, só para não pagar o imposto.

21. Champanhe

Só voltaram ao covil depois de alguns dias, durante os quais tinham resolvido ser discretos: um ficou em casa, sem ir à escola, fingindo ter febre e ânsias de vômito; outro, pelo contrário, decidiu ir à escola exatamente para não levantar suspeitas. Mas ninguém suspeitava de nada. Os rostos deles, vistos por dois policiais sonolentos no fim de um turno da noite, não tinham sido registrados. Havia quem tivesse medo de ter sido filmado por algum smartphone ou alguma GoPro instalados em uma viatura, mas a polícia não tinha dinheiro para o combustível, muito menos para uma câmera de vídeo. No entanto, o medo aumentava nos rapazinhos da paranza.

Passada uma semana do treinamento com alvos humanos, se encontraram na casa da via dei Carbonari como se nada tivesse acontecido. Entravam sem bater à porta, a paranza tinha as chaves. Chegaram um de cada vez, em horários diferentes. Uns logo depois da escola, outros à noitinha. Tudo normal. Tudo como sempre. A vida em Forcella havia sido retomada. Partidas de *Fifa* no video game, nas quais apostavam euros e cerveja: e ninguém se referia ao que tinha acontecido, nem Nicolas. Só no fim do dia ele desceu, foi ao bar e voltou com uma garrafa de champanhe.

— Moët & Chandon, mano. Chega de ficar com essa cara de bunda. Foi uma boa experiência, a gente só tem que entender que, de agora em diante, a gente treina toda semana no alto de um edifício.

Ao que Drone falou:

— Então toda semana a gente tem que encontrar uma festa com fogo de artifício? — Fazia horas que tentava fazer um *coast to coast* triangulando com os seus jogadores, e agora que ele quase tinha conseguido o Nicolas aparecia com essa história.

— Festa nenhuma. A gente dispara pouco tempo. As arma, um carregador, dois carregador no máximo. E embaixo a gente coloca os guarda. Se chega alguém, os guarda avisa a gente e a gente foge de um terraço pra outro. Mas nós vai escolher os prédio que dá pra fugir sem descer as escada. De um prédio pra outro. Vamo botar no chão todas as antena de Nápoles.

— Legal, Marajá — disse o Peixe Frouxo, que ainda estava com os olhos fixos na tela, sem se preocupar com os calos nos polegares causados pelo *joypad*.

— E agora nós brinda!

Todos interromperam o que estavam fazendo para agarrar os primeiros copos ao alcance das mãos, e já os erguiam no ar quando o Dentinho disse:

— Não dá pra beber Moët & Chandon cum copo de papel. Vamo pegar os copo de vrido. Eles tão em algum canto aí.

Abriram as portas de vários móveis, e por fim encontraram as taças de champanhe, herança do enxoval de casamento de sabe-se lá qual família que tinha morado naquela casa sobrevivente de bombardeios e do terremoto da década de 80. Aquelas pedras não metiam medo.

— Cês sabem o que eu gosto no champanhe? — disse o Dentinho. — É que quando cê tira a rolha, num dá pra botar de novo. Nós é assim: ninguém pode segurar. Nós tem que fazer sair só a nossa espuma. — E atirou na parede a rolha, que foi desaparecer para sempre debaixo de um sofá.

— É isso aí, Dentinho — concordou Nicolas —, quando tirar a rolha da gente, ninguém vai poder botar no lugar de novo.

Tornou a encher todas as taças e depois disse:

— Mano, vamo brindar acima de tudo o Drone, que tirou os guarda do pé da gente.

Todos os outros fizeram seus cumprimentos ao Drone, enquanto os copos se tocavam e se esvaziavam:

— Grande Drone, Droncino é o cara; saúde, Drò!

Depois 'o Marajá se sentou, tirou o sorriso do rosto e disse:

— Dro', cê salvou a gente. Mas cê também traiu. — Drone começou a soltar uma risadinha, mas Nicolas não dava risada. — Eu tô falando sério, Anto'.

Antonio, 'o Drone, se aproximou de Nicolas.

— Marajá, que é que cê tá dizendo? Cê tava em Poggioreale se não era eu.

— E, pra começar, quem te disse que eu não queria estar em Poggioreale?

— Cê tá é louco — disse o Drone.

— Não, não, me ouve: a paranza tem que andar junta. O chefe tem que decidir, e a paranza tem que aceitar. É assim ou não? — Nicolas via que todos concordavam, e esperava a resposta de Drone, que disse:

— E! — A letra "e" como uma conjunção. Mas pronunciada com a força do verbo. Mais ouvido que o "sim". A mais afirmativa das respostas.

— Cê roubou uma pistola de dentro das mala quando a gente tava no terraço. É ou não verdade? — Nicolas estava sem a taça de champanhe nas mãos e olhava fixamente para o Drone. Parecia esperar uma resposta qualquer. Já tinha decidido.

— É, mas eu fiz pro bem da paranza.

— É, mas caralho. como é que eu ia saber se cê não ia usar essa pistola contra a gente? Se cê ia vender pra outra paranza, ir pro lado do Gatão.

— Nico', mas que cê tá dizendo? Eu tenho a chave, sou da paranza. Nós é irmão. Que que cê tá dizendo?

Dentinho queria interferir, mas estava em silêncio. Drone pegou a chave da porta da casa deles, o símbolo da sua afiliação.

— A pistola defendeu a paranza.

— É, tá bom, mas cê usou ela pra se defender também; quem tá preocupado com a porra da pistola? Cê não é de confiança. Bom, essa é uma culpa gravíssima. Tem que ter punição.

Nicolas olhava todo o resto da paranza, uns estavam com os olhos baixos, outros se esquivavam se concentrando no celular. Como pano de fundo, a musiquinha do *Fifa* não pareceu perturbar Nicolas, que prosseguiu:

— Não, mano, cês olha pra mim. Nós vai encontrar junto uma punição.

Lollipop disse:

— Marajá, eu acho que o Drone queria ter uma pistola e pronto, queria tirar umas selfie segurando ela, ou não? Ele fez cagada, mas num tem poblema que ele fez, senão a gente era pego.

— Mas quem que te disse isso — respondeu Nicolas —, talvez a gente escapava, talvez acertava dois tiro.

Briato':

— Marajá, a gente não tinha mais munição…

— E então eles pegava a gente. Cês acha que é melhor roubar os irmão? É melhor deixar o Drone foder a gente desse jeito?

E como sempre acontece com uma traição, as partes naturalmente se dividem em acusação e defesa. É instintivo. Qual papel você escolheria desempenhar segundo o grau de amizade com o acusado, ou como você pensa que teria se comportado na mesma situação? Por empatia ou por diferença. Por sangue ou por situação. No caso da paranza, interveio Drago', que conhecia bem o Drone porque iam juntos para a escola no Industriale:

— Marajá, cê tem razão. O Drone roubou uma pistola e num disse nada pra gente; mas foi uma coisa que ele não pensou. Ele queria pegar ela na mão, mas pensa só, ele nunca ia usar. Ele tava com ela dentro da cueca, e depois usou pra defender a gente. É isso.

Dentinho, nervoso, assumiu a parte da acusação:

— É, mas se nós tudo fazia assim, o depósito de arma agora tava completamente vazio. Quer dizer... num dá pra fazer assim, cada um pegar o que quer desse jeito.

Drone tentou se defender:

— Não, num é que eu queria roubar. Eu queria ter ela, eu ia devolver ela. — Estava em pé na frente do Nicolas, enquanto os outros, sempre instintivamente, o rodeavam. Um tribunal.

— Devolver o caralho. As arma vão ser guardada do jeito que nós tudo decidiu. Num dá pra fazer assim. Cê tem que ser punido, caraca, e pronto — disse o Peixe Frouxo.

Briato' mudou de lado e passou para a acusação:

— É verdade que a gente tem que te agradecer, porque num fomo preso. Mas é verdade também que de qualquer jeito cê roubou uma pistola, então cê fez uma coisa que não pode fazer.

Drago' tentou atrair a atenção de todos abrindo os braços:

— Mano, mas eu também tô a favor de uma punição pro Drone. Ele fez merda, mas fez sem pensar, num queria fazer mal pra gente. Eu acho que basta ele pedir desculpa pra todo mundo e pronto.

— Ah, mas se a gente faz assim — retrucou Briato' — cada um faz merda e pede desculpa.

Quando finalmente terminou de beber a terceira taça de champanhe que o havia deixado mais mole, Eutavadizendo também se manifestou:

— Eu acho — disse — que tem que castigar. Mas um castigo leve, não coisa pesada.

— Pra mim, em vez disso, um castigo dos grande — disse o Biscoitinho — pruque senão todo mundo pode bifar as nossa arma rapidinho, rapidinho. — Ele tinha ficado de lado o tempo todo, esperava o momento certo para opinar, e tinha feito voz de homem, para ser levado a sério.

— Mas eu num sou todo mundo! — disse o Drone. — Eu sou parte da paranza, peguei o que era meu e que eu ia devolver.

Eutavadizendo respondeu:

— É, é verdade, 'o Dro', mas que merda, custava cê pedir ela pro Nicolas, pedir pra todo mundo. Quer dizer, eu tava dizendo que no fim cê errou, mas não errou muito. Tem as coisa errada, as coisa muito errada, as coisa pouco errada e as coisa quase errada. Eu tava dizendo, eu acho que cê fez uma coisa um pouco errada, ou quase errada... mas num chega a ter feito uma coisa errada ou muito errada. É isso que eu tava dizendo e é isso que eu penso.

Drago' reassumiu a posição de júri:

— Escuta, 'o Drone fez merda. A gente dá esse castigo e pronto, e para por aqui. — Não havia mais espaço para a defesa.

— Tudo bem — decidiu o Marajá.

— Eu acho — propôs o Dentinho —, que como ele roubou com a mão, a gente tem que passar a faca na mão dele.

Rindo, eles agarraram o Drone pelas orelhas:

— É isso aí, Dro', cê vai acabar igual o Mulatt', com a mão cortada!

— Maneiro — disse o Briato' —, a gente corta as orelha dele como no *Cães de aluguel*, quando eles corta a orelha do policial.

— Legal, isso é legal. A gente corta as oreia dele — disse o Biscoitinho.

Drone havia começado a rir, mas agora estava se irritando. Dentinho acrescentou:

— Mas no *Cães de aluguel* o policial vira churrasco. A gente tem que queimar o Drone também — e todos começaram a rir.

— Não, não — disse Eutavadizendo —, eu acho que tem que ser que nem *Os bons companheiros*.

— É, daora. A gente faz o Drone acabar igual o Billy Batts quando Henry e Jimmy dão umas porrada das boa nele: vamo fazer assim!

O clima havia ficado mais informal. Nicolas tinha abandonado o posto de juiz e agora imitava o Joe Pesci, enquanto Drago' respondia como se fosse Ray Liotta.

— Cê é um cara engraçado.

— Engraçado como, que que cê acha de engraçado? — E continuaram com o diálogo inteiro de *Os bons companheiros*, como faziam sempre, a cada vez trocando o papel de Joe Pesci entre eles. Drone, como se tivesse acabado de pensar naquilo, ou fingindo ter pensado, se levantou e se encaminhou para a porta:

— Tá legal, quando cês decidir o que que cês vão me fazer, me diz.

O Marajá fez cara séria, como os mímicos quando passam a mão no rosto, antes eles estão sorrindo, e depois que a mão passa o rosto se transforma em uma expressão muito séria.

— Mas onde é que cê vai, Drone? Primeiro o castigo, e depois cê vai pra casa ficar com a mãezinha.

— Eu acho — disse o Lollipop, brincando — que o melhor castigo é fazer vim o Rocco Siffredi e dá uma no rabo dele. — Houve uma explosão de riso.

— Olha só, que boa ideia — disse 'o Marajá. — É isso mesmo que eu quero propor. Cê tem uma irmã, não tem?

Drone estava com a mão na maçaneta para ir embora, ainda achando que estava no meio de um teatro. Mas aquela palavra, "irmã", dita à queima-roupa, fez com que ele se voltasse sobressaltado.

— E que tem isso? — perguntou.

— Como, que tem isso? Cê num lembra do filme *O professor do crime*? Cê lembra quando aquele mano diz, "eu acho que o professor era um pouco viado"?

— Tá, e o que é que tem?

— Peraí. Já te explico. Cê lembra?

— Lembro.

— E cê lembra do professor, o que ele pergunta?

— Que é que ele pergunta?

— Ele pergunta "aquela moça que vem te ver é tua irmã, não é?". Bom, como castigo, cê me traz tua irmã. Cê tem que fazer desse jeito. Mas cê num tem que trazer ela pra mim, pruque cê não me ofendeu bifando uma pistola. Cê tem que trazer ela pra paranza toda.

— Mas que que cê tá dizendo, Marajá? Cê tá ficando louco?

Entre os meninos da paranza se fez aquele silêncio que antecipa a decisão.

— Cê traz a tua irmã, que tem que chupar todo mundo, todos os pau da paranza.

Drone deu um pulo, passando por Nicolas, e a paranza se afastou para deixá-lo passar. Ninguém o deteve, porque ninguém antecipou o objetivo dele: a pistola roubada deixada sobre o parapeito da janela do quarto de dormir do covil. Pegou a Beretta, destravou-a e a apontou para o rosto do Marajá.

— Cara, que merda cê tá fazendo? — berrou o Drago'.

Marajá o olhou com um sorriso sutil.

— Atira, valentão. Cês viram, mano? Quem rouba quer fazer isso. Ele queria foder a gente. Mas dá pra ver, dá pra ver que cê queria era me foder, Dro'. E aí, vamo ver, vai, atira, que depois alguém posta no teu canal do YouTube.

Drone se permitiu pensar em acabar com tudo de verdade, e sujar os rostos chocados da paranza. Sujar todas aquelas caras que o choque mantinha ainda paralisadas. Não havia outro filme para incluir essa cena, ou se tinha, não conseguia lembrar, porque quando não pensava na paranza, pensava na irmã, Annalisa, que era outra história completamente diferente. Mantinha a Beretta firme, firme demais para não sentir que estava ostentando, e a ostentação tinha de acabar. Abaixou a pistola e sentou-se. A paranza estava em silêncio absoluto.

— Cê tá ligado, o que cê tem que fazer — continuou, impiedoso, 'o Marajá — é convencer a sua irmã a vim aqui chupar todo mundo.

— Eu também? — perguntou lá do fundo a voz do Biscoitinho.

— Claro, se ele levanta, em você também.

— Ele levanta, levanta — respondeu o Biscoitinho.

— Tudo bem — berrou o Briato'.

— Isso... eu não esperava. Vamo fazer bukkake — comentou o Dentinho. Essa palavra quase exótica produziu na paranza uma única imagem: um círculo de homens que ejaculavam em cima de uma mulher de joelhos. Toda a formação sexual deles aconteceu assistindo ao PornHub, e sempre tinham visto o bukkake como uma quimera irrealizável. Tucano estava excitadíssimo e afrouxou a pressão do elástico da cueca. Drago' tentou ajudar o Drone, dizendo:

— Eu não quero ser chupado. A gente pode decidir, né, Marajá? Ou eu tenho que enfiar à força na boca da menina? Eu conheço ela faz tempo, a Annalisa, não consigo.

— Faz o que que cê quer. Tanto que fazer isso é um castigo.

— Acho isso daora — disse o Peixe Frouxo —, assim todo mundo aprende a não fazer merda.

— Não, mas eu já aprendi — precisou 'o Marajá —, eu num preciso aprender, já sei quem a gente é. Ou então a gente é só um grupo de bostinha. — Nicolas tinha uma visão da paranza como se ela fosse um time de alguma coisa que já existia. Gostava do fato de que, com exceção do Drago', ninguém tivesse ligação com histórias da Camorra. Gostava de ter escolhido pessoas que jamais teriam pensado em fazer parte de um grupo. Os amigos destinados a fazer parte da paranza não precisavam de transformação, era só descobri-los e colocá-los no grupo. Drone pegou a pistola pelo cano e a entregou para o Marajá:

— Me dá um tiro agora — disse, e então, olhando para os outros. — Me dá um tiro, chefe, é melhor pra mim… é melhor. Besta fui eu que salvei vocês! Bando de merda!

— Não se preocupa — respondeu Nicolas —, cê num traz tua irmã e nós atira em você. Cê é da paranza, se errar, morre.

Drone estava com os olhos cheios de lágrimas e, como uma criança de verdade, saiu da casa batendo a porta.

Na manhã seguinte, depois da aula, tinha avaliado as suas opções. Ficava se perguntando se podia sair da paranza, restituir a chave do covil, se afastar deles. Ou se deveria mesmo entregar a irmã para eles. Como faria para convencê-la? E se a irmã resolvesse aceitar? Talvez ele ficasse até mesmo mais enojado. Que explicações teria dado à sua namorada se a notícia se espalhasse? E aos pais? Tinha até imaginado estar conversando com a família durante uma visita na prisão, tinha visto todos na frente de seu túmulo no cemitério. Mas não tinha jamais pensado que seu pai pudesse lhe dizer: "Você transformou sua irmã em puta!". Isso ele não conseguia imaginar. E, pela primeira vez aquele pensamento romântico que acomete tantos adolescentes, mas que nunca havia lhe passado pela cabeça, apareceu no leque de possibilidades a serem vislumbradas: se matar. Foi só um pensamento veloz, que passou resvalando, e Drone o arquivou na hora, enojado. Pensava também que poderia se vingar de qualquer modo: tinha cometido um erro, sim, mas não tão grave a ponto de sofrer uma humilhação desse tipo.

À tarde, chamou Drago' na sua casa.

Drone andava de um lado para outro no pouco espaço do seu quartinho. Tinha os olhos baixos, como se procurasse uma opção que ainda não tivesse examinado, só de vez em quando os erguia para verificar se os drones alinhados nas prateleiras ainda estavam em seus lugares.

— Drone — disse o Drago', deitado na cama do amigo —, esse é um castigo pra servir de exemplo. Isso não é contra você, contra a tua irmã, ou contra a gente. Serve pra fazer todo mundo entender que ninguém pode bifar uma arma.

— Mas e se eu não quiser? Se eu sair da paranza?

— Ô Dro', eles te matam, ele atira em você. Ele te pega pra alvo: garantido.

— Melhor.

— Mas não fala merda — disse o Drago'. Ele se espreguiçou e se levantou da cama, foi aumentar o volume do aparelho de som, para os ouvidos maternos não escutarem, e ficou na frente do pôster do Napoli 2013-2014. — No fim, essa punição serve porque assim a paranza fica mais forte, ninguém mais faz merda com as arma.

Drago', no fundo, aceitara a lógica do Marajá. Drone não tinha aliados. Depois do diálogo inútil com Drago', Drone começou a postar no Facebook fotos suas e de Nicolas, era o jeito dele de aumentar sua proteção, criava para si mesmo algo como um seguro de vida. Se acontecesse alguma coisa com ele, seria mais fácil associar seu destino com o de Nicolas, pensava; ou então, talvez afastasse as investigações dos amigos, orientando-os na direção dos inimigos. Mas em algum cantinho ainda restava a esperança de que Nicolas, vendo-as, pudesse sentir compaixão.

Os dias, entretanto, aumentavam sua ansiedade. As horas eram um tormento que o impedia de tomar qualquer atitude. Tinha perdido o sono e andava pela casa como uma alma penada. As coisas que a família dizia o atingiam. A mãe ficou assustada inutilmente, como todas as mães que querem entender por meio de perguntas qual o problema: "Mas o que está acontecendo? Antonio, o que está acontecendo?". Drone, como se estivesse com febre, estava devorado pela indecisão. A comida lhe causava náuseas, como qualquer cheiro. A irmã e a mãe, uma noite depois do jantar, entraram no quarto dele:

— Anto', mas que foi que aconteceu? Brigou com a Marianna?

— Não, que é isso. Não vejo a Marianna faz mais de seis meses. Não aconteceu nada. — Era a única resposta.

— Não, é impossível não ter acontecido nada, você tá sempre com a cara triste. Aconteceu alguma coisa? Você não come nada. Aconteceu alguma coisa na escola? — E seguia com a ingênua tentativa de elencar as possíveis causas de sofrimento, quase como se, depois de adivinhada a resposta, ele pudesse se abrir como uma máquina caça-níqueis com a sequência de três cerejas. A música. O ruído das moedinhas. E mais felizes que antes. Mas o Drone estava fechado para as confidências tal como um adolescente, e elas imaginavam, da parte de um rapazinho, mau humor e tristezas. Dentro dele, entretanto, existiam problemas de guerra. O pensamento de desiludir o pai o humilhava ainda mais do que o de envolver a irmã. Ou quase. O pai gostava do fato de ele ser um nerd, ainda que não tivesse usado essa palavra para descrevê-lo, mas o ajudava no trabalho e tinha lhe dado um computador e um tablet. E a única frase que ficava martelando na cabeça do Drone era, "Você transformou sua irmã em puta!".

— Deixem eu dormir! — era a única resposta que ele dava para a irmã e a mãe que procuravam motivos. Aquilo ia passar e ele voltaria a ser como antes. Uma noite, no entanto, teve uma ideia. Tinha no celular alguns vídeos da paranza, que transferiu para o seu Mac. Resolveu abrir uma conta no YouTube de modo que fosse impossível chegar ao seu ID: queria fazer o upload do vídeo que os mostrava atirando. Sabia que prenderiam todos, inclusive ele. Dava para ver com clareza os rostos, ele tinha filmado todos. Mas sua irmã seria poupada da humilhação? Não era garantido. O dedo indicador balançava sobre o botão Enviar, parecia o pêndulo de um relógio. Suava, se sentia mal. Fechou o notebook. Pela cabeça, passava o que Drago' tinha dito: "Eles te matam", mas desde quando tinham se transformado em "eles"? Sempre tinha sido "a gente". E agora, para descrever a paranza, usava "eles". Então, pensava, ele já tinha sido posto para fora da paranza, e aí, por que aceitar aquela punição? Se ele só tivesse mantido a pistola dentro da mochila... Ele sabia usá-la, teria até conseguido neutralizar aquela patrulha...

Na manhã seguinte, não conseguiu se levantar; quando a mãe tentou acordá-lo sentiu que ele estava quente: tinha febre. No celular, viu que alguns membros da paranza o procuravam, o próprio Marajá tinha mandado mensagens. Ele não respondeu a manhã toda. Ouviu o telefone de casa tocar e, pouco depois, a irmã responder: "Sim, tudo bem, Nicolas!". Drone pulou da cama, arrancou o telefone das mãos da irmã: "Cê num ousa ligar pra minha irmã, cê tá entendendo?", e desligou.

— Mas o que tá acontecendo? — Annalisa intuía que aquela dor do irmão vinha do caminho que ele tinha seguido, um caminho de que a família não tinha se dado conta, mas que ela havia percebido e não mencionara, até porque de certo modo não achava ruim que o irmão valesse alguma coisa e não passasse a vida inteira baixando vídeos e jogando GamePlayer. A luz da paranza poderia fazer com que ela brilhasse um pouquinho também.

Drone voltou a se refugiar em seu quarto. Annalisa foi atrás dele:

— Cara, vamo conversar — disse, usando o tom de quando eram pequenos e ela fazia valer seu papel de irmã mais velha. Arrancou tudo dele, até demais, porque ele contou o que não deveria. Contou caminhando de um lado para outro, como tinha feito com Drago', só que, no lugar de um irmão deitado na cama, agora era a irmã que o escutava sentada, com as mãos entrelaçadas sobre as pernas.

— Eu tô na paranza de Forcella. A paranza é eu, o Nicolas, o Drago'... — E assim seguiu em frente, até contar o episódio do treinamento nos terraços. Ouvia Annalisa repetindo, "Cês são louco, cês são louco". Segurou as mãos que Annalisa ainda mantinha entrelaçadas, soltou-as e disse:

— Annali', se cê falar alguma coisa, se cê só contar pra mamãe, cê tá morta.

Eram palavras que ecoavam no pôster do Napoli, no desenho gigantesco do Rayman, nas selfies colocadas em uma placa de cortiça pendurada na parede, selfies com os youtubers preferidos do Drone. E, ainda por cima, aqueles modelinhos de drone, em todos os cantos, que encaravam fixamente. Aquelas palavras — morte, metralhadora, projéteis — não tinham nada que ver com o quarto.

Depois criou coragem. Bebeu um pouco de água e, sem olhar para a irmã, nem de soslaio, contou o que tinha acontecido, falou da punição que eles queriam lhe infligir pela merda que aprontara. Annalisa ficou em pé de um salto:

— Cês me dão nojo! Você, os teus amigos. Que nojo! Cê

ainda tá com a pistola? A pistola que cê disparou nos policiais? Dispara em você mesmo. Cês disparem em vocês mesmos, cê dispara em você. — E saiu do quarto. Com o rosto enrubescido: como pudera sentir orgulho até meia hora antes?

Drone estava desesperado, as palavras de sua irmã lhe pareciam uma premonição, sabia que tudo acabaria assim. E em parte queria que acabasse assim.

Nos dias seguintes, como se estivesse contagiada pelo irmão, Annalisa também se privou da comida e do sono. Soube dissimular melhor na frente dos pais. Pensou em tudo e, no fim, as hipóteses, até mesmo aquelas mais insensatas, percorreram os trilhos das ações — que são sempre os mesmos, se você cresce em determinado território. Começou a se atormentar pensando como poderia se vingar. Quem poderia atingir as pessoas que tinham imposto aquela ordem ao irmão? No fundo, Nicolas tinha de saber que havia estabelecido uma pena grande demais em relação ao crime cometido. Se alguém tivesse roubado aquela pistola, teria de ser morto, Annalisa pensava. Se a mesma pessoa que a havia roubado salvara todos de uma prisão, não era justo enfrentar uma punição dessas. Pura lógica. Mas o que precisava fazer não era encontrar uma solução dentro daquele limite, tinha era de pular fora imediatamente, como se salta de um círculo de fogo. Porém os dois irmãos não pensaram nem por um instante na possibilidade de fugir da situação. Annalisa estava convencida de que tinha de existir uma estratégia qualquer para evitar a punição. Denunciar o irmão por ter cometido um crime, em sua cabeça, não significava obter justiça, mas se aliar a alguém: a gente se alia à paranza, contra a paranza, ou a outra paranza. Tinham pedido para ela algo que a enojava. Ainda pior, algo que lhe parecia injusto. Se o Drone tivesse matado o irmão de alguém, se tivesse feito com que todos fossem para a prisão, bom, então Annalisa teria considerado até justa uma punição como aquela.

Pensava como se ela também fizesse parte da paranza. Todos estavam na paranza, sem saber. As leis eram as leis da paranza.

Annalisa tinha bastante razão, até certo ponto. Talvez ela pudesse ir ter com 'o Gatão, ou falar com algum amigo policial. Ou então ficar de joelhos para satisfazer a paranza. Perspectiva que era ainda mais dolorosa e humilhante que a ideia de que seu irmão fosse um fraco, um bunda-mole. Por um instante, desejou que Drone fosse como Nicolas, 'o Marajá, que fosse como 'o White. E, em vez disso, ele era apenas 'o Drone, um nerd que tinha pensado em encontrar a redenção fazendo parte de um grupo. Tinha lágrimas nos olhos. Tudo aquilo era nojento. De qualquer ponto de vista. Não podia desabafar com ninguém, nem ao menos com uma amiga, porque se tivesse falado com alguém, era possível que outros decidissem por ela. Não precisava muita coisa, só uma amiga falar com os pais, com um carabiniere ou um amigo juiz em qualquer jantar: e Annalisa não seria mais dona de seu destino.

Annalisa ficou fora de casa o maior tempo possível; depois, cansada e com os pensamentos em frangalhos, decidiu voltar. Na porta, encontrou reunida toda a família. Na garagem, tinham escrito "Trapaceiro", com o desenho infantil de um pênis. A porta da garagem tinha sido destruída por pontapés, e precisariam trocá-la.

— E por que escreveram isso?! — dizia o pai, que se voltava para o filho como se ele soubesse. Na sua cabeça, imaginava que ele tivesse aprontado alguma coisa com os seus recursos habituais, roubado alguma senha, enganado alguma loja online que não tinha sistema de proteção. E gritava com ele.

— E então? O que foi que você aprontou, então? — A mãe, nesse caso, adotava uma posição mais para inocentar o filho, e Drone, no período de poucos dias, estava enfrentando outra situação complicada.

— Fala! — Bum. Tapa da mãe. — Quem é que tá te judiando? — insistia.

— Mãe, e se fosse coisa com o papai, e não comigo? — Drone começou a insinuar a dúvida. A irmã fez com que lhe contassem, fingindo não saber de nada.

— Mas quem foi? O que foi que aconteceu? — perguntava, enquanto subiam as escadas. E, naquele ponto, o pai já havia sido convencido pelo filho de que aquela pichação tinha a ver com ele. Isso o tinha levado a pensar nos últimos canteiros de obras, talvez tivesse sido fácil demais botar a culpa no filho, sabia que estava saindo com um grupo de que não gostava, mas e os canteiros onde ele trabalhava? Poderia ser alguém trabalhando neles? Drone o via telefonar com o celular e a fazer perguntas e, ao ver o temor do pai, desabou. Não tinha a fibra do camorrista que queria ser. Nos degraus da escada, enquanto a mãe e a irmã pegavam o elevador, disse:

— Pai, preciso falar com você. — Os dois se encontraram com Annalisa, que acabara de chegar ao patamar da escada. Frente a frente com eles, ela disse:

— Antò, eu acabei num te dizendo que eu resolvi: cê tem razão, a gente tem que fazer o que o Nicolas disse.

O pai perguntou:

— Por que é que você falou o nome desse daí?

— Não... Nicolas...

— E que é que o Nicolas quer?

Drone estava paralisado. Ficou louca?, pensou, quer falar do bukkake na frente do pai?

— Nicolas disse que a gente tinha de criar um site, tudo junto, e eu também tenho que fazer parte — respondeu Annalisa.

— Um site? E de que coisa? Da porcaria de moleque que ele é? — comentou o pai.

— Não, que é isso... Ele tem razão, um site onde a gente escreve um pouco as coisa do bairro. Talvez alguém compra a publicidade... O povo agora quer ler as coisas que acontecem na rua, do lado de casa. Não as coisa que acontece em Roma, Milão, Paris.

Drone voltou a respirar, mas não tinha certeza de que a irmã não estivesse louca mesmo.

Annalisa tinha percebido, em um instante, que Drone tinha desabado, que o pai iria se meter em um monte de problemas denunciando a paranza para que o irmão não fosse punido. Talvez eles precisassem mudar de casa por uns tempos, e não lhe dariam mais trabalho nos canteiros como topógrafo. Era melhor ficar de boca fechada e fazer isso.

Drone jantou de bico calado, depois entrou no quarto da irmã:

— Annali', mas cê faz mesmo?

— Ah, claro, tenho que fazer. Não tem mais nada pra fazer... ou então a gente atira neles?

— Tô nessa! Cê quer atirar? Tô nessa.

— Se você atira, quem paga é o pai, a mãe e eu também.

Drone estava olhando os pés, por um lado se sentia aliviado, por outro, enojado. Tinha aversão a ser assim tão fraco. Pela cabeça lhe passavam as imagens que o atormentavam fazia dias: a pistola tirada às escondidas junto com os projéteis; as poucas horas em que dormira junto a ela, quando a tinha sacado para atirar na viatura da polícia.

Annalisa pegou o telefone, fez a ligação. Depois disse, seca:

— Nicolas, é a Annalisa. Tudo bem. Organiza essa sacanagem, e a gente paga essa culpa do meu irmão.

Drone começou a urrar, "Não!", e a dar pontapés e socos, destruiu os consoles, com um golpe só jogou longe os drones de uma das prateleiras mais baixas, e nem o barulho das asas se quebrando fez com que ele aplacasse a sua fúria. O pai e a mãe entraram correndo:

— O que foi?

Annalisa sabia que tinha de evitar que os pais soubessem a verdade:

— Não, não foi nada. A gente descobriu que escreveram Trapaceiro pra ele mesmo.

— Tá vendo? Então, explica — ordenaram os pais.

— Eu tô muito puto da vida — respondeu Drone.

— É… os amigos acusaram ele de roubar uns arquivos… Mas não foi ele, foi outro.

— Tá bom, mas dá pra explicar pra eles, não? — disse a mãe.

— Mas que explicação. Este aqui quanto mais anda com esse lixo de gente, pior. Vira lixo igual eles, eu sempre disse isso pra ele — falou o pai.

Foi essa frase que fez Drone se descontrolar:

— Você que é um lixo — ele cuspiu as palavras. O pai queria dizer, "Como você tem coragem?", a frase que, como um ímã, atrai para si uma reação. Não disse nada, estava perturbado. — Você é um lixo. Sempre fazendo as suas tramoias pra conseguir o serviço de um canteiro. Sempre os teus amigo melhor que os meu. Sempre que falta alguma coisa pra gente.

— Pra você eu num deixei faltar nada.

— Quem que te disse?

Annalisa e a mãe observavam a briga, a cada frase o tom de

voz ficava mais alto e também o medo de que os vizinhos ouvissem.

— Vocês dois calem a boca e chega — interveio a mãe.

Pai e filho estavam imóveis. Cara a cara. Um sentia a respiração do outro e nenhum dos dois se afastava. Annalisa pegou o irmão pelos ombros, e a mãe, o marido. Elas os separaram, um abrigado no seu quartinho todo revirado, o outro por trás de uma porta que havia se tornado um limite intransponível.

Annalisa preparou a mochila, saiu do banheiro e disse:

— Tô pronta.

— Pra que a mochila? — perguntou, seco, o Drone.

— Porque tem coisa dentro.

— Que coisa?

Ela não respondeu. Drone sentia a boca amarga, o hálito forte como se a língua tivesse revirado a noite toda na lama, a bile que subia e descia do esôfago. Não tinha conseguido salvar ninguém. Não tinha o poder de fazer nada, nem contra, nem a favor; no entanto, estava convencido, como todos, de que entrar na paranza significaria alguma coisa maior, maior que ele mesmo. E agora, pelo contrário, tinha de ficar parado, inerte.

— Força! — tornou a dizer Annalisa. Era ela quem lhe dava coragem. Ele estava enojado, e seu maior terror era que a irmã pudesse gostar de uma coisa daquele tipo. Annalisa, por sua vez, não tinha outro objetivo além de se livrar o mais rápido possível da situação.

Desceram e pegaram a motoneta. No guidão, Drone; ela, na garupa. Chegaram à via dei Carbonari, e a paranza já estava completa. Bateram à porta.

Nicolas abriu-a:

— Ô Drone, cê num tinha a chave? Por que é que cê bateu?

Drone não respondeu. Entrou e pronto, não queria mais usar a chave. Foi se jogar no sofá.

— Oi, Annali'. — Uma dezena de "Oi" pela sala, como o "bom dia" em uma sala de aula quando o professor entra. Estavam todos muito excitados e, na verdade, preocupados.

— Então — disse Annalisa — vamo começar; e a gente acaba com esse bagulho o mais rápido possível.

— Ehhh... — disse o Marajá — o mais rápido possível... vai com calma. — E com a mão batia o ar à sua frente para marcar o tempo, indicando que era ele o regente.

— Que bom que cê é uma irmã responsável. Não como o Antonio, teu irmão.

— Chega dessa história — respondeu Annalisa.

Drago' não se acalmava e disse:

— Ô, Marajá, mas tem mesmo que fazer isso? Pô, ele entendeu que fez merda. E que é que a Annalisa tem com isso?

— Ô, Drago' — respondeu o Marajá —, larga mão de ser idiota.

Drago' não deu importância:

— Eu falo quando eu quero! Ainda por cima porque essa casa é minha.

— Nãão, essa é casa de todo mundo. A casa é tua. E é casa da paranza. E, de qualquer jeito, num se repete uma coisa cem vez pra funcionar, se na primeira vez não dá certo. Imagina se depois de cem vez ainda não funciona.

— Pra mim, é exagero. Uma besteira que o Drone fez.

— De novo? — disse Nicolas. — Cê num quer botar o pau de fora? Deixa ele nas calça. Chega. Acabou.

— Oh, cê já encheu a gente, Drago'! — disse o Dentinho.

Drago' lançou um olhar para Annalisa, como para dizer que não podia fazer mais nada. Da parte dela, não houve nenhum gesto de gratidão pela tentativa: sentia nojo de todos da paranza.

Entrou no banheiro e, em poucos minutos, saiu como uma diva. A paranza nunca tinha visto tanta abundância e sensualidade. Ou melhor, tinha visto no YouPorn, nos infinitos canais do Porn-Hub, fonte da única educação sentimental deles, que tinham crescido com os notebooks como um prolongamento dos próprios braços. Annalisa tinha entendido que precisava se apresentar como uma das heroínas pornôs dos vídeos. Tudo seria muito mais rápido.

E lá estavam. Todos na sala pareciam estar alinhados e prontos para uma foto em grupo, os mais baixos na frente, os outros atrás e, no meio, o rosto arredondado do Biscoitinho. Tinha chegado a professora. A classe estava pronta. Por alguns instantes, todos se sentiram esquadrinhados, passados em revista, e tinha quem fungasse, outro que arrumava a camiseta, outro que enfiava as mãos nos bolsos, procurando sabe-se lá o quê. Vistos desse jeito, com a distância criada com a entrada de Annalisa, pareciam ser o que eram de fato, meninos. Durante aquele prolongado instante, cada um deles parecia responder por si mesmo, não havia grupo, não havia paranza, não havia punição. A professora tinha entrado para perguntar a cada um deles do que seriam capazes. Durante aquele tempo indefinido em que ficaram introvertidos, pairavam sobre um tipo de vazio onde eles eram indefesos, ou mais precisamente consternados, os sapatos desamarrados, os pensamentos vagando, os olhos sem saber se ficavam fechados ou se voltavam para outra direção.

Mas depois houve um clic e tudo voltou ao seu devido lugar. Annalisa, que não teria conseguido suportar mais aquele tipo de sensação, se ajoelhou na frente de Nicolas.

Quando Annalisa pareceu pronta para começar, Drone ficou olhando os pés, colocou os fones de ouvido com a música em um volume muito alto, para não ouvir nada. Mas, de repente, o Marajá deteve a garota.

— Drone, 'o Drone! — berrou Nicolas, obrigando-o a tirar os fones e a olhar para ele. — Cê viu o que que acontece quando alguém fode a paranza? Depois a paranza fode você e toda sua família. Levanta, Annali', vai se vestir.

— Nãããããooooo… é sério? — Peixe Frouxo, excitadíssimo, não se conteve.

— Caraca… — disse o Biscoitinho. — Nãããooooo.

Drone gostaria de abraçá-lo, como se tivesse caído por cima dele, de uma vez só, a lição aprendida. Nicolas, do alto de seus dezesseis anos, se sentiu tão velho e sábio que teria gostado que lhe beijassem a mão; queria as mandíbulas inchadas como as de Marlon Brando, de Don Vito Corleone, mas teve de se contentar com os olhares desiludidos da paranza, com o ar espantado de Annalisa e com a gratidão imóvel de Drone, incapaz de falar ou até mesmo de só alterar aquela expressão incrédula que se apossara de seu rosto. E Nicolas adorava esse teatro, parecia que estava escrevendo o roteiro do seu poder.

Annalisa se postou na frente de Nicolas, era praticamente da altura dele. Olhou-o como se dele emanasse um cheiro repugnante, depois disse claramente:

— Vocês me dão nojo, todos, incluindo meu irmão. — Respirou profundamente. — Mas agora vocês têm de deixar ele em paz: ele não tem mais culpa.

Ninguém se mexeu.

Annalisa se aproximou ainda mais de Nicolas:

— Ele não tem mais culpa? Fala!

— Não tem mais, não… Drone faz parte da paranza.

— Que privilégio… — disse Annalisa e, dando-lhes as costas, entrou no banheiro para se vestir.

Os meninos, em pé, ficaram com os olhos grudados na bunda dela até que Annalisa desapareceu por trás da porta. Então, um depois do outro, se encaminharam para a porta. Descendo as escadas em fila, Nicolas, que ia na frente, estalou a língua:

— Kebab? — perguntou.

E os outros:

— Kebab, kebab! — em uníssono.

Só o Drone ficou esperando a irmã para levá-la para casa.

TERCEIRA PARTE
Tempestade

O segredo da fritura de paranza é saber escolher os peixes pequenos: nenhum deve estar em desacordo com os demais. Se a espinha da anchova vai parar entre os dentes, é porque escolheu uma grande demais; se reconhece que não escolheu uma lula pequena, então não é mais fritura de paranza: é uma mistura dos peixes que estavam disponíveis. Só é fritura de paranza quando tudo o que acaba na sua boca pode ser mastigado sem ser identificado. A fritura de paranza é a sobra dos peixes, o sabor vem do conjunto. Mas precisa saber empanar, passando-os em farinha de qualidade, é o processo de fritar que abençoa a comida. Alcançar o gosto exato é a luta que se trava entre o metal da frigideira, o azeite, o óleo, a alma do trigo, a farinha, o caldo do mar, os peixes. Sai-se vitorioso quando tudo está em equilíbrio perfeito e quando, na boca, a paranza tem um sabor só.

A paranza acaba logo, assim como nasce, morre. Fritano e comeno, fritando e comendo. Tem de ser quente como é quente o mar quando a pesca acontece de noite. Puxadas as redes para o barco, no fundo ficam aquelas criaturas minúsculas perdidas em meio à massa de peixes, linguados que não cresceram, merluzas que nadaram pouco demais. O peixe é vendido, e eles ficam no fundo dos caixotes, entre os pedaços soltos de gelo. Isoladamente, não têm preço, nenhum valor; recolhidos em uma caixa de papel e colocados juntos, se transformam em iguaria. Não significavam nada no mar, não significavam nada nas redes, não representavam um peso nos pratos da balança, mas nos pratos trazidos por garçons se transformam em iguaria. Na boca, tudo é mastigado junto. Juntos no fundo do mar, juntos na rede, empanados juntos, colocados juntos na fervura do óleo, juntos entre os dentes e no paladar — apenas um, o gosto da paranza. Mas, no prato, o tempo para poder comer é muito breve: se esfria, a fritura se separa do peixe. A comida se transforma em cadáver.

Rápido se nasce no mar; rápido se é pescado, rápido se acaba na fervura da frigideira, rápido se vai parar entre os dentes, rápido é o prazer.

22. Vamos dar as ordens

O primeiro a falar do assunto foi Nicolas. Ele e os outros estavam no Novo Marajá esperando o início do novo ano. O ano que os lançaria ao futuro.

Drago' e Briato' estavam no terraço, no meio do aglomerado de pessoas. Como os outros, faziam a contagem regressiva na frente do mar de Posillipo segurando uma garrafa de Magnum, o polegar pronto para fazer a rolha saltar. Eles se balançavam sustentados por aquela maré humana que se rejubilava com o ano que estava para chegar. O contato físico com os tecidos leves das roupas curtas das meninas, o perfume do pós-barba que pertencia a uma idade que ainda não era a deles, os discursos captados entre personagens que pareciam segurar o mundo nas mãos... e uma completa embriaguez. No terraço, a paranza se perdia e tornava a se encontrar, num instante pulavam com os braços entrelaçados na cintura, e no seguinte falavam em voz alta com pessoas que nunca tinham visto antes. No entanto, jamais se perdiam um do outro, na verdade se procuravam, ainda que fosse só para trocar uns sorrisos que significavam que tudo era uma maravilha. E o ano seguinte seria ainda melhor.

Cinco, quatro, três...

Nicolas sentia ainda mais que os outros, mas não tinha colocado os pés no terraço. Quando o DJ convidou todo mundo a ir para o mar, abraçou Letizia bem apertado e se misturou ao aglomerado de pessoas, mas então se deteve, enquanto ela era levada embora. Ficou ali, em pé, na frente das grandes janelas, contra as quais todos pareciam espremidos como em um aquário lotado; e então começou a andar em sentido oposto, até o VIP que pertencia a eles, que, graças a ele, Oscar sempre tinha de manter à disposição da paranza. Sentou-se em uma cadeira de veludo, se acomodou nela sem se preocupar com o assento encharcado de champanhe e ficou lá até que os demais se juntaram a ele chamando-o de viado, porque ele não tinha visto uma moça chapada que havia tirado a roupa e o marido teve de cobri-la com uma toalha. Nicolas só disse:

— Eles precisa entender que ninguém mais tá seguro. Que os prédio, as loja e as motoneta, os bar e as igreja é tudo as coisa que nós dá permissão.

— Que é que cê tá querendo dizer, Marajá? — perguntou Briato'. Estava na sétima taça de Polisy e balançava a mão que não estava segurando o cálice para afastar o cheiro de enxofre dos fogos que espocavam lá fora.

— Que cada coisa que existe no bairro é nossa.

— Nossa porra nenhuma! A gente num tem nem dinheiro pra comprar tudo!

— E que é que tem que ver? Nós não vai comprar as coisa toda. Pertence a gente, é coisa nossa, se nós quiser, queimamo tudo. Eles tem que entender que tem que olhar pro chão e se fazer de bobo. Tem que entender.

— E como é que eles vão entender? A gente atira em quem

num aceitá receber ordem? — interveio Dentinho. Tinha largado o casaco sabe-se lá onde e ostentava uma camisa roxa de mangas curtas que deixava à mostra a tatuagem do tubarão que fizera havia não muito tempo no antebraço.

— Exatamente.

Exatamente.

Tinha sido suficiente aquela palavra, que havia afastado tantas outras, e aí muitas outras mais. Uma avalanche. Com o passar do tempo, será que lembrariam que tudo começou com uma só palavra? Que fora aquela — pronunciada enquanto os festejos ao redor alcançavam o seu ponto alto — a iniciar tudo? Não, nenhum teria condição de reconstruir, e nem ao menos teria interesse em fazê-lo. Porque não havia tempo a perder. Não havia tempo para crescer.

As pessoas que morgavam na piazza Dante se deram conta do barulho antes que eles chegassem. Sentiram a curiosidade e o perigo e, por uns instantes, quem caminhava ou simplesmente tomava um café se imobilizou. A piazza Dante é toda contornada pelo semicírculo setecentista do Foro Carolino, e desde que foi transformada em um espaço para pedestres, os braços elegantes dos dois edifícios do Vanvitelli adquiriram um novo alento. Tão mais forte foi, naquela espécie de parênteses de beleza humana, a percepção do acontecimento, um acontecimento que podia se parecer com uma represália, com um ataque de surpresa. Foram precedidos por um zumbido e pelos primeiros tiros para o alto, ainda longe dali. O zumbido aumentou, aumentou, aumentou, até que eles despontaram compactos como um enxame de vespas de Port'Alba, e começaram a atirar loucamente. Desceram velozmente, lançados no meio da luz, como uma tropa de assalto. Passaram pela praça em zigue-zague sob o monumento de Dante, usando-o de bom grado como mira, mas depois apontaram para vitrines e janelas.

Havia começado a estação das *stese*. Aterrorizar era o modo mais econômico e veloz para se apropriar do território. A época de quem comandava por ter conquistado o território, uma viela depois da outra, aliança depois de aliança, um homem depois do outro, tinha se acabado. Agora, era preciso botar todo mundo no chão. Homens, mulheres, crianças. Turistas, comerciantes, moradores históricos do bairro. A *stesa* é democrática porque faz com que qualquer um que esteja na trajetória dos projéteis abaixe a cabeça. E, além do mais, para organizá-la é preciso pouca coisa. Basta, até neste caso, uma só palavra.

A *paranza* de Nicolas havia começado pela periferia. De Ponticelli, de Gianturco. Uma mensagem no grupo — "vamo na excursão" — e o grupo partiu nas Sh 300, nas Beverly. Debaixo dos selins, ou enfiadas nas calças, as armas. De todos os tipos. Beretta Parabellum, revólver, Smith & Wesson 357. Mas também Kalashnikov e metralhadoras M 12; armas de guerra com os carregadores cheios até o último tiro, porque o polegar no gatilho se soltaria apenas quando a munição acabasse. Não havia nunca uma ordem precisa. Em certo ponto se começava a atirar para todos os lados de modo aleatório. Não miravam nada especificamente, e enquanto com uma das mãos apertavam o acelerador e corrigiam a trajetória para evitar os obstáculos, com a outra atiravam. Eram atingidos placas triangulares de "dê a preferência" e latões de lixo que botavam para fora um sangue negro, de chorume, para depois acelerarem com o intuito de retomar o centro da rua, erguer um pouco a mira para alcançar as varandas, os tetos, sem se esquecer das lojas, dos pontos de ônibus, do transporte público. Não havia tempo para olhar ao redor, só movimentos repentinos dos olhos por baixo dos capacetes para verificar se não havia bloqueios da polícia. Nem ao menos tempo para verificar se haviam acertado alguém. Cada tiro trazia em si apenas uma imagem mental, que se repetia a cada deflagração: uma cabeça que se abaixa e então o corpo que procura espaço para se esticar e desaparecer. Por trás de um automóvel, por trás do parapeito de uma varanda, por trás de uma mancha verde sendo cultivada para embelezar uma rotatória. O terror que Nicolas e os outros viam nos rostos das pessoas era o terror que lhes permitiria comandar. A *stesa* dura poucos segundos, como uma irrupção das forças especiais; e depois de um bairro se passa para outro. No dia seguinte, leriam nas páginas dos jornais locais como tudo tinha acontecido; se houve danos colaterais, mortos em batalha.

E aí chegaram ao centro histórico.

— Vamo fazer Toledo — tinha proposto Lollipop. Dito e feito. Precisava meter medo lá também. — Nós tem que deixar todo mundo amarelo — dizia. A cor do medo, da icterícia, da diarreia. A descida de Toledo, logo depois da piazza Dante, foi feita em uma aceleração de tirar o fôlego. Só Nicolas conseguiu, no rugido enlouquecido da cavalgada, manter-se equilibrado, e foi quando notou, não conseguiu deixar de vê-la, logo depois do Palazzo Doria d'Angri, entre as pessoas que se jogavam no chão, uma figura de mulher que, pelo contrário, ficava firme sobre suas pernas e até mesmo saía pela porta da loja, debaixo da placa Blue Sky. A mãe o reconheceu; ela reconheceu todos eles, e não fez outro gesto senão aquele costumeiro de passar a mão nos cabelos negros para arrumá-los. Eles passaram na frente dela e estraçalharam a vitrine de uma loja de roupas que estava do outro lado da rua, um pouco mais para baixo.

Na piazza della Carità fizeram um círculo entre as árvores e os carros estacionados, e repetiram essa movimentação na Galleria Umberto I, para ouvir o eco dos tiros. E então retrocederam até a loja da Disney, e lá um deles atirou mais para baixo. Um eslavo que tocava um acordeão soltou o ar do instrumento na metade de uma música melancólica, depois andou lentamente na direção da estação do metrô de Toledo. Ele caiu no chão enquanto todos ao seu redor começavam a se levantar. Enquanto isso, os meninos já tinham se dirigido aos Quartieri Spagnoli, se perdendo na direção de San Martino, como se o enxame tivesse de alçar voo e voltar para a cidade, para espiar o efeito de tanta artilharia. O resultado eles avaliaram como sempre no telejornal, mas naquela noite viram na tela o seu primeiro morto: viram aquele homem encurvado sobre seu acordeão em um lago de sangue. Era conhecido na rua por causa de uma música que tocava com frequência, que contava a história de uma moça que havia pedido para não morrer de amor em Istambul, mas seu namorado chegara três anos depois, três anos depois, e a moça já havia sido levada para outro lugar.

— Não, é meu — disse o Peixe Frouxo.

— Eu acho que não, acho que ele é meu — disse o Dentinho.

— É meu — disse Nicolas, e os outros deixaram essa morte para ele, com uma mistura de perturbação e de respeito.

Agora que já tinham feito a *stesa*, era chegado o momento da colheita. Era cedo para se apropriar dos pontos de tráfico, ainda não eram grandes o suficiente para pensar grande. A lição de Copacabana eles lembravam bem. "Ou cês pratica extorsão, ou faz os ponto de venda de fumo e de cocaína." E para a extorsão estavam prontos. O bairro era uma área sem chefão, a hora era deles e eles a agarrariam.

Nicolas havia localizado o primeiro estabelecimento comercial, uma concessionária Yamaha na via Marina. Em seu aniversário de dezoito anos, a paranza havia contribuído para lhe pagar a carteira de motorista, e cada irmão tinha tirado do próprio bolso cento e cinquenta euros. O pai lhe dera uma Kymco 150, dois mil euros de motoneta recém-saídos da fábrica. Levara o filho à garagem e, explodindo de orgulho, abrira a porta de metal. A Kymco negra reluzia e, na frente da chama vermelha no para-lama traseiro, Nicolas mal conseguiu conter uma risada. Agradeceu ao pai, que tinha lhe perguntado se não estava com vontade de andar nela, mas Nicolas tinha respondido que quem sabe outra hora. E a tinha deixado ali, pensando o que havia feito de errado.

Ele andou na Kymco no dia seguinte. A chama vermelha não estava mais lá. Foi voando para a concessionária pegando os outros ao longo do caminho e explicou para eles aonde iam.

Quando os empregados viram a serpente de motonetas que ziguezagueava entre as em exposição no pátio descoberto, pensaram na hora em um assalto. Não teria sido a primeira vez. A paranza estacionou na frente da grande vitrine voltada para o escritório, e Nicolas entrou sozinho. Gritava que tinha que falar c'o diretor, que tinha uma proposta que ele não podia recusar. Os clientes dentro da concessionária abriram passagem, olhando-o com uma expressão mista de temor e de reprovação. Quem era aquele rapazinho? Mas o rapazinho, tendo localizado o diretor — com seus quarenta anos, cabelos repartidos de modo chamativo, bigodes à la Dalí —, começou a dar tapas no peito dele — paf paf paf — até fazer com que ele se retirasse para seu escritório, um cubículo transparente. Nicolas assumiu seu lugar na poltrona do diretor, esticou as pernas em cima da escrivaninha e depois fez um sinal para o homem à sua frente indicando que ele poderia escolher a cadeira que quisesse entre as três reservadas para os clientes. O diretor, que fazia massagens no peito onde Nicolas havia batido, tentou retrucar, mas foi obrigado a calar a boca:

— Bigodudo, vê se cê se acalma. Nós te protege agora.

— Nós não precisamos de proteção — tentou dizer o diretor, que, no entanto, não parava de esfregar a camisa listrada. Aquela dor surda não queria ir embora.

— Vai à merda. Todos precisam de proteção. Vamos fazer

assim — disse Nicolas. Tirou as pernas da escrivaninha, se aproximou do diretor e agarrou a mão que estava então imóvel. Ele a comprimiu contra a sua, e com a mão livre começou a dar-lhe socos exatamente onde já havia batido.

— Tá vendo meus companheiro lá fora? Eles vão passar aqui toda sexta-feira.

Soco. Soco. Soco.

— Mas nós começa com uma troca de propriedade.

Soco. Soco. Soco.

— Minha Kymco. É nova. Nem um risquinho. Ela vale um T-Max?

Soco. Soco. Soco.

— Vale, vale — disse o diretor, com uma vozinha fraca. — E os documentos, como nós fazemos?

— Eu me chamo Nicolas Fiorillo. 'O Marajá. Tá bom assim?

Depois foi a vez dos ambulantes:

— Tudo os ambulante que tão no Rettifilo tem que pagar pra gente — esclareceu Nicolas. — Nós bota a pistola na boca de tudo esses merda de preto e faz eles dar dez, quinze euro por dia.

E então passaram para as lojas. Entravam e explicavam que, daquele momento em diante, eles davam as ordens, e depois estabeleciam o valor. Pizzarias, administradores de máquinas caça-níqueis esperavam toda quinta-feira a visita de Drone e de Lollipop, encarregados de recolher o dinheiro. "A gente vai fazer terapia", eles escreviam no grupo. Logo, no entanto, resolveram terceirizar a coleta para uns marroquinos desesperados em troca de euros suficientes que lhes garantissem alojamento e comida. Tudo muito simples, tudo muito veloz, bastava não sair da própria zona de competência. E se o açougueiro ficava enrolando muito, bastava sacar a arma — por um tempo Nicolas usou a velha Francotte, lhe dava prazer, aquela pistola enchia sua mão — e enfiá-la na boca dele até sentir ânsia de vômito. Mas eram poucos os que tentavam resistir, e no fim tinha até quem se autodenunciava para a paranza se, quando baixava a porta de ferro na quinta-feira à noite, ainda não tinha visto ninguém.

Agora sim o dinheiro entrava, e como. Com exceção de Drago', nenhum deles tinha visto tanto de uma vez só. Pensavam nas carteiras esquálidas dos pais, que trabalhavam duro o dia inteiro, que se ferravam machucando as costas com serviços e bicos, e achavam que tinham entendido o mundo muito melhor do que eles. De serem mais sábios, mais adultos. Eles se sentiam mais homens que os próprios pais.

Eles se encontravam no covil e ao redor da mesinha contavam a alface, notas de pouco valor e notas grandes. Enquanto fumavam um baseado e Tucano desmontava a pistola — agora era um pano de fundo constante, ele nem se dava mais conta do gesto —, Drone somava tudo, fazia as contas e marcava tudo no iPhone, e finalmente faziam a divisão. Depois se entregavam ao jogo costumeiro do *Assassin's Creed*, mandavam trazer o habitual kebab e, engolido o último pedaço, todos livres, iam gastar. Em grupo, ou então com as meninas, e às vezes sozinhos. Rolex de ouro, smartphone do último modelo, sapatos Gucci de couro de cobra e tênis Valentino, se vestiam com roupas de grife da cabeça aos pés, até a cueca, rigorosamente Dolce & Gabbana, e aí dúzias de rosas vermelhas que mandavam entregar na casa das meninas, anéis de Pomellato, ostras e caviar e cascatas de Veuve Clicquot consumidos nos sofazinhos do Novo Marajá — eles até ficavam com um pouco de nojo daqueles pratos viscosos e fedidos, e acontecia de eles saírem de lá e irem comer umas porções de paranza frita como se deve, em pé ou sentados nas scooters. E assim como o dinheiro entrava, saía na hora. A ideia de poupar não lhes passava pela cabeça: ganhar dinheiro fácil era o pensamento deles, o amanhã não existia. Satisfazer qualquer desejo, além de qualquer necessidade.

Crescia a paranza. Cresciam os ganhos, e crescia o respeito que viam nos olhos das pessoas. "O povo tá começando a ficar de saco cheio, quer dizer que eles quer ser como a gente", dizia Marajá. Cresciam eles, ainda que não tivessem tempo para perceber. Eutavadizendo tinha deixado de lavar o rosto com litros de Topexan, a acne que acometera seu rosto parecia finalmente amenizada pelo seu trabalho, deixando de recordação marcas que lhe davam uma aparência vivida. Drago' e Peixe Frouxo tinham se apaixonado pelo menos três vezes e, toda vez, juravam, era o amor da vida deles. Dava para ver os dois inclinados sobre os smartphones digitando frases encontradas na internet em sites especializados ou declarações de fidelidade eterna: ela era a mais bela, o sol que iluminava a existência deles, ela teria de amá-los não importa o que acontecesse. Briato' tinha cedido à encheção de saco de Nicolas, que o acusava de pentear os cabelos para trás como um milanês, e tinha raspado a cabeça. Por um tempo andou por aí com um chapéu, e toda vez que aparecia surgiam novas provocações. "O que pr'ocê fazer?", diziam para ele. Por si só não era, de fato, uma ofensa para alguém como ele, que tinha feito de *Donnie Brasco* um mantra a ser recitado de cor, mas tinha se cansado e, um dia, fez o chapéu acabar em uma lixeira. Dentinho e Lollipop iam para a academia juntos, e estavam os dois musculosos, ainda que Dentinho tivesse parado de crescer, enquanto Lollipop continuava esticando e parecia que não ia mais parar. Tinham aprendido a andar com o peito para fora e os braços arqueados, como se tivessem bíceps que os impediam de manter os braços junto ao corpo. Os ombros já grandes de Tucano tinham ficado enormes, robustos, as asas tatuadas nas costas pareciam sempre alçar ainda mais o voo. Biscoitinho, então, havia desabrochado. De um dia para outro tinha crescido vários centímetros, e as pernas com todas aquelas corridas de bicicleta tinham virado duas varetas. Drone tinha tirado os óculos e os substituído por lentes de contato, tinha até entrado em uma dieta e agora nada mais de kebab nem de pizza frita. Até Nicolas havia mudado, e não porque tivesse se transformado em um consumidor de cocaína, que sobre ele não parecia exercer o mesmo efeito que exercia na paranza. A dele era uma euforia controlada. Quando Drago' falava com ele, em sua cabeça passavam inúmeras de imagens: falava, brincava, dava ordens, dizia bobagens junto com os outros, mas não baixava jamais a guarda, mantinha um discurso todo seu para o qual nenhum outro era convidado. Às vezes, aqueles olhos faziam Drago' se lembrar um pouco dos de seu pai, Nunzio, 'o Vice-Rei, olhos que ele nunca tinha tido. Mas esses pensamentos de Drago' eram relâmpagos que, mal tocavam a terra, desapareciam sem deixar traços.

Em que estavam se transformando? Não havia tempo nem para pensar em uma resposta. Era preciso seguir adiante.

— O céu é o limite — dizia Nicolas.

23. Pontos de venda

O silêncio não pode ser rompido porque o silêncio não existe. Até sob uma geleira de quatro mil metros: sempre haverá um ruído. Até no fundo do mar: o tum-tum do coração estará lá para te fazer companhia. O silêncio se parece, acima de tudo, com uma cor. Ele tem mil tonalidades, e quem nasce em uma cidade como Nápoles, Mumbai ou Kinshasa sabe percebê-las e apreciar suas diferenças.

A paranza estava no covil. Era dia de distribuição. A mesada que cabia a cada menino estava em um amontoado de notas que cobriam a mesinha baixa de cristal. Primeiro Briato' e depois Tucano tinham tentado dividir em partes iguais; mas, no fim, as contas não davam certo. Sempre tinha quem se achasse prejudicado em relação a outro.

— Briato' — disse o Biscoitinho, que tinha acabado com dez notas de vinte e olhava as notas de cem que surgiam dos dedos de Drone —, mas cê não estudava contabilidade?

— Não — interveio Peixe Frouxo —, ele tava transando com uma professora, mas ela fez ele repetir do mesmo jeito. — Uma velha história, muito provavelmente falsa, mas eles não se cansavam de contá-la, e agora Briato' não reagia mais, ainda por cima naquele momento em que não conseguia fazer direito a divisão.

Drago' agarrou o dinheiro de todos e tornou a colocá-lo na mesinha como se faz quando se interrompe um jogo de cartas, e então ficou parado com uma nota de vinte euros no meio do caminho. Parecia um jogador pronto para botar o ás na mesa.

— Mas que porra de silêncio é essa?

Todos ergueram a cabeça, percebendo a tonalidade daquele silêncio. Nicolas foi o primeiro a sair do covil, e depois os outros foram atrás. Biscoitinho ainda conseguiu dizer que antes de uma explosão nuclear, ele tinha visto em um filme, sempre tinha aquele silêncio, e depois disso BUM, cinzas, mas todos já estavam na rua, alinhados para ver Forcella que se preparava para fazer uma pausa momentânea. Com certeza, o barulho como pano de fundo não parava nunca, era só mesmo uma tonalidade, mas isso já servia.

O tráfego na bifurcação do bairro tinha parado, um velho caminhão para transporte com o nome desbotado na lateral tinha estacionado e aberto as grandes portas traseiras. Das janelas das casas nas vizinhanças, das calçadas, dos automóveis que tinham desligado o motor, chegavam ofertas de ajuda, mas ditas sem convicção, só pra bajular, porque os encarregados do serviço já haviam sido identificados. A paranza dos Capelloni. Eles iam para lá e para cá entre o caminhão e a entrada do prédio, ele na frente, o posto de honra. Móveis velhos, pelo menos de umas duas gerações anteriores, muito pesados, mas não estragados pelo tempo, como se tivessem ficado sob uma proteção de plástico por decênios. Três Capelloni suavam sob uma estátua da Nossa Senhora de Pompeia que tinha uns dois metros de altura. Dois seguravam pelos pés San Domenico e Santa Catarina de Siena, enquanto o terceiro segurava a Nossa Senhora pela auréola. Bufavam, suavam, xingavam na cara de toda aquela santidade. Ao lado deles, como um pastor de ovelhas, 'o White lhes dava ordens aos gritos.

— Se cês deixa a Nossa Senhora cair, Nossa Senhora deixa a gente cair.

E depois os lustres de cristal, uma otomana de um tecido grosso e de um tom de vermelho pompeiano adornado de enfeites de folhas de ouro, cadeiras com o encosto muito alto, quase como se fossem tronos, poltronas, caixas de papelão abarrotadas de jogos de prato. Todo o instrumental para começar uma vida em grande estilo.

Se a paranza do Marajá, com as costas grudadas nas paredes do edifício do outro lado da rua, tivesse tirado os olhos daquele espetáculo para fixá-los uns dez metros mais para cima, na janela na qual aparecia, teria visto a nova dona da casa, Maddalena, chamada de Bunduda. Estava brava com o marido, Crescenzio, conhecido como Roipnol, porque ela queria tanto descer para a rua com ele, dar uma volta no bairro, em resumo, se aclimatar. Mas o marido tinha ficado irredutível, e naquele apartamento ainda vazio tentava lhe explicar que ele não podia sair com ela, não era seguro, ela, entretanto, podia, ninguém a impedia. Ele tinha cumprido vinte anos, que diferença fazia o tempo que ficaria trancado ali? Crescenzio tentava acalmar a esposa, mas os ecos daquela casa vazia, e aquele menino, Mijãozinho, que continuava a perguntar, "Cês gostaram de como a gente pintamos?" tornava tudo inútil.

Dez metros mais para baixo, os Capelloni desapareciam na entrada do prédio e depois reapareciam com as mãos vazias, prontos para outro carregamento. Só 'o White não fazia nada, a não ser fumar um baseado depois do outro e gesticular como um maestro.

Nicolas e os meninos da sua paranza não tinham ousado dar

um único passo. Não conseguiam mesmo, estavam de boca aberta, continuavam a olhar fixamente a cena, como velhinhos na frente das escavações de novas tubulações. Aquilo não era uma mudança, era a chegada de um rei com sua corte.

Biscoitinho foi o primeiro a falar:

— Nico', mas quem são esse?

A paranza toda se voltou para Nicolas, que deu um passo adiante, no limite da calçada e, com uma voz fria que dava arrepios, disse:

— Vê só, Biscoiti', é mesmo uma satisfação levar os móvel nas costa.

— Pra quem?

— E eu vou saber — e deu outros passos, para se afastar da paranza, até se encontrar com 'o White, sussurrar-lhe alguma coisa no ouvido enquanto o homem acendia outro baseado, o levava à boca e com a outra mão alisava o rabo de cavalo à moda samurai — um punhado de cabelos untados — que tinha deixado crescer. Eles se afastaram e entraram na sala reservada. Os fregueses habituais estavam na rua, até eles eram espectadores. 'O White se deitou na mesa de bilhar, um braço segurando a cabeça. Nicolas, pelo contrário, estava em pé, imóvel, os punhos cerrados ao longo do corpo. Estava suando por causa da raiva, mas não queria enxugar o rosto, não queria se mostrar fraco na frente d'o White. Nos três minutos que tinham levado para chegar lá, 'o White, sem enrolar, tinha dito a Nicolas que, daquele momento em diante, o bairro era de Crescenzio Roipnol. Assim foi resolvido. Que ele e os moleque dele se ajeitassem.

Nenhum deles jamais tinha visto Crescenzio Roipnol, mas todos sabiam quem era e por que tinha ido parar em Poggioreale, vinte anos antes, quando Don Feliciano e os seus comparsas estavam longe, em Roma, em Madri, em Los Angeles, convencidos de que tinham estabelecido um poder que ninguém poderia derrubar. Mas o irmão de Don Feliciano, 'o Vice-Rei, não conseguiu conter quem queria tomar conta de Forcella se aproveitando do vácuo no poder. Ernesto, 'o Boa — homem de Mangiafuoco, da Sanità —, tinha se instalado em Forcella. Para comandá-la. Para submetê-la a Sanità. Os Faella tinham chegado para ajudar o Vice-Rei, tinha chegado o chefão deles, Sabbatino Faella, pai do Gatão. E tinha chegado o braço armado dele, Crescenzio Ferrara Roipnol. Foi ele quem se livrou do Boa, e fez isso em um domingo, na missa, na frente de todo mundo, para proclamar que o poder de Don Feliciano havia sido salvo graças a Sabbatino Faella. A eterna luta entre monarquias de Forcella e da Sanità tinha sido congelada de novo, para que o coração de Nápoles fosse dividido entre os dois soberanos, como sempre tinham desejado as famílias forasteiras.

Ele era um viciado em heroína das antigas, Crescenzio, e na prisão tinha conseguido sobreviver somente graças ao sogro, o pai da Bunduda, que conseguia fazer chegar o Roipnol atrás das grades para ele. Os comprimidos serviam para diminuir os tremores, para impedi-lo de enlouquecer depois da enésima crise de abstinência, mas, em compensação, tinham prejudicado um pouco os reflexos dele, pois às vezes parecia narcotizado. Não muito, porém, pois fora nomeado chefe.

Nicolas olhava o sorriso d'o White que se expandia pelo rosto, os dentes marrons salientes. Esse imbecil, pensou, não percebe que é um escravo.

— Então, cê gosta de se foder? — perguntou Nicolas.

'O White se esticou ainda mais em cima da mesa, e entrelaçou as mãos atrás da cabeça, como se estivesse deitado em um prado tomando sol.

— Cê gosta de se foder? — repetiu Nicolas, mas 'o White continuava a ignorá-lo, talvez nem ouvisse aquelas palavras. Não sentia nem as cinzas do baseado que lhe caíam no pescoço.

— Cê gosta mesmo, White? Sem nem dar uma cuspida?

'O White se levantou e se sentou em um instante, tomando a forma de uma desajeitada posição de ioga. Fumava avidamente o baseado, tirando dele a coragem. E talvez para eliminar a vergonha.

— Deixa eu entender — disse 'o Marajá. — 'O Gatão fode Copacabana. Copacabana fode o Roipnol. E o Roipnol fode você! Tô falando direito?

'O White soltou o rabo de cavalo, os cabelos tornaram a cair em um tufo despenteado.

— A gente se alterna — disse, e tornou a se deitar na mesa.

Nicolas estava furioso, gostaria de matar 'o White naquele instante com as próprias mãos, pegá-lo pelo pescoço até ele ficar azulado, ou melhor, gostaria de subir os quatro andares do prédio onde estava Roipnol e matar ele e a esposa, assumir o controle de Forcella, assumir aquilo que Copacabana tinha feito ele ver à distância. Mas não era a hora certa. Saiu da saleta e, com passos rápidos, se juntou à sua paranza, que não tinha se movido. Os Capelloni estavam transportando uma arca que nunca iria passar pelo portão. Nicolas tornou a se postar entre os seus companheiros, como se fosse a última peça de um quebra-cabeça que finalmente ficava completo. Biscoitinho, sem se virar na direção do seu chefe, perguntou outra vez:

— Mas pra quem que eles tão trazendo os móvel?

— Eles tão trazendo os móvel pra quem foi mandado pra cá pra fazer de nós formiga do Gatão.

— Marajá — disse Tucano —, mas que é que cê tá dizendo? Vamo logo contar pro Copacabana.

— A gente vai dizer pra ele que entendeu a mensagem.

Arrastar de pés, mãos enfiadas nos bolsos das calças, uma fungada. A paranza havia perdido a postura contemplativa.

— Como? — indagou Tucano.

— Como o Copacabana fodeu com a gente. Tirou as chaves de Forcella das nossas mão.

— E, agora, que é que a gente faz?

— A gente se revolta.

Nicolas tinha dito para eles o encontrarem no Novo Marajá. Naquela noite mesmo. Tinha mandado levar nove sofazinhos para seus meninos; para ele tinha escolhido um trono de veludo vermelho que, habitualmente, Oscar usava para as festas dos menores de dezoito anos. Esperara o grupo sentado ali. Usava um terno risca de giz cinza-escuro que comprara umas horas antes, depois da conversa com 'o White. Pegou Letizia, e entraram na primeira loja do centro. E então os sapatos Philipp Plein com tachas e um chapéu fedora da Armani. O conjunto era destoante, mas isso não interessava para Nicolas. Gostava como a luz do Novo Marajá se refratava naqueles sapatos de quinhentos euros. Para a ocasião, tinha até mesmo resolvido aparar a barba. Queria estar perfeito.

Tamborilava nos braços de metal do trono e observava seu exército se encher de Moët & Chandon. Drago' tinha perguntado o que tinham para festejar, visto que agora estariam sob as ordens do Roipnol, mas Nicolas não tinha nem ao menos lhe respondido, limitando-se a indicar as bandejas de doces e as taças. Do salão provinha um ritmo a cento e vinte BPM, provavelmente uma inócua festa de aniversário, demoraria a acabar. Bom, pensou Nicolas quando estavam todos lá, e falou para os membros da paranza que se sentassem nas cadeiras. Tinha todos eles à sua frente, os seus apóstolos. Um semicírculo em que os olhos eram obrigados a se dirigir apenas a ele. Fez passar o olhar da direita para a esquerda, e depois da esquerda para a direita. Drago' tinha ido ao barbeiro, porque a sombra desordenada que trazia no rosto aquela manhã agora estava em uma linha perfeita. Briato' escolhera uma camisa azul-marinho, abotoada até o pescoço, enquanto Drone optara por uma camiseta justa. Tinha começado a ir à academia fazia pouco tempo, e estava trabalhando duro nos peitorais. Até o Peixe Frouxo tinha se vestido bem, por uma noite abandonara a calça grande demais por uma North Sails com a cintura ligeiramente baixa e com a barra enrolada mostrando o mocassim.

Estão todos bonitos, pensou Nicolas, fixando os olhos até no Tucano, no Lollipop, no Eutavadizendo e no Dentinho. E esse pensamento, que se tivesse manifestado em voz alta teria atraído provocações a noite toda, passou sem vergonha. Até o Biscoitinho estava bonito com aquele rosto de menino que ainda não perdeu a forma arredondada da juventude.

— Que é que nós tá comemorando? Que nós vai ficar às ordem do Roipnol? — repetiu Drago'. Agora Nicolas seria obrigado a responder, e 'o Marajá teve vontade de replicar na hora que talvez eles já soubessem, porque estavam ali brindando, tinham se apresentado com elegância, como se já tivessem intuído que aquele dia não tinha sido uma derrota.

— A paranza nunca vai ficar às ordem de ninguém — disse Nicolas.

— Entendi, Nico', mas agora aconteceu isso, e se tá assim é porque 'o Gatão resolveu assim.

— E nós pega os ponto de venda. Pegamo eles tudo.

O mecanismo não precisava ser aprendido. E muito menos era explicado. Eles tinham crescido nele. Aquele sistema de "franchise" era tão antigo como andar para a frente, sempre tinha funcionado e funcionaria para sempre. Os titulares dos pontos de venda eram rostos que sabiam distinguir em meio aos milhares, administradores únicos da mercadoria que tinham uma só obrigação: pagar, a cada fim de semana, a cota estabelecida pelo clã que controlava aquela zona. Onde eles conseguiam a mercadoria? Tinham um fornecedor, ou mais de um? Eram membros do clã? Perguntas que quem não tivesse crescido ali teria feito. Uma forma de capitalismo sem alma, que permite aquele distanciamento exato para fazer negócios sem problemas. E se os titulares dos pontos ganhavam um dinheirinho a mais, o clã tolerava isso, era o bônus de produção. Não deveriam funcionar assim todos os negócios?

Tomar posse dos pontos de venda significa se apossar do bairro, conquistar o território. A taxa sistemática e a mesada extorquida dos ambulantes não permitem criar raízes. Dão dinheiro, mas não mudam as coisas. Nicolas via tudo se desenrolar à sua frente. Maconha, haxixe, *cobret*, cocaína, heroína. Eles fariam tudo em sequência, o movimento certo no momento certo e no ponto certo. Nicolas sabia que certas coisas ele não poderia evitar, mas poderia acelerar e, acima de tudo, deixar a sua marca; quer dizer, a marca da sua paranza.

Não houve risadas. Não houve nem ao menos um cruzar de pernas ou o rumor dos tecidos nas cadeiras. Pela segunda vez naquele dia, a paranza estava petrificada. Era o sonho que finalmente encontrava o caminho das palavras. O que haviam feito até ali tinha sido uma corrida insana rumo ao objetivo que Nicolas tivera a coragem de nomear. Os pontos de venda.

Nicolas se levantou e colocou a palma da mão nos cabelos do Drago'.

— Drago' — disse —, cê pega a via Vicaria Vecchia. — E tirou os dedos em um instante, como se tivesse feito um feitiço.

Drago' se levantou da cadeira e fez o gesto com a palma voltada para o teto e depois para cima e para baixo, erguendo um peso invisível. *Raise the roof.*

Os outros aplaudiram e foram ouvidos até uns assobios.

— Vai, Drago'…

— Briato', cê vai comandar na via delle Zite — proclamou Nicolas, e pôs as mãos nos cabelos dele.

— Briato' — disse Biscoitinho —, se cê quer mandar, cê tem que fazer uma porrada de flexão de manhã...

Briato' fingiu dar um soco no nariz dele e depois se ajoelhou na frente de Nicolas, inclinando a cabeça.

— Drone belo — continuou Marajá —, pra você é o vico Sant'Agostino alla Zecca.

— Porra — disse Briato', que tinha ido encher outra taça —, assim dá pra cê usar as sua maquininha a favor da gente.

— Briato', mas cê vai tomar naquele lugar.

— Lollipop, cê fica com a piazza San Giorgio.

À medida que Nicolas designava os pontos de venda, as cadeiras se esvaziavam, e quem já havia recebido a própria zona — o próprio ponto de venda! — cumprimentava aquele que era indicado logo depois, abraçando-o, pegando-lhe o rosto com as mãos e olhando-o fixamente nos olhos, como dois guerreiros prontos para ir ao campo de batalha.

Para Eutavadizendo coube Bellini, e para Peixe Frouxo uma praça localizada entre via Tribunali e San Biagio dei Librai.

— Eutavadizendo, cê fez carreira!

— Denti' — disse Marajá —, piazza Principe Umberto, que é que cê acha?

— Que é que eu acho? Nós vai destruir!

Nicolas se voltou e foi se servir de champanhe.

— A gente já acabou, né? Vamo comandar?

— E você, Marajá? — perguntou Dentinho.

— Eu fico com o delivery, os pontos não fixo.

Biscoitinho, que estava sentado na cadeira central, tinha visto Nicolas passar à sua frente pelo menos quatro vezes. Ele se sentia um jogador reserva ignorado pelo próprio treinador. O lábio de Biscoitinho tremia, ele tinha fincado as unhas nos bracinhos, tentava fixar o olhar em um ponto qualquer para não ver as risadas grosseiras dos seus amigos que tinham acabado de fazer um brinde ao molequinho que ficara sem nada.

Nicolas bebeu o champanhe de um só gole e depois pediu que Biscoitinho se levantasse. Envergonhado, se aproximou do seu chefão, que colocou uma das mãos no ombro dele.

— Cê se cagou todo, né? Ainda tá com as calça seca?

Outras risadas e outras taças que tilintavam.

E aí Nicolas deu um tapinha em Biscoitinho e designou um ponto de venda para ele também. O ponto de venda dele.

Um ponto pequeno. Bem pequeninho.

A festa, então, podia começar de verdade.

24. Nós vai é destruir!

Houve um atentado. Estavam todos na frente do notebook de Drone olhando na tela as imagens da explosão, as mugshots.

— Olha só a porra das barba que eles têm — disse Tucano.

— Caraca, é quase igual às que a gente tem — disse Peixe Frouxo.

— Esses tem colhão, mano — disse Nicolas.

— Pra mim, parece só uns filho da mãe. Eles mata qualquer um. Mataram um bebê — disse Dentinho.

— Mataram um bebê teu?

— Não.

— Então, que é que cê tem com isso?

— Mas eu podia estar lá!

— E cê tava? — esperou apenas o tempo de um "não" e concluiu. — Eles tem colhão.

— Mas que porra que cê tá dizendo, Nicolas? Mano, 'o Marajá ficou louco.

Nicolas sentou-se à mesa, ao lado do computador. Ele se postou ali e olhou todos eles nos olhos.

— Cês pensa. Quem pra conseguir alguma coisa se mata, tem colhão e pronto. Até se essa coisa é uma bosta, religião, Alá, uma porra qualquer. Quem morre pra conseguir alguma coisa é dos grande.

— Pra mim também eles tem colhão — disse Dentinho. — Mas esses faz coisa ruim. Eles quer cobrir as mulher, quer queimar Jesus.

— É, mas, eu respeito quem se mata. Respeito até pruque todo mundo tem medo deles. Isso quer dizer que cê conseguiu alguma coisa, te juro, cê conseguiu se todo mundo caga nas calça quando te vê.

— Sabe de uma coisa, Marajá? Eu gosto dessa barba ser uma coisa que mete medo — disse Lollipop.

— Nimim num mete medo — disse Biscoitinho, que ainda não tinha nem sombra de barba. — E, além do mais, cês num tem a barba porque cês é do Estado Islâmico.

— Não, mas eu gosto — disse Nicolas, e na hora postou *"Allah Akbar"*.

Em instantes, abaixo da postagem dele, se estendeu uma lista de comentários indignados.

— Caraca, Marajá, tão descendo a lenha em você — disse Briato'.

— Deixa eles fazer isso, quem que tá se importando?

— Sabe o que é que eu penso, Marajá? — disse Tucano. — Que eu sou o primeiro a ter nojo dos rico que num corre risco, porque quem tem dinheiro e num sabe atirar, num sabe pegar o que quer, quem tem dinheiro porque recebe um salário que mete medo, uma aposentadoria, eu acho que merece perder o dinheiro. Cê tá ligado, eu gosto é de quem é rico correndo risco. Mas num vamo fazer loucura, esses aqui são merda: sair por aí e dando tiro em criança não, são uns bosta.

Eutavadizendo se levantou para pegar outra cerveja, lançou

um olhar para a tela que transmitia pela enésima vez a imagem da explosão, e disse:

— E essa história de gente morrer, não tô de acordo. É coisa de boqueteiro.

— É, verdade — disse Drago'. — Ô, mano — continuou, voltando-se para Nicolas —, uma coisa é um cara ser morto, sei lá, pra ter controle de um ponto de venda, pra assaltar ou pra matar alguém. Outra coisa é querer morrer. Isso eu não gosto. É coisa de idiota.

— E nós — e 'o Marajá balançou a cabeça — vamo ficá pra sempre só uma paranza de lambarizinho de riacho. E nós fica contente.

— Marajá, mas cê tá reclamando por quê? A gente tá virando os rei de Nápoles, e cê sabe disso.

— Porque num é assim que nós muda!

— Eu num quero mudar — disse Tucano. — Eu quero ganhar, e pronto.

— É esse o ponto — disse Nicolas, os olhos negros se iluminaram —, é esse mesmo o ponto. A gente tem que dá as ordem, num tem só que ganhar.

— Nós tem é que destruir — comentou Biscoitinho.

— Pra dar as ordem, as pessoa tem que reconhecer você, tem que baixar a cabeça, tem que entender que cê vai ficar a vida inteira assim. As pessoa tem que ter medo da gente, eles tem que ter medo da gente, e não a gente deles — concluiu Nicolas, parafraseando as páginas de Maquiavel que tinha bem guardadas na memória.

— Mas eles se caga tudo vendo a gente! — disse Dentinho.

— A gente tem que ter gente fazendo fila na porta querendo entrar na paranza, e, em vez disso, nada…

— Assim é melhor! — disse Peixe Frouxo. — E quem garante que num entra um espia?

— Espia ou não — disse Nicolas, balançando a cabeça —, todo mundo sempre viu a paranza como uma coisa a serviço de alguém, como diz a polícia quando prendem quem mete o chumbo: a paranza de...

— O braço armado — disse Drone.

— Isso, eu não quero ser o braço de ninguém. A gente tem que ser mais, nós tem que conquistar o mundo. Até agora, nós só pensou em dinheiro; em vez disso, nós tem que pensar em comandar.

— Que é que isso quer dizer? Que merda cê acha que a gente vai fazer? — perguntou, desesperado, Tucano, que estava se preocupando.

A paranza não entendia, girava ao redor de um significado que não conseguia intuir.

— Mas com dinheiro a gente manda. Ponto — disse Dentinho.

— Mas que dinheiro? Todo o dinheiro que nós recebe é o que ganha um chefão em uns quinze dia ou o construtor Criviello num fim de semana! — Se afastou da mesinha e foi ele também pegar uma cerveja. — Puta que o pariu, num tem nada pra fazer. Cês num entende, nunca vão entender porra nenhuma.

— De qualquer jeito — disse Lollipop para se afastar daquela conversa que parecia engasgada como uma motoneta velha —, é por isso que eu gosto de ter barba — acariciou a barba bem cuidada —, porque assim nós mete medo, 'o Marajá.

— Eu num tenho medo de barba — disse Drago', estendido no sofá enrolando um baseado. — Os da Sanità tudo tem barba comprida... e eu num tô nem um pouco cagando de medo.

— A gente não, mas o povo sim — respondeu Marajá.

— Eu num gosto dessa porra dessa barba comprida — retrucou Drago'.

— Eu gosto muito, o Nicolas gosta, o Drone gosta; então, faz

316

a tua crescer também: vamo ter uma marca registrada... — acrescentou o Lollipop.

— Legal essa história de marca registrada — disse Marajá.

— Mas, mano, eu acho que a barba do Drago' num cresce... ainda é pequeno, como o Biscoitinho.

— Vai te foder, animal — respondeu Drago' —, e depois, nós tem as asa. Elas é a marca, na pele, não uma coisa que um barbeiro pode tirar da gente.

Nicolas tinha deixado de escutar. Os pontos de venda tinham sido repartidos, é verdade, tinha dado um para cada um, mas assumir o comando deles era outra coisa. Nenhum, com exceção dele, parecia ter ainda se dado conta de que havia um abismo entre os dois fatos. Mas ele também pensava que os abismos são superados e que, se você nasceu para foder, não existem obstáculos que possam impedi-lo. O céu é o limite.

Nicolas acreditava mesmo nas suas qualidades e nos sinais. Uns dias antes, quando Roipnol ainda não havia se instalado em Forcella como um carrapato que suga sangue, ele tinha visto Dumbo andando por aí com sua Aprilia Sportcity e na garupa, agarrada a ele, uma mulher de uns cinquenta anos. Não a havia reconhecido na hora, porque eles andavam em zigue-zague e a uma velocidade insana, mas um sininho havia soado. E, então, ele tinha ficado de olho, e tinha percebido quem era ela. A Tsarina, a viúva de Don Cesare Acanfora, conhecido como 'o Negus, a rainha de San Giovanni a Teduccio e mãe do novo rei, Cão--Macaco. O nome verdadeiro dela era Natascia, e seu marido fora assassinado pelos homens do Arcanjo porque tinha passado para o lado dos Faella, mesmo tendo trabalhado por muitos anos junto com os Grimaldi. Depois de ter chorado pelo Negus, a Tsarina se impôs um único objetivo: ter a exclusividade da heroína em Nápoles. Nada além disso. Nenhuma extorsão, nenhum exército, só homens para defender esse negócio. E o filho dela, Cão-Macaco, tinha sido criado para essa missão. Não um chefão, mas um intermediário. E aí 'o Gatão tinha conseguido encontrar outros canais de fornecimento, e os Acanfora estavam trabalhando menos.

Nunca um apelido tinha sido tão adequado para o Cão-Macaco. Ele ficara com sequelas dos cogumelos que havia consumido aos dezesseis anos e agora, com vinte e um, quando dizia muitos S em seguida em uma frase, babava com um cachorro e andava aos trancos, como um macaco surpreendido por um barulho imprevisto. "Tem que fumar, não botar na veia", dizia, ao falar da heroína. Porque injetar o transformava em um zumbi igual aos do *The Walking Dead*, que só de ver dá nojo.

Nicolas estava unindo os pontos. Dentinho-Dumbo-Tsarina--Cão-Macaco-Heroína.

Dentinho e Dumbo eram como irmãos, e daí para o Cão--Macaco era um passo pequeno. Uma nuvem de respeito pairava em torno de Dumbo, embora fosse pequeno, e embora fosse mole demais. Nunca tinha dado um tiro, e a violência lhe dava medo, mas tinha ido parar em Nisida e isso já era suficiente. Dumbo nunca entraria na paranza, e sabia disso, mas quando Nicolas lhe pediu para ser levado até o Cão-Macaco, nem piscou.

— Tudo bem — disse, apenas. Eis mais um pontinho que se unia.

O Cão-Macaco recebeu Nicolas como se recebe um estranho. Com desconfiança. Estava deitado na cama no apartamento que tinha para receber os convidados, em San Giovanni a Teduccio, e acariciava um gato siamês que ronronava. Estava assistindo a um reality show na televisão e deixou Nicolas entrar depois de ser revistado da cabeça aos pés.

— Maca', a gente quer sua heroína — disse Nicolas. Sem preâmbulos, foi direto ao último pontinho.

Cão-Macaco o olhou como se um menino choramingão tivesse falado com ele, pedindo para atirar com a sua pistola.

— Tá bom, vamo fazer de conta que cê veio me cumprimentar.

— 'O Gatão compra de outros pontos de venda e cê sabe disso.

— Tá bom, vamo fazer de conta que cê veio me cumprimentar — repetiu o Cão-Macaco. Com o mesmo tom, na mesma posição.

— Tenho que falar com a mãezinha? — disse Nicolas. Tinha abaixado a voz, para dar força à ameaça.

— O chefe da família sou eu. — Cão-Macaco tinha empurrado para longe o gato, desligado a televisão e se levantado. Tudo em um segundo. O que tinha pela frente não era mais um menino, era uma oportunidade. Talvez um salto no vazio, mas sempre melhor do que acabar esmagado pelo Gatão, que agora tinha começado a comprar dos sírios.

— Mas cês tem que pagar a heroína pra mim.

— Posso te dar trinta mil.

— Porra, é o preço que eu compro ela.

— Isso mesmo, Maca'… a heroína que a gente vender todo mundo tem que querer. Eu faço venderem ela a trinta e cinco euros a grama… pô, a merda eles te dão por quarenta e a boa a cinquenta. Nós dá o melhor por trinta e cinco. Três mês, Maca', e só vai ter heroína tua por toda Nápoles. Só a tua.

A perspectiva de encher a cidade toda com sua mercadoria convenceu Cão-Macaco e, enquanto ele aceitava, Marajá já tinha na cabeça o próximo movimento. Que era também o mais complicado, porque não seriam suficientes as iscas fáceis, as frases de efeito, as lanternas boas de paranza só para os peixes pequenos. Agora deveria explicar toda a estratégia de uma vez por todas. Foi pegar outra cerveja e, entre os gritos dos parceiros, que tinham começado a jogar *Call of Duty*, mandou uma mensagem para o Passarim. Dessa vez, não teve dificuldades para marcar o encontro.

Nicolas tinha de escolher entre o bêbado, o pescador e o prepotente. As porcelanas de Capodimonte estavam na frente dos seus olhos. Era o imposto a pagar para a professora Cicatello. Ele se dirigiu à vendedora da loja na via dei Tribunali em que havia entrado e indicou, constrangido, a vitrine repleta de bombonnières e de estatuetas.

— Qual?

— Aquela... — disse, estendendo a mão e indicando ao acaso.

— Qual? — repetiu a vendedora, seguindo com os olhos o dedo de Nicolas.

— Aquela!

— Esta? — perguntou, pegando uma delas.

— É, tá bom, a que você quiser...

Enfiou-a na mochila e colocou o capacete na cabeça, depois deu a partida no T-Max e foi embora.

Entrar em Conocal estava mais difícil que de costume; agora ele era conhecido. Apesar do capacete, temia ser reconhecido pelos homens do Gatão. Da sua paranza tinha confiança, agora que eram soldados valentes não entravam em território não autorizado. Nicolas guiava olhando para a direita e para a esquerda, temia a chegada de um tiro de pistola ou ser emboscado de repente por um policial. Por causa daquele capacete, essa hipótese não era remota. Chegou onde Passarim lhe tinha dito para aparecer: do lado de fora do açougue cujo dono era o cozinheiro do Arcanjo. Em um instante, 'o Cegonhão pulou na garupa do T-Max. Agora Nicolas tinha a proteção, a bênção para entrar no bairro.

Estacionou na garagem embaixo do prédio cor de ocre. Não era mais o tempo de conquistar as armas. Os pontos de venda da paranza estavam cheios de erva e, alguns metros mais para cima, estava o homem que poderia garanti-la para ele.

O Arcanjo estava sentado em uma poltrona articulada que fez Nicolas pensar naquelas usadas nos Estados Unidos pelos condenados à morte. Do braço dele saíam quatro acessos conectados a uma máquina com um monitor ligado e no alto a bolsa com a solução para a diálise. Apesar da complexidade do equipamento, o intricado de tubos, o vermelho do sangue que os coloria, a evidência inquietante do filtro de depuração, a imobilidade forçada do paciente, não se percebia tensão, nem a máquina produzia outro som a não ser aquele mal notado por quem o vigiava.

— Don Vitto', mas o senhor está mal?

Antes de responder, com a mão livre 'o Arcanjo fez sinal para que o enfermeiro se afastasse.

— Não, que é isso.

— Mas então como é que o senhor tá aí nessa cadeira?

— E você acha que eles iam me colocar na prisão domiciliar de graça? O médico disse que os rins não estão funcionando, e pagaram uma fortuna para ele assinar a papelada. Então, posso ficar em prisão domiciliar. E depois, não faz mal limpar o sangue. Eu acho que, na minha idade, o sangue limpo faz a gente viver mais, não?

— E como não…

— Marajá — disse 'o Arcanjo, e pronunciou essas palavras sorrindo —, sei que vocês tão fazendo render as arma que eu dei pra você. Vocês tão dando tiro pra tudo quanto é lado. — Nicolas concordou, lisonjeado. 'O Arcanjo prosseguiu. — Mas vocês tão atirando mal. — Fez uma pausa para olhar o aparelho que bombeava o sangue. — Todas as armas que vocês pegam, vocês pegam sem luva. Deixam os cartucho por aí. Mas como isso é possível? Que merda. Tenho que ensinar as regra mais básica pra vocês? Vocês são umas criança mesmo.

— Mas nós ninguém pega — disse Nicolas.

— Por que é que eu fui confiar em um menino? Por quê? — olhava Cegonhão que, da cozinha, havia se plantado na soleira da porta.

— Tudo bem, tenho que ir embora, Don Vitto? — disse Marajá.

'O Arcanjo continuou, sem nem ouvi-lo:

— A primeira regra que faz de um homem um homem é que ele sabe que as coisas nem sempre podem correr bem pra ele; ou melhor, sabe que as coisas podem correr bem pra ele uma vez, e cem vezes podem dar errado. As crianças, ao contrário, pensam que as coisas vão correr bem com elas cem vezes, e nunca vai dar errado. Marajá, agora cê tem que pensar como um homem, num pode mais pensar que num te pegam. Quem quer te ferrar tem que suar sangue, tem que se esforçar. Marajá, até agora vocês atiraram em prédios...

— Não, num é verdade, já matei uma pessoa.

— Ah, não, num foi você que matou... O que matou foi um tiro dado ao acaso, sabe lá por qual imbecil da tua paranza.

Nicolas arregalou os olhos. Era como se 'o Arcanjo não apenas tivesse espiões, mas estivesse bem dentro da cabeça deles.

— Eu treinei cos preto...

— Muito bem! E cê se sente como um home? De que é que adianta atirar nos negros? Eu errei, num devia ter te dado nada...

— Don Vittorio, nós tá tomando conta do centro de Nápoles... que merda é essa que o senhor tá dizendo?

— Cê tem é que conversar com a mãezinha, Marajá. Tudo

esses palavrão, mas você se sente o tal dizendo eles? E como que cê num tá falando com teu pai, cuidado com o que diz. Ou então vai embora agora mesmo.

— Desculpa... Quer dizer, desculpa nada. Eu não tô às suas ordem, eu tô te fazendo um favor. — Depois falou mais alto. — Te juro pela minha mãe, eu mando mais que o senhor, o senhor tem que admitir, Don Arca', hoje eu tô te trazendo o oxigênio que 'o Gatão tá tirando do senhor aqui.

'O Cegonhão se aproximou. Sentia o ambiente ficar tenso, e não gostava disso, o tom de voz de Nicolas não era aquele que ele queria. 'O Arcanjo o tranquilizou com uma das mãos.

— Dá pra gente a tua mercadoria, o que vocês não consegue vender aqui. Eu posso ser as suas perna e as suas mão. Eu conquisto os ponto de venda, um por um... a sua mercadoria tá estragando. O senhor num vende pra num parecer que cês tão morrendo, mas ninguém vem até aqui comprar. Só os viciado, e com os viciado num dá pra viver.

'O Arcanjo continuava a controlar 'o Cegonhão com a mão erguida. Nicolas não sabia se continuava ou se parava. Agora ele tinha atravessado o Rubicão, não dava para voltar atrás.

— Quem tá morrendo, Don Vitto', mesmo que diz que tá se sentindo bem, num ressuscita.

'O Arcanjo apertava com a mão esquerda o braço da poltrona.

— Você está conquistando os ponto de venda? Falando sério, 'o Gatão tá com tudo nas mão. Tem Forcella, Quartieri Spagnoli, Cavone, Santa Lucia, a Estação, Gianturco... e preciso continuar?

— Don Vittorio, se o senhor me der a tua mercadoria, eu imponho ela em todos os ponto de venda!

— Impõe? Agora você num é 'o Marajá, agora você virou Harry Potter, o bruxo? Ou então você é parente do San Gennaro?

— Nem magia nem milagre. Nós vai fazer como o Google.

O chefão semicerrou os olhos, fazendo força para entender.

— Don Vitto', por que é que o senhor acha que todo mundo usa o Google?

— E eu sei lá, hãã... porque é bom...?

— Porque é bom e porque é de graça.

'O Arcanjo lançou um olhar para Cegonhão para ver se estava entendendo, mas ele estava com as sobrancelhas franzidas.

— A sua mercadoria tá estragando, e se a gente dá sem ganhar, os dono dos ponto de venda vão ficar com ela.

— Ô Marajá, cê tá querendo gozar com o meu pau?

— Então, 'o Gatão compra a erva a cinco mil o quilo e revende por sete mil. Nos ponto de venda ele oferece ela a nove euro a grama. Nós vende tudo por cinco euro.

— Marajá, chega de falar, você já falou bobagem demais...

Nicolas continuava, olhando para ele:

— Os ponto não deve parar de vender o que 'o Gatão passa pra eles. Eles tem que vender só mercadoria nossa. A sua mercadoria, Arcanjo, é boa, é de primeira... mas só qualidade num serve de nada.

O discurso de Nicolas começava a conquistar seu espaço, agora Don Vittorio tinha abaixado a mão e escutava atento, como 'o Cegonhão.

— Eu sei quem que eu quero ferrar, o mesmo que cês quer ferrar.

— Tudo bem, mas o que é que a gente ganha?

— Nada, Don Vitto', igual o Google.

— Nada — repetiu Vittorio Grimaldi, pronunciando claramente aquela palavra que lhe parecia uma lâmina.

— Nada. A mercadoria que cês tem é pra cobrir as despesa. Primeiro a gente vira o Google, e quando vierem procurar a gente, aí a gente fode eles. E botamo o preço.

— Todo mundo vai pensar que é uma merda de mercadoria. Quem controla as boca vai pensar que nós tamos dando veneno.

— Não, eles vão experimentar e ver. Até a cocaína, Don Vitto', cês num tem que dar só maconha e erva...

— Até ela?

— Assim mesmo, até ela. Cês tem que vender ela a quarenta euro.

— Uma porra que eu vou vender, vê bem que eu compro por cinquenta mil euros o quilo.

— E 'o Gatão passa ela a cinquenta e cinco euro pros dono dos ponto, que vende ela a noventa euro a grama, e quando é mercadoria boa, não a que é preparada com pasta de dente...

— Assim a gente vai dar mesmo ela de presente.

— Assim que eles começar a vir atrás da gente, a gente vai aumentando devagarzinho e chegamo a noventa, a cem. E levamo ela até pra fora de Nápoles.

— Ah, ah... — 'o Arcanjo soltou uma boa gargalhada — a gente leva ela pros Estados Unidos.

— Isso mesmo, Don Vitto', eu num vou parar nessa cidade.

Cegonhão agora estava parado atrás do Arcanjo, em cujo rosto havia aparecido um sorriso.

— Você quer mandar, num é?

— Eu já mando.

— Muito bem, comandante. Mas cê sabe que ninguém pode confiar em você?

— Num me faz engolir mijo, Don Vitto', pra eu mostrar que o senhor pode confiar nimim. Mijo eu num bebo.

— Mas que mijo. Cabeça de merda. Nunca vi nenhum comandante que nunca matou ninguém. Eu te dou um conselho, Marajá: o primeiro que te aborrecer, cê pega ele e dá um tiro. Mas sozinho.

Agora era Nicolas que ouvia, atento, cada palavra de Don Vittorio. Objetou:

— Ah, mas se tô sozinho, ninguém vê.

— Melhor. Eles ouve falar, e vão tremer ainda mais de medo. E lembra que antes de matar alguém num pode nunca comer, porque se te dão um tiro na barriga, vai tudo por água abaixo. Você tem que botar luvas de látex, um macacão e os sapato. Depois tem que jogar fora tudo. Entendeu?

Nicolas assentiu, ria.

— Muito bem, vamos festejar. Cegonho, pega a bebida.

Fizeram um brinde ao acordo com um Moët & Chandon, fizeram tim-tim, mas os pensamentos estavam distantes. Marajá sonhava em conquistar Nápoles, e Arcanjo em sair da jaula e voltar a voar.

Antes de se despedir, Nicolas pegou na mochila o que havia comprado:

— Don Vitto', o que é que o senhor acha, a professora vai gostar?

Na palma da mão, um menino que segurava uma guirlanda de rosas.

— Muito bonito esse fedelhinho, boa escolha.

Enquanto já estava saindo pelo alçapão, a voz do Cegonhão o alcançou:

— Ô Marajá?

— Hã?

— Cê é o rás.

Lá do andar de baixo, Marajá o encarou com os seus olhos que pareciam alfinetes negros e disse:

— Eu sei.

25. Walter White

Nada dava certo. O que aconteceu foi que os meninos não conseguiram nem ao menos chegar perto de quem controlava os pontos de venda. De todos, Lollipop foi quem levou a pior. Levaram-no para um porão com a desculpa de que lá eles discutiriam melhor a respeito da maconha que a paranza tinha para oferecer, e depois o nocautearam com um soco no nariz. Ele tinha acordado duas horas mais tarde, amarrado a uma cadeira, em uma sala sem janelas. Não sabia se era noite, se era dia, se ainda estava em Forcella ou em alguma casa arruinada no interior. Tentava gritar, mas a voz ecoava nas paredes e, quando ele tentava se acalmar para ouvir um som qualquer que lhe permitisse saber onde tinha ido parar, só ouvia o barulho da água que corria nos canos. No dia seguinte o soltaram, e ele descobriu que tinha passado uma noite inteira no porão onde havia entrado. "Cê para de encher o saco, moleque, e diz isso pros seus amiguinho." Os outros receberam ameaças; um teve uma Magnum apontada para ele; Briato' havia sido seguido por três motonetas, Biscoitinho tinha levado um pontapé nas costelas e, dois dias depois, os pulmões ainda doíam quando respirava fundo. Todos foram tratados como crianças que achavam que eram camorristas.

Os homens que controlavam os pontos de venda desde os tempos de Cutolo tinham dado risada na cara de Nicolas e dos amigos dele. Para eles, a mercadoria chegava diretamente do Gatão, e Roipnol os protegia. Eles não queriam nem ouvir falar da erva e da heroína da paranza dos meninos. Que novidade era essa? E quem que eles achavam que eram? Ditar regras para homens que tinham nascido antes dos pais daqueles bostinhas?

"Marajá, aqui não dá pra tirar um dedo do lugar. Vamo acabar com esses viado." No Novo Marajá, no covil, nas motonetas. Nicolas ouvia esse pedido sendo repetido a cada vez que um ponto de venda recusava a mercadoria deles. E agora eles tinham muita mercadoria. Desde aquela noite na sala VIP, se passaram duas semanas, e eles ainda não tinham conseguido nada. Nicolas tinha comprado duas Samsonite extragrandes para guardar o dinheiro, mas elas ainda estavam vazias debaixo da cama no covil. Ir ao depósito das armas, pegar dez Uzi e passar fogo naqueles filhos da mãe que se recusavam a pagar era uma ideia que havia passado pela cabeça de Nicolas muitas vezes, mas depois ele a reprimira e fez com que todos jurassem sobre o sangue da paranza que ninguém iria reagir com chumbo. Não podiam se dar ao luxo de uma guerra aberta. Pelo menos, não agora. Eles se veriam contra Roipnol, 'o Gatão, os Capelloni. Todos juntos. Não, ele tinha de agir de modo preciso, atingir um por um para ensinar a eles todos; igual à frase que tinha colocado no seu Instagram. E ainda havia as palavras do Arcanjo, "Nunca vi nenhum comandante que nunca matou ninguém" — pronunciadas para caçoar dele, para humilhá-lo como na primeira vez no apartamento dele, quando o havia obrigado a tirar a roupa. Era verdade, não tinha matado ninguém; e, no entanto, o que mais o havia incomodado tinha sido exatamente o tom da voz dele. Aquele homem prisioneiro em oitenta metros quadrados havia dado tudo para ele e sua paranza, armas, drogas, confiança, praticamente sem nem piscar, mas com as palavras não havia nunca deixado de fustigá-lo se achasse necessário. O respeito que ele havia esperado e conseguido com a sua paranza agora precisava de um batismo de sangue.

Quem precisava de uma lição era quem detinha a permissão por mais tempo. Acabar com ele, Nicolas tinha certeza, teria sido igual a apagar um pedaço da história. Depois a sua paranza teria pensado em escrever outra, com novas regras, com homens novos. Chega de margem sobre o que é vendido, todos os ganhos tinham de acabar nos bolsos deles.

'O Mellone era uma criatura de hábitos fixos. Administrava o seu ponto de venda como um empregado zeloso que bate o cartão, só que ele não se sentava atrás de uma escrivaninha oito horas por dia porque preferia ficar em um bar se enchendo de mojito, seu único vício, herança de um rápido período foragido em outras latitudes. Ele havia ensinado para o dono do bar como preparar um perfeito — a receita original, nada dessas bebidas "equivocada" que os meninos bebiam —, e quando soavam as cinco horas da tarde ele se levantava, enfiava a *Gazzetta dello Sport* enrolada embaixo do braço e voltava para casa, em um apartamento a quinhentos metros dali. Caminhava com passos constantes, depois descia na garagem para verificar se os gatos haviam acabado com os pedacinhos de carne que todas as manhãs, quando saía para ir ao bar, ele colocava diante da porta de correr da sua vaga. Uma vida entediante, vagamente patética, trilhada nas pegadas que 'o Mellone havia criado para si mesmo tanto tempo atrás.

Nicolas conhecia essa rotina, todo mundo a conhecia. Sabia quantas pedras de gelo punha no mojito — cinco, e todas iguais — e quais páginas da *Gazzetta* lia em primeiro lugar — os campeonatos internacionais — e de quais gatos ele matava a fome no momento — dois de pelo curto, marrons, fugidos sabe-se lá de onde.

Tinha dito à paranza que aquele dia eles podiam tirar folga, fazer o que quisessem, bastava que eles ficassem um pouco longe dos pontos de venda, ele tinha de dar uma lição. Precisava de tranquilidade. Comprou na Amazon uma roupa que custara poucos euros, a roupa de *Breaking Bad*. Macacão, luvas, máscara e até barba postiça, que logo tinha jogado fora. Fez Dentinho trazer para ele um par de botas para prevenção de acidentes que ninguém usava nos canteiros de obras. Enfiou tudo na mochila da escola e depois se escondeu atrás de um dos pilares de cimento no espaço entre as vagas de garagem do Mellone. Era uma posição perfeita porque ninguém, com exceção do Mellone, iria até ali: a sua vaga era a última da fila. Tirou a roupa e se vestiu de Walter White. Com calma, com precisão, fazendo o látex das luvas aderir à pele, sem que sobrasse uma única ruga. O macacão amarelo lhe caía perfeitamente e, apesar de ser pouco mais que uma roupa de carnaval, o tecido parecia muito resistente. Tinha de ser uma execução limpa, até mesmo simples, com certeza rápida e sem deixar traços, pelo menos no seu corpo. Puxou o capuz e colocou a máscara na cabeça, pronta para ser usada no momento exato. Os dois cartuchos da máscara antigás despontavam como as orelhas do Mickey Mouse. Ele se agachou apoiando as costas no pilar, com a pistola na mão. Entre as muitas armas à disposição, escolhera a Francotte: para aquela primeira vez, queria que fosse ela. Ela poderia travar, mas Nicolas sabia que isso não iria acontecer. A serenidade com que ele havia enfrentado o ato de se vestir agora estava correndo em filetes de suor pelas costas, pelos braços. Tentava controlar a respiração que acelerava, mas era tudo inútil, porque a cada inspiração profunda diversos pontos do seu corpo lhe recordavam que alguma coisa poderia dar errado. Nas luvas azuladas estava se expandindo uma mancha de suor. E se a Francotte caísse da sua mão? O cavalo do macacão, que antes lhe parecia confortável, agora lhe apertava as bolas. E se o atrapalhasse enquanto avançava contra 'o Mellone? Os joelhos tremiam. Sim, aqueles eram tremores. E se tentava controlá-los, os pulmões interrompiam a sua atividade. Ele se chamava de cagão, se os outros o tivessem visto daquele jeito e com o rosto lívido, que coisa teria acontecido? Nada mais de paranza, mas tantas paranzas quantos eram os rapazes.

Às 17h15, passos pesados na rampa anunciaram a chegada do Mellone. No horário exato. Nicolas tinha calculado que ele precisaria de vinte e sete passos para chegar à porta de correr. Contou vinte e cinco, colocou a máscara e saiu com a pistola apontada. As lentes se embaçaram por um momento. Só um instante, e teve condição de atingir o alvo, a careca de Mellone. Mas aí Nicolas viu aquele pomo de adão enorme, que subia e descia com a surpresa, e se perguntou que barulho teriam feito as duas balas alojadas ali.

Quando o encontrassem caído na frente daquela vaga de garagem, correriam os rumores de que 'o Mellone tinha parado de falar para sempre. E que agora quem falava era outro. 'O Mellone não teve tempo de se perguntar o que era aquele tipo de alienígena, porque Nicolas apertou o gatilho duas vezes em uma sequência rápida. Atirou sem pensar, concentrando-se apenas na pressão dos dedos. As pernas ainda tremiam, mas tinha resolvido ignorá-las. As balas se alojaram lá onde ele queria, e o eco assustador da detonação foi seguido por aquele do pomo de adão. Pufff. Pufff. Como o de um pneu que fura. Nicolas recuperou a mochila e saiu correndo sem nem se assegurar de que o homem estivesse morto. Mas morto ele estava mesmo, porque a notícia chegou a todos os cantos, sem que fosse preciso mandar qualquer mensagem.

— Marajá, todo mundo na academia só tava falando do assassinato do Mellone.

E eis a notícia que correu de boca em boca. No dia seguinte à execução do Mellone, eles marcaram encontro no Novo Marajá, e Lollipop foi na hora falar com Nicolas. Marajá estava dançando sozinho, e aquela frase sussurrada no ouvido por um momento ressoou na cabeça dele com a mesma intensidade das duas balas cravadas no pomo de adão do Mellone. Pufff. Pufff.

— Bom! — respondeu, e ia voltar ao centro da pista, mas Lollipop o deteve.

— Mas tão falando de um jeito ruim, como se o Roipnol tivesse matado. Uma punição porque tinha começado a fazer negócio com nós. Mudaram toda a história, é assim que tão fazendo ela correr.

'O Marajá se imobilizara, e até aquela frase tinha vibrado na sua cabeça, só que agora o som que chegava até ele era desagradável. De pernas que tremem. Não conseguira reivindicar o homicídio porque a paranza que tinha criado ainda não sabia preparar armadilhas. E agora qualquer um poderia reivindicar aquele homicídio. Sentiu-se inadequado, se sentiu um menininho. Como não acontecia com ele fazia muito tempo.

Arrastou Lollipop para a sala vip, onde já estavam Drago' e Dentinho. 'O Marajá os interrogou com um olhar, e ambos confirmaram que também para eles a notícia tinha chegado daquela forma, e ainda tinha mais. Estavam chegando mensagens de um monte de gente que colaborava com a paranza, e eles estavam morrendo de medo. "E a gente não pode ter o mesmo fim d'o Mellone?", escreviam.

"Eu! Fui eu!", ele queria dizer. "Eu é que matei!", mas se conteve.

No decorrer de vinte e quatro horas, Gatão e Roipnol conseguiram arrasar os molequinhos do Marajá com o peso da história deles.

'O Marajá se deixou cair pesadamente no trono que havia usado para designar os pontos de venda aos seus meninos. Tinha dito a Oscar que o manteria ali, e que, se ele quisesse, poderia comprar outro para as festas. Enfiou a mão no bolso e tirou um papel prateado finíssimo. Cocaína rosa. Aspirou-a com o nariz, toda. Não franziu o nariz, nem passou os dedos nas narinas. Um analgésico.

26. Caminhão-tanque

No grupo chegou só uma palavra. Do Nicolas.

Marajá
Covil

Era uma tarde de sábado, a hora de liberdade da paranza. Eram as horas para ficar estirado em um sofá com as meninas enquanto mamãe e papai iam ao supermercado, e eram as horas para gravar as recordações da semana que estava terminando. Drone tinha virado um viciado em Snapchat e depois de uma breve lição contagiou também os outros rapazinhos, que se bombardeavam com minivídeos desfocados e trêmulos nos quais apareciam só por um instante carreiras de cocaína e imagens de calcinhas, tubos de escapamento e cartuchos de balas alinhadas em uma mesa. Um pastiche montado em rápida sequência, que durava apenas os segundos necessários para a visualização e depois, puf, desaparecia no ar.

"Covil", confirmou Nicolas depois de dois minutos.

E na casa da via dei Carbonari chegaram todos no espaço de vinte minutos, porque as coisas só podiam ser feitas em uma distância que permitisse uma pronta reunião da paranza.

Nicolas esperava todos, empoleirado na televisão, aquele treco não o destruiria nem que Briato' pulasse em cima dele, e enquanto isso conversava com Letizia. Fazia uma semana que ele não aparecia, e, como sempre, ela tinha ficado furiosa e fizera Nicolas prometer que a levaria para dar um passeio de barco, só os dois, e talvez jantassem no mar.

A paranza entrou como de costume. Um tornado que ocupa todos os lugares. Eutavadizendo contivera Biscoitinho com os braços atrás das costas, enquanto o empurrava para a frente com joelhadas na bunda, e Biscoitinho fingia se rebelar com cabeçadas para trás, que mal atingiam o plexo solar de Eutavadizendo. Acabaram os dois no sofá, seguidos por todos os outros. Biscoitinho atraíra para si essa montanha humana porque, ao chegar ao covil reclamou que a mensagem de Nicolas o interrompeu enquanto estava quase se entendendo com uma puta de uma gata que tinha conhecido na internet. Os outros não acreditaram nele, e, quando ele acrescentou que ela até fazia faculdade, caíram na risada.

Nicolas começou na hora a falar como se à sua frente tivesse um público organizado e sério. E, falando, conseguiu ter silêncio.

— Nós vai ganhar dinheiro — disse. Drone ia retrucar que aquilo já estavam ganhando: dinheiro, e como. Só com o que eles arrancavam de quem estacionava em San Paolo, ele tinha comprado um Typhoon de dois mil euros.

— O dinheiro a gente pega quando quer — continuou. Tinha descido da televisão e se sentado na mesinha de cristal, assim podia olhar nos olhos de todos os seus rapazinhos, e fazer com que eles entendessem que dinheiro significava proteção, e proteção significa respeito. Ganhar dinheiro, e muito, é o modo de conquistar o território, e chegara o momento de realizar um golpe dos grandes.

— Nós vai ganhar uma porrada de dinheiro. Só que as nota de cem a gente num vai botar só lá fora — disse Nicolas, mas sem deixar tempo para que os outros completassem a tirada de Lefty, porque acrescentou: — Nós tem que fazer um posto de gasolina.

A paranza inteira tinha se sentado no sofá, com Briato' e Lollipop nas duas pontas, servindo de muro de contenção para os outros que estavam espremidos no meio.

Foi Dentinho, meio escondido por Eutavadizendo, que estava sentado por cima dele, quem rompeu o silêncio:

— Quem é que te disse?

— A tua mãe — rugiu Nicolas.

Ou seja, cuida da porra da tua vida. Nicolas sentia pressa, ansiedade. Nunca chegava dinheiro suficiente às suas mãos. Os outros tinham uma ideia diferente a respeito do tempo; para eles parecia que tudo estava indo bem, apesar dos pontos de venda que ainda não controlavam; pelo contrário, Nicolas não tinha tempo. Começava a pensar que nunca teria tempo. Até quando jogava futebol lutava contra o tempo. Não sabia driblar, e nem tentava lançar longe para um companheiro; mas tinha noção de tempo, era um daqueles jogadores que em certa época teriam sido descritos como oportunistas. Conseguia estar no lugar onde deveria estar, para inflar as redes. Simples e eficaz.

— Vamo assaltar o posto de gasolina? Bota a pistola na cara deles e eles dá o dinheiro que tem — disse Drago'.

— Aquele lá só recebe cartão de crédito — disse Nicolas. — A gente tem que pegar um caminhão-tanque, assim leva embora o caminhão e o combustível. Lá tem uns quarenta mil euro.

A paranza não entendia. O que eles iam fazer com toda aquela gasolina? Eles iam abastecer as motonetas deles e até as dos amigos por uns dois anos? Até Drago', que em um instante entendia as ideias do Nicolas, confirmando o sangue azul que lhe corria nas veias, parecia perplexo e tinha começado a coçar a cabeça. Ninguém respirava; só um rumor de bundas que procuram um pouco de tecido para ficar um pouco mais confortáveis.

— Eu sei quem que controla — disse Nicolas.

Ainda um rumor de bundas e umas fungadas, porque estava claro que o chefe deles estava desfrutando do momento, e aquele silêncio também estava ocupado por um pouco de barulho.

— Os Casalesi.

Sem mais rumor ou fungadas, nada de cabeças balançando ou de cotovelos enfiados nas costelas de quem estava sentado ao lado. A paranza estava muda. Até os ruídos da rua e do prédio pareciam ter desaparecido, como se aquela palavra, "Casalesi", tivesse eliminado a cidade inteira, dentro e fora da sala.

Casalesi era uma palavra que, antes daquela ocasião, nenhum deles jamais tinha pronunciado na frente dos outros. Era uma palavra que continha tantas outras, que fazia você sair pelo mundo, conclamando homens que ascenderam ao olimpo da paranza. Não fazia sentido se referir aos Casalesi, porque significaria subentender uma aspiração impossível de ser realizada. Mas agora Nicolas não só dissera a palavra mágica, até insinuara que estavam a ponto de negociar com eles. Os meninos gostariam de perguntar se ele estava zoando com a cara deles, se já havia encontrado os Casalesi e como tinha conseguido o contato, mas continuavam de boca fechada porque aquela era uma coisa grande demais, e Nicolas, que nesse meio-tempo tinha se aproximado ainda mais, com os joelhos quase tocando os de Drone, tinha começado a explicar.

O posto de gasolina ficava na estrada que atravessa Portici, Ercolano, Torre del Greco, e depois vai ainda mais para o sul, até a Calábria, uma estrada que corta as regiões ao meio e oferece vias de fuga. Um distribuidor Total, como tantos outros todos iguais. Na sexta-feira seguinte seria dia de abastecimento, e eles iriam roubar o caminhão-tanque para depois escondê-lo em uma garagem não muito longe dali. Nesse ponto, a eles se juntariam dois homens dos Casalesi, que lhes dariam quinze mil euros.

— Que depois a gente engole — concluiu Nicolas.

Com quinze mil euros eles engoliriam tanto, e Nicolas já tinha umas ideias, mas primeiro tinha de designar quem entre os seus homens iria levar a cabo a missão. Tinha pensado até no pagamento. Dois mil euros pra cada um.

Peixe Frouxo, Briato' e Eutavadizendo se livraram da atração exercida pelo sofá e se levantaram. Queriam que fossem eles. Nicolas não disse nada, não mencionou os dois mil euros — agora era tarde demais —, e estava claro que aqueles três estavam se apresentando para mostrar que tinham colhões, o que nem sempre é uma garantia de sucesso. De qualquer modo, a decisão tinha sido tomada, e Peixe Frouxo, Briato' e Eutavadizendo iriam roubar o caminhão-tanque.

Antes do dia do roubo, uma sexta-feira, foram olhar o itinerário, só para evitar que eles acabassem em uma rua sem saída com um caminhão-tanque de quarenta toneladas. E depois treinaram com o *Grand Theft Auto*. Tinham equipado o quarto do covil com um Xbox One S e uma televisão 4k de cinquenta e cinco polegadas. Era uma missão que parecia ter sido concebida especialmente para eles, e tinham entendido que guiar um caminhão-tanque a toda a velocidade por uma autoestrada não era brincadeira. Não faziam nada além de bater e pegar fogo, e quando estava tudo bem perdiam o caminhão-tanque na estrada. Eutavadizendo começou a manifestar algumas dúvidas quanto à possibilidade de realizar a operação, mas Briato' fez com que calasse a boca na hora:

— Nós num tá jogando o *GTA*, essa num é a Tierra Robada, essa é a Statale 18!

Os três chegaram ao posto de gasolina na scooter do Briato', e esperaram a chegada do caminhão-tanque que viria no sentido oposto da estrada, as costas apoiadas em um murinho que marcava o limite entre o asfalto e um campo de trigo. Eles estavam lá, fumando um baseado depois do outro, e falavam sem parar, tomados pela adrenalina que, para sorte deles, a maconha ajudava a manter sob controle. A cada vez que ouviam um veículo pesado freando, se inclinavam por cima do murinho para verificar se era o deles. Quando finalmente chegou o caminhão-tanque branco com o nome "Total" escrito do lado, Eutavadizendo repetia pela quarta vez naquela tarde uma frase de *O professor do crime*, e quase não percebeu que Peixe Frouxo tirara um canivete do bolso e fizera dois buracos na camiseta. Depois ele fez o mesmo com ele e com Briato', que colocaram a camiseta na cabeça. Era o método mais rápido para ter uma máscara sempre ao alcance das mãos: dois buracos para os olhos na camiseta, e depois eles a erguiam descobrindo a barriga e até um pedaço das costas, mas escondendo completamente o rosto. Pareciam, com essas camisetas que aderiam perfeitamente ao crânio, três Homens-Aranha com a roupa rasgada. Uma olhada rápida para a direita e para a esquerda para verificar o tráfego que eles teriam de enfrentar e depois a mão enfiada na calça e a pistola em punho, três Viking nove milímetros apontadas para quarenta mil litros de gasolina. Peixe Frouxo foi o primeiro a alcançar o motorista, pulou no estribo e enfiou a Viking debaixo do nariz dele.

— Fica quieto. Te dou um tiro na boca.

Briato' se encarregou do frentista, que os tinha visto avançando com a arma em punho e já estava com as mãos erguidas.

Ele deu um golpe com a Viking na nuca com tal força que o frentista perdeu o equilíbrio e caiu no chão, mas sempre com as mãos erguidas.

— Oh, o que você tá fazendo?

— Cê se faz de bobo, e tá tudo acabado pra você aqui, cê tá entendendo? — disse Briato'.

— Desce — intimou Peixe Frouxo ao motorista, mas este não parecia assustado, pelo contrário. Não tinha tirado as mãos do volante, como se quisesse partir de um minuto para o outro. Disse, apenas:

— Nós pertence, moleque. Que merda que cês tão fazendo? Eles vêm pegar vocês. — Ele disse somente aquilo que resta a dizer nesses casos, ou seja, que eles já tinham proteção de alguma família ou de alguma pessoa. Já tinham ouvido isso tantas vezes, os rapazinhos.

— Cês pertence? — disse Briato', que agora apontava a Viking diretamente para a cabeça do frentista. — Isso quer dizer que cês pertence a alguém que não vale porra nenhuma. — Enquanto Briato' passava o seu sermão, Eutavadizendo deu a volta no caminhão-tanque, escancarou a porta e tentou trazer o motorista para baixo, puxando-o por um braço. O motorista se retorcia e, com um pontapé, atingiu na barriga Eutavadizendo, que conseguiu não escorregar para o asfalto, porque no último instante se agarrou à maçaneta da porta e se jogou dentro da cabine.

— Tavadizendo, mas que merda cê tá fazendo? — urrou Peixe Frouxo. Continuava a apontar a pistola para o motorista, mas estava petrificado, vítima da situação. Briato' se afastou na direção do caminhão-tanque mantendo sempre sob a mira o frentista, e quando chegou na frente dos dois brigando furiosamente, deu um tiro que acertou no ombro do motorista.

— Puta que te pariu! — berrou Peixe Frouxo. A carne tremia

ao ritmo do terror que Briato' tinha causado nele com aquele tiro. — E se me pegava?

— Num se preocupa, tá tudo sob controle — respondeu Briato'. Eutavadizendo, que teria tido mais direito de estar puto da vida com Briato', já que ele estava na cabine, arrastava o motorista para baixo.

No entanto, enquanto eles discutiam, o frentista se levantou e começou a correr no meio da estrada. Briato' deu dois tiros nele, mas ele já havia desaparecido. Os três subiram para a cabine, e Briato' sentou-se ao volante. Fazer o caminhão-tanque andar e entrar na estrada não era um problema, Briato' sabia, ele tinha lido uns fóruns de caminhoneiros. Ele só esperava que o tanque estivesse bem cheio, porque a oscilação da gasolina poderia fazer com que ele perdesse o prumo e saísse da estrada. Não havia sirenes e, então, optou por uma velocidade de cruzeiro de quarenta quilômetros por hora. Gostava de ter aquele gigante sob a bunda, e tinha de se limitar a não bater em algum utilitário e a chamar menos atenção possível.

— Caraca, é muito bom dirigir um caminhão-tanque!

Nicolas tinha explicado para onde eles teriam de ir. Só dois quilômetros, depois uma curva à direita — que Briato' enfrentou a vinte por hora, para não capotar — e mais um quilômetro até um estacionamento que estava com cara de estar abandonado. No fundo, ao lado da mureta caindo aos pedaços, encontraram uma garagem dupla — quatro paredes simples de concreto e lâminas de metal servindo de teto — e ali tinham de estacionar, esperando os Casalesi.

Desceram do caminhão-tanque, mas ficaram na parte de dentro da garagem, porque essas eram as ordens. O sol estava se pondo, e aquele teto de metal causava um calor que havia feito as camisetas cortadas grudarem no peito deles. Depois, quando contaram essa história para Nicolas, não souberam dizer quanto tempo tinham ficado naquele forno. De fato, quando ouviram a moto e as pancadas nas lâminas de metal da entrada, a luz lá fora era um pontinho luminoso à distância que fendia os rostos dos dois Casalesi que haviam desmontado da moto. Os meninos não sabiam bem o que deveriam esperar, e a fantasia nos dias precedentes havia corrido solta, mas ficaram desiludidos quando viram homenzinhos barrigudos e com barba malfeita, com camisas havaianas idiotas e bermudões. Pareciam ter saído de um cruzeiro em promoção.

— Porra, então é verdade mesmo que cês são criança! Uns fedelhinho é que cês são — disse um Casalese.

Briato' e Peixe Frouxo os olhavam sem falar.

— Mas que merda de roupa é essa? — disse Briato'. A adrenalina daquele dia não havia se acabado, e seu instinto de sobrevivência estava um pouco anestesiado.

— Num gosta?

— *Nzu* — respondeu, com o *n* lá no alto, a língua que bate entre os dois dentes da frente enquanto os lábios se fecham quase como para dar um beijo e o som sai mais do nariz que da boca.

— Estranho, pruque a minha estilista é a tua mãezinha — e fez um gesto com a mão para o companheiro. — Dá pr'esses aqui os cinco mil e s'imbora.

— O quê? — disseram Peixe Frouxo e Eutavadizendo em uníssono.

— Por que, cê num gostou, fedelhinho? Já fico com raiva de ter falado cum Marajá e ele num tá aqui; então, cês dão graças à Madonna que nós te dá esse dinheiro.

— Aqui tem quarenta mil euro de gasolina — disse o Peixe Frouxo. Tinha de se reabilitar e não recuou quando o Casalese fez pé firme.

— Nós num deve nada pra vocês.

O outro, que até então tinha ficado em silêncio, disse:

342

— Mas cê sabe donde que a gente vem?

— Sei — respondeu. — De Casal di Principe.

— Isso mesmo. Ocês, pirralho, nós come e depois nós caga.

Briato' carregou a pistola e disse:

— Tô poco me importando de donde cês vem. Cês tem que dar o dinheiro, o dinheiro e chega. — E apoiou a Viking contra o caminhão-tanque como tinha feito antes na cabeça do frentista. — Se cês num bota o dinheiro da gente no chão, eu atiro no caminhão e nós tudo pega fogo. Nós, ocês e a garagem inteira.

— Abaixa essa pistola, idiota. Eu faço oito mil euro, vai, pra esses trastezinho.

— Quinze mil. E te tamo fazendo um preço que caiu do céu, seu merda.

— Nós num tem, nós num tem — respondeu o Casalese que havia falado em primeiro lugar, e que agora estava andando na direção da moto.

— Ô havaiana, procura bem — disse Peixe Frouxo.

— Já te disse que nós num tem, pega esses oito mil e vê se cês num se machuca.

Peixe Frouxo sacou a sua Viking, soltou o ferrolho e depois apertou o gatilho. O barulho foi ensurdecedor, e Eutavadizendo teve tempo de pensar que, no entanto, um caminhão-tanque que voa pelos ares devia fazer mais barulho. Depois percebeu que Peixe Frouxo tinha mirado um pneu traseiro. Os Casalesi tinham se jogado no chão com as mãos sobre a cabeça, como se aquele gesto pudesse protegê-los de quarenta mil litros de gasolina em chamas. Ao compreenderem que tinha sido só um aviso, se levantaram, limparam as camisas e levantaram o selim da moto onde tinham os pacotes de dinheiro.

— Cês viram? — disse Briato'. — Só precisava procurar melhor, e o caixa eletrônico cês tinha debaixo do selim.

343

* * *

Nicolas pegara os quinze mil euros, havia dividido em dez maços e havia dado cinco deles ao capitão do barco.

— Vamo fazer 'o forfait — tinha dito para ele. E 'o forfait incluía a utilização exclusiva de um barco usado habitualmente para festas, casamentos e cruzeiros no golfo de Nápoles. Ele acomodava quase duzentas pessoas, e Nicolas o queria só para a sua paranza e as suas namoradas. Eles partiram em duas horas, pouco antes do pôr do sol, e contornaram a ilha de Ischia, passando perto de Capri e Sorrento. A agência não teve tempo para desmontar a decoração do casamento da noite anterior, mas forneceu aperitivos e jantar com dois garçons. Nicolas disse que até com a decoração estava tudo bem. Quer dizer, até melhor, pensou. Tinha se ocupado pessoalmente com a escolha da trilha sonora que acompanharia o cruzeiro. Pop rigorosamente italiano. Tiziano Ferro. Ramazzotti. Vasco. Pausini. Tinham de dançar juntos a noite inteira, a que eles recordariam como a mais bonita da vida deles.

O capitão tinha pensado que aqueles rapazinhos fossem exemplos dos *rich kids* napolitanos que enchiam o Instagram de imagens exageradas. Mimados e cheios de dinheiro que não sabiam como gastar. Mudou logo de ideia, quando os viu chegando em grupo. E não teve mais dúvidas quando, já em alto-mar, a um aceno daquele que claramente deveria ser o chefe, sacaram todas as pistolas e começaram a dar tiros na água. Atiravam nos golfinhos. As namoradas tinham tentado protestar, "Mas eles são uns fofos!", mas dava para ver que, na verdade, elas tinham orgulho dos seus meninos, que podiam se dar ao luxo de atirar em quem queriam, até naquelas criaturas estupendas. O capitão havia acompanhado a cena inteira e, ao ver os golfinhos, incólumes, desaparecendo na água avermelhada por causa do pôr do sol, não escondeu seu alívio.

— Capitão — perguntou o mais alto, enquanto enfiava a pistola na calça —, os golfinho dá pra comer como se fosse atum? No deque coberto, guirlandas e grinaldas de flores artificiais se misturavam a fitas de cetim. Nas mesas, haviam resistido pequenos buquês de rosas amarelas e rosadas. Peixe Frouxo sentou-se a uma mesa e fez os gestos de quem arruma a gravata sem a estar usando, depois estendeu as mãos sobre a toalha e deu uma palmada com a direita para chamar a atenção. Um dos garçons chegou e encheu as taças de champanhe. Dentinho e Biscoitinho, que eram os únicos que não tinham levado namorada, o imitaram na mesma mesa. Biscoitinho fingia que conhecia a vida boa, mas ao engolir toda aquela bebida semicerrava os olhos e depois abria a boca fazendo estralar os lábios.

Os garçons perguntaram se podiam começar a servir o jantar, e os três sentados à mesa cercaram Nicolas, que estava apoiado na balaustrada da embarcação com Letizia ao seu lado.

— Vamo começar? — Peixe Frouxo berrou para ele.

— Que começa a festa! — disse Drago' com as mãos em concha. E Nicolas consentiu. Foi então um corre-corre de casais pegando mesas, uma para cada casal. Mas, quando se sentaram, se sentiram sozinhos, divididos. Bem naquela noite em que estavam todos juntos, no mar do golfo, dentro daquela luz que desvanecia e tornava as distâncias incandescentes e a proximidade acolhedora. Tentaram conversar de uma mesa para outra:

— Ô, mister Eutavadizendo, como é que tá por aí?

— Ah, dotor Tuca', cês toma cuidado com todo esse champanhe! — E aí abandonaram seus lugares e se acomodaram em duas mesas vizinhas. Peixe Frouxo colocou uma rosa amarela na orelha e declarou que estavam todos prontos para os pratos que tinham pedido. Que tudo começasse. O garçom serviu o salmão.

— Vocês se comporte como cavalheiros — recomendou Nicolas dando uma olhadinha na sala —, porque agora cês são cavalheiros — e saiu para ficar com Letizia.

Ela pressionou o corpo contra o dele enquanto viam se distanciando o Vesúvio, que se cobria de tonalidades vespertinas. A cidade inteira acendia suas luzes à distância. Ischia, que acabara de ficar para trás deles, cabia inteirinha na suave forma escura do monte Epomeo.

Nicolas pegou Letizia pela mão e a levou para a popa. Ele a abraçava por trás, e ela, apoiada na balaustrada, se entregava ao abraço, ao mesmo tempo aderindo ao corpo dele com uma malícia sutil: o suficiente para que Nicolas percebesse a sugestão. Nicolas aumentou a pressão porque tinha certeza de que ela também queria. "Vem comigo", disse no ouvido dela, enquanto os outros gritavam e cantavam as músicas que saíam dos alto-falantes.

Encontraram na sala no deque uma mesa, um sofá de veludo e em cima uma escotilha através da qual entravam as últimas luzes. Letizia sentou-se no sofá, e Nicolas a beijou com força e apalpou por baixo do vestido, procurando uma passagem fácil.

— Vamos fazer direito — disse Letizia, olhando-o nos olhos. — Sem roupa.

Nicolas não sabia se deveria se preocupar por causa daquele "Vamos fazer direito", por aquela insólita e imprevista fuga do dialeto, ou por causa da simples, mas imperiosa solicitação da nudez, porque, por outro lado, é verdade que, desde quando começaram a fazer amor, tinham feito sempre meio vestidos. Tantas vezes Letizia tinha lhe pedido para ficarem sozinhos, sozinhos mesmo, sozinhos por uma noite inteira, e não tinha acontecido nada. Essa era a ocasião perfeita. Ela o afastou com doçura e desabotoou a camisa dele.

— Quero te ver — disse para ele, e ele soltou o cinto e, enquanto lutava para tirar a calça, ecoou as palavras dela com um

"Eu também". Eles se deitaram nus sobre o veludo verde e se exploraram com insólita paciência. Letizia acariciou o sexo dele e conduziu a mão de Nicolas entre suas pernas, e teve de pressionar, decidida, para que aquela mão permanecesse e os dedos se movessem. — Vem — disse ela, por fim, e o guiou dentro. — Devagar, devagar, devagar… — repetiu, e ele obedeceu.

— Você é o meu macho — sussurrou Letizia para ele, e ele gostou particularmente da escolha daquela palavra, "macho", não homem: tantos são os homens, pouquíssimos os machos. Quase como se tivesse sido lembrado por um fantasma íntimo sutil, se deu conta pela primeira vez de que ela era uma mulher e que ele estava dentro daquela mulher, ambos misturados na doce luz que enchia a escotilha de estrelas.

Quando desceram, a embarcação tinha acabado de passar perto das altas paredes de rocha de Sorrento e navegava na direção de Nápoles. Os meninos estavam todos na proa.

— Um brinde pra gente — gritou Drago' — e pra nossa cidade que é a mais melhor do mundo.

Ele se voltou para um dos dois garçons que batia a cabeça sentado em uma cadeira do outro lado dos vidros e prosseguiu:

— E aí, cara, acorda! Essa é a cidade mais melhor do mundo, cê tá entendendo?, e pro inferno quem falar mal dela!

— Essas merda desses cara — disse Drone com cara feia, enquanto o garçom ficava em pé e buscava o apoio do colega, como se dissesse, "E o que é que a gente tem com isso?"

— Eu nunca mais saía daqui — disse Nicolas, todo derretido de amor por Letizia.

Drago' se inclinou sobre a balaustrada e girou o braço direito como se fosse um moinho, como se tivesse de atirar um peso, uma coisa, bem longe, na direção da terra.

— Eu tô vendo eles, esses filhos da puta, esses que vão pra Roma, pra Milão, esses que xinga a gente. Eu tô vendo eles direitinho, esses que xinga Nápoles! — gritou. — E olha o que eu tô dizendo: eles tem que morrer. Tudo esses que xinga Nápoles tem que morrer.

Ergueram as taças na direção do céu e depois as jogaram na água. Dançaram até o amanhecer, quando o barco tornou a entrar no porto, e os rapazinhos da paranza e suas namoradas trocaram promessas eternas em um casamento coletivo que sancionava a fidelidade para o resto da vida.

Os dias seguintes foram uma longa emersão da atmosfera entorpecedora em que eles tinham mergulhado com o cruzeiro. Dessa vez cada qual por sua conta, os rapazinhos tentaram prolongar o mais possível a lua de mel começada nas águas do golfo.

Nicolas estava indo para a casa da Letizia quando recebeu uma notificação do grupo da paranza. Disseram que ele tinha de correr ao Cardarelli, segundo andar, pavilhão A, nada mais. Enviou uma mensagem para Letizia cancelando o encontro. E logo em seguida, outra: "Te amo até as estrelas". E deu meia-volta.

Drago', Dentinho e Lollipop o estavam esperando nas escadas do hospital Antonio Cardarelli. Eles passavam de um para outro um baseado apagado, para sentir o cheiro no nariz e o sabor na ponta da língua, indiferentes aos olhares dos pais e das enfermeiras. Tinham cara de quem precisava dizer uma coisa, mas não sabiam por onde começar.

— Que merda que aconteceu? — perguntou Nicolas, e fez com que lhe passassem o baseado. Eles esticaram os braços e indicaram um ponto impreciso dois andares acima.

— Eles tão ferido. Briato' e Peixe Frouxo — disse Drago'.

Nicolas explodiu; a paz que o cruzeiro lhe instilara já havia se evaporado. Jogou o baseado nos arbustos que ladeavam a escada e estava preparando a perna para dar um pontapé em um poste quando se acalmou. Até a raiva tinha se evaporado: sobrara o Nicolas oportunista, aquele que conseguia deixar para trás os adversários e surpreender o goleiro. Não tinha ainda colocado o pé no chão e nessa posição fez com que Dentinho pensasse em uma cegonha, como aquelas que, uns bons anos antes, tinha visto em uma excursão com a sua classe em um oásis da WWF.

Nicolas finalmente apoiou a sola do pé no degrau e disse:

— Mano, vamo procurá os feridos, e levamo também os presente. — Pronunciar a palavra "feridos" fazia com que ele se sentisse em guerra. E gostava disso.

Os presentes eram um velho calendário erótico para Briato' e a camiseta autografada do capitão do Nápoles para Peixe Frouxo.

— Mano, mas que é que aconteceu? — perguntou de novo Nicolas, desta vez aos seus homens feridos em batalha.

— Os Capelloni entraram na saleta — começou Briato'. — A gente tava fazendo uma aposta, tinha duas jogada garantida quando aparece 'o White e começa a dizer, "Mas que porra cês fizeram?".

— Não, não — interrompeu Peixe Frouxo —, ele disse isso: "Cês botaram a mão na gasolina do Roipnol". A gente respondeu: "Nós num fizemo nada, te juro pela minha mãe, que é que cê tá dizendo?". E então, Marajá, eles pegaram umas porra de uns ferro que eu disse pra mim mesmo, eu agora tô acabado. Eutavadizendo tava fechado no banheiro. Ele viu o pobrema, fugiu pela janela, que home de merda.

Os Capelloni agarraram Briato' e Peixe Frouxo e deram umas porradas nas pernas deles. Depois foram até o Borgo Marinari e destruíram a vitrine do restaurante onde trabalhava o pai do Eutavadizendo.

Briato' tentou se sentar, mas caiu de novo nos travesseiros.

— Eles acabaram mesmo com a gente, eu sentia os osso das perna quebrado. E ainda mandando a gente dar o dinheiro, dar o dinheiro, e massacraram mesmo a gente. Eu não sentia mais as perna e nem a cara, nada. Depois colocaram a gente no carro e jogaram a gente aqui no Cardarelli.

— No carro eu tava que num entendia mais nada — disse Peixe Frouxo —, mas 'o White dizia que tava salvando a gente que ele conhece, e que o Roipnol queria botar o nome da gente no chão e que...

Briato' o interrompeu:

— Isso ele repetia sem parar, que ele tava salvando a gente... e que agora a gente tinha que trampar pra ele se a gente voltava a andar.

— Uma porra que nós tem — respondeu Nicolas. Agarrou o calendário e o apoiou na parede. — Briato', que mês cê prefere? Abril tem uns peito bonito, não tem? Dá uma olhada na Lisella, cê vai ver que melhora na hora.

— Marajá — disse Briato' —, quando eu sair daqui, tô com uma perna de aleijado.

— Quando cê sair daqui, cê vai estar mais forte.

— Mais forte o caralho.

— E aí a gente te bota uma perna biônica.

Brincaram um pouco mais, importunaram uma enfermeira dizendo que com as mãos que ela tinha até mesmo o cateter eles a deixavam colocar, e quando ficaram sozinhos, olharam 'o Marajá para saber o que fazer.

— Nós vai botar o Roipnol no chão — e virou o calendário no mês de junho.

Todos caíram na risada, como se fosse a maior das piadas.

— Nós vai botar o Roipnol no chão — Marajá repetiu. Tinha virado rapidamente até o mês de novembro, depois tinha parado um pouco mais em dezembro e tinha se voltado para os outros.

Dentinho riu de novo:

— Aquele lá num sai nunca de casa.

— Ô Marajá, dá pra entender? — disse Peixe Frouxo. Estava tentando ficar sentado, mas aquela perna o fazia sentir uma dor lancinante. — Só nós tá solto por aí — continuou. — 'O Gatão tá preso em San Giovanni, 'o Arcanjo tá preso em Ponticelli, o Copacabana tá preso em Poggioreale, e o Roipnol tá preso em Forcella. Tá só nós solto por aí. Nós tem que dividir entre a gente.

— A gente tem que botar ele na prisão — disse 'o Marajá. Estava unindo os pontos, 'o Marajá. Se os Capelloni não tinham matado Briato' e Peixe Frouxo, era porque tinham recebido ordens. 'O Gatão estava lutando por território, e três mortos de uma paranza teriam feito um estardalhaço grande demais: polícia e carabinieri já estavam no pé dele, ele não podia se dar ao luxo de chamar a atenção com novos massacres. Gatão não podia matar, e por certo tempo a situação ficaria assim. Eis a oportunidade, eis o espaço que ninguém mais teria pensado em desfrutar.

— Ah, impossível — disse Drago' —, ele tá sempre grudado no Carlitos Way quando sai. E depois, ele nunca sai. Até mesmo a Bunduda não sai muito, e tá sempre com os guarda-costa.

— E nós vai se aproveitar do Carlitos Way.

— Não! — interrompeu Lollipop. — Carlitos Way num trai. Roipnol paga ele bem, e agora que tá servindo de superintendente, o Carlitos se faz de chefão por toda Nápoles.

— Mas num tem que trair.

— Cê tá é chapado — disse Dentinho.

— Eu também quando tô chapado, num tô chapado. Eu penso.

— E vamo ver o que é que esse filósofo tem pra dizer.

— Juro por tudo que é sagrado, eu tenho a chave que abre a porta da casa do Roipnol.

— É mesmo? — disse Dentinho. — E cê tá errado, porque a porta é blindada, e tem um mundo de câmera.

— Mas eu tenho a chave de verdade — continuou Nicolas. Tinha passado os braços nos ombros de Drago' e de Dentinho, e tinha conduzido os dois para perto dos acamados, Lollipop fechando o círculo. Conspiradores.

Perguntou com o tom de voz com que faz uma pergunta supersimples para uma criança:

— Quem é que é o irmão do Carlitos Way?

— E quem é? — disse Briato'. — Mijãozinho?

— E o Mijãozinho é o melhor companheiro de quem?

— Do Biscoitinho — respondeu uma vez mais Briato'.

— Isso mesmo — disse 'o Marajá —, e amanhã de manhã eu pego o Biscoitinho.

27. Eu vou ser um bom menino

Nicolas já tinha tudo planejado, como se tivesse encontrado a equação exata. Só precisava convencer Biscoitinho e, para conseguir, tinha de levá-lo para dar um passeio como eles nunca haviam feito juntos. Ele apareceu bem do lado de fora da escola. A mãe do Biscoitinho o acompanhava todas as manhãs, porque queria ter a certeza de que ele entraria na escola. Não confiava nos amigos dele. Mas, como ela trabalhava, não conseguia ir buscá-lo. Mal viu o T-Max, Biscoitinho saiu dando cotoveladas para abrir caminho entre os colegas que se amontoavam nas escadas.

— Oi, Marajá! Que cê tá fazendo?

— Sobe, eu te levo pra casa. — Biscoitinho pulou na garupa, orgulhoso. O T-Max partiu derrapando, e Biscoitinho soltou um grito, enquanto Nicolas se divertia. No fundo, ia pedir muita coisa para ele, melhor dar-lhe uma alegria em primeiro lugar. Escolheu o trajeto mais longo. Guiava devagar, parava nos semáforos, fazia as curvas com suavidade. Queria manter Biscoitinho na motoneta porque ali ele era feliz, e seria mais fácil conversar com ele.

— Biscoito, tá todo mundo dizendo que acabaram com o Mellone porque ele tava com nós.

— Mas ele num tava contra a gente?

— É. Mas aquele filho da mãe do Roipnol, com certeza com 'o White e os Capelloni, a gente fodeu ele e agora ele tá tentando foder a gente também. Esse filho da mãe! E agora, essa história quem tem que resolver é você.

E ao dizer "você", partiu a toda a velocidade, ultrapassou um automóvel, depois outro, pulou para a calçada para ultrapassar um furgão e por fim diminuiu para a velocidade mínima que se impusera.

O coração do Biscoitinho batia tão forte que Nicolas o sentia nas suas costas.

— Eu? E como assim?

— E como assim, quem é que é o teu melhor amigo?

— Mijãozinho…? Teletabbi?

— Isso mesmo, o Mijãozinho. E o irmão do Mijãozinho é o guarda-costa do Roipnol.

O T-Max parou de repente. Biscoitinho bateu o rosto no ombro do Marajá e, antes que ele começasse a reclamar, 'o Marajá tinha feito uma manobra e agora ia no sentido contrário.

— Cê tem que procurar o Mijãozinho — disse —, e tem que dizer que depois que mataram o Mellone ninguém mais confia nimim e na nossa paranza; diz pra ele também que cê nunca recebeu um ponto de venda. E tem que dizer que cê quer trampar e que cê só pode dizer isso pro Roipnol. Cê tem que fazer o Mijãozinho abrir a porta. Depois, como cê entrou na casa, cê pega e atira nele.

Parou outra vez, mas Biscoitinho conseguiu se segurar com as mãos. Queria urrar, mas por causa da excitação. Parecia estar no Luna Park. Nicolas mudou de sentido mais uma vez, e eles voltaram para a pista da ida.

— Mas e ele, o Mijãozinho, que é que ele sabe disso? É sempre o irmão que tá pra fora da porta, não ele — Biscoitinho conseguiu dizer, tornando a se ajeitar em uma postura cômoda, com a coluna ereta, mas Nicolas deu uma acelerada brusca e a noventa por hora prosseguiu pela pista central. O tráfego havia aumentado e os espelhos laterais dos automóveis roçavam o guidão do T-Max.

— O Carlitos Way vai pegar o dinheiro pro Roipnol. Por isso, durante um tempinho deixa ele sem proteção. — Ficou calado e olhou Biscoitinho pelo espelho. — Cê tá é cagando nas calça de ter que matar alguém, Biscoitinho?! Me diz, hã? Não tem problema, a gente encontra outra solução.

— Não, eu num tô cagando nas calça — respondeu Biscoitinho.

— O que foi?

— Num tô cagando nas calça!

— O que foi? Num escutei!

— EU NUM TÔ CAGANDO NAS CALÇA!!!

Sem diminuir a velocidade, Nicolas pegou a faixa da direita e continuou devagar, como havia partido, até a casa do Biscoitinho.

A equação havia sido resolvida.

Desde o dia da mudança, Crescenzio Roipnol não tinha mais saído de casa. Sua esposa tinha brigado com ele por causa daquela prisão na qual, ele prometera, iria dar um fim. A verdade era que o Roipnol estava com muito medo. Ou melhor, estava aterrorizado, e esse temor ele tentava combater com os comprimidos, mas depois começava a resmungar mais que o habitual, e Maddalena ficava furiosa. Um círculo vicioso, dentro do qual Crescenzio conseguia, de qualquer jeito, comandar o bairro, administrar os pontos de venda, neutralizar a paranza do Marajá. A coisa mais difícil, para Roipnol, era reprimir o desejo de exterminar aqueles rapazinhos. Nada de mortos, tinha dito 'o Gatão. Tá bem, Roipnol tinha respondido, não poderia agir de outro modo. O exército de Roipnol era um exército disperso. Fiel, poderoso, mas espalhado, porque tinha de governar e de conter, dois movimentos que em períodos de pausa como aquele poderiam entrar em conflito e criar atritos inesperados. Até mesmo rachaduras.

Aquela que Biscoitinho via — apoiado na mesma parede onde pouco tempo antes tinha assistido ao transporte da Nossa Senhora de Pompeia — talvez nunca definisse como uma rachadura, mas, com certeza, uma "besteira". Como era possível que Roipnol, alguém que se considerava um rei, permitisse ao seu criadinho, Carlitos Way, ficar andando duas horas quando ia pegar o dinheiro das apostas lá na saleta? Como alguém que administrava todos aqueles pontos de venda e se apossava do mérito de homicídios não praticados por ele poderia confiar em uma criatura como o Mijãozinho, que fazia as compras e pagava as contas para ele? Talvez, concluiu Biscoitinho, com um pensamento de que se sentiu muito orgulhoso, Roipnol merecesse morrer porque não sabia comandar.

Quando chegou a Forcella, no dia seguinte, encostou a motoneta que Lollipop tinha lhe emprestado não muito longe da entrada da Santa Maria Egipcíaca, aquela que era virada para o corso Umberto. Disse igreja para si mesmo. Disse santos. Disse Nossa Senhora. Disse Menino Jesus. Disse por que não. Ali a gente se ajuda; ali dentro promessas são feitas; ali dentro as crismas são realizadas e, com passos desajeitados, entrou. Era uma igreja que conhecia, por assim dizer. Como todos, estava acostumado com o ouro, com a suntuosidade das imagens e a abundância dos enfeites: até para os seus amigos de Scampia Nápoles eram as igrejas, os edifícios, o cinzento e as chamas cor de cinza-claro do traquito, toda aquela beleza sem outro destino que não o de ser beleza. Beleza misturada ao sagrado, ao encanto, à esperança. E por causa da esperança, Biscoitinho entrou na igreja procurando santos, santas, Nossas Senhoras, um interlocutor. Foi sobrepujado pelas imagens e pelas cores, pelos gestos amplos dos braços carnudos, pelos tons de azul-claro escavados no ouro, pelos rostos da piedade e do martírio. Tentou com a Nossa Senhora, ou melhor, com as Nossas Senhoras, mas as palavras não saíam de sua boca, não sabia como entrar em contato. "Nossa Senhora da paranza...", disse, olhando a figura tranquila, que lá do alto perfumava o ar. Não prosseguiu. Na verdade, deixou de lado aquela oração, como se tivesse necessidade de chegar até aquele ponto com paciência, um passo depois do outro. Procurou um santo, um santo reconhecível, mas sem sucesso. Nos braços das Nossas Senhoras dos santos, os meninos Jesus ele distinguia bem. Sem tirar os olhos da luz que entrava pela cúpula e pelas grandes janelas, fixou o olhar em um Menino Jesus, que no fundo se parecia com ele, mesmo que nunca tivesse admitido isso. Arrumou a gola da camiseta, ajeitou a pistola na bermudinha, passou a mão pela testa, verificou que as duas velhinhas que estavam ajoelhadas nos bancos não prestavam atenção nele. Ele se deixou inspirar pela tranquilidade que, magicamente, dentro da igreja, parecia um espaço protegido do mundo, que rumorejava lá fora sob a forma de tráfego dos automóveis. "Jesus", conseguiu dizer, e repetiu, "Jesus". Ele se lembrou do gesto da oração, mas não conseguiu juntar as mãos, elas não se grudavam, palma contra palma; ficavam suspensas no ar. "Jesus, São Ciro, São Domingos, São Francisco, faz que eu entro na casa daquele idiota e o idiota sai, que eu falo vai e ele vai." Na verdade, sentia dificuldade em visualizar a cena exatamente nesses termos, o Roipnol que saía, a Bunduda que o seguia, mas a sua oração só conseguia chegar aos limites daquilo que poderia acontecer e, se havia entrado na igreja por algum motivo, era para fazer com que aquele Desert Eagle que tinha escondido nas bermudas ficasse ali onde estava, e a palavra pudesse ser suficiente. A palavra que move o mundo, quando quer, quando pode. É por isso que a gente reza, não é? Não era por isso? E então passou pela cabeça dele outro pensamento. "Menino Jesus", retomou, "faz um dia eu ter uma paranza minha." Tentou acrescentar uma promessa, visto que, ele sabia, se alguém pede tem também de retribuir. As palavras não lhe ocorriam, e então encerrou repetindo uma frase antiga, que era antiga até mesmo para ele, que ainda era um menino. Disse: "Vou ser um bom menino". E o bom menino se lhe apresentou diante dos olhos como um herói do povo, um revoltoso, com a espada, um super-herói que se lançava de San Martino por cima de Spaccanapoli e pairava por cima da Sanità, passando por baixo da ponte. Um Cristo ensanguentado, a corda que o mantivera preso à coluna que ainda lhe pendia do pescoço, pareceu olhá-lo com compreensão e piedade. Felizmente, estava debaixo de uma redoma transparente. "Vou ser um bom menino", repetiu, e saiu rapidamente como havia entrado.

Sabia que não seria difícil encontrar Mijãozinho nas redondezas, porque a Bunduda o considerava um filho adotivo — o marido tinha estado tempo demais na prisão e agora era tarde para ter um filho seu — e gostava de tê-lo por perto, ainda que fosse só para brincar de ter família. E em um filho a gente confia, não? Biscoitinho o viu entrando exatamente no prédio do Roipnol, e correu para detê-lo. Explicou para ele que queria trampar com eles, recitou a parte que Nicolas lhe tinha dito para recitar. E o fez direitinho, repetindo as palavras como tinha feito primeiro lá na igreja. Mijãozinho deve ter entendido aquele tom como se fosse o de um verdadeiro desespero, porque não parava de repetir: "Cara, mas é claro…". Claro que ia levar ele lá em cima, agorinha. Estava indo lá mesmo.

Subiram as escadas correndo e, na frente da porta blindada, Mijãozinho ergueu a cabeça na direção das câmeras.

— Dona, esse é o Biscoitinho, amigo meu. Ele tá se cagando de medo depois que o Roipnol acabou c'o Mellone. Ele disse que tem medo que todo mundo que trampa na paranza do Marajá acabem do mesmo jeito. — Sem perceber, havia usado o mesmo tom que Biscoitinho usara pouco antes, e a voz metálica da Bunduda respondeu:

— E faz bem de ter medo. Entra, criançada.

Mijãozinho abaixou a maçaneta e a porta se abriu. Ele deu um passo para entrar, mas Biscoitinho o agarrou pela camiseta e disse, cobrindo a boca com a mão para não se mostrar para a câmera:

— Tô com vregonha de fazer isso na tua frente, eu queria entrar sozinho.

Mijãozinho parou na soleira da porta. Parecia indeciso. O que dissesse decidiria como aquele dia se desenvolveria. Se tivesse insistido para entrar com ele, o que teria acontecido? "Menino Jesus…" disse Biscoitinho para si mesmo.

— Tá bem — respondeu Mijãozinho —, nós se vê — e desceu as escadas.

Biscoitinho ficou na soleira da porta por alguns segundos, o tempo para ter a certeza de que Mijãozinho não tivesse mudado de ideia, e depois entrou no apartamento, usando como guia as vozes de Roipnol e da esposa. Reconheceu na hora os móveis que havia visto na rua durante a mudança, e ainda dava para sentir o cheiro da tinta. A Bunduda estava acomodada na otomana, e o Roipnol estava sentado a uma escrivaninha de madeira escura.

As venezianas semicerradas deixavam passar um raio de luz, e a iluminação do cômodo era garantida por uma lâmpada no canto. No jogo de sombras que se criava, o rosto de Roipnol parecia dividido em dois, dia e noite. Aquele homem com as costas encurvadas e a cara de serpente — olhinhos muito perto um do outro, lábios finos se abrindo em um sorriso ferino, pele que brilhava — agora parecia quase um viking. Não parecia nem surpreso, nem assustado, e até a Bunduda não tinha perdido a compostura. Biscoitinho recitou a sua frase:

— Agora é nós que manda. Você e a Bunduda tem que ir s'imbora.

— Ah, eu não tinha me lembrado — disse Roipnol, mas voltando-se para a esposa. Agora o raio de luz atingia a orelha, a nuca, os cabelos recém-pintados. — Cê ainda tava nos colhões do teu pai quando eu defendia o teu bairro destripando 'o Boa. Fui eu que botei o Mangiafuoco pra fora da Sanità. — Depois se voltou de novo para Biscoitinho. — Pra quem te mandou, você tem que dizer que Forcella é um direito meu!

— Ninguém me mandô — respondeu Biscoitinho. Tinha dado um passo à frente, um movimento mínimo, para ter uma mira melhor.

— Ô ranhentinho — disse Roipnol, se voltando de novo para a esposa —, mas como é que cê tem coragem?

— Cê vai se machucar, Roipnol — mais um passinho.

— Ah, ah, você viu como ruge esse mosquitinho. E cê acha que eu tenho medo de uma criança como ocê?

— Eu, pra virar uma criança levei dez ano; pra te dar um tiro na cara, levo um segundo.

O clarão do Desert Eagle criou uma imagem instantânea do cômodo. Roipnol de boca aberta, as mãos no rosto como se pudessem preservá-lo. A Bunduda inesperadamente ágil que se jogava sobre o marido, ela também com a ilusão de poder protegê-

-lo. Depois tudo voltou a ser sombra e luz. Biscoitinho correu para fora da saleta, e ficou parado ali, imóvel. Voltou, ergueu de novo a pistola e enquadrou o traseiro da Bunduda. Será que saía ar daquelas duas bolonas?, se perguntou. O tiro entrou preciso na nádega direita, mas nada de ar. Desiludido, Biscoitinho acabou com a Bunduda com um tiro na nuca.

Saiu voando pelo apartamento e pelas escadas com a velocidade destrambelhada de seus dez anos, dando encontrões nos batentes das portas e corrimãos, mas não sentiu nada.

E lá estavam o portão, alguns degraus, talvez uns três metros. Já via a rua e depois não a viu mais, porque Mijãozinho tornava a entrar naquele momento com um *donut* na mão.

O Desert Eagle ainda estava quente, machucava a pele do Biscoitinho, que pensou por uns instantes insanos em pegá-lo e eliminar aquela testemunha também.

— O que é que aconteceu? Foi tiro? Mas que é que cê fez?

O seu amigo o encarava, o rosto salpicado de açúcar. Biscoitinho continuou a correr dizendo por cima dos ombros só um:

— Cê come esse *donut*.

28. Irmãos

O centro estético 'O Sole Mio tinha um site simples na internet. Algumas fotos e um número de celular. A moça que atendeu ao telefonema de Lollipop repetiu duas vezes que o centro todo ficaria reservado até a hora de fechar. "Nós vai festejar um batismo!" A moça estava cada vez mais perplexa:

— Um batismo, no centro estético, mas que loucura é essa, é uma brincadeira?

Lollipop tinha desligado e havia se apresentado dez minutos depois na frente da moça com dois mil euros em notas de cem. Depois, enviou a mensagem no grupo:

Lollipop
Velho hoje a tarde nós tudo
vamo festejar o batismo do Biscoito.
Vamo tomar sol!

A mensagem chegou com clareza para toda a paranza:

Marajá
Caraca, daora!!!

Biscoitinho
Cê mandou muito bem!!

Eutavadizendo
Orra, vou fazer depilação total!!

Às três em ponto, hora de abertura do centro, a moça viu entrar em primeiro lugar Tucano e Eutavadizendo, que traziam o dono da festa sentado nos antebraços. Os três estavam penteados à la Genny Savastano, protagonista da série televisiva *Gomorra*, e atrás deles apareceu Nicolas com uma coroa inflável vermelha na testa que o fazia parecer muito alto. Lollipop e Drone a colocaram nele na soleira da porta. Logo atrás Drago' e Dentinho, cheios de correntes e pulseiras de ouro, que nem a Nossa Senhora de Loreto tinha naquela quantidade, gritavam:

— Parabéns, Biscoito, cê ficou grande!

Passaram pelo bronzeamento artificial, depois pela pedicure, depilação do corpo e do rosto, e por fim prepararam uns baseados na sala de relaxamento cor de palha e feno. Para o batismo de fogo do Biscoitinho tinham trazido um papelote de cocaína rosa para que ele experimentasse. Nicolas tirou-a do roupão de banho e preparou uma carreira no banco de teca, convidando-o a abrir a rodada:

— Nós raspou as costa da Pantera Cor-de-Rosa, e olha só que mercadoria boa que saiu!

Biscoitinho cheirou pela primeira vez; no início se conteve bem, mas depois de cinco minutos começou a pular por todos os lugares, a virar estrela e a fazer paradas de mão por toda a sala, até que os outros não aguentaram mais todo aquele movimento e o mandaram tomar um banho aromático.

Enquanto se balançavam nas redes, sem nem um pelo a mais, com exceção de Dentinho, que tinha mantido os do peito, onde se destacava uma corrente com um medalhão de ouro maciço que o cobria de mamilo a mamilo, Lollipop perguntou:

— Mas por que é que com esse dinheiro cê num arruma esses dente, em vez de gastar tudo com essas corrente de ouro?

— Assim as mulher gosta de mim, tenho uma janela na boca e elas vê o que é que eu tenho drento.

— Vê toda a merda que cê tem por dentro — retrucou Lollipop.

— Caralho, mas como é que cê estragou os dente? — perguntou Drone.

Era uma história que Dentinho nunca contava. Mas desde que havia começado a ser temido, a ter um pouco de dinheiro, a ficar abraçado com uma namorada, ele não ligava para esse defeito, pois se tornara seu traço distintivo.

— Eu tava jogando basquete, né, e então comecei a surrar um imbecil, que uma hora lá me deu uma bolada na cara. Cês sabe quanto que pesa uma bola de basquete? Quebrou os dois dente da frente, um em cima e o outro embaixo.

— Não, que que é isso, num é possível que cê jogava basquete! Quem é que acredita nisso? Se cê tem um metro e porra nenhuma de altura!

— Mas cê vai se foder — disse Dentinho. Depois ele se voltou e ficou olhando Tucano, e quis matar uma curiosidade que ele tinha já fazia um tempo. — E ocê, Tuca', por que é que te chamam assim?

Tucano não se parecia nem um pouco com um tucano, seu nariz era pequeno, sua barba, apostólica. Simplesmente um dia, enquanto dirigia sua scooter com Briato' na garupa, entrou na sua boca um inseto. Ele começou a cuspir, tomado por ânsias de vômito, depois estacionou e enfiou dois dedos na boca, procurando o bicho que continuava a se debater contra o céu da boca e a sua língua. Quando finalmente conseguiu se livrar do inseto, disse um, "Cacete! Mas me tinha entrado um tucano na boca!".

Na garupa, Briato' tinha chorado de rir por causa daquela "butuca" mal pronunciada, e assim o nome Massimo Rea tinha sido apagado da memória de todo mundo que o conhecia, e ele se transformara simplesmente em 'o Tucano.

— E você, Briato', por que é que te chamam assim?

Nicolas se levantou da rede e Lollipop disse:

— Cala a boca, ô, o rei vai falar.

O Marajá, colocando a coroa na cabeça, explicou:

— Eu tava lá. A gente tava no último dia do terceiro ano e nosso professor de ciências deu uma volta pela sala pra saber o que é que a gente queria fazer quando crescer. Todo mundo dizia advogado, chef, jogador de futebol, assessor... Briato' só respondeu, "Flavio Briatore".

Então Nicolas fez um gesto e os outros também se levantaram. Foram se juntar ao Biscoitinho no banho aromático. Ele estava deitado de barriga para baixo, sob a água perfumada com folhas de amora; de vez em quando ele abria a boca e bebia. Mal os viu, se levantou:

— Caraca, onde é que cês tava? — Continuava a tocar o nariz, como se ele também tivesse uma butuca para tirar, e os olhava com estranheza.

Tiraram as roupas juntos e ficaram, de repente, todos nus um do lado do outro.

— Agora vamo tirar as medida — disse Drone balançando o seu pinto, e fez com que todos o olhassem e olhassem os dos companheiros. Automaticamente, se colocaram em fila imitando Drone, pau na mão e barriga de fora. — Vamo levantar a bandeira! — e se inclinou para trás. — Desmanchar filas! — ordenou Nicolas

365

desaparecendo na neblina de vapor na frente das cabines coloridas. Drago' pegou Biscoitinho pelo pinto e o arrastou pela sala:

— Assim ele fica comprido — disse, e os demais riam antes que todos entrassem no banho, muitas vezes em dupla, muitas vezes passando de uma cabine para outra para trocar de cor ou para experimentar rapidamente a sequência dos perfumes. Peixe Frouxo se concentrou para soltar um peido e Drone fingiu que morria debaixo de um jorro azul de água terapêutica.

— Cê tá gostando da tua festa, Biscoito, tá se divertindo? — Nicolas perguntou apertando uma bochecha dele.

— É, tá boa... mas, onde é que cês tava? — disse, de novo.

— A gente tava contando as nossa história, falando dos nosso nome...

Biscoitinho o interrompeu:

— É, é mesmo, eu sempre fico pensando, porra, como é que o Drone tem um nome tão bonito. Eu queria um igual, que Biscoitinho me faz vomitar!

Drago', irreconhecível com os cabelos grudados na cabeça por causa da chuva de borrifos, deu um tabefe no Drone:

— Ah, esse aqui conquistou o apelido. Em toda a Itália, ele é o único que comprou os mil fascículo semanal a dois euro e noventa e nove do "Construa o seu drone". Mas ele não só comprou, ele é também o único que conseguiu construir o drone de verdade. E ele voava!

— Não, cê tá falando a verdade? — disse Biscoitinho olhando espantado para o Drone.

— Cacete, mas nem Dan Bilzerian tem o drone!

— Esse aí tem uns dez. Eu sigo ele no Instagram.

— Eu também, e nunca vi o drone.

A massagista, uma moça que teria agradado Peixe Frouxo, chegou para dizer que 'O Sole Mio estava fechando, eles precisavam se vestir e ir embora. A festa tinha acabado. Ela recomeçaria só umas horas depois no Novo Marajá.

A cidade tem, nos seus limites, uma área de pequenos prédios de dois, três, no máximo quatro andares, sempre esperando serem quitados, e que, inchando, se transformaram em cidadezinhas. E ao redor, o campo que relembra qual deveria ser o passado das terras agora agredidas e sufocadas pelo concreto. Era sempre uma surpresa, mesmo para quem tinha nascido ali, que só bastava se desviar umas vezes da estrada principal para se encontrar no meio dos campos. Por outro lado, a alguns quilômetros indo em uma direção completamente diferente, Nicolas era bombardeado por feixes luminosos e movia a cabeça ao ritmo de uma música da década de sessenta rearranjada em ritmo disco. 'O Marajá estava no Novo Marajá e fingia se divertir na festa de formatura em ciências políticas do filho do advogado Caiazzo, representante legal dos Acanfora e dos Striano antes que eles se arrependessem, dos Faella, de jogadores de futebol e de diversas celebridades. Tinha acompanhado também os meninos pela acusação de tráfico que colocou Alvaro na cadeia. Uma hora antes tinham terminado ali os festejos para Biscoitinho. Eles o fecharam em um círculo de braços e depois, um por vez, o encharcaram com champanhe. Brindaram aos pontos de venda, que depois da morte de Roipnol seriam deles, e depois fizeram até um brinde à saúde do Briato' e do Peixe Frouxo, feridos em batalha. Por fim, botaram para fora o festejado: onde estava o presente dele. A sua nova scooter. O presente para a paranza, pelo contrário, fora trazido pelo advogado Caiazzo: a notícia da suspensão condicional da pena pela condenação por aquele velho processo.

— Bom advogado — disse Dentinho.

— Moët & Chandon pra comemorar — berrou Marajá —, duas garrafa... vamo comemorar!

— Meninos, é pena suspensa, isso quer dizer que se vocês forem condenados de novo, a suspensão é revogada, e vocês cumprem pena.

Ergueram os cálices, dizendo:

— Dotor, nós é intocável.

Agora Nicolas estava com a cabeça em outro lugar. Não parava sentado por mais de dois minutos e depois se levantava, entrava na sala VIP e saía, ia pegar um acapulco — o filho do advogado havia resolvido que o tema da festa seria tropical — e depois dava uma passada na pista, abraçava Letizia, batia um papinho com alguém. Mas sempre com um olho no smartphone. Os numerozinhos em cima dos nomes do grupo continuavam aumentando, mas ele só se interessava por um nome, que, contudo, ficava no fim da lista. O DJ interrompeu a música e a luz invadiu o lugar, era o momento do discurso do advogado Caiazzo. Os vasos capilares do rosto estavam saltados e ele havia desabotoado a camisa quase até o umbigo. Lamentável, pensou Nicolas, mas quando o advogado pediu silêncio e logo depois os aplausos para o filho, 'o Marajá colocou o acapulco na mesa e bateu palmas com convicção. O advogado Caiazzo havia arrastado para baixo da pintura que retratava o rei indiano uma cadeira branca, uma dentre as muitas que lotavam o lugar, e que Oscar havia se apressado a mandar estofar de novo com um tecido limpo porque, dizia, aquilo era um batismo. Caiazzo ficou em pé e, para se equilibrar, começou a pisotear o assento com os seus Santoni de camurça.

— Obrigado a todos — disse. — Estou vendo os rostos dos meus amigos, dos meus clientes.

E alguém atrás de Nicolas disse:

— Outros rosto, dotor, não pode estar aqui, tão de férias...

— Sim, fiz o melhor possível, mas nós os traremos para cá! Nós os traremos para cá, porque eu só defendo os inocentes.

Risadas.

— Estou feliz porque hoje celebramos a formatura do meu filho Filippo, doutor em indecências políticas.

Risadas.

— A minha outra filha, Carlotta, se formou em Cartas e Cartões-Postais; e o meu filho maior, Gian Paolo, num pensou mesmo em se formar, e agora tem o restaurante em Berlim. Como vocês veem, todos quiseram seguir o exemplo do pai: não ficar igual a mim!

Mais risadas. Até Nicolas ria e, nesse meio-tempo, com uma das mãos acariciava a bunda da Letizia e com a outra, enfiada no bolso, esperava que o telefone vibrasse.

— Seja como for, Filippo, só tenho um desejo — continuou o advogado —: hoje você aproveita com o papai, para ficar desocupado para poder esperar amanhã!

Um monte de risadas. O discurso havia acabado, a festa podia continuar.

Letizia tentou arrastar Nicolas para dançar, porque o DJ estava tocando "Music Is the Power" e ela não conseguia ficar parada. Nicolas estava a ponto de dizer que não tinha a menor vontade aquela noite, mas Letizia estava um sonho, espremida naquele vestido que deixava as costas nuas. Nicolas a agarrou por trás e lambeu-lhe o pescoço. Ela fingiu se ofender e deu dois passos rápidos no meio da pista para se fazer acompanhar por seu homem, mas o smartphone do Marajá vibrou e dessa vez era a mensagem que esperava. A foto de um céu estrelado e o texto "O céu da minha casa é sempre o céu mais lindo do mundo". Nicolas agarrou Letizia como havia feito antes e, enquanto ela rebolava se esfregando nele, sussurrou para ela: "Se alguém me procurar, diz que estou na sala VIP. Se te perguntarem na sala VIP, diz que estou no banheiro. Se alguém chegar perto do banheiro, diz que saí pra andar".

— Mas por quê, que é que cês tão aprontando? — perguntou Letizia, sem parar de dançar.

— Nada, um serviço. Mas eles tem que achar que eu tô aqui, depois te explico.

Olhou-a enquanto se dirigia para a saída, na alternância de luz e de sombra que tornava cada movimento isolado e imprevisível, confundindo corpos e sobrepondo rostos. E, por um segundo, dançando com os braços erguidos e movendo a cabeça de um lado para o outro, pareceu-lhe que se fixava nela o olhar de alguém conhecido. Renatino, com o rosto de menino, idêntico ao da última vez em que o havia visto, nos tempos do embosteamento, e o corpo de homem dentro de uma farda do Exército. Foi um segundo, depois não o viu mais, e nas primeiras notas de "Single Ladies", Letizia correu para procurar a Cecilia e imitar a coreografia da Beyoncé, esquecendo-se dele.

Lá fora, um automóvel esperava Nicolas. Um Punto azul escuro, igual aos que se veem passando às centenas em uma rua qualquer de uma cidade qualquer. Ao volante estava Cão-Macaco, que, sem nem ao menos cumprimentá-lo, fez Nicolas se acomodar no banco do passageiro. Pegaram a rodovia estatal. Saíram da cidade. Na cabeça de Nicolas continuava a soar a canção de antes. Só quando escutou os balidos entendeu que havia chegado a outro mundo. Cão-Macaco estacionou o Punto no acostamento e disse:

— Vamo ver ess'oveia…

Foram andando atravessando os campos. Cão-Macaco se

orientava à perfeição e controlava onde punha os pés com a luz do celular. Depois parou de repente, e Nicolas quase se chocou contra ele.

— Taí, a oveia — disse Cão-Macaco.

Ele estava sentado em um murinho de pedras que antes deveria delimitar o terreno de uma casa de campo, agora reduzida a um barracão, as paredes meio ruídas e um teto improvisado de lâminas de metal que os temporais haviam dobrado ao meio. Estava fumando tranquilo, e entre uma tragada e outra batia papo com Drago', que, ao lado dele, verificava o celular — aquele nariz ligeiramente torto se destacava contra a escuridão da noite a cada vez que virava o smartphone. Na frente deles dava para perceber uma fossa, que eles aproveitavam como passatempo jogando nela os seixos que tinham empilhado na mureta. Pareciam dois meninos do ensino médio, pensou Nicolas.

Foi o menino ao lado do Drago' que se deu conta da presença de Nicolas e de Cão-Macaco. Virou a cabeça e entendeu na hora. Virou-a de novo para procurar uma confirmação — se tivesse sido necessário — nos olhos de Drago', mas o Cão-Macaco já estava ali, corpo a corpo.

— Ô home de merda, cê comeu na minha casa.

— Mas o que é que cê tá dizendo? Num fiz nada, nada, Maca'!

Ainda sentado no murinho, tinha se voltado para o outro lado para se confrontar com Cão-Macaco, que agora berrava na cara dele. Nicolas e Drago' o bloqueavam à direita e à esquerda. Atrás, só a fossa.

— Nada? Olha aqui — continuou Cão-Macaco mostrando uma foto no seu smartphone. — Cê sabe quem é? Sabe quem é esse?

O rapaz tentou abrir caminho com os ombros, mas Nicolas e Drago' o contiveram segurando-lhe os braços e torcendo-os por trás das costas. Cão-Macaco enfiou o celular no bolso traseiro da calça e fez sinal para que os dois o soltassem. A noite havia perdido sua beleza, e as nuvens cobriam a lua impedindo que aquela cena fosse iluminada com um mínimo de luz. Até as ovelhas tinham parado de balir. O único som era o da respiração dos meninos, e da respiração mais acelerada do prisioneiro deles. Ele não tentava mais responder, não era uma situação da qual desse para escapar com palavras. Cão-Macaco firmou bem os pés no terreno irregular e lhe deu um empurrão forte que o fez rolar para dentro da fossa. Não esperou que ele tornasse a se levantar, pegou a pistola e atirou onde já havia resolvido que o primeiro projétil deveria parar. No rosto. Porém, atingiu o osso da bochecha. Um tiro que desfigura e faz urrar de dor, mas não é um tiro que mata. O rapaz na fossa começou a pedir desculpas, a implorar piedade. Cuspia palavras misturadas com sangue, que lhe grudavam na garganta quando tentava retomar a respiração. Só agora Nicolas percebeu que Cão-Macaco usava luvas de látex e, instintivamente, limpou as palmas das mãos no tecido da calça.

Enquanto isso, o rapaz na fossa urrava:

— Cê me atirou na cara! Que merda que cê tá fazendo! — mas Cão-Macaco ainda não tinha terminado. Em rápida sequência, lhe meteu uma bala no joelho e uma no estômago. Nicolas não conseguiu deixar de pensar em Tim Roth nos braços de Harvey Keitel e em como poderia ser longa aquela agonia. Quanto sangue continha um corpo humano? Tentou recuperar algumas reminiscências, mas foi interrompido pelo último tiro de Cão-Macaco, que se enfiou direto no olho do rapaz.

Levaram uma hora para encher a fossa com as pás que encontraram no barracão. As ovelhas haviam recomeçado a balir.

Nas últimas semanas, Dumbo e Christian tinham se visto só umas vezes. E depois nada, de um minuto para outro aquela amizade que previa dias inteiros não fazendo nada juntos tinha se evaporado. Christian não ousara perguntar nada para Nicolas: a paranza, a maconha, as armas... tudo chegava até ele por Nicolas, e era ele quem decidia quando. Sempre tinha sido assim entre eles e, no entanto, Christian sabia que não faltava muito para o dia em que seria seu próprio irmão que o convidaria para subir em outro teto, com outras armas, para perfurar outras parabólicas.

Christian estava deitado na cama e escrevia para Dumbo quando Nicolas entrou no quartinho. Todas aquelas mensagens o amigo não tinha nem lido, os tiques ao lado continuavam sem cor. Era estranho, Dumbo nunca tinha passado tanto tempo sem olhar o celular.

Nicolas tinha entrado no quartinho como fazia sempre — empurrando a porta com os ombros e depois dando um pontapé para fechá-la — e deu um pulo se jogando na cama. Se de suas respectivas camas eles tivessem esticado os braços, teriam se tocado com as pontas dos dedos. Christian virou a cabeça, e o perfil duro do irmão estava apontado para o teto. Depois Nicolas fechou os olhos, e Christian fez o mesmo. Ficaram assim um pouco, um escutando a respiração do outro. Cabia ao irmão mais velho romper aquele silêncio e ele o fez tirando ruidosamente os Air Jordan com os pés. Os tênis caíram um por cima do outro. Christian abriu os olhos, verificou uma vez mais a cor dos tiques no smartphone e depois entrelaçou as mãos atrás da cabeça. Estava pronto. Estava escutando.

— Puta que pariu! O Cão-Macaco me encheu o saco — disse Nicolas. Tinha pronunciado "saco" como se botasse para fora o excesso de ar. Estava se livrando de alguma coisa, e aquele projétil de ar era a testemunha. Christian deu uma olhadinha de novo para o lado do irmão, que estava imóvel; só os lábios se moviam de tempos em tempos procurando as palavras certas. Christian voltou a olhar fixamente para o teto, e tentou se concentrar no próprio corpo. Não, ele não sabia se fingir de morto.

Christian conhecia bem a história do Cão-Macaco. Ele a conhecia como uma história vinda de longe, uma história de guerra, um jogo do qual não poderia participar, uma batalha na qual o irmão usava o elmo e roupa camuflada, e às vezes até mesmo espada e armadura. A ele cabia ficar ali no quartinho, com a mãe e o pai talvez brigando do outro lado, esperando notícias do que acontecia no pedágio, nas fronteiras, na cidadela de aleias. Tudo tinha acontecido tão rápido nos últimos tempos. A paranza do Nicolas tinha evoluído e agora negociava heroína diretamente com os Acanfora de San Giovanni a Teduccio. Com Cão-Macaco. Em mais de uma ocasião tinha tido vontade de perguntar a razão daquele apelido, mas nunca perguntara, talvez para não estragar a imagem que ele tinha construído do novo rei de San Giovanni. Uma espécie de Pokémon, metade macaco e metade cachorro, ágil na corrida, imbatível na hora de subir aos saltos. E que o contato com o Cão-Macaco surgira por um golpe de sorte e exatamente por causa do Dumbo. Ele tinha ficado um ano em Nisida — e não tinha falado, não dissera o nome de ninguém — e lá ele o conhecera. Até essa história Christian tinha ouvido um milhão de vezes, e toda vez que o próprio Dumbo contava, enquanto o levava por aí no seu Aprilia Sportcity ou quando estavam deitados enrolando um baseado, acrescentava um pedaço.

— É uma merda mesmo — disse ainda Nicolas. E então Christian o olhou deitado na cama exatamente na mesma posição, mas se arrependeu na hora, não queria que o flagrasse enquanto o espiava.

É uma merda, o Dumbo também tinha dito para o Christian, quando ele lhe havia perguntado como era o Cão-Macaco.

Uma merda. Ponto. E não acrescentava mais nada, e era estranho até para alguém que falava quando não devia; e talvez por isso Nicolas tivesse preferido deixá-lo de fora da paranza. De qualquer modo, Dumbo tinha ido parar em Nisida porque, quando tinha treze anos, ajudara o pai a limpar um depósito de azulejos. Estavam juntos também o Dentinho e o pai dele, trabalhavam várias vezes juntos nos canteiros de construção, mas eles tinham conseguido escapar.

— Cão-Macaco diz que o Dumbo comeu a mãe dele, e que fala isso por aí, e que até mandou uma foto do pau dele pro celular da mãe.

Christian não soltou um pio, nem um movimento sobre os lençóis amarfanhados, e dessa vez não tentou nem dar uma olhada no Nicolas. Poderia ser uma armadilha. Talvez Nicolas, agora, tivesse virado a cabeça e esperasse interceptar os olhos do irmão — da mesma cor, idênticos, a única característica física que tinham em comum — para ler a verdade a respeito do Dumbo.

Dumbo também contava a mesma história. Contava que a Tsarina — a mãe do Cão-Macaco — era louca por ele, e aquela gostosa, ele a chamava assim, ele tinha transado com ela mais de uma vez. "Tem duas tetas que parece de mármore", contou para o Christian um dia, bem naquele quartinho. Depois fez um gesto com a mão, para dar a entender que aquelas orelhas que lhe tinham garantido o apelido não tinham nada que ver, como algumas pessoas pensavam, com o fato de ser bicha.

Christian se esforçou para interromper o fluxo dos pensamentos e, sem se fazer observar por Nicolas, deu outra olhada no celular. Dumbo continuava não lendo suas mensagens...

— ... e então fui até a Aza, no esconderijo das arma. Não queria me encontrar com o Maca' com as mão vazia, tá me entendendo? Se aquele lá descobre que eu tô de acordo com os Grimaldi, me mata. E ele ainda continuava a me chamar, onde cê tá?, vai depressa!, tenho que falar com você logo. Cê tá me entendendo?

Entendia, o Christian. E a cada vez que o irmão lhe dizia alguma coisa e terminava a frase com "cê tá me entendendo?", ele sentia um arrepio. Quando Nicolas conversava com os outros, raramente dizia um "cê tá me entendendo?", e os outros tinham de se virar; mas com ele era diferente. E entendia também que Cão-Macaco era um verdadeiro pé no saco, que Nisida estava ligado a Dumbo não se sabia bem por qual motivo, já que o seu amigo era um daqueles meninos maleáveis, que você pode manipular, mas até certo ponto. Dumbo era mais esperto do que os outros pensavam, Christian tinha percebido na hora, e sabia também que o pai foi responsável por metê-lo naquela confusão, com aquele plano dele que parecia uma piada. Um dia ele apareceu na casa do pai do Dentinho com uma ideia para foder os romenos e macedônios que diminuíam os preços e tiravam o trabalho dele, porque o acidente vascular cerebral tinha deixado uma perna e um braço dele com problema, ele vivia dizendo, mas a cabeça funcionava bem, até melhor. O plano era simples, bastava esvaziar os depósitos de material de construção com os moleque e roubar todos os azulejo, manter eles guardado por seis meses e depois recomeçar. Resumindo, fazer a rapa. A história do roubo Christian tinha ouvido apenas do Dumbo, porque o Dentinho, lá no fundo, se envergonhava de ter caído fora e de não ter parado em Nisida.

O plano correu bem até quando o pai do Dumbo enfiou na cabeça de pegar sozinho um dos pesados blocos de azulejos das prateleiras de metal. Caiu no barulho surdo dos azulejos de Vietri que se quebravam no chão, recebendo em cima do corpo a prateleira toda. Tentaram por alguns minutos tirá-lo de lá, mas o peso era excessivo para os braços deles. Então, Dentinho e seu pai fugiram correndo pelo meio do campo, enquanto o Dumbo puxava o pai que gritava para o filho cair fora.

Nicolas tinha relaxado e agora não falava mais com frases interrompidas; Christian, entretanto, continuava a se distrair e não entendia quase nada. Cada palavra de Nicolas era importante, tinha algo a aprender com cada frase, e agora por que não conseguia manter os ouvidos atentos à sua história como fazia sempre? Havia algo elétrico na imobilidade de Nicolas que não o deixava convencido, alguma coisa que até lhe metia um pouco de medo e lhe dava vontade de se retorcer na cama. Mas nem pensava em se levantar e sair: mais ainda do que naquela noite em que tinha levado a pistola para casa, Nicolas, naquele momento, imóvel em cima da colcha azul com nuvens, parecia invencível como um super-herói. Christian tirou as mãos de trás da cabeça e enxugou o suor na calça. O colchão era um formigueiro. O corpo todo coçava, mas ele se forçou a ficar imóvel e concentrado como o irmão.

— Ele mandou me revistarem e encontrou na hora a arma. Eu queria levar o Tucano, aquele lá é louco, mas se tem que agir, ele age. Mas o Cão-Macaco insistia, eu tinha que ir sozinho, cê tá me entendendo? E ainda por cima o Tucano já queria acabar com todo mundo, como o Scarface. Eu chego e o Cão-Macaco tá nervoso demais, mas as armadilha, me escuta só, se faz com tranquilidade, eles te enfia ela no rabo quando cê tá tranquilo. E na hora me encontram a arma, e o Cão-Macaco fica puto da vida porque na casa do Don Cesare Acanfora não se entra com arma e depois a gente tamo ganhando dinheiro e por que tamo dando tiro? E eu falo pra ele que o que pode acontecer e o que não pode acontecer eu num sei, eu só sei que tô melhor quando posso atirar, cê tá me entendendo? Ele me responde, tá bem, e depois pega um celular que não é o dele porque tá cheio de brilhantinho atrás, e é o da Tsarina, entra no WhatsApp e me faz ver uma conversa dela com o Antonello Petrella.

Antonello é o Dumbo, disse o Christian para si mesmo, é o Dumbo. A coceira na altura da mandíbula, na dobrinha da orelha, fica insuportável. Ele se coçou em silêncio, enfiando as unhas na carne para ser o mais decidido possível, e com o rabo dos olhos viu um movimento. Nicolas tinha tirado o smartphone da calça, e com o polegar fazia a tela correr rapidamente. Uma conversa. Uma mensagem de áudio.

— Tô com tudo gravado — disse Nicolas, e com o indicador da outra mão apertou o play.

"Cê viu? Cê viu?"

"Peraí, me dá um tempo. Não, num pode ser!"

"E agora olha aqui. Cê mandou a foto do seu pau pra minha mãe."

"Mas a mamãe me dá corda."

"Ah, minha mãezinha não sabia o que fazer."

"Quer dizer, a mamãe queria transar com o Dumbo?"

"Num sei, tô com vontade de matar ela e ele."

"Faz isso, pega o Dumbo e acaba com ele."

Essa era a voz do seu irmão. Tinha sido ele a dizer, "acaba com ele". Christian sabia, era a voz dele, claro, mas ao mesmo tempo não parecia, como é que fazia pra ser a dele? Olhou Nicolas desorientado, mas ele estava com os olhos fixos no celular.

"Não, a gente tá com a DIA nas costa; por causa da história dos talibã tamo com os americano em cima também. Não podemo matar alguém no meio da rua desse jeito."

"E daí? E agora cês num faz nada."

"Num faz nada? Quer dizer, botam a mão na mamãe e cê?… Na tua paranza tá o Dentinho, ele é o melhor amigo do Dumbo."

"É, o Dentinho é o irmão do Dumbo. Mas o Dumbo trampa pra você, tá sempre por aqui."

"Não, já faz um tempo que ele num aparece. Num veio pegar o dinheiro, num atende telefone. Num aparece mais. Num posso fazer a operação cos soldado por causa dum idiota desses."

Sem se dar conta, Christian tinha fechado os olhos; os ouvidos ele não podia fechar, pelo contrário, e a boca não conseguia abrir. Queria dizer que Dumbo era um deles, assim como o Dentinho. Com ele tinha fumado o primeiro baseado, e tinha sido ele que o fizera testar a scooter na garagem da sua casa. Queria dizer, mas não conseguia interromper aquela gravação, teria sido igual a interromper Nicolas, não era possível. Até o modo como o irmão tinha começado aquela conversa não lhe dava permissão de mostrar alguma emoção, como se as palavras que agora enchiam o quartinho não tivessem valor por si sós, como se fossem simplesmente outro capítulo da sua educação: importava só que ele ouvisse e aprendesse. E agora ele escutava, tinha de escutar se queria ficar igual ao irmão, estar à altura, mas mantinha os olhos fechados e com a memória voltava às caretas que o Dumbo fazia para fazê-lo dar risada, ao dia em que o levara ao estádio para ver o Napoli contra a Fiorentina e o fizera até beber a sua cerveja. Quase sentia o gosto dela na boca, enquanto os ouvidos seguiam a voz do irmão e aquela outra, as duas irreais.

"Alguém tem que levar ele pro campo, pra lá de San Giovanni. Num tem que dizer nada pra ele. Só que vai levar ele pra qualquer coisa, uma festa. Diz pra quem cê quiser. Num me interessa. E daí eu vou tá lá, eu faço umas pergunta pra ele, pergunto umas coisa e depois dou um tiro nele. Assim resolve. É muita desonra, ele sai dizendo por aí que transou com a minha mãe. Ele mandou o pau pra ela, cê entende?"

"Mas se cê mata ele assim, depois ninguém sabe que cê matou. Ninguém entende a punição."

"E ninguém vai saber. Ele só tem que morrer."

O Marajá sabia que cada morte tem duas faces. A morte e a lição. Cada morte metade é do morto, metade é do vivo.

"E se eu num consigo?"

"Se cê num consegue, os negócio que nós vai fazer junto não faz mais."

"Mas e o que é que tem a ver os negócio com a foto do pau que mandaram pra tua mãe?"

"'O Marajá, cê é mesmo uma criancinha, uma ofensa feita pra mamãe é uma ofensa feita pra você. Uma ofensa feita pra mãezinha é uma ofensa que cê num consegue se livrar. Quer dizer que podem fazer qualquer coisa com você. Cê tá dando ordem pra eles cagar na tua cara."

— Cê tá me entendendo, Christian?

A mensagem tinha acabado, Nicolas colocou o smartphone no bolso, incapaz de perceber o desnorteamento do irmão. Christian assentiu, tô entendendo, dizia a cabeça dele com o movimento para cima e para baixo, mas o resto do seu corpo dizia o contrário. E subia à sua boca um tipo de grito, mas não sabia nem ao menos que era um grito. Nadava onde a água não dava pé, e ainda não sabia nadar. Queria berrar que Dumbo era um amigo, um irmão, e um irmão a gente não pode matar. Queria perguntar para Nicolas se era justo matar um amigo. Ele já tinha dado a resposta fazia tempo, mas se Nicolas consentira, talvez fosse justo, não? Talvez seja justo matar um amigo que erra. E Dentinho, o que é que ele sabia dessa história toda? Christian sempre sentiu um pouco de ciúmes da amizade que unia Dumbo e Dentinho. Nunca poderia ter competido, e esse pensamento inoportuno o fez ficar vermelho de vergonha, e ele se virou para a parede, mesmo que Nicolas nem olhasse para ele. Pegou o celular, os tiques ainda não tinham ficado coloridos. Entendia, sim, que Dumbo fora condenado à morte e entendia até a última frase do irmão, aquela tentativa inútil de fazer raciocinar o Cão-Macaco, que, como todos aqueles a quem Nicolas desprezava, se obstinava a misturar sangue e negócios, família e dinheiro. Nicolas odiava gente igual a ele, ele queria que a carne não sujasse o *business*. Uma coisa é o dinheiro, uma coisa é o pau. Queria só que o irmão lhe dissesse que havia convencido o Cão-Macaco que aquilo era uma besteira, só queria que o Dumbo respondesse.

Nicolas mudou de posição, ficou de lado e depois voltou a deitar de costas. Ia recomeçar, e Christian, por um instante, se sentiu tentado a fazer alguma coisa, por exemplo, se levantar e sair, dizer que ia ao banheiro. Não tinha as palavras exatas, tinha o movimento das pernas. Tinha as mãos, que agora ele mantinha enfiadas nos bolsos; não tinha palavras, mas já sabia o que lhe dizer, ou seja, que Dumbo para ele era — *é*, fez força para pensar — mais que um amigo, outro irmão, que, diferente de Nicolas, permitia que suas histórias fossem interrompidas. E depois teria dito também que Dumbo tinha metido a paranza em uma confusão e então sabia que seria punido. Seria punido? Seria punido. Ficava repetindo a palavra "punido" e ela pulava para todos os lados, como uma bolinha. Como a bolinha amarela que o pai tinha comprado para ele na papelaria quando ainda estudava no ensino fundamental. Punido. Dumbo. Chega. Mas desde quando durava aquele silêncio? Agora eu falo alguma coisa, pensou Christian, mas de novo a voz lhe faltou. E, nesse momento, Nicolas recomeçou:

— O Cão-Macaco começou a me ameaçar: "Ah, agora chega. Se meu pai, 'o Negus, tivesse aqui, já teria te matado, porque cê sabe como ele é, porque ele é companheiro teu. Mas eu tô por baixo, num tenho os colhão que meu pai tinha, e daí, cê me traz um bom dinheiro, mas se cê num me faz isso, pode esquecer da minha heroína, volta a vender baseado e a coca, e pronto. E ainda mais, vou dizer também pros Palma di Giugliano que a heroína que eles achava que tava pegando com exclusividade cê tá pegando também, assim eu num preciso mais acabar com você, eles faz picadinho de você". Tinha decidido. E eu perguntei pra ele como é que a gente podia se organizar. Ele me disse que ia me dar notícia. Que essa festa tinha de ser organizada.

Não tinha dito "cê tá me entendendo?", e esse era o sinal para Christian de que a conversa tinha acabado. Ficaram em silêncio por um tempo, escutando os barulhos do edifício, as descargas no apartamento vizinho, o vozerio das famílias. Depois Nicolas deslizou para fora da cama, pegou os sapatos e, sem dizer nada, fechou a porta às suas costas.

Três dias mais tarde foi o Dentinho que escreveu para Christian, tinha de vê-lo agora mesmo. Estava preocupado com o Dumbo. Não aparecia em lugar nenhum, e até os pais dele estavam perdendo a cabeça. Já tinham ido à casa do Dentinho, mas ele só tinha podido responder:

— Num consigo encontrar ele. Num sei o que aconteceu com ele.

— Da última vez que eu vi ele, ele me disse tchau, tinham vindo buscar ele de motoneta — tinha sussurrado a mãe, tentando reconstruir a cena.

— Senhora, vocês precisam lembrar quem é que veio pegar ele.

Tinha começado a mostrar umas fotos no Facebook, e depois vídeos com os meninos da paranza, e depois Instagram. Mas a senhora não os reconhecia.

— Eu sinto que aconteceu alguma coisa com ele...

— Não, por que a senhora tá falando assim? — tinha dito Dentinho.

— Porque Antonello nunca foi um menino que não avisa quando fica longe de casa. Tem que ter acontecido alguma coisa com ele. Até pra você ele dizia, com certeza, se tivesse que ficar fora por algum motivo, se estava acontecendo alguma coisa, se tinha medo e então precisava se esconder...

— Esconder de quem?

A mãe tinha olhado para ele:

— E você acha que eu num sei o que é que vocês fazem?

— Ah, e o que é que a gente faz, dona?

— Eu sei que vocês passam...

Dentinho não tinha deixado que ela terminasse a frase:

— Nós passamos. E pronto.

O pai do Dumbo não tinha dito nada, olhava o telefone, sem saber se chamava ou não a polícia.

— Vocês num chama ninguém, por favor — tinha dito o Dentinho, acrescentando. — Eu encontro o Antonello pra vocês. Vocês sabe que, pra mim, ele é como um irmão.

Os pais não tinham contestado, e Dentinho sabia que tinha algumas horas de vantagem antes que eles chamassem a polícia. Perguntou para todos, e todos juravam que não sabiam nada. Sumido. Dentinho deixou Christian para o fim. Era sua última possibilidade, porque se até ele não soubesse de nada, então não tinha nada mais pra fazer pelo Dumbo.

Christian ouviu até essa história em silêncio, e quando Dentinho terminou, disse que não sabia de nada. Mostrou as mensagens que tinha continuado a escrever, e que Dumbo nunca iria ler. Então, Dentinho abraçou aquele corpo pequeno e imóvel, um pouco rígido, e prometeu para ele que logo daria notícias. E Christian, por uns instantes, se flagrou esperando que elas pudessem ser boas.

* * *

Nos dias seguintes, a mãe do Dumbo foi à polícia e denunciou o desaparecimento. Os jornais on-line já começaram a falar do assunto naquela noite mesmo. Começou a ser divulgada a frase "loba branca", que, para os meninos da paranza, não significava nada. No quarto dia de busca, Dentinho recebeu uma mensagem d'o White: "Me disseram pra procurar no Bronx". Aquele de San Giovanni a Teduccio. A zona dos Acanfora.

Dentinho tentou descobrir mais, porém 'o White não falou mais nada. Procurava e voltava a procurar. Tinha vontade de gritar o nome dele, mas nada. Então, foi aos bares: "Cara, cês viram o Dumbo?", e mostrava a foto no celular. "Não. Nada. Nós num sabe. Mas quem que é? É daqui?"

Até que a Koala, sua namorada, escreveu para ele no WhatsApp: "Me disseram que da última vez que viram o Dumbinho foi no Bronx, na Vigna… onde tava a casa velha, onde agora tão as ovelha". Sabia exatamente onde era o lugar. Tinha ido parar lá tantas vezes para se encher de vodca e fumar cachimbos de crack. Foi na direção da casinha. Ainda era dia. Não encontrou nada. Esperava que alguém o tivesse amarrado, o tivesse punido amarrando-o a uma árvore. Nada. Ao andar, afundou os pés na terra. E entendeu que alguém tinha cavado fazia pouco tempo. Tinham passado quatro dias, e nada de chuva.

— Minha mãe de Deus! Minha mãe de Deus! Não, não!

Começou a cavar com as mãos. Cavou, cavou. A terra parava debaixo das unhas dele, erguia as unhas, parava na boca, grudava no corpo porque estava começando a suar. Uma menininha perguntou para ele:

— Mas que é que cê tá vendo? Que é que cê tá fazendo?

Ele se voltou.

— Você tem uma pá?

Ela entrou naquele tipo de redil, encontrou uma pá e Dentinho começou a cavar e a cavar, até que sentiu alguma coisa. Parou de usar a pá, com medo de mutilar o corpo, e começou a usar as mãos.

Surgiu o rosto. E então Dentinho liberou toda a sua angústia:

— Não! não! Minha mãe do céu! — Um grito muito forte.

Chamaram a polícia na hora; chegou até mesmo um helicóptero, os carabinieri desenterraram o corpo. Chegaram os pais. Dentinho foi identificado e levado à delegacia. Tentaram interrogá-lo, mas ele mantinha o olhar fixo e respondia às perguntas com monossílabos. Estava perturbado. Eles o liberaram na manhã seguinte. Poderiam incriminá-lo, no celular ele tinha as dicas que 'o White e depois a Koala lhe tinham dado. Saiu da delegacia e encontrou a Koala, que o abraçou por muito tempo. Ele se deixava apertar sem mover um músculo, sem corresponder às carícias. Tinha os olhos fechados. Montaram na scooter e Dentinho falou:

— Vamo pro covil.

Foram até Forcella e entraram na casa. A Koala parou nas escadas, respeitando a regra que ninguém poderia entrar se não fizesse parte da paranza. Acima de tudo, nenhuma mulher tinha permissão de entrar ali.

— Sobe — Dentinho ordenou.

Ela só obedeceu. Preferiria não ver nada, ser invisível. Sabia que surgiriam problemas por causa disso, mas esperou ao lado dele. Dentinho estava parado, então ela ligou a televisão, só para preencher aquele vazio. Dentinho fez um gesto de repulsa e foi se jogar na cama do outro lado da casa. Depois ouviu o barulho de uma chave na fechadura e entrou Tucano, que, vendo a Koala, ficou rígido:

— Que porra que cê tá fazendo aqui?

Dentinho saiu do quarto.

— Mataram o Dumbo.

— Ah, e quem foi?

— E quem foi, foi; eu tenho que saber. Porque o Dumbo num era um soldado, num tinha nada que ver com porra nenhuma. E agora eu quero a paranza toda aqui. — Dentinho era um palmo mais baixo que Tucano, mas cuspia no rosto dele toda a sua fúria, por isso pegou o iPhone para convocar todos: "Mano, tem um joguinho de bola urgente hoje de manhã".

Um a um eles entraram no covil e o último foi exatamente 'o Marajá. Tinha os olhos inchados de quem não dorme fazia dias, e continuava a acariciar a barba.

Dentinho o agrediu na hora:

— Marajá, agora toda a heroína que vem do Cão-Macaco a gente num compra mais, fica parada. Se nós continua a comprar, se cês continua a vender, eu saio da paranza e acho que cada um de vocês é cúmplice do Cão-Macaco!

— Mas e onde é que entra o Cão-Macaco?

— O Dumbo transava com a mãe dele, e é claro que ele tem a ver. E num faz cara de paisagem, Nico', ou então eu vou pensar que cê tá dando cobertura pra ele. Dumbo num era um soldado, num era afiliado.

— Como a gente… — disse Drago'. Dava umas risadinhas e, enquanto isso, enrolava um baseado.

— Como a gente o caralho — berrou Dentinho, o agarrando pela camiseta. Drago' se soltou e jogou a cabeça para trás para dar o golpe. Foram separados pela Koala, que entrou no meio:

— Mas num banque as criança!

— Drago', Dumbo nunca pegou numa arma. Nunca fez mal pra ninguém, nunca foi um escroto — gritava Dentinho.

— Ô Denti', mas cê caiu de cabeça no chão? Aquele lá transportava toda a heroína que a gente vende… Deve de ter sido um problema por causa disso... Alguém que queria pegar a mercadoria... — tentou dizer Tucano.

— Num pode ser. Deve de ter sido uma emboscada, uma armadilha! — e, enquanto falava, não teve vergonha de começar a chorar. Naquela casa, ninguém jamais tinha chorado.

Drone estava ali, parado, para ele parecia um tipo de vingança. Antes do Dentinho, fora ele que tinha segurado as lágrimas nos olhos com muito custo, sem deixar cair nenhuma. E agora o Dentinho chorava, e era uma desonra para toda a paranza.

Drago' disse:

— Denti', hoje nós tá aqui, amanhã num tá mais. Cê se lembra? Amigo, inimigo, vida, morte: é tudo igual. Nós tudo sabe, e cê sabe também. E é assim. É coisa de um segundo. É assim que a gente vive, né?

— Mas que porra cê sabe de como se vive? Arrependido! — A palavra venenosa. A única que nunca deveria ser pronunciada. Drago' sacou a pistola e apontou para o rosto dele.

— Eu tenho mais honra qu'ocê, home de merda. Que anda com a irmã dum desgraçado, e vai saber quanta coisa nossa cê fez passar pra paranza dos Capelloni, e cê me chama de infame? Sai pra fora, você e essa puta, fora daqui!

Dentinho não respondeu, estava desarmado, mas os seus olhos fixavam Nicolas. Só ele. O chefe.

29. A mensagem

A barriga, Dentinho a tinha sentido crescer dia após dia, ainda antes que ela lhe dissesse abertamente. Tinha sentido a barriga, um abraço depois do outro, como uma coisa que antes não existia, e agora existia. Primeiro era um emaranhado de braços, ele por cima dela, ainda que fosse só para um cumprimento rápido, não para fazer amor. A Koala era assim. Apertava com o corpo todo. De uns tempos para cá, entretanto, Dentinho sentia uma espécie de prudência da parte da sua namorada, como se tivesse medo de ser esmagada por ele, espremida por ele. Não tinha perguntado nada, ela teria de dizer, pensava Dentinho, e, no entanto, já deixava a imaginação correr. Como chamariam ele? Sua mãe sempre tinha sonhado com um netinho — ainda mais uma netinha — e sonhava também com um casamento lindo, sem se preocupar com as despesas. Depois, entretanto, outro pensamento prepotente surgia, que ele tentava mandar para longe, mas que se tornava ainda mais forte. Se livrar.

A Koala tinha esperado, sabia que ele sabia, não a tocava mais com o ímpeto de antes, até Dentinho tinha ficado prudente.

Quando estavam juntos, pareciam dois namoradinhos nos primeiros dias. E até ela tinha começado a usar a imaginação. Tinha dito a si mesma que iria esperar a chegada do terceiro mês — ficava mais arredondada a cada dia que passava, e algumas mulheres do bairro já haviam reconhecido o estado interessante — e depois confessaria para Dentinho que ele ia ser papai. Até a Koala queria uma menina, e às escondidas já tinha comprado um body cor de rosa, com raiva da superstição.

E aí o Dumbo foi assassinado, e o seu homem também morreu um pouco. Não conseguia falar com ele, porque ele estava sempre andando por aí, empenhado em uma investigação pessoal para descobrir quem tinha condenado à morte o seu amigo. Nas raras ocasiões em que ela conseguia ficar sozinha com ele, Dentinho nem encostava mais nela, a mantinha à distância, e se recusava até a olhá-la nos olhos, não queria que ela visse que ele sabia, que era tarde demais para manter escondida aquela barriga, que agora todos sabiam, menos ele. Não havia espaço para a vida que a Koala carregava. Ela tentava fazer com que ele fosse de novo dela, o acariciava, mas ele se afastava com um gesto brusco e tornava a partir em busca do culpado. Pela primeira vez na vida deles havia a presença de um gelo que havia paralisado os dois, mas a criatura que a Koala trazia dentro de si continuava a crescer e reivindicava o seu futuro pai.

Dentinho não comia fazia dois dias. Não encostava na comida, não bebia. E não dormia. Quarenta e oito horas como um zumbi. Andava a pé, pensava que a motoneta teria impedido que ele enquadrasse os rostos com os quais cruzava. E ele queria mesmo era olhar todos no rosto, porque ali podia se esconder um indício da morte do seu amigo. Tinha até abandonado o grupo da paranza, e ninguém tinha tentado escrever para ele para convencê-lo a voltar. Estava sozinho.

Voltou a falar com 'o White, na saleta, mas ele jurava que não sabia de nada, que tinha trazido a mensagem para ele.

— E quem te trouxe a mensagem? — perguntou Dentinho.

— O mensageiro — respondeu 'o White. Tinha deixado crescer outro tufo de cabelos, e o acariciava lentamente.

— E quem é o mensageiro?

— O mensageiro é esta porra — e lhe mostrou o dedo médio.

Com 'o White não conseguiria mais nada, nem mesmo se o tivesse enfrentado a pontapés. Estava se divertindo, 'o White, e agora estava apalpando os dois tufos de cabelo. Dentinho saiu de cabeça baixa, pensou em falar com a Koala, mas ela só sabia o que o irmão lhe contava; além do mais, se recusava a envolvê--la, não queria sujar nem ela e nem o ser que ela carregava. Pensou até mesmo em revirar cada ponto de venda, porque lá havia as câmeras, talvez tivessem filmado o Dumbo montado em uma motoneta, talvez na companhia de alguém. O assassino. Então tentou falar com Copacabana, na prisão, mas ele se recusou a conversar. Andou um dia inteiro por San Giovanni a Teduccio. Via Marina, Ponte dei Francesi, todas as ruas que partem do corso San Giovanni, o parque Massimo Troisi. Andava a passos largos, cabeça erguida, arrogante, como se quisesse invadir um território que não era seu, porque o que tinha na cabeça era para ser notado, até mesmo decretado se fosse preciso. Percorreu quilômetros como havia começado aquela investigação. Sozinho.

Ele não estava mesmo sozinho, porque a Tsarina também estava atrás do assassino do Dumbo. Tinha se afeiçoado ao rapazinho. Ele lhe dava alegria. Ele estava sempre contente e conseguia contagiá-la. E os passeios deles de motoneta de um lado para outro da cidade, quanta falta faziam para ela. Eles a faziam se sentir uma menininha, e agora, por causa de uma bobagem, aquela maldita foto do pinto, ele pagara caro. A Tsarina tinha tentado falar firme com o filho. Como que ele tinha tido a ousadia de espiar o celular dela? Mas o Cão-Macaco podia se dar ao luxo de não ser filho quando lhe era útil, e deixou a pergunta de lado dando de ombros. Mas a Tsarina se sentia em dívida com o Dumbo, com a vontade dele de viver que se fixara na sua pele. Botou sob fogo cerrado os homens do filho dela, lembrou para eles que 'o Negus havia criado o império que lhes permitia viver decentemente, e que não falassem nada daquela conversa com o Cão-Macaco porque ela, a Tsarina, ainda podia causar mal, muito mal. E um depois do outro, eles falaram. Da operação em si não sabiam tanto; mas, colocando juntas as peças do quebra-cabeça, a Tsarina reconstruiu como as coisas tinham acontecido. Não se interessava pelos detalhes, a dinâmica, mas acima de tudo a cadeia de comando, para atribuir as responsabilidades, e para sancionar uma vingança. Quem cairia, e pelas mãos de quem, também não lhe interessava. O sangue tinha de ser lavado com sangue, era uma regra velha como o mundo, e sabia como dar o pontapé inicial naquela lavagem.

Fez tudo de seu apartamento, a sua cela dourada dotada de todo conforto, da qual só o Dumbo conseguia arrancá-la. Dumbo tinha falado daquele amigo, pelo qual ele fora até parar em Nisida, que ele protegera de uma acusação que teria colocado até o amigo atrás das grades. Era a amizade mais pura, tinha pensado a Tsarina ouvindo essa história, a amizade que nasce do sacrifício. Tinha conseguido o número do Dentinho graças aos seus homens. Pensou em chamá-lo, mas estava ansiosa. Então escreveu tudo, escreveu até que ele tinha liberdade para não acreditar nela, e terminou dizendo que, para eles dois, a amizade de Dumbo tinha sido preciosa, preciosa como uma cerâmica de maiolica.

Dentinho leu a mensagem dezenas de vezes, e a cada vez aproximava o dedo da tecla "apagar", mas no fim todas aquelas releituras tinham cavado um caminho, sempre mais fundo. Estava sentado em um vagão da linha 1. Faltavam ainda três paradas até Toledo. Apagou a mensagem.

30. Mar Vermelho

Mena estava dando os últimos retoques no vestido vermelho que tinha feito sozinha no serviço usando uma bela peça de seda carmim que uma cliente lhe tinha dado. "Aonde eu vou vestida assim?", tinha falado para si mesma, mas depois, colocando o tecido sobre o corpo na frente do espelho e, imaginando um modelo simples sem decote, mas bem certinho nos quadris, havia pensado, "Eu vou, vou", e tinha começado a dar-lhe forma. Agora, na frente da mesa que o marido havia deixado arrumada, como era o costume quando ela chegava tarde e ele saía cedo, terminava a abertura, que seria fechada com botõezinhos e seria aberta nas costas: doze botões pequenos, lustrosos, de um vermelho ainda mais vivo. Tinha mandado fazer as casinhas — porque essa era uma arte, fazer as casinhas, e em Forcella havia a velha Sofia que atendia alfaiates e costureiras, apesar da idade e da incessante troca de óculos — e saía ajeitando os botões.

Viu Christian que saía de fininho do quarto.

— Onde é que cê vai, na mamãe?

Respondeu qualquer coisa, do tipo "Nico' tá me esperando",

mas não ouviu bem. Mas onde? Ficou com a agulha entre o polegar e o indicador, a linha vermelha que pendia. Acontecia sempre, e ela nunca gostava que o pequeno saísse na rua com o irmão. Largou agulha e linha, colocou o vestido sobre a mesa e se debruçou na janela do corredor, de onde se via a rua. Christian estava ali. Não se mexia. Talvez esperasse. "Tudo bem, ele tá esperando"; e, ao mesmo tempo pensou que tinha de experimentar aquele vestido, para que os botões não ficassem muito apertados. Pensou: "Aquela Sofia tá ficando cega, é excelente, mas tá ficando cega". Tirou a roupa com gestos rápidos e seguros, e colocou com cuidado o vestido novo, deixando que ele deslizasse pelo corpo lá do alto, com os braços erguidos. Ela o alisou com cuidado nos quadris, sentiu os seios ocupando o lugar que mereciam e tomando a forma que mereciam: sim, agora dava para pregar os botõezinhos que faltavam. Voltou com um gesto automático para a janela. Christian andava rapidamente pela rua, na direção do Rettifilo. "Pra onde cê vai?", gritou. "Fazer um serviço", respondeu o menino com as mãos em concha na boca antes de voltar a correr, rápido como uma gazela. Serviço? E desde quando Christian fazia serviço? Que palavra era essa na sua boca? Se debruçou na janela até que o filho desapareceu depois do cruzamento. Voltou para a sala de jantar e procurou o celular. Não o encontrava nunca quando precisava dele. Espetou a agulha no carretel de linha e apalpou com as mãos embaixo do vestido que havia acabado de tirar, embaixo da toalhinha, procurou na bolsa, no banheiro, e estava ali, no lavabo. Digitou o número de Nicolas, que respondeu quase na hora:

— Que foi?

— Por que é que você mete seu irmão no meio? Que é que tem a ver? Onde você está?

— Calma, mãe, o que você tá dizendo?

— Christian estava em casa não faz dois minutos. E agora tá indo te encontrar. Onde? Me diz, onde?

Nicolas ficou em silêncio e continuou a ouvir, sem escutar, a voz da mãe que o punha em estado de alerta e lhe ordenava que mandasse o irmão para casa.

Ele evitou a conversa, e não queria:

— Não sei de nada.

Foi Mena, nesse momento, que ficou em silêncio. Eles trocaram silêncios como mensagens em código.

E então:

— Faz ele dizer. Faz ele dizer onde estão levando ele. Faz ele dizer na hora. — Ela sabia que sempre se dá um jeito de saber o que estava acontecendo. Sabia que esse filho loiro agora podia tudo, e se podia, devia fazer logo. — Faz ele dizer.

E ele:

— Desce na rua. Tô chegando.

Mena deixou tudo como estava, não fechou a porta, e voou escada abaixo usando o vestido vermelho aberto nas costas. Só pensou na frente do portão que poderia ter mudado de roupa, mas agora já estava lá. Estava lá e procurava no fim da rua o rosto de Nicolas naquela desgraçada daquela motoneta. Ela o procurava na direção onde tinha desaparecido Christian e, em vez disso, Nicolas chegou pelo outro lado trazendo nas mãos o capacete que tinha para Letizia. Mena se acomodou na garupa do T-Max e colocou o capacete no regaço. Nem ao menos fez a pergunta, só esperava que lhe dissessem onde, onde, onde.

— O Cavaleiro de Toledo — berrou Nicolas, acelerando. — Na estação do metrô. — Dois telefonemas haviam bastado. Um minuto. Alguém tinha lhe contado. Assim soubera. Mas que coisa? Que coisa? Que coisa tinha para saber? Sob os cabelos de

Mena que se agitavam como uma bandeira pirata pelas ruas da cidade, no rosto inclinado e concentrado de Nicolas, havia mundos de perguntas e de respostas; havia certezas e súplicas. Só havia uma imagem clara que passava de um para a outra e eles não sabiam o que fazer com ela: aquela estátua moderna que haviam colocado na piazza Diaz, com esse cavalo e esse cavaleiro, com esse tipo de cavaleiro meio torto que tinha surgido na mente de sabe-se lá quem.

Dentinho, sentado no vagão do metrô, estava encurvado sobre si mesmo e a Beretta automática enfiada no meio das pernas. Era como se estivesse agarrado à arma, como se a acariciasse, quase como tivesse de celebrar um rito. "O sangue não conta? Vamos ver. Vamos ver se eu boto a mão no teu, de sangue", repetia com seus botões essa observação reforçando no "Vamos ver" que continuava a aparecer como um xingamento prenunciando as ações. Na tela do celular, a mensagem que tinha mandado para Christian: "Eu e teu irmão te esperamo no monumento da piazza Diaz. Cê tem que fazer um serviço pra gente". E o outro que respondia com o emoticon de sorriso multiplicado por sete.

A mensagem seguinte era para Eutavadizendo, com quem combinava que Nicolas, do covil, não voltasse para casa. Eutavadizendo lhe perguntou, por sua vez, curioso: "Onde cê tá? Que é que cê tá fazendo? Que é que cê tem na cabeça? Cê tem que encontrar o Nicolas?". E ele respondia que não tinha nada na cabeça, que tinha um serviço pra fazer na piazza Diaz. E o outro: "Mas que é que cê tá falando? Que serviço?". E, nesse ponto, ele tinha parado de responder.

Voltava a ler e se sentia espionado pelas pessoas sentadas ou se agarrando aos balaustres. Elas o estavam olhando porque ele estava armado? Ou o estavam olhando porque ele ia matar uma criança? Ou o estavam olhando porque ele era um rapazinho? Sentiu-se mergulhado em um mundo de adultos, ou melhor, de velhos, de homens e de mulheres destinados a ter um fim, que não dava pra entender, melhor dizendo, porque ainda não estavam mortos. Zumbis. Ele sabia que estava vivo, bem mais vivo do que todos aqueles escravos. Voltou a tocar a Beretta, e se sentiu forte, sentia que estava indo consumar uma vingança. E se vingaria. Percebeu bem a tempo que estava na estação Toledo. Saiu, deixou que passassem as pessoas, os escravos, e pressionou contra a parede da estação antes de seguir pelo corredor colorido que levava às escadas rolantes. Christian saiu porque lhe tinham dito para fazer isso.

Christian estava embaixo do estranho cavalo da piazza Diaz. Nico' chegaria, Dentinho o esperava lá embaixo, antes das catracas, e então se precipitou lá para baixo. Dentinho lhe pedira: que descesse no metrô, já tinha estado lá? Não, não tinha estado. Que fosse, então, que era bonito, um mundo fantástico. Christian tinha ido pela escada rolante e, de fato, lá estava ele, o mundo fantástico, era verdade! Descia e acima dele se abria um cone sempre mais estreito de luz, azul e verde, um azul, um verde que descia pelas paredes se transformando em cor-de-rosa e parecia um aquário e parecia uma coisa mágica. Na escola alguém lhe dissera: que a estação de Toledo, tão moderna, tão artística, estava entre as mais bonitas do mundo, mas nunca tinham levado ele lá. Nem a escola, nem a família. E como assim? A gente tem a estação mais linda do mundo, e nunca vai lá. Sempre em Castel dell'Ovo, sempre na praia, sempre no mar, quando o verdadeiro mar estava aqui, na verdade era mais bonito que o mar de água porque aqui tinha onda, gruta, vulcão e, entretanto, virava também o céu. "Isso, Nico', você nunca me contou." A escada descia, e Christian estava com a cabeça virada para trás e quanto mais descia mais virava a cabeça para ficar na correnteza de luz que vinha do alto, uma correnteza silenciosa, uma água antiga, ou não, uma luz que corria para baixo vindo lá do espaço. "Eles me fizeram vir aqui pra eu fazer um passeio azul", pensou. E quando se encontrou no fim da longuíssima escada rolante e viu Dentinho, lhe disse que aquele era um lugar incrível, melhor que Posillipo e que O Senhor dos Anéis. Mas o Dentinho não sorriu. Disse que tinha de voltar lá para cima, porque Nicolas ia chegar debaixo do Cavaleiro de Toledo. Dentinho estava ali, e Christian não se espantou que o rapazinho da paranza com os dois dentes estragados ficasse imóvel e desse ordens. Não se perguntou nada, não pensou nada, só disse, "Uau", com a ideia de voltar lá para o alto, e tornou a se postar, feliz, na escada rolante para fazer a viagem ao contrário no meio daquele aquário. Dentinho o deixou subir um pouco, depois o seguiu. Foi uma subida infinita, e pela segunda vez Christian se perdeu dentro do verde, do azul, da luz, até chegar à luz decepcionante do dia.

Da praça, Nicolas e Mena o viram. E o viram sair do túnel da escada rolante enquanto lá de baixo se ouviram os três tiros de pistola, precisos, seguros, sem ressoar.

Dentinho voltou pela escada rolante aos pulos, para vencer a força que o teria puxado para a superfície. Só quando chegou lá embaixo recuperou o fôlego, se voltou espiando a luz no alto e, então, no espaço vazio de pessoas criado pelos disparos, correu pelas plataformas esperando o trem. Lá percebeu que ainda tinha nas mãos a Beretta, e a colocou dentro da calça. E aquela imagem e todas as imagens anteriores já estavam na memória das câmeras da estação: aquela nos trilhos que tinha enquadrado Dentinho que descia do trem e avançava em meio aos outros passageiros, aquela no fim da escada rolante que tinha registrado Dentinho esperando — e ali dava para ver muito bem que ele sacava a Beretta e a mantinha coberta com a mão esquerda — e dava para ver bem Christian chegar e sorrir, iluminado pela aventura que tinha acabado de viver descendo dentro do cone de luz verde, e depois tornar a subir seguido por Dentinho, o braço finalmente esticado, o primeiro, o segundo, o terceiro tiro e a corrida em sentido contrário.

Lá embaixo no metrô e na praça as pessoas reagiram instintivamente, como em uma *stesa*: umas se jogaram no chão, outras saíram correndo, outras ficaram imóveis, como se houvesse alguma coisa para se entender.

Christian se dirigiu ao monumento com um sorriso lindo que o deixava ainda menor, que o absorvia por inteiro, quase como se o espetáculo que tinha visto não parasse de encher-lhe os olhos. Depois teve talvez a vaga sensação de sentir em si mesmo alguma coisa diferente, uma ave marinha que pousou em suas costas e que agora queria sair do seu peito. Mas a sensação não se definiu, e seu corpo caiu no chão, como se tivesse tropeçado, e no chão ele ficou, com os braços abertos, a cabeça virada de lado, os olhos abertos.

Mena e Nicolas ainda estavam montados na motoneta. Mena desceu primeiro, sozinha na praça, com seu vestido vermelho aberto nas costas. Andou devagar, como se carregasse um peso, como se o destino tornasse o caminhar dela mais lento. Ela se inclinou sobre o menino, tocou-o, afastou as mãos, mas com a palma em forma de concha, aproximou-as de novo, tocou-lhe o rosto, o acariciou, depois pegou a cabeça dele e a apoiou nos seus joelhos, fechou os olhos dele liberando um suspiro penoso, viu o sangue que fluía e ouviu alguém que gritava: "Chamem uma ambulância". Ninguém ousou dar um passo. Ela estava toda escondida por seus cabelos. Não dava para vê-la mais. E ela não via ninguém. Depois ouviu Nicolas que berrava alguma coisa, que dizia para as pessoas, inutilmente, que se afastassem. Ouviu que ele dizia como se estivesse no teatro que aquele era o irmão dele e aquela era a mãe dele. E era assim mesmo. Mas quem estava presente não deixou de ver como aquele menino com os cabelos loiros deu uma volta procurando não ser visto por estar curvado sobre si mesmo, o capacete apertado contra o estômago, choramingando, tentando chorar, ou talvez tentando conter o choro. "Deus…", ele deixou escapar e, uma vez pronunciada a palavra, começou a repeti-la, "Deus Deus Deus", sem saber para onde olhar que não fosse para o chão. Foi surpreendido por uma ânsia de vômito, depois por outra, e nunca se sentiu tão sozinho como naquele momento, e foi por isso que se livrou do capacete, deixando que ele se afastasse rodando, e se encurvou junto à mãe sobre o corpo do irmão. Do metrô não saía mais ninguém. O círculo das pessoas que queriam olhar aumentava, mas sob o Cavaleiro de Toledo estavam apenas Mena e Nicolas e, agora invisível embaixo do vermelho carmim da mãe, o pequeno Christian.

Nas horas subsequentes, Mena não derramou uma lágrima. Ela se ocupou do marido, que não parava de chorar sentado com a roupa de ginástica no banco do hospital, na cadeira da delegacia, no banco da igreja. Mena não falou com ninguém, a não ser para resolver assuntos práticos e responder à investigação que, obviamente, a polícia iniciou. De tanto em tanto, olhava Nicolas de soslaio. Sozinha em casa com o filho e o marido, se livrou finalmente do vestido vermelho e, estando com suas roupas íntimas, não se vestiu de novo, olhou aquela roupa com apenas dois botões nas costas, a estendeu sobre a mesa, a agarrou com maus modos e começou a rasgá-la, primeiro seguindo as costuras, depois dilacerando o tecido como dava, e foi só então que se libertou em um berro, um grito metálico, enferrujado, que fez até mesmo o marido parar de chorar. Os telejornais no dia seguinte falaram do "Menininho assassinado pela Camorra sob o monumento ao Cavaleiro de Toledo de William Kentridge".

Os funerais foram celebrados cinco dias mais tarde no bairro. Mena não parava de pedir flores. Ela pedia aos meninos da paranza.

— Quero flores, vocês entenderam? — e os olhava com raiva. — Vocês sabem como arranjá-las. Quero as flores mais bonitas de Nápoles. Brancas, um monte de flores brancas. Rosas, copos-de-leite, as mais caras. — Vistoriou a igreja e, com um gesto, afastou padre e pompas fúnebres. — Vocês não entenderam! Quero flores. Quero tantas que a gente desmaia por causa do perfume que elas soltam. — E assim foi. E atrás do carro foi tanta gente do bairro, e outras que ninguém conhecia que sabe-se lá de onde vinham, e faziam muito bem de estar ali, pensava Mena, que ninguém se esquecesse desse meu pequeninho, desse meu filho.

Nicolas estava atrás da sua mãe. Obedecia. Analisava. Não perdia uma cena, um gesto. Como um verdadeiro rei, que sabe quem está ali, quem não está e quem não deve estar. Os seus companheiros estavam ali do lado, e estavam de luto. Eles agiam como sabiam. Eles se perdiam no meio de toda aquela montanha de flores brancas que a mãe de Christian tinha pedido.

Estavam os colegas de escola do Christian, um bando de

crianças acompanhadas pela professora, e estavam até os colegas de Nicolas e o professor De Marino, pensativo e calado.

Branco também foi o caixão. O caixão das crianças. As namoradas dos rapazinhos da paranza usavam um lenço porque conheciam a tradição e a respeitavam.

Mena, vestida de preto, os cabelos presos dentro de um xale de renda preta, segurava o braço do marido professor. Pediu a todos que esperassem a última viagem ao cemitério de Poggioreale, e pediu a Nicolas que reunisse a paranza na sacristia.

— O senhor padre nos desculpe, se por dois minutos ocupamos o seu lugar — disse, impedindo o pároco de segui-la, e a paranza completa, com Peixe Frouxo e Briato' que caminhavam, um com muletas, o outro com uma bengala ortopédica.

Quando ficaram juntos sob a luz fraca da sacristia, Mena pareceu mergulhar em meditação, mas depois ergueu o rosto, se livrou do véu negro, olhou-os um por um e disse:

— Quero vingança — e corrigiu. — Quero a vingança — e continuou. — Vocês podem fazer isso. Vocês são os melhores. — Respirou fundo. — Talvez vocês pudessem ter impedido que matassem esse meu menino, mas o destino é o destino, e os tempos mudam. Agora é hora da tempestade. E eu quero que vocês sejam a tempestade desta cidade.

Todos da paranza assentiram com um gesto. Todos menos Nicolas, que, entretanto, pegou a mãe pelo braço e lhe disse:

— É hora de ir. — Na frente da porta da sacristia, o pai agarrou Nicolas pela camisa, ele o teria erguido do chão se pudesse, olhou dentro dos olhos dele com um olhar sem sombras e começou, primeiro em voz baixa, e depois mais forte:

— Foi você que matou ele. Foi você. Foi você. Você é um assassino. Foi você que matou ele. — Mena conseguiu libertar o filho daquele apertão e abraçou o marido.

— Agora não. Temos tempo — disse, e lhe fez uma ligeira carícia.

Saíram todos da igreja, no meio do desfile de flores brancas, e fora esperava o carro fúnebre.

Passarim, vestido de preto, se aproximou de Nicolas. Ele o abraçou com uma delicadeza que não pensava ter:

— Nico', meus pêsames. Da minha parte, e da parte de você sabe quem.

Nicolas assentiu com a cabeça, sem dizer nada, os olhos que não desgrudavam do féretro branco. Tentou ultrapassá-lo, queria alcançar a mãe, o braço dela, mas Passarim o impediu com uma das mãos no ombro.

— Vocês viram? — disse. — Estão falando de vocês. — Estendeu o jornal. Um artigo na primeira página colocava juntas a morte de Christian, a morte de Roipnol e o novo furacão que estava se abatendo sobre o centro histórico, e dizia que quem iniciou tinha sido uma nova paranza.

O caixão já estava dentro do carro fúnebre então, e Nicolas olhou o jornal que Passarim lhe estendia:

— Mano — disse para os seus companheiros que estavam mais perto —, batizaram a gente: nós é os meninos de Nápoles.

De repente começou a chover, a chover forte e sem um trovão. A rua ficou negra com os guarda-chuvas abertos como se toda Forcella e os Tribunais tivessem esperado aquele pé-d'água como uma libertação. O carro abriu caminho com dificuldade entre a onda de guarda-chuvas. Só a paranza tomou chuva.

A morte e a água são sempre uma promessa. E eles estavam prontos para atravessar o Mar Vermelho.

Nota do autor

Um dos desafios deste romance é o uso do dialeto. A escolha surgiu naturalmente, e sua elaboração exigiu trabalho, verificação, escuta.

Eu não queria o dialeto "clássico" que ainda é aquele que, até em termos de transcrição, aparece nas obras dos poetas e dos escritores dialetais. Mas, ao mesmo tempo, eu queria ter plena consciência dessa forma clássica. Por isso, pedi a colaboração de Nicola De Blasi (professor de História da Língua Italiana na Universidade Federico II de Nápoles) e de Giovanni Turchetta (professor de Literatura Italiana Contemporânea na Universidade de Milão), aos quais agradeço. A partir daí, ao ouvir a maleabilidade dessa língua, senti que eu podia, aqui e ali, forçar o caminho para uma oralidade viva, mas reconstruída dentro do exercício da escrita. Quando essa manipulação deliberada se afastou dos códigos formais, foi devido à minha interferência como autor modelando, filtrando a realidade sonora do que ouvia com base na palavra falada, sendo cúmplice das personagens que se agitavam na minha imaginação com o seu dialeto "bastardo".

ESTA OBRA FOI COMPOSTA EM ELECTRA PELO ESTÚDIO O.L.M./ FLAVIO PERALTA
E IMPRESSA EM OFSETE PELA LIS GRÁFICA SOBRE PAPEL PÓLEN SOFT DA SUZANO
PAPEL E CELULOSE PARA A EDITORA SCHWARCZ EM FEVEREIRO DE 2019

A marca FSC® é a garantia de que a madeira utilizada na fabricação do papel deste livro provém de florestas que foram gerenciadas de maneira ambientalmente correta, socialmente justa e economicamente viável, além de outras fontes de origem controlada.